Fin de siècle

Erzählungen, Gedichte, Essays

Herausgegeben von
Wolfgang Asholt und Walter Fähnders

Mit 50 Abbildungen

Philipp Reclam jun. Stuttgart

Universal-Bibliothek Nr. 8890

Umschlagabbildung der kartonierten Ausgabe:
Félix Vallotton: Die Trägheit (1896)
Gesamtherstellung: Reclam, Ditzingen. Printed in Germany 1993

ISBN 3-15-008890-9 (kart.) ISBN 3-15-028890-8 (geb.)

Fin de siècle

Inhalt

Liebesspiele – Männerblicke

Frauenbilder

Natur – Kunst – Künstlichkeit

Kunst und Décadence

Genrebilder

Künstler – Intellektuelle

Anhang

Liebesspiele – Männerblicke

Heinrich Mann

Liebesspiele

Gleich wie er sie erblickte, bekam Paul Lissen einen großen Schreck. Er stand nichtsahnend und sanft gestimmt in München an seinem Coupéfenster, da kam diese große, tiefrot gekleidete Frau mit dem warmen Blond und den geraden schwarzen Brauen neben dem Mann, der vornehm und verbraucht aussah, den Bahnsteig entlang. Paul Lissen zitterte, so entsetzlich deuchte ihn sofort dieses weiße, kraftvoll modellierte, weise gemalte Gesicht; es war grausam und dabei tot; und erblaßt starrte er darauf hin, wie auf ein weites Leichenfeld, wo jetzt die Reihe an ihm war. Die Frau bemerkte ihn und sah verächtlich weg.

Dreimal gingen sie den Zug entlang. Der Diener hinter ihnen suchte umständlich nach einem leeren Coupé erster Klasse. Es gab keins, da stiegen sie in das, wo nur Paul Lissen war. Er grüßte und setzte sich mit Herzklopfen in seine Ecke. Er war vorher fast ganz damit zufrieden gewesen, daß Liane ihn wieder einmal betrogen hatte und daß er nun, ein wenig beleidigt, ein wenig schmerzlich, eine einsame Erholungsreise nach dem Süden antreten konnte. Gumbinner und von Eisenmann hatten ihn neulich beim Rennen geradezu blödsinnig hineingelegt. Er hatte, wie gewöhnlich, sich ängstlich gehütet, merken zu lassen, daß er den Zusammenhang begriffen habe. Er behielt immer sein abgefeimtes Lächeln als Versteck für alle seine Schüchternheiten und Zweifel, verschenkte immer Geld und fragte sich immer: ›Kann ich darum keinen Freund und keine Geliebte finden, weil ich das viele Geld habe? Wahrscheinlich. Bei der Heftigkeit meiner Begierden wäre ich sonst, wenn ich arbeiten müßte, vielleicht ein Künstler, könnte die starken Abenteuer, die ich nicht wage, wenigstens erfinden, und so mein Herz den andern aufzwingen.‹ – Während sechs Weiber auf einmal von ihm lebten, starb Paul Lissen, genannt der Jubeljüngling, insgeheim an lauter schwermütigen Begierden. Er war schon sein Leben lang auf der Jagd nach Liebe. Aber er hatte es nur ein einziges Mal eingestanden, unter Tränen der Leidenschaft, als er ganz sicher war, daß seine Beichte ohne Folgen bleiben würde. Keine andere Frau konnte, zum Glück, solche Seelenverfassung bei ihm annehmen. Und nun gar die da, ihm schräg gegenüber!

Sie war furchtbar. Er sah nicht hin, aber er fühlte sie immer dort, eine bösartige Feindin, die die Macht besaß, durch sein Blut, das sie umwälzte, den sehnsüchtigen Glauben zu jagen, sie sei die eine, für die er besinnungslos darauflos empfinden dürfe und die ihn, ihn lieben würde! Ach, er mochte sich noch so oft in eine poetische Neigung zu schmächtigen, süßen Wesen hineinbitten; er mochte sich vorhalten, es sei unästhetisch, die Liebe nach den Körpermaßen auszusuchen. Die großen Blonden hatten ihn in der Gewalt, sie, die etwas wild rochen. Sie erregten auf dem Grunde seines gutbürgerlichen Diätlebens eine grausige Ahnung von außergesetzlichen Ungeheuerlichkeiten. Fähig machten sie ihn nicht dazu. Sie waren aus einer andern Welt; warum reizten sie ihn, es war ungesund. – Und er haßte jene dort für seine ohnmächtige Erregung. Sie verhandelte mit ihrem Mann auf französisch darüber, wo man wohl zu Mittag essen werde. Anstatt sie aufzuklären, kaufte Paul Lissen in Rosenheim Lektüre für acht Wochen.

In Zeitungen versenkt, war er überzeugt, daß sie längst alles heraushabe. Sie betrachtete ihn, es war zu fühlen, und sie wollte etwas. Aber er war durchaus abgeneigt, ihr den Gefallen zu tun. Auf einmal tat er es. Sie stießen mit den Blicken zusammen, und im Blicke maßen sie sich, packten an, verschwanden ganz ineinander und beobachteten sich doch wie zwei Ringer auf einem engen Stück Boden mit Gräben und Buschwerk, am Rande eines Morastes, wo man umsichtig kämpfen mußte inmitten aller Raserei. In diesem Blick, der eine unmeßbare Zeit währte, besaßen sie einander. Sie überlisteten sich, triumphierten abwechselnd, röchelten abwechselnd, zwangen einander auf die Knie, vergingen.

Wie Paul Lissen zu sich kam, war er heiß und erschöpft und hatte Lust, davonzulaufen vor dieser Frau, die aus ihm, er wußte nicht was machte. Der Zug fuhr in Kufstein ein.

Paul Lissen kühlte sich ab, ließ den österreichischen Staat unter der Aufsicht seines Dieners in seinen Hemden wühlen und ging ins Restaurant. Die große Fremde saß oben am zweiten Tisch, sie war überwältigend. Paul Lissen tröstete sich durch die Betrachtung des Gatten, der mit tief gekrümmtem Rücken und die Ellenbogen aufgestützt über dem Tisch lag und mit beiden Händen eine Tasse Fleischbrühe umklammerte. Dieser Gatte erregte überall heitere Genugtuung. Denn es war ohne weiteres klar, daß diese Frau ihn betrog, und das schmeichelte allen übrigen Männern, auch Paul Lissen. Als das Paar aufstand, stellte er fest, daß sie immerhin von gleicher Größe seien. Aber er war nur noch das Knochengerüst des Mannes, das der Frau standgehalten hatte.

Der Gatte mußte sich um den Hund bekümmern, der im Hundecoupé heulte. Die Frau blieb allein auf dem Bahnsteig, Paul Lissen ging langsam an ihr vorbei, mit einem Gefühl im Nacken, als müsse sie jeden Augenblick über ihn herfallen. Später lehnte sie in der Waggontür und machte ihm nicht Platz. Er mußte »Pardon« sagen, anstatt des »Madame, ich bete Sie an, wo kann ich Sie wiedersehen«, das er längst überlegt hatte. Ganz matt gelangte er auf seinen Platz und machte sich mühsam klar, daß er doch zu nichts verpflichtet sei. Bis Bozen hielt er sich meist im Korridor auf, in der Hoffnung, alles sei erledigt. Wie das Paar ausstieg, folgte er ihnen ohne Besinnen kaltblütig bis in den Omnibus des Hotel Bristol. Er hatte keineswegs beabsichtigt, in Bozen zu bleiben. Die Frau empfing ihn feindselig, sie entfernte ungnädig eine Hutschachtel von der Bank. Sie sagte leise etwas zu ihrem Mann, der peinlich berührt aus dem Fenster sah. Der Hund knurrte.

Paul Lissen drehte, als er im Bett lag, die Flamme über dem Nachttisch auf; und er verbrachte in der elektrischen Helle mit offenen Augen eine fürchterliche Nacht. Ihr mit Creme Simon zugedeckter Fleischduft verließ ihn nie. In fünfundzwanzigmal veränderter Fassung dachte er:

›Sie liegt zwei Nummern von hier, das ist doch unge-

Marcus Behmer, »Yuesléon« (1903)

heuer! Und sie haben zwei Zimmer. Mein Baptist hat vom Stubenmädel alles heraus: sie schlafen getrennt. Wenn ich gesagt hätte: »Madame, ich bete Sie an und so weiter« – wie weit könnten wir jetzt schon sein ... Unsinn, mein Liebling, sie wohnen in Nizza, es ist eine wirkliche Baronin Dubocage, ihr Diener schwört es ... Ja, beweist das etwas dagegen? Ihr Gatte ist ein Gentleman, der es nicht hat lassen können. Daß sie eine Vergangenheit hat, ganz abgesehen von der Gegenwart, darüber verlieren wir untereinander doch kein Wort ... Himmel, bin ich denn dazu angestellt? Meine Ruhe will ich! – Wenn aber doch dieses das Weib ist, bei dem ich leben, leben, leben könnte – und sterben meinetwegen auch. Wir kennen uns, seit wir uns heute früh in die Augen sahen! Ich habe keine Idee mehr, was es war. Aber ich war nicht mehr schwach, kein schwacher, reicher, angewiderter und sehnsüchtiger Knabe mehr. Alles war da, aus dem Vollen! Ich muß das haben, wiederhaben! – Mach dich also nicht lächerlich, Liebling.‹

Damit erhob er sich, schon um sechs, fand sich erbärmlich aussehend, ließ von Baptist sein Gesicht sehr sorgfältig behandeln, rötete sich ein wenig die Lippen. Die Herrschaften reisten am Abend weiter. Baptist wußte es schon. Paul Lissen sah sie tagsüber nur beim Essen und nur von fern. Wie er im Wartesaal erschien, empfing sein Diener ihn mit einer unglücklichen Nachricht: sie hatten sich eine ganze erste Klasse reservieren lassen. Paul Lissen betrachtete gekränkt das Schild mit »Bestellt«, das am Fenster hing. Dann stieg er nebenan in die zweite Klasse und in einen Qualm von nassen Lodenmänteln. Auf einmal öffnete sich die Verbindungstür: sie trat hervor, schritt königlich durch den wimmelnden Korridor, an

Paul Lissen vorbei, der den Atem anhielt, und bog um die Ecke, um dem Verbote zum Trotz noch auf der Station das Kabinett zu benützen.

Paul Lissen drehte sich unauffällig so lange umher, bis er hinter jene Ecke gelangt und den Blicken entzogen war. Dort wartete er, die Stirn an der Scheibe. Als sie zum Vorschein kam, machte er kehrt, sie maßen sich herausfordernd, als hätten sie eine alte Sache miteinander auszutragen, und Paul Lissen sagte:

»Madame, ich bete Sie an, ich bin nur Ihretwegen hier, wo kann ich Sie wiedersehn?«

»Das hätten Sie mir gestern früh sagen sollen«, entgegnete sie. »Damals wäre es noch frech gewesen, jetzt ist es bloß lächerlich – und hier.«

»Ich weiß es, Madame, und weiß auch, Sie wollen es, daß ich mich lächerlich machte. Darum schufen Sie diese Lage ... Überzeugen Sie sich, daß es nichts nützt. Wo sehe ich Sie wieder?«

»Sie sind doch schlauer, als ich dachte.«

»Bleiben Sie in Verona? Ja, Sie bleiben, ich weiß es vom Schaffner.«

»Sie wollen mich wiedersehen in einer fremden Stadt, wo ich keine Minute meinen Mann loswerden kann? Das ist weniger schlau, mein Lieber.«

»Sie fahren morgen zum Zahnarzt, Sie leiden zu sehr und wollen keine Begleitung. Seien Sie um drei Uhr im Hof des Benediktinerklosters, hinter dem Dom. Es ist ganz einsam dort, unter dem Boden liegt ein antikes Mosaik, Sie können hinuntersteigen, niemand bemerkt Sie.«

Paul Lissen sagte im Gerassel der Fahrt, eilig und fest, alles her, wie er es sich vorgenommen hatte. Dabei dachte er mit wachsender Unruhe an die dampfenden Lodenmäntel, die dazwischenkommen konnten.

»Ach Sie und Ihr Zahnarzt«, sagte die Frau. »Sie sind kindisch.«

Und sie schob ihn gelassen beiseite.

Er war mit allem einverstanden. »Ich bin nicht mehr ganz so klein, wie ich war«, meinte er. Und er sprach sich das Recht zu, bis Ala keine Umstände mehr zu machen wegen der Frau.

In Ala war es der italienische Staat, der in den Hemden Paul Lissens wühlte. Paul Lissen stand zufrieden dabei, wie die Baronin Dubocage sich über ihren Mann ärgerte, der mit den Zollbeamten nicht verkehren konnte und darum keine Schonung erfuhr. Er fand es süß, ihr nicht zu helfen. Im letzten Moment, als man schon eingestiegen war, geriet die Baronin in Aufregung über den Hund, der nicht gefressen hatte. Ihr Mann mußte hinaus und den Diener suchen, der den Hund holen mußte. Als alle drei, der Hund, der Diener und der Gatte, auf dem Bahnsteig standen, ging der Zug ab. Die Baronin mißbilligte aus dem Fenster die Ungeschicklichkeit ihres Mannes und rief ihm zu, er solle morgen ins Hotel Colomba d'oro kommen; dann zog sie die Scheibe hinauf. Paul Lissen ging sofort zu ihr. Sie mußten noch warten, bis der neue Kondukteur vorübergekommen war; gleich nachher ergriffen sie Besitz voneinander, ohne Umschweife und ohne Zärtlichkeiten.

Wie es getan war, fühlte Paul Lissen sich versucht, eine Verbeugung zu machen und hinauszugehen. Statt dessen verwies ihn die Frau mit verächtlicher Gebärde auf die Bank, von der sie aufstand, und verließ das Coupé. Gehorsam streckte Paul Lissen sich hin; aber sofort sprang er wieder auf und starrte, die Arme verschränkt, in die Nacht, aus der ihr Bild aufflammte. Das weiße, starke Gesicht, blond, mit dem schwarzen Barren der Brauen erschien ihm, grausam und tot wie es war, zum erstenmal vertraut und als das einer natürlichen Gefährtin. Ihr Raubtierduft, mit Kosmetiken verkleidet, hüllte ihn wohlig ein. Er fühlte sich ihr gewachsen, ihm fiel es nicht ein, den Käfig zu verlassen, in den er mit ihr eingesperrt war. Er hatte nur Lust zu kämpfen, auf seiner Hut zu sein, Genuß zu ertrotzen, sich als der Stärkere zu behaupten. Jetzt erst liebte er sie.

Er hütete sich, es merken zu lassen. Sie gingen in Verona ins Hotel de Londres und verbrachten eine stürmische Nacht. Paul Lissen fand alles an ihr, ihre Brüste, ihre Hüften, ihre Küsse und ihre Schreie, wie aus Kautschuk; alles an ihr, Leib und Seele, stieß alle seine Liebkosungen von selbst zurück und hinterließ keine Spur von ihnen. Paul Lissen äußerte in einer Minute der Abspannung:

»Ich könnte für dich sterben.«

»Das kann sogar mein Mann. Ein schönes Kunststück!«

Er biß die Zähne zusammen.

»Aber ich werde noch Streiche für dich machen, du sollst sehen, die du nicht gewohnt bist.«

»Wer sagt dir, daß ich sie nicht gewohnt bin?«

»Weißt denn du, wer ich bin?« fragte er.

Und er erzählte ihr die gerissene Gaunerei, die Gumbinner und von Eisenmann erst neulich an ihm begangen hatten. Aber in seiner Erzählung war er selbst der Gauner.

»Damit hab ich mir nur das nötige Kleingeld zur Reise verschafft«, setzte er hinzu. »Warum es für mich mit dem

Überschreiten der Grenze solche Eile hatte, das sage ich dir lieber nicht.«

Dagegen gestand er ihr, daß er sie eigentlich für sein Geschäft ausersehen habe, denn er sei Mädchenhändler. Augenblicklich behalte er sie sich selbst vor, aber sie solle sich künftig vor Leuten in acht nehmen, die ihr in dem Hinterraum irgendeines Ladens etwas ausgesucht Schönes zu zeigen wünschten. Sie könnte dort plötzlich verschwinden und in einem gewissen Dorf bei Paris wieder auftauchen, wo die Ware sortiert werde, bevor sie nach Buenos Aires gehe ... Er berichtete zahlreiche Einzelheiten, die ihm Eindruck gemacht hatten in Veröffentlichungen der »Internationalen Föderation zur Bekämpfung der Reglementierung«. Die Frau lachte ihm, lautlos und hart, in den Mund hinein. Sie erklärte, sie sei im Kloster aufgewachsen, ihr Mann habe sich schwer an ihr versündigt und es sei ein beklagenswertes Geschick, das sie in die Arme ihres Liebhabers geworfen habe, der noch dazu in gefährliche Sachen verwickelt scheine.

Am Morgen packte sie zusammen, um ins Hotel Colomba d'oro zu übersiedeln und ihren Mann zu begrüßen.

»Ich erwarte dich hier morgen um elf«, sagte Paul Lissen kalt.

»Unmöglich. Es wird jetzt Zeit, daß du meinen Mann kennenlernst. Da hast du ein Brillantkollier. Ich habe es verloren, du hast es im Coupé gefunden und bringst es mir – morgen mittag.«

Paul Lissen dachte nach, scharf, mit so viel Leichtigkeit und Geistesgegenwart wie noch nie.

»Morgen, nein. Bis morgen kann ich nicht den Besitzer

ermitteln und euren Aufenthalt erfahren. Heute ist Dienstag, Freitag früh bin ich bei dir.«

Vom Hotel fuhr er zum Bahnhof. Er setzte sich in den Zug nach Florenz. In Verona, sagte er sich, wäre es unmöglich gewesen, eine annehmbare Nachahmung des Kolliers zu beschaffen. Es war eine dreifache Revière, einen Meter lang. Er, der Abenteurer, sollte mit diesem Vermögen durchgehen; dazu hatte sie es ihm in die Hand gelegt. Dann war er sie los, diese Frau, in der er lebte, und war in ihrer Macht! Oder aber, er brachte ihr das Halsband richtig zurück; wie klein war er dann – ein ehrlicher Schwächling, der von ihr nicht fortkonnte. Und in beiden Fällen war er gedemütigt, minderwertig geworden. Oh, sie war stark! Aber auch er war stark.

Er fand in Florenz die Steine, die er brauchte. Achtundvierzig Stunden wurde gearbeitet; am Freitag um acht stand er, das Etui in der Hand, im Hotel Colomba d'oro. Die Herrschaften waren auf, hieß es. Wie er eintrat, legte die Frau die Serviette aus der Hand und lehnte sich zurück, ganz verklärt. Der Gatte erkannte den hartnäckigen Mitreisenden gleich wieder, hörte unlustig die schlecht erfundene Geschichte an und kehrte peinlich berührt zu seiner Schokolade zurück. Die Frau zeigte sich beinahe gütig vor befriedigtem Hohn. Paul Lissen fürchtete fast, sie werde ihn gar nicht mehr wiedersehen wollen. Dennoch bestimmte sie ihm beim Abschied eine Stunde für morgen. So stand ihm ein voller Triumph bevor. Inzwischen entdeckte sie natürlich den Streich.

Tags darauf, im Hotel de Londres, waren sie zum ersten Male zärtlich. Sie spielten vorsichtig miteinander, schmeichelten einander; sie hatten gegenseitig ihren Wert erkannt, und jeder hoffte den andern im nächsten Augenblick endgültig hineingelegt zu haben. Es klopfte stark an die Tür des Vorzimmers. Die Frau fuhr auf.

»Ist es denn schon – wieviel Uhr ist es?« Paul Lissen erhob sich entgegenkommend.

»Halb zwölf jedenfalls«, meinte er, ohne nachzusehen, und er öffnete. Es war der Baron Dubocage und ein Polizeikommissar. Paul Lissen hatte dem Gatten anonym geschrieben und des stärkeren Druckes wegen hinzugefügt, daß auch der Kommissar schon benachrichtigt sei und sich zur Verfügung des Barons halte.

Die Frau war sprachlos. Sie empörte sich nicht, behandelte die Herren ziemlich freundlich und sandte manchmal aus ihren geschlitzten Augenwinkeln einen gedämpften Blick nach Paul Lissen. »Das bist du? Ich glaubte noch nicht, dich so sehr bewundern zu müssen!« Sie kleidete sich äußerst langsam an, weigerte sich, das Protokoll zu unterschreiben, zog die Förmlichkeiten in die Länge. Darüber ward es zwölf, es klopfte nochmals, und ein Beamter in Zivil tat sich als beauftragt dar, Paul Lissen zu verhaften wegen Unterschlagung eines der Baronin Dubocage gehörigen Diamantkolliers. Die Baronin wandte sich herablassend an ihren Mann.

»Du merkst nun wohl, mein Freund, warum ich diesem Herrn eine Zusammenkunft gewährt habe. Ich hoffte kaum, ihn noch zu erwischen. Er ist mir doch in die Falle gegangen.«

Und sie sah träumerisch Paul Lissen nach, den man abführte. Er nickte ihr von der Tür her zu, vollkommen kühl. Er fühlte, sie war nicht die Siegerin. Was er getan hatte, kam ihr so unerwartet und traf sie so gefährlich, wie ihn das, was sie wagte. Sie waren einander gewachsen, und sie liebten sich! Bei dem atemlosen Kampf auf dem engen Stück Boden voller Hindernisse waren sie beide, eng umschlungen, bis an den Morast geschwankt und hatten sich schon die Füße beschmutzt. Paul Lissen atmete tief auf. Was hatte sie aus ihm gemacht! Er empfand in seinem Gefängnis sowohl Grauen als Stolz.

Bevor er sich ernüchtern konnte, öffnete sich ihm die Zelle. Die Frau hatte, eine Stunde nach seiner Verhaftung, eine Menge Leute in Bewegung gesetzt. Sie selbst war bei dem Staatsanwalt erschienen, in Begleitung eines bekannten Juweliers, der für ihr Geld so heilig, wie sie es verlangte, schwur, die im Besitz der Baronin befindliche Kette sei echt, echt, echt. Es lag ein bedauerlicher Irrtum vor, alle entschuldigten sich bei dem distinguierten Fremden, nach dem Beispiel der Baronin. Auch der Gatte tat es peinlich berührt.

Um sechs Uhr abends waren sie schon wieder beisammen; aber nicht mehr im Hotel de Londres, sondern im Hotel Europa.

August Strindberg

Ein halber Bogen Papier

Der letzte Möbelwagen war abgefahren; der Mieter, ein junger Mann mit einem Trauerflor um den Hut, wanderte noch einmal durch die Wohnung, um sich zu überzeugen, daß er nichts vergessen habe. Nein, er hatte nichts vergessen – nichts. Dann ging er auf den Flur hinaus, fest entschlossen, nicht wieder an die Dinge zu denken, die er in dieser Wohnung erlebt hatte. Doch im Korridor neben dem Telefon war ein halber Bogen Papier mit einer Heftzwecke an der Wand befestigt. Er war mit mehreren Handschriften beschrieben, einige Worte waren ordentlich mit Tinte hingesetzt, andere mit Blei- oder Rotstift hingekritzelt. Dort stand sie aufgezeichnet, diese schöne Spanne seines Lebens, die sich in der kurzen Zeit von zwei Jahren abgespielt hatte. Dort stand all das, was er vergessen wollte: Dort war ein Stück Menschenleben auf einem halben Bogen aufgezeichnet.

Er nahm das Papier von der Wand; es war jenes sonnengelbe Konzeptpapier, das einen goldenen Schimmer hat. Er legte es auf das Gesims des Kachelofens im Wohnzimmer und beugte sich darüber, während er las. Als erstes stand ihr Name: Alice, der schönste, den er damals kannte, weil es der Name seiner Braut war. Und die Nummer – 15 11. Sie sah aus wie die Nummer eines Gesangbuchverses in der Kirche. Darunter stand: Bank. Das war seine Arbeit, die heilige Arbeit, die ihm das Brot schenkte, das Heim und die Ehefrau, die Grundlage zu seiner Existenz. Das Wort war allerdings durchgestrichen, denn die Bank hatte liquidiert, aber es war ihm gelungen, bei einer anderen Bank unterzukommen, wenn auch erst nach einer kurzen Zeit der Unruhe.

Und dann kam es: Der Blumenladen und die Droschke: Das war die Verlobung, als er die Tasche voller Geld hatte.

Dann: Das Möbelgeschäft und der Dekorateur: Er gründete sich ein Heim. Möbelspediteur: Sie ziehen ein.

Nun folgt die Opernkasse: 50 50. Sie sind jung verheiratet und gehen sonntags in die Oper. Es sind ihre besten

Stunden, wenn sie schweigend dasitzen können und der Schönheit und Harmonie des Märchenlandes auf der anderen Seite des Vorhangs begegnen.

Darauf folgt der Name eines Mannes, der durchgestrichen ist. Es war ein Freund von ihm, der ein gewisses Ansehen in der bürgerlichen Gesellschaft erreicht hatte, der aber dem Glück nicht gewachsen war, sondern strauchelte, unrettbar, und weit fortreisen mußte. So zerbrechlich ist das Glück!

Hier schien der Wendepunkt im Leben der Eheleute eingetreten zu sein. Denn dort steht von Frauenhand und mit Bleistift geschrieben: Frau. Welche Frau? – Ja, die Frau mit dem großen Kittel und dem freundlich teilnehmenden Gesicht, die schweigsam erscheint, niemals durch das Wohnzimmer, sondern durch den Flur in das Schlafzimmer geht. Unter ihrem Namen steht: Dr. L.

Dann taucht zum ersten Male der Name einer Verwandten auf. Dort steht: Mama. Es ist die Schwiegermutter, die sich diskret zurückgehalten hat, um das junge Ehepaar nicht zu stören, die jetzt jedoch in der Stunde der Not gerufen wird und mit Freuden kommt, weil man sie braucht.

Nun beginnt ein großes Gekritzel mit blauen und roten Farbstiften. Das Vermittlungsbüro: Das Mädchen hat gekündigt, oder ein neues soll eingestellt werden. Dann die Apotheke. Hm, es wird dunkler! Das Milchgeschäft. Es wird Milch angefordert, tuberkelfreie.

Jetzt stehen Kolonialwarenhändler, Schlachter usw. aufgezeichnet, das Haus wird von nun an durch das Telefon verwaltet.

Ein Zeichen dafür, daß es der Hausfrau nicht gut geht, nein, denn sie liegt zu Bett.

Was jetzt folgt, kann er nicht lesen, da die Schrift vor seinen Augen verschwimmt. Wie bei einem Ertrinkenden im Meere, der im Salzwasser untertaucht. Dort stand: Beerdigungsinstitut. Das sagt alles! – Ein großer und natürlich auch ein kleiner Sarg, und in Klammern war hinzugefügt: Aus Staub.

Sonst stand nichts mehr auf dem Papier! Die Aufzeichnungen schlossen mit: Staub. Und so ist es ja auch im Leben.

Er nahm das Sonnenpapier, küßte es und legte es in seine Brieftasche.

In zwei Minuten hatte er zwei Jahre seines Lebens durchlebt.

Nicht gebeugt, sondern, im Gegenteil, mit hocherhobenem Kopf verließ er die Wohnung wie ein glücklicher und stolzer Mensch, da er wußte, daß er dennoch das Schönste besessen hatte. Wie viele Arme gibt es, denen dies nicht zuteil wurde.

Knut Hamsun

Der Ring

Ich sah einst in einer Gesellschaft ein junges Weib vor Liebe erbeben. Ihre Augen waren da doppelt so blau und doppelt so strahlend, als sonst. Sie vermochte ihre Empfindungen durchaus nicht zu verbergen, obwohl sie sonst kühl und verständig über Alles nachzudenken pflegte. Und ich kannte sie ja so gut, – sie war meine verlobte Braut.

Wen sie liebte? Welch einfache Sache! Mußte der junge Mann dort am Fenster, nebenbei bemerkt: Sohn des Hauses, wo wir beide zu Gaste geladen waren, mußte er in seiner glänzenden Uniform, mit seinen blitzenden Augen und der Stimme eines Löwen nicht Glück haben beim schönen und wankelmütigen Geschlechte? Himmel, wie sie mit ihren blauen Augen die Gestalt des Kriegers umspannte, jeder Bewegung seiner Hände, seines Gesichtes folgte, wie sie unruhig bald heiterste Laune mit stiller Resignation auswechselte!

Und als wir gingen – es war diesmal später als sonst geworden – sagte ich in gelassenem Ton:

»Das Wetter ist wirklich selten schön den ganzen Tag über gewesen. Hast du dich gut unterhalten?«

Und da erwachte in mir das Bedürfnis, ihr auf halbem Wege entgegenzukommen. Ich zog den Verlobungsring von meinem Finger, daß sie es sehen konnte und sagte:

»Sieh nur, dein Ring ist mir doch zu eng geworden; er drückt fortwährend. Möchtest du ihn nicht etwas weiter machen lassen?«

Mit nervöser Hast griff sie nach dem blinkenden, schlichten Reif und indem sie ihn zu sich steckte, flüsterte sie:

»Ja, laß ihn mir; ich werde ihn größer arbeiten lassen!«

Darauf boten wir uns den Gutenachtgruß.

* * *

Erst einen Monat darauf hatte ich Gelegenheit, meine Verlobte in der Hauptstadt wiederzusehen. Ich wollte sie nach dem Ringe fragen, dachte dann aber, es sei besser, damit noch zu warten. Es hat ja keine Eile, sagte ich mir, und du darfst ihr immerhin noch einen Monat Zeit zugeben.

So wartete ich denn geduldig und als ich sie nach Ablauf der von mir bestimmten Frist wieder sah, fragte ich nach dem Ringe.

Sie schlug den Blick nieder zur Erde und sagte: »Das ist wahr – der Ring. Ich hatte Unglück damit, mußt du wissen. Ich hab' ihn verlegt oder verloren ...«

Sie schwieg zögernd und wartete auf eine Antwort von meiner Seite.

»Bist du böse auf mich?« fragte sie unruhig.

»Nein«, antwortete ich mit abgewendetem Gesicht.

Wie von einem Alp befreit schien sie aufzuatmen. Heiter sagte sie Lebewohl und ging davon. – –

* * *

Ein Jahr war verflossen seitdem. Ich wandte mich der lieben Heimatstätte wieder zu. Mein Fuß durchirrte wohlbekannte Straßen und stille Seitenwege in den schattigen Parkanlagen.

Da kommt sie mir entgegen. Ihre Augen leuchten in tieferem Blau denn je, strahlend und zugleich verlangend blickt sie mir in die Augen. Nur ihr Mund ist groß und bleich geworden.

Sie ruft mir schon von weitem zu:

»Hier habe ich deinen Ring, deinen Verlobungsring! Ich habe ihn glücklich wieder gefunden, mein Geliebter, und ließ ihn für dich größer machen! Er wird dich nicht mehr drücken!«

Ich blickte auf das verlassene Weib vor mir; die Bewegung ihres großen, bleichen Mundes schien mehr ein Grinsen denn ein ehrliches Lächeln zu bedeuten. Dann fiel mein Blick auf den Ring.

»Ach siehe«, sagte ich und sah ihr fest in die Augen, »wir haben kein Glück mit unserm Ring. Jetzt ist er allzu weit geworden!«

Ich reichte ihr den Goldreif zurück und wandte mich ohne Gruß davon.

Maurice Maeterlinck

Müde Raubtiere

O die verrauschten Leidenschaften!
Der Träume Flut, des Lachens Klang!
Unter dem welken Laub erschlafften
Mit halbgeschloßnen Lidern, krank,

Die gelben Hunde meiner Sünden
Und meines Hasses schielende Hyänen,
Und auf verdroßnen bleichen Wiesengründen
Seh' ich die Löwen sich der Liebe dehnen!

In ihres Traumes Ohnmacht hingekauert
Und müde unter schlaffem Himmel,
Der trüb und farblos niedertrauert,
So seh' ich ihren Blick auf dem Gewimmel

Der Lämmer der Versuchung haften,
Die langsam, eines nach dem andern,
Im stillen Mondschein weiterwandern –
Und stille ruhn sie, meine Leidenschaften . . .

GABRIELE D'ANNUNZIO

Ein Traum

Sie war gestorben. Sie war kalt. Die wunde
War kaum ersichtlich in der einen seite:
Ein kleiner ausgang für so grosses leben!

Weit minder weiss erschien mir als die leiche
Das linnen · niemals wird das auge sehen
Ein ding das weisser ist als jenes weiss.

In flammen traf der ungestüme sommer
Die scheiben · und insekten · ungeheure ·
Im schwülen dunste summten ohne ruhe.

Sie war erstarrt. Ich sagte: schläfst du denn?
Mit einem stumpfen fürchterlichen lächeln
Ganz nahe wiederholt ich: schläfst du? schläfst du?

Schläfst du? und denkend dass die schrille stimme
Nicht meine wäre bebte ich vor angst.
Ich horchte. Aber weder hauch noch stimme!

Carlos Schwabe, »Der Tod des Totengräbers«
(1895–1900)

Es schien als ob die wände flammen wären.
In jener schwüle hob sich immer stärker
Ein odem wie aus einem grabgewölbe.

Der unbesiegliche geruch des todes
Erstickte mich – ich musste wohl ersticken ·
Ich selber hatte tür und tor geschlossen.

Schläfst du? Schläfst du? sie hatte keine antwort ·
Das linnen schien vor ihr weit minder weiss.
Auf erden werden nie die augen sehen

Ein ding das weisser ist als jenes weiss.

Luigi Pirandello

Der Sonnenaufgang

Gosto! Gosto! tönte von Zeit zu Zeit die keifende, kreischende Stimme seiner Ehehälfte aus einem der innern Gemächer des Hauses zu Augusto Bombichi herüber, der in seinem Zimmer nervös auf und ab wanderte.

Und jedes Mal, wenn dieses Gosto! ertönte, pflegte er stillzustehen, zwei Verbeugungen zu machen und vor sich her zu murmeln:

»Geh zum Teufel meinetwegen!« –

Und dann seine Wanderung wieder aufzunehmen. –

Er hatte sich eingeschlossen in diesem Zimmer. Ein Licht, das flackernd, dem Erlöschen nahe, auf der Platte des Schreibtisches stand, ließ die Gegenstände in undeutlichen, schattenhaften Umrissen auftauchen. Neben dem Lichte lag ein kleiner mit Perlmutter eingelegter Revolver. –

»Reizend, nicht wahr?« –

Augenscheinlich unterhielt sich Gosto Bombichi in Gedanken mit jemandem. Auf der Klappe desselben Schreibtisches lag alles zum Schreiben Notwendige bereit. Von einer Wanduhr schlug es halb zwei. –

Schon? –

Wie die Zeit verging! Seit einer Stunde also schon war

er aus dem »Club der guten Freunde« entwichen – solch guter, trefflicher Freunde, die ihm beim Spiel nicht nur die letzten paar tausend Lire, die er sein eigen genannt, abgenommen, sondern ihm auch noch für weitere zwei- bis dreitausend – er wußte es nicht mehr genau – Kredit gegeben hatten, auf Ehrenwort – rein aus Güte natürlich! –

– – Er blieb stehen, rieb sich erregt die Hände und rief: »Je nun – so zahlen wir's eben!« –

Und von neuem betrachtete er den Revolver auf dem Schreibtisch. –

Übrigens – was lag schließlich dran? Seit einiger Zeit war sein Leben ohnehin verpfuscht, zu Grunde gerichtet, jeder rettende Ausweg für die Zukunft versperrt. Man schlug ihm die Türe sozusagen vor der Nase zu. Und wenn man weiß, daß nicht mehr aufgetan wird, daß kein Pochen mehr etwas nützt, dann ist's das beste, man macht kehrt und trollt sich.

Gekostet hatte er ja bereits Alles, Alles im Leben. Was für seltsame Dinge waren ihm nicht schon begegnet! Wie regellos, wie ungeordnet war seine Existenz gewesen von den ersten Jahren seiner Kindheit an. Ach was, – amüsiert wenigstens hatte er sich! Also keine Gewissensbisse weiter! In jeder Richtung und in den verschiedensten Situationen hatte er dies einfältige Spielzeug Gottes, das man Erde nennt, kennen gelernt. Er durfte mit gutem Recht auf dem runden Antlitz des Erdballs seine Visitenkarte mit einer Stecknadel feststecken und darauf hinschreiben: »Erschöpft.« Und erschöpft waren alle möglichen und erdenklichen Genüsse, erschöpft alles Mißgeschick. Und von diesem das allergrößte war jenes, das immer wieder rief:

»Gosto! Gosto!«

Dieses sein größtes Unglück hatte er sich vor sechs Jahren in Paris in der letzten Nacht des Karnevals auf die Schultern geladen. Die ganze Stadt schien toll zu sein in jener Nacht. Doch war dies keine Entschuldigung für ihn. Nein – nein. Er wußte noch sehr gut, wie es zugegangen. Er hatte eben ein Restaurant verlassen mit der festen Absicht, in sein Hotel zu gehen und sich aufs Ohr zu legen. Plötzlich fühlte er sich mit einer Pfauenfeder hinter dem Ohr gekitzelt. Diese verfluchte, atavistische, affenartige Geschicklichkeit – im Nu hatte er die verführerische Feder gepackt, sich blitzschnell umgedreht und sich triumphierend – Esel, der er war – drei weiblichen Gestalten, jungen Geschöpfen, gegenüber befunden, die lachend, kreischend, stampfend wie wilde Füllen, mit ihren von unzähligen Ringen funkelnden Händen vor seiner Nase herumfuchtelten. Welcher von den dreien gehörte die Feder? Keine hatte sich zu ihr bekennen wollen und er, anstatt die Sache auf sich beruhen zu lassen, wählte die Mittlere aus, um ihr in aller Höflichkeit die Feder zurückzuerstatten, nach Karnevalsbrauch gegen einen Kuß oder einen Nasenstüber. – »Nasenstüber« hieß es.

Doch hatte die Verruchte beim Empfangen desselben die Augen in einer Weise geschlossen, daß sein Blut in stürmische Wallung geriet.

Nach einem Jahre war sie seine Frau – die ehemalige Caféchantant-Sängerin.

»Gosto!« –

»Geh zum Teufel!« knurrte er wieder. –

Kinder – keine, zum Glück! Und doch, wer weiß – wenn er welche gehabt hätte, vielleicht wäre er nicht – – doch, fort damit, wozu derartige Erwägungen. Was sie anbetraf, die gemalte Hexe, sie hätte sich schon irgendwie durchs Leben gebracht, wenn sie sich nicht zufällig so elend gefühlt, wie ihr liebenswürdiger Gatte es wünschte. – – –

»Nun rasch noch einige Worte geschrieben und dann Schluß – denke ich – die Sonne werde ich morgen nicht mehr aufgehen sehen.« –

Ein Gedanke durchzuckte ihn: Die Sonne aufgehen sehen? Er konnte sich ja gar nicht erinnern, in den 45 Jahren seines Lebens die Sonne überhaupt einmal aufgehen gesehen zu haben! Nicht ein einziges Mal. Was war ein Sonnenaufgang, wie sah er aus? Davon sprechen hatte er allerdings gehört, auch so und so viele Schilderungen von Poeten und Prosaikern darüber gelesen, aber mit eigenen Augen ihn gesehen – nein. –

»Schau, schau – also etwas fehlt mir doch noch – vielleicht ist's gleichfalls ein nichtiges, von den Dichtern aufgebauschtes Schauspiel, aber kennen lernen möchte ich es doch, ehe ich von der Bühne abtrete. – Es können nur noch wenige Stunden daran fehlen. – Ja, gewiß, die Idee ist gut – ich will die Sonne aufgehen sehen und dann – –«

Wieder rieb er sich die Hände, ganz vergnügt über diesen seltsamen Einfall. Er setzte sich an den Schreibtisch und schrieb beim Knistern des sterbenden Lichtes an seine Frau:

»Liebes Ännchen, ich verlasse Dich. Das Leben ist mir – ich habe es Dir oft genug gesagt – stets wie ein Hazardspiel erschienen – ich habe verloren, ich zahle, indem ich ein Ende mit mir mache. Weine nicht, Liebe. Du würdest Dir die Augen verderben und Du weißt, daß ich das nicht will. Und außerdem, glaube mir, verlohnt es sich nicht der Mühe. So leb denn wohl. Ehe der Tag anbricht, werde ich mich an einer Stelle befinden, von wo aus man den

Sonnenaufgang bequem genießen kann. Mich hat soeben ein dringendes Verlangen erfaßt, wenigstens ein Mal diesem so oft besungenen Schauspiel beizuwohnen. Du weißt, daß man den zum Tode Verurteilten die Erhörung irgend eines erfüllbaren Wunsches nicht versagt. Ich will mir diesen hier gestatten.

Da ich nichts mehr zu sagen habe, bitte ich Dich zu glauben, daß ich nicht mehr bin

Dein Dich liebender Gosto.« –

Und weil seine Frau noch wach war und jeden Augenblick hinaufkommen und dann sofort diesen Brief entdecken konnte, beschloß er, ihn mit sich zu nehmen und ihn unfrankiert in irgend einen Briefkasten der Stadt zu werfen.

»Sie soll mir das Strafporto zahlen – vielleicht ist's das Einzige, was sie verdrießt bei der ganzen Sache.« –

Er steckte den kleinen Revolver in eine Tasche der sich weit über der Hemdenbrust öffnenden schwarzen Samtweste und verließ, so wie er ging und stand, im Gesellschaftsanzug, das Haus, um nicht mehr in dasselbe zurückzukehren. –

– –

Es hatte geregnet und auf den öden Straßen spiegelten sich die schläfrigen Laternen mit ihrem gelblichen Schein im Wasser des Pflasters wider.

Diese Laternen riefen in Gosto Bombichi ein düsteres Bild hervor, das ihm trotzdem ein Lächeln entlockte; ihm schienen es riesige Totenfackeln zu sein, welche nächtlicher Weile die tote Stadt bewachten. –

Er betrachtete die schweigenden, finsteren, regennassen Häuser, dann blickte er zum Himmel empor. Dieser sah nicht so unfreundlich aus, er hatte sich gelichtet und war sternenhell, den Anblick des Sonnenaufgangs wollte er ihm also nicht verderben. Er sah nach der Uhr: ein Viertel nach zwei. Hier auf der Straße konnte er eigentlich kaum darauf warten, noch drei, vielleicht vier Stunden lang. Wann ging wohl die Sonne auf in dieser Jahreszeit? Er fühlte sich beklommen durch die hohen Gebäude, die ihn nötigten, von Zeit zu Zeit mit nach oben gewandtem Gesicht lang und tief aufzuatmen, als müsse er sich etwas frische Luft von den Dächern herabholen. Doch diese Beklemmung wurde auch verursacht durch den Gedanken, daß in diesen Häusern so viele Menschen um diese Stunde in friedlichem Schlummer lagen oder wenigstens im Schlaf ein kurzes Vergessen ihrer Kümmernisse fanden – während er – – Bah – ihm blühte im Tode ein weit tieferes, dauerhafteres Vergessen – also vorwärts! –

Er erblickte in der Ferne, dicht über dem Erdboden, ein Licht, das sich dem Fußsteig entlang bewegte, einen schwankenden Schatten hinter sich lassend, wie ein Tier beinahe, das sich nicht gut auf den Beinen zu halten vermochte.

Ein Sammler von Zigarrenstummeln mit seinem Laternchen. Da kam er daher! Und dieser Mann konnte existieren von dem, was die andern wegwarfen, von einem bittern, giftigen, ekelhaften, winzigen Nichts?

Und sehr unterhaltend mochte dies Gewerbe auch nicht sein. – – Er fühlte sich versucht, ihm eine Weile beim Suchen Gesellschaft zu leisten. Weshalb denn nicht? Er durfte sich jetzt Alles erlauben. Er rief ihn an, schenkte ihm seine eben erst angezündete Zigarre. »Rauchst du die?« –

Der Mann mit seinem schmutzigen, von Bartstoppeln

bedeckten Gesicht öffnete den zahnlosen, übelriechenden Mund zu einem blöden Lachen und versetzte:

»Ich mache Stummeln draus und werf sie zu den andern. Vielen Dank, junger Herr.« –

Gosto Bombichi musterte ihn mit einem Gefühl des Ekels. Aber auch dieser sah sich ihn an mit den rotgeränderten, von der Kälte tränenden Augen und mit einem widerlichen Lachen – – –

»Wenn Sie wollten, junger Herr«, sagte er endlich, mit einem dieser Augen zwinkernd. »Es ist ganz in der Nähe – ich würde Sie gerne begleiten« –

Gosto Bombichi wandte sich ab, ohne noch ein Wort zu verlieren. Ja, es war das beste, wenn er ging, ein Ende machte. Und vor allem der Stadt den Rücken kehrte, dieser Kloake von Scheußlichkeiten und Elend. Sich baden im neuen Licht und dann –. Welche Richtung sollte er einschlagen, durch welches Tor sie verlassen? Er blieb stehen, um sich zu orientieren. Wenn er sich erst draußen befand, wollte er schon den geeigneten Punkt finden, von wo aus er das letzte Schauspiel genießen konnte. – Er warf den Brief in einen Kasten und schritt weiter.

Während des Gehens dachte er darüber nach, durch welch seltsame Verkettung der Umstände er, der Brescianer, mit dieser Frau nach Sizilien verschlagen worden war – als Wechselagent – er! –

Ein närrisches Schicksal, das. –

Er hatte die letzten Häuser hinter sich gelassen, schaute sich um, ohne zu wissen, wo er war. Ach – der weite Himmel, unbegrenzt, von Sternen übersäet. Dieses Flimmern, dieses Gewirr unzähliger Lichtfunken! Mit Wonne atmete er auf und fühlte sich erfrischt davon. Dieser Frieden, diese Stille! Wie verschieden war die Nacht hier und doch nur wenige Schritte entfernt von der Stadt. Das Dasein, das dort für die Menschen eitel Kampf bedeutete, Krieg um des Leibes Notdurft, ein ewiges Aufeinanderprallen von Haß und Zwietracht, ein Gewebe niedriger Triebe und Leidenschaften, hier war es erquickende, Allem entrückte Ruhe. Wenige Schritte nur entfernt eine andere, ihm gänzlich unbekannte Welt, die zu betreten er eine sonderbare Befangenheit, fast etwas wie Angst verspürte.

Die von den ersten Herbststürmen entlaubten Bäume ragten rings um ihn her auf wie Spukgestalten mit unheimlichen Gebärden. Er sah sie zum ersten Mal so und ein schmerzliches Gefühl, eine Bangigkeit, beschlich ihn.

Er blieb wiederum stehen und blickte zaghaft um sich. Der Glanz der Gestirne, der den Himmel lichtete und weitete, vermochte die Erde nicht zu erhellen, doch schien dem zitternden Schein der Sterne in weiter Ferne ein zitternder Laut, Grillengesang, zu antworten. Er lauschte mit allen Sinnen diesem Ton, hörte nun auch das leise Rauschen der letzten Blätter, alle die unbestimmbaren, undeutlichen Stimmen der nächtlichen Flur. Um sich diesen Geräuschen zu entziehen, bewegte er sich unwillkürlich vorwärts. In dem Graben auf der rechten Seite der Straße zog ein stilles Bächlein dahin, das hie und da plötzlich aufblitzte, als ob ein Stern sich in ihm gespiegelt hätte. Er ging diesen Graben entlang bis zu einem ersten Übergang und stieg dann den Grat hinauf, in die Wiesen und Felder hinein. Der Boden war von dem kürzlichen Regen noch aufgeweicht, die Sträucher tropften noch. Gosto Bombichi watete eine Strecke weit durch den Schmutz und blieb dann entmutigt stehen. Sein armer schwarzer Anzug, seine armen Lackschuhe!

»Was schadet's denn, nur vorwärts«, machte er mit einer wegwerfenden Handbewegung. –

Ein Hund begann zu bellen, in der Nähe. –

»Halt! Am Ende ist's nicht erlaubt, hier zu gehen. – Sterben, ja, aber mit ganzen Beinen.« –

Er versuchte, auf die Straße hinunterzukommen, rutschte plötzlich auf dem schlüpfrigen Grunde aus und stand mit einem Fuß im Wasser. –

»Halbes Fußbad – na, nur Geduld, zu einer Verdauungsstörung reicht die Zeit nicht mehr.« –

Er schüttelte das Wasser ab und kletterte mühsam auf die andere Seite der Straße. Hier war der Boden fester, nicht mit so viel Strauchwerk bepflanzt. Jeden Augenblick erwartete Bombichi erneutes Hundegebell.

Nach und nach gewöhnten sich seine Augen an die Dunkelheit, vermochten schon in der Entfernung die Bäume zu unterscheiden. Nicht eine Spur einer Behausung zeigte sich. Ganz damit beschäftigt, die Schwierigkeiten des Terrains zu überwinden, den durchnäßten, wie Blei so schwer gewordenen Fuß nach sich schleppend, dachte er gar nicht mehr an den Vorsatz, der ihn bei Nacht in die finstere, einsame Landschaft hinausgetrieben. Er wanderte immer weiter, stets querfeldein. Das Gelände neigte sich etwas; in der Ferne erhob sich, eine schwarze Masse am seitlichen Horizont, eine lange Bergkette, die Madomaie, der Blick wurde freier, seit einiger Zeit waren keine Bäume mehr zu sehen. Vielleicht war es besser, hier Halt zu machen, die Sonne mußte hinter jenen Bergen aufgehen.

Er sah wieder nach der Uhr und es schien ihm zuerst unmöglich, daß es schon nahezu die vierte Morgenstunde sein sollte. Er zündete ein Streichholz an, ja richtig – noch sechs Minuten bis vier. Er wunderte sich selbst, schon so lange unterwegs zu sein. Müde war er freilich, er setzte sich auf den Boden, dann entdeckte er in der Nähe einen Felsblock und erhob sich, um es sich dort etwas bequemer zu machen. Wo war er?

Schweigen und Einsamkeit. –

»Diese Verrücktheit!« Unwillkürlich drängten sich diese Worte, nur diese, auf seine Lippen, wie ein Seufzer seines lange unterdrückten, gesunden Menschenverstandes. Doch aufgerüttelt aus der momentanen Betäubung ergriff der tyrannische Geist, der ihn zu so manchem tollen Abenteuer verleitet hatte, sofort wieder die Herrschaft über den gesunden Sinn und eignete sich den Ausruf selber an: Ja, eine Verrücktheit! Diese ungemütliche, nächtliche Wanderung! Er hätte besser getan, sich in aller Bequemlichkeit in den eigenen vier Wänden das Leben zu nehmen, ohne Fußbad, ohne sich Schuhe und Beinkleider derart zu beschmutzen, ohne sich in dieser Weise abzuhetzen – Doch, nun er einmal so weit gegangen – aber wie lange mußte er wohl noch warten? Vielleicht noch länger als eine Stunde – eine Ewigkeit. Und sein Mund öffnete sich zu einem gewaltigen Gähnen.

»Holla, wenn ich einschlafe, dann adieu Sonne! Brr – kalt ist es auch und scheußlich naß.« –

Er schlug den Kragen in die Höhe, steckte die Hände in die Taschen und schloß, ganz zusammengeduckt, die Augen. Bequem war es gerade nicht, nein – aber, dem Schauspiel zu Liebe! Er versetzte sich im Geiste in die warmen, reich ausgestatteten, mit elektrischem Lichte erleuchteten Säle seines Clubs. Er sah die Freunde wieder und schon nickte er ein, um plötzlich wieder aufzuschrecken.

Was war denn los?

Er riß die Augen weit auf – die finstere Nacht starrte ihn an in grauenvoller Einsamkeit. Das Blut in den Adern stockte ihm. Er befand sich in größter Aufregung. Ein Hahn – ein Hahn – hatte gekräht, in der Ferne irgendwo, ah – nun antwortete ihm von weitem ein anderer, dort unten – in undurchdringlicher Finsternis. –

Donnerwetter – dieser Schrecken! –

Er stand auf, ging eine Weile hin und her, ohne sich von dieser Stelle zu entfernen, dann ließ er sich wieder nieder, neben dem Stein, um noch unbequemer zu sitzen und sich nicht nochmals vom Schlafe übermannen zu lassen. – Hier war sie, die Erde – etwas hart, trotzalledem – die alte, alte Erde. Noch fühlte er sie, eine kurze Spanne Zeit noch. Er streckte die Hand nach einem unter dem Felsblock wurzelnden Strauche aus und streichelte ihn, wie man einer Frau liebkosend über die Haare streicht.

»Du wartest wohl des Pfluges, der dich zerfleischen, des Samens, der dich befruchten soll?« –

Er zog die Hand zurück, der sich ein scharfer Pfeffermünzgeruch mitgeteilt hatte.

»Leb wohl, meine Liebe, mir vermagst du nichts mehr zu geben.« –

Von neuem wanderten seine Gedanken in sein wildbewegtes Leben zurück, der ganze Abscheu, der ganze Ekel vor demselben verkörperten sich allmählich in seiner Frau. Er stellte sie sich vor, wie sie im Begriffe stand, seinen Brief zu lesen. Was sie wohl tun würde? –

»Ich bin hier«, murmelte er und sah sich bereits tot auf der Erde liegen, auf freiem Felde, von der Sonne bestrahlt. Nicht lange mehr und hinter den fernen Bergen begann sich das Dunkel zu lichten zu einem ersten, noch kaum merklichen Schimmer der Morgendämmerung. Wie traurig es war, wie trübe, dieses erste Licht. Wieder krähte ein Hahn, doch dieses Mal regte sich Gosto Bombichi nicht. Es war noch Nacht auf der Erde und dem Himmel schien es schwer zu fallen, sie zum Leben zu erwecken.

STÉPHANE MALLARMÉ

Auf dem Jahrmarkt

Tiefe Stille! Es steht fest, daß die Frau an meiner Seite, träumerisch hingestreckt, leise eingewiegt vom Schaukeln des Wagens, dessen Räder gedämpft über die Blumen am Wege gleiten, mich der Anstrengung enthebt, ein Wort an sie zu richten, ihr laut zu huldigen ob ihrer herausfordernden Toilette, durch die sie sich beinahe dem Manne darbietet, dem sie das Ende dieses Nachmittags gewährt; als einziges Gegengewicht gegen diese unvermutete Annäherung liegt ein gewisser Ausdruck der Ferne auf ihren Zügen, deren geistreiches Lächeln in einem Grübchen endet. Aber das Schicksal willigte nicht ein, denn außerhalb der eleganten Viertel, denen man den funkelnden Wagen befriedigt entrollen sah, schlug unerbittlich, mitten in jene stumme Seligkeit einer Dämmerstunde, außerhalb der Stadtgrenze ein dröhnendes Gewitter von Lachsalven; von allen Seiten zugleich erklang sinnloses, schrilles Johlen, ein triumphierender Kesselpauken-Spektakel; kurz, eine wahre Katzenmusik für das Ohr eines jeden, der, abseits stehend, zu seinen Gedanken flüchtet und vor dem Getriebe des Lebens zurückschreckt.

»Der Jahrmarkt von H . . .« und mit heller, fröhlicher Stimme nannte das schöne Kind, das mit mir fuhr, mir Zerstreuten den Namen irgendeines Vorortes; ich gehorchte und ließ halten.

Ohne für dieses unsanfte Erwecktwerden etwas anderes einzutauschen, als das lebhafte Verlangen nach einer einleuchtenden, logischen Erklärung, wieso jene bei einer Illumination entzündeten einzelnen Lichter sich allmählich zu Gewinden und Emblemen fügen, beschloß ich, da ich nun einmal um die Einsamkeit betrogen war, mich sogar unternehmend in jenes hassenswerte und absichtlich entfesselte tolle Treiben zu stürzen, dem ich früher in so anmutiger Gesellschaft entflohen war; bereitwillig und ohne die geringste Überraschung über die Veränderung unseres Programms zu bekunden, legt sie unbefangen ihren Arm in den meinen und wir durchwandern gemeinsam neugierigen Blickes die Reihe der Schaubuden, welche die Jahrmärkte in zwei Lager des gleichen Rummels teilt und der Menge gestattet, für eine Weile das ganze Weltall darein einzuschließen.

Durch irgendeine Ungeheuerlichkeit zeitweilig heiter unserem lässigen Schlendern entrissen und abgelenkt vom Anblick der Dämmerung und ihrem seltsamen, purpurnen Hintergrund, fesselte uns plötzlich, nicht minder als die feuerbrünstige Wolke, ein menschlich ergreifendes Bild: des buntbemalten Rahmens und der grellen Aufschrift bar, eine augenscheinlich leere Schaubude.

Wem auch dieser aufgeschnürte Ballen gehören mochte, dessen Inhalt hier – wie zu allen Zeiten, in allen Tempeln die Schleier – dazu dienen sollte, das Mysterium herzustellen, jedenfalls hatte seinem Besitzer, ehe er ihn gleich einem Banner verheißener Freuden entfaltete, keineswegs die Hoffnung vorgeschwebt, hier besondere Merkwürdigkeiten zu zeigen (es wäre denn die Aussichtslosigkeit seines hungrigen Elends!). Und dennoch, bestochen von dem Anschein brüderlicher Liebe, der im Jammer des täglichen Lebens sonst fehlt, und bedenkend, daß ein grüner Wiesenplan, sowie das Zauberwort »Jahrmarkt« ertönt, von zahllosen Füßen betrippelt wird und die Menge in diesem einzigsten Fall von der sonderbaren Schwäche befallen wird, die sonst so schwere Hand zu öffnen, den Groschen aus der Tasche zu holen und ihn bloß zum Zwecke des Vergnügens auszugeben, hatte er, obgleich es ihm an allem außer dem Wunsche gebrach, beschlossen, auch zu den Auserwählten zu gehören, irgend etwas, gleichviel was, zu verkaufen oder auszustellen, und war der Lockung des wundertätigen Ortes gefolgt. Oder vielleicht hatte er ganz nüchtern auf die eigene Muskelkraft gezählt, der Bettler, oder die gelehrte Ratte, die das Publikum fesseln sollte, war im letzten Augenblick ausgeblieben, wie das ja öfters im menschlichen Leben zu geschehen pflegt.

»Schlagt die Pauke!« befahl mit fürstlicher Hoheit Madame ... – Du allein weißt, wer – und wies auf eine alte Trommel, von der sich ein Greis erhob, die Arme abwehrend ausgestreckt, wie um auszudrücken, daß es nutzlos sei, sich seiner Bude zu nähern, und den vielleicht gerade die Vertrautheit mit diesem Instrument des Lärms und der Anlockung zu seinem zwecklosen Versuche verführt. Dann, damit man hier sogleich aufs beste das Rätsel bewundern könne, funkelnd durch das Schmuckstück, das ihr Kleid am Halse verschloß, wie die fehlenden Worte ihr die Kehle verschlossen, sah ich das schöne Weltkind zu meiner Überraschung plötzlich umringt, stumm inmitten einer Menge, welche die lauten Weckrufe der Werbetrommel herangelockt, deren Ras und Flas meine mir selbst zuerst unklare, beständige Aufforderung: »Nur hereinspaziert, meine Herrschaften! Es kostet bloß einen Sou; wer mit der Aufführung nicht zufrieden ist, bekommt sein Geld zurück!« übertönte.

Da der zerlumpte Greis die verwitterten, leeren Hände dankend faltete, so griff ich nach der Fahne, schwang sie als weithin sichtbares Zeichen und setzte die Mütze auf, entschlossen, der Menge Trotz zu bieten, im Bewußtsein dessen, was der Einfall einer Genossin unserer Abendfreuden aus diesem nüchternen Raum zu machen gewußt.

Bis zu den Knien ragte sie, auf einem Tische stehend, über die Hunderte von Köpfen heraus. So hell, wie der elektrische Strahl, der sie, von anderwärts herüberdringend, beleuchtete, zuckt in mir die Erkenntnis auf, daß, obwohl sie sonst nichts bot, weder tanzte, noch sang, durch ihren bloßen Anblick, dessen Schönheit die Mode, ein phantastischer Einfall und die Laune des Himmels erhöhte, die Menge reichlich für das Almosen entschädigte, das sie zu Gunsten jenes Unbekannten von ihr erbeten; zugleich erkenne ich meine Aufgabe bei dieser heiklen Schaustellung und daß man der Enttäuschung dieser Schaulustigen nur mit Hilfe einer anerkannten

Macht, wie es eine Metapher ist, wirksam begegnen könne. Also rasch etwas geschwatzt und auseinandergesetzt und den Zuschauern mit den zweifelnden Mienen ihre Sicherheit wiedergegeben (die, wenn sie den Sinn nicht gleich erfassen, willig eine, wenn auch kitzliche, in Worte gekleidete Auslegung annehmen und darauf eingehen, ihr Eintrittsgeld gegen bestimmte und überlegene Erläuterungen einzutauschen), kurz, jedem die Überzeugung beigebracht, daß er nicht geprellt werde!

Ein letzter Blick auf das leuchtende Haar, auf dem ein Crêpe-Hut lodert und dann in üppigem Blumenschmuck verblaßt, hortensienfarbig wie das stattliche Kleid, das sich über einem vorgeschobenen Schuh von gleicher Farbe emporrafft.

Dann:

La chevelure vol d'une flamme à l'extrême
Occident de désirs pour la tout déployer
Se pose (je dirais mourir un diadème),
Vers le front couronné son ancien foyer.

Mais sans or soupirer que cette vive nue
L'ignition du feu toujours intérieur
Originellement la seule continue
Dans le joyau de l'œil véridique ou rieur.

Une nudité de héros tendre diffame
Celle qui ne mouvant astre ni feux au doigt
Rien qu'à simplifier avec gloire la femme
Accomplit par son chef fulgurante l'exploit

De semer de rubis le doute qu'elle écorche
Ainsi qu'une joyeuse et tutélaire torche.

Da meine Helferin in der Gestalt der lebendigen Allegorie ihren Posten bereits verließ, vielleicht weil es mir an ferner Beredsamkeit gebrach, und um deren Schwung zu dämpfen, anmutig herabstieg, so fuhr ich, nun auf gleicher Stufe mit meinen Zuhörern stehend, und um ihre Verblüffung über den plötzlichen Abbruch der Vorstellung durch ein Zurückfallen in den geschäftsmäßigen Ton abzuschneiden, folgendermaßen fort: »Ich mache Sie darauf aufmerksam, meine Herren und Damen, daß die Dame, welche die Ehre hatte, sich Ihnen zu zeigen, keines Kostüms, noch sonst eines Hilfsmittels der Bühne bedarf, um Sie von ihrem Liebreiz zu überzeugen. Dies natürliche Auftreten begnügt sich mit dem Einklang, in dem die weibliche Toilette stets mit einem der ursprünglichen Züge der Frau steht, und das ist auch hinreichend, wie Ihre freundliche Zustimmung mir bestätigt.«

Ein Verstummen aller Beifallsbezeigungen, mit Ausnahme einiger verworrener »Ja wohl« oder »Gewiß« aus mehreren Kehlen, sowie von Klatschversuchen einiger großmütiger Hände, begleitete die Menge bis zum Ausgang, wo sie sich ins Dunkel und unter die Bäume ergoß, und wir schlossen uns ihr an. Nur ein kindlicher Soldat war noch erwartungsvoll zurückgeblieben und träumte davon, mit seinen weißen Handschuhen die stolzen Glieder anzutasten.

»Vielen Dank«, sagte gütigst die Teuere, nachdem sie einen frischen Lufthauch, den ihr die Sterne oder die Blätter der Bäume zugesandt, eingesogen, nicht gerade, um sich neue Kraft zu holen, denn sie hatte nie am Erfolg gezweifelt, aber doch, um den gewohnten hellen Klang ihrer Stimme zurückzugewinnen: »Ich nehme von hier die Erinnerung an Worte mit fort, die man nie wieder vergißt«.

»O! bloße Gemeinplätze einer Ästhetik ...«

»Die Sie, lieber Freund, vielleicht nicht vorgebracht hätten, zu denen Ihnen der Vorwand gefehlt hätte in der Einsamkeit unseres Wagens – wo ist er übrigens? wir wollen ihn aufsuchen! – die aber hier gezwungen hervorbrachen unter dem brutalen Faustschlag der ungeduldigen Menge, der man um jeden Preis und rasch etwas verkünden muß, wär' es auch nur ein Traum –«

»Der sich seiner selbst nicht bewußt ist und sich vor lauter Angst nackt in die Menge stürzt; das ist wahr! Wie Sie, Madame, das möchte ich wetten, sich ihn – trotz des Doppelreimes am Schluß – wohl kaum so ruhig angehört hätten, wäre nicht jedes Wort anklingend durch alle Schleusen Ihres Wesens eingedrungen, um einen Geist zu bezaubern, der dem Verständnis aller Dinge offensteht.«

»Vielleicht!« gab sie munter zu, auf meinen Gedanken eingehend, vom nächtlichen Wind kosend umweht.

FJODOR SSOLOGUB

Der Kuß des Ungeborenen

I

Der kurzgeschorene Laufjunge des großen Aktienunternehmens trug eine enganliegende, mit zwei Reihen Messingknöpfen verzierte Uniform, auf der man, da sie grau war, kein Stäubchen sehen konnte. Er öffnete die Tür zum Zimmer, wo fünf Schreibmaschinistinnen saßen und fünf Maschinen klapperten, lehnte sich lässig an den Türpfosten und sagte zu einer der Damen:

»Nadeschda Alexejewna, Frau Kolymzew bittet Sie ans Telephon.«

Er lief fort. Seine Schritte waren auf dem grauen Filzteppich, der im schmalen Korridor lag, unhörbar. Nadeschda Alexejewna, ein schlankes, schöngewachsenes Mädchen von etwa siebenundzwanzig Jahren, mit sicheren und ruhigen Bewegungen und einem tiefen, klaren Blick, wie er nur Menschen, die viel gelitten haben, eigen ist, schrieb die Zeile zu Ende, erhob sich ruhig von ihrem Platz und ging ins Vestibül zur Telephonzelle. Im Gehen fragte sie sich:

»Was ist schon wieder los?«

Sie war es schon gewohnt, daß, so oft ihr ihre Schwester Tatjana Alexejewna schrieb oder sie ans Telephon rief, es in ihrem Hause irgendein neues Unglück gab: entweder war eines der Kinder erkrankt, oder der Schwager hatte Unannehmlichkeiten im Dienst, oder es gab irgendeine Affäre mit den Kindern in der Schule, oder es herrschte schließlich äußerste Geldnot. Nadeschda Alexejewna fuhr jedesmal mit der Trambahn in die entfernte Vorstadt und half oder tröstete, so gut sie es konnte. Die Schwester war um zehn Jahre älter als sie und seit langer Zeit verheiratet. Obwohl sie in der gleichen Stadt wohnten, sahen sie sich recht selten.

Nadeschda Alexejewna trat in die enge Telephonzelle, wo es immer nach Bier, Tabak und Mäusen roch, ergriff das Hörrohr und sagte:

»Ich bin da. Bist du es, Tanja?«

Die Stimme der Schwester klang verweint und aufgeregt, genau so, wie Nadeschda Alexejewna es erwartet hatte. Sie sagte:

»Nadja, um Gottes willen, komm sofort her. Ein großes Unglück ist geschehen. Sserjoscha ist tot. Er hat sich erschossen.«

Nadeschda Alexejewna konnte im ersten Augenblick das Schreckliche, das in der Nachricht vom Tode ihres lieben fünfzehnjährigen Neffen Sserjoscha lag, gar nicht fassen. Sie stammelte:

»Tanja, Liebste, was sagst du?! Wie schrecklich! Aus welchem Grunde? Wann ist es geschehen?«

Ohne die Antwort abzuwarten, fügte sie rasch hinzu:

»Ich komme sofort hinaus, sofort.«

Sie vergaß das Hörrohr an den Haken zu hängen, ließ es an der Schnur baumeln, lief zum Direktor und bat ihn um Erlaubnis, wegen einer dringenden Familienangelegenheit fortgehen zu dürfen.

Der Direktor gab ihr die Erlaubnis. Er machte zwar ein unzufriedenes Gesicht und brummte:

»Sie wissen ja, wieviel es vor den Feiertagen zu tun gibt. Und die dringenden Familienangelegenheiten kommen immer in der ungelegensten Zeit. Wenn es aber durchaus sein muß, dürfen Sie gehen. Bedenken Sie nur, daß die ganze Arbeit stockt.«

Nadeschda Alexejewna saß nach einigen Minuten in der Trambahn. Ihre Gedanken waren wieder an dem Punkt angelangt, zu dem sie immer zurückkehrten, wenn der ruhige Lauf ihrer Tage von unerwarteten Geschehnissen, die fast immer schmerzvoll waren, unterbrochen wurde. Ihre Gefühle waren verworren, ihre Stimmung gedrückt. Ihr Herz krampfte sich vor schmerzvollem Mitleid mit der Schwester und dem Neffen zusammen.

Der Gedanke, daß der fünfzehnjährige Junge, der sie erst vor kurzem besucht hatte, der immer lustige Gymnasiast Sserjoscha, sich das Leben genommen habe, war zu schrecklich. Auch der Gedanke an den Schmerz seiner Mutter, die ihr schweres und verfehltes Leben wie eine Last trug, war nicht weniger bedrückend. Im Leben Nadeschda Alexejewnas hatte es aber etwas gegeben, was vielleicht noch viel schwerer und schrecklicher war und was ihr die Möglichkeit nahm, sich ganz der Trauer um die Schwester und den Neffen hinzugeben. Ihr vom alten Leid bedrücktes Herz hatte nicht die Kraft, sich in einem erlösenden Strom von schmerzlichem Mitleid zu ergießen. Ein schwerer Stein lag auf der Quelle der trostbringenden Tränen. Nur einzelne spärliche Tränentropfen traten ihr in die Augen, deren gewöhnlicher Ausdruck eine gleichgültige Langeweile war.

Nadeschda Alexejewna mußte im Geiste wieder zu dem von ihr durchwanderten flammenden Kreise von Liebe und Leidenschaft zurückkehren. Zu den wenigen Tagen des Vergessens und grenzenloser Hingebung, die sie vor einigen Jahren erfahren.

Jeder Tag jenes heitern Sommers war für sie wie ein Festtag. Über der armseligen Landschaft der Sommerfrische in Finnland blaute freudig der Himmel, rieselten lustig lachend sommerliche Regengüsse. Der Harzgeruch des warmen Nadelwaldes war süßer als Rosenduft; in diesem mürrischen und doch lieben Lande gab es ja auch keine Rosen. Das graugrüne Moos im Waldesdickicht war ein wonnevolles Lager der Liebe. Die zwischen den wild aufeinander getürmten grauen Felsen hervorsprudelnde Quelle rieselte so freudig und so hell, als ob ihr klares Wasser geradeswegs zu den Gefilden Arkadiens strömte. Süß und freudebringend war die Kühle des wohlklingenden Wasserlaufes.

Die glücklichen Tage zogen im Liebesrausche schnell dahin. Und dann kam der letzte Tag, von dem Nadeschda Alexejewna natürlich nicht wußte, daß er ihr letzter glücklicher Tag war. Alles um sie her war noch heiter, wolkenlos und freudevoll. Die weiten, harzduftenden Waldesschatten waren noch immer kühl und versonnen und das warme Moos unter ihren Füßen weich und zärtlich. Aber die Vögel waren schon verstummt: sie hatten sich Nester gebaut und Junge ausgebrütet.

Auf dem Antlitz des Geliebten lag ein seltsamer Schatten. Er hatte an diesem Tage einen unangenehmen Brief bekommen. So erklärte er es wenigstens selbst:

»Ein furchtbar unangenehmer Brief. Ich bin verzweifelt. So viele Tage muß ich von dir ferne sein!«

»Warum?« fragte sie.

Sie spürte noch immer keine Trauer. Er aber sagte:

»Mein Vater schreibt, daß die Mutter schwer erkrankt ist. Ich muß sofort hinfahren.«

Der Vater schrieb ihm etwas ganz anderes. Nadeschda Alexejewna wußte es aber nicht. Sie wußte noch nicht, daß die Liebe getäuscht werden kann, daß Lippen, die geküßt haben, lügen können.

Unter Liebkosungen und Küssen sagte er ihr:

»Ich muß fort. Ich kann nicht anders. Es ist so ärgerlich. Ich weiß zwar, daß es nichts Ernstes ist, aber ich muß sofort zu meiner Mutter.«

»Es ist ja selbstverständlich«, sagte sie, »wenn deine Mutter krank ist, mußt du hin. Schreibe mir aber jeden Tag. Ich werde mich so furchtbar nach dir sehnen.«

Sie begleitete ihn wie immer bis zur Landstraße an den

Waldesrand und kehrte allein durch den Wald heim. Sie war etwas betrübt, doch fest davon überzeugt, daß er bald zurückkehren würde. Er kehrte aber nicht zurück.

Nadeschda Alexejewna bekam von ihm mehrere Briefe. Es waren so merkwürdige Briefe. Sie waren unklar, verworren und voller unverständlicher Anspielungen, die ihr Angst machten. Er schrieb ihr immer seltener. Nadeschda Alexejewna ahnte schon, daß seine Liebe erloschen war. Gegen Ende des Sommers erfuhr sie zufällig von fremden Leuten, daß er sich inzwischen verheiratet hatte.

»Ja, natürlich! Haben Sie es denn noch nicht gehört? Vorige Woche war die Trauung, und dann ist er gleich mit seiner jungen Frau nach Nizza abgreist.«

»Er kann von Glück sprechen; hat sich eine so hübsche und reiche Frau ergattert.«

»Ist die Mitgift groß?«

»Und ob! Ihr Vater besitzt . . .«

Sie wollte aber gar nicht hören, was ihr Vater besitzt, und wandte sich weg.

Die Erinnerung an das Schreckliche, das nachher kam, drängte sich ihr gar zu oft auf, obwohl sie sich die größte Mühe gab, sie auszumerzen und in ihrer Seele zu erstikken. Es war so schwer und erniedrigend, wenn auch unvermeidlich gewesen. Als sie sich dort, wo alles noch von seinen Küssen sprach, Mutter fühlte, als sie von seiner Heirat erfuhr und die ersten Regungen des Kindes spürte, mußte sie ja schon gleich an den Tod dieses Kindes denken. Sie mußte den Ungeborenen töten!

Ihre Angehörigen erfuhren nichts. Nadeschda Alexejewna war es gelungen, unter einem glaubwürdigen Vorwande für vierzehn Tage zu verreisen. Mit großer Mühe verschaffte sie sich soviel Geld, als das böse Werk kosten sollte. In einem gemeinen Asyl wurde es vollbracht. Die Erinnerung an die grauenhaften Einzelheiten war ihr heute noch qualvoll. Krank, abgezehrt, bleich und schwach kehrte sie nach Hause zurück und verheimlichte mit traurigem Heldenmut den Schmerz und das Grauen.

Die Erinnerung an die Einzelheiten war sehr aufdringlich, aber Nadeschda Alexejewna hatte gelernt, sich nach kurzem Kampf immer wieder von der schweren Last dieser Gedanken zu befreien. So oft sie sich ihr aufdrängten, erschauerte sie kurz vor Grauen und Ekel und wandte sich sofort anderen Gedanken zu, die sie ablenkten.

Was sie aber für keinen Augenblick verließ und wogegen sie weder ankämpfen konnte noch wollte, war das liebe und zugleich schreckliche Bild ihres ungeborenen Sohnes.

Wenn Nadeschda Alexejewna allein war und mit geschlossenen Augen ruhig in ihrem Zimmer saß, besuchte sie manchmal ein kleiner Junge. Sie glaubte sogar wahrzunehmen, daß er mit der Zeit wuchs. Diese Vorstellung war so lebendig, daß sie von Tag zu Tag und von Jahr zu Jahr im Geiste alles durchkostete, was sonst die Mutter eines lebendigen Kindes durchkostet. In der ersten Zeit hatte sie sogar das Gefühl gehabt, daß ihre Brüste voll Milch seien. Bei jedem Geräusch fuhr sie zusammen: ob ihr Kind nicht ausgeglitten sei und sich wehgetan habe?

Manchmal hatte sie das Bedürfnis, ihren Sohn auf den Schoß zu nehmen, ihn zu liebkosen, mit ihm zu sprechen. Sie streckte die Hand aus, um sein goldblondes, seidenweiches Haar zu streicheln; die Hand aber stieß ins Leere, und Nadeschda Alexejewna hörte hinter ihrem Rücken das Lachen des Kindes, das von ihr weggelaufen war und sich irgendwo in der Nähe versteckt hatte.

Sie kannte das Gesicht ihres ungeborenen Sohnes. So deutlich sah sie es vor sich. Es war eine liebliche und zugleich grauenvolle Mischung der Gesichtszüge jenes Mannes, der ihre Liebe genommen und verworfen, der ihre Seele geraubt und bis auf den Grund geleert, der sie vergessen hatte – die Mischung seiner trotz alledem zärtlich geliebten Züge mit ihren eigenen Zügen.

Die lachenden grauen Augen sind vom Vater. Die graziösen rosigen Ohrmuscheln – von der Mutter. Die weichen Linien der Lippen und des Kinns – vom Vater. Die rundlichen Schultern, zart wie die eines jungen Mädchens – von der Mutter. Das goldblonde, leichtgelockte Haar – vom Vater. Und die rührenden Grübchen in den rosigen Wangen – von der Mutter.

Nadeschda Alexejewna kannte genau seine Züge und Glieder und alle seine Bewegungen und Gewohnheiten. Die Haltung der Hände und die Art, die Beine zu kreuzen, waren vom Vater, obwohl der Ungeborene seinen Vater nie gesehen hatte. Das Lachen, das zarte schamhafte Erröten hatte der Ungeborene von seiner Mutter.

Es war so süß und zugleich so schmerzhaft, als ob ein zärtlicher, rosiger Finger grausam und liebevoll eine tiefe Wunde aufwühlte. Es tat weh; wie konnte sie ihn aber von sich weisen?

›Ich will dich gar nicht fortjagen, mein ungeborener Junge. Lebe wenigstens so, wie du es kannst. Dieses Leben ist ja das einzige, das ich dir geben kann . . .

Es ist das Leben der Träume. Du lebst nur in meinen Träumen. Du armer, lieber Ungeborener! Du kannst dich niemals deiner selbst freuen, kannst nicht für dich selbst lachen und um dich selbst trauern. Du lebst und du bist nicht. In der Welt der Lebenden unter Menschen und Dingen bist du nicht. Du lebst, bist so lieb und heiter und bist nicht. Das habe ich an dir verbrochen!‹

Nadeschda Alexejewna sagte sich zuweilen:

›Jetzt ist er noch klein und weiß es nicht. Wenn er aber einmal groß ist und alles erfährt, wird er Vergleiche zwischen sich und den Lebenden anstellen und gegen seine Mutter Anklage erheben. Dann werde ich sterben müssen.‹

Sie dachte gar nicht daran, daß alle ihre Gedanken wahnsinnig erscheinen würden, wenn sie der gesunde Menschenverstand, der schreckliche und wahnsinnige Richter aller unserer Handlungen richten wollte. Sie dachte nicht daran, daß der von ihr ausgeschiedene, kleine häßliche, zusammengeschrumpfte Keim nur ein lebloses Klümpchen gewesen war, ein Stück tote, unbeseelte Materie. Der Ungeborene lebte in ihrem Geiste und marterte unaufhörlich ihr Herz.

Er war ganz licht und trug ein lichtes Gewand. Seine Arme und Beine waren licht, seine unschuldigen Augen blickten heiter, und ein unschuldiges Lächeln umspielte seine Lippen. Sein Lachen klang hell und freudig. Wenn sie ihn umarmen wollte, lief er zwar davon und versteckte sich, blieb aber immer irgendwo in ihrer Nähe. Wenn sie ihn umarmen wollte, lief er davon; wenn sie aber mit geschlossenen Augen allein in ihrem Zimmer saß, umschlang er manchmal selbst ihren Hals mit seinen warmen, weichen Ärmchen und berührte ihre Wange leicht mit den Lippen. Auf den Mund hatte er aber sie noch nie geküßt.

›Er wird größer werden und alles verstehen‹, sagte sich

Nadeschda Alexejewna. ›Er wird sich traurig von mir abwenden und mich für immer verlassen. Und dann werde ich sterben.‹

Auch jetzt, als sie, im eintönig polternden überfüllten Trambahnwagen unter fremden, in Pelze gehüllten Menschen, die ihre Weihnachtseinkäufe vor sich auf dem Schoß liegen hatten, saß und die Augen schloß, erblickte sie vor sich ihren Sohn. Sie sah seine heiteren Augen und hörte, ohne auf die Worte zu achten, sein leises Flüstern. So ging es bis zur Haltestelle, wo sie aussteigen mußte.

Nadeschda Alexejewna stieg aus der Trambahn und schritt durch die schneeverwehten Straßen der Vorstadt, an den niederen Häusern, Gärten und Zäunen vorbei. Sie ging allein. Die Leute, denen sie begegnete, waren ihr fremd. Das geliebte, schreckliche Wesen begleitete sie nicht mehr. Sie dachte:

›Meine Sünde ist immer mit mir. Ich kann ihr nicht entfliehen. Wozu lebe ich noch? Sserjoscha lebt ja auch nicht mehr.‹

Ein dumpfer Schmerz bohrte in ihrer Seele, und sie wußte nicht, wie sie diese Frage beantworten sollte: Wozu lebe ich? Und wozu werde ich sterben?

Sie dachte:

›Mein Kleiner ist immer mit mir. Jetzt ist er schon acht Jahre alt und kann vieles verstehen. Warum zürnt er mir aber nicht? Hat er gar keine Lust, mit den andern Kindern zu spielen, den Schneehügel da herunterzurodeln? Lockt ihn denn nicht die Schönheit unseres irdischen Lebens, die Schönheit, an der ich mich einst berauschte, die bezaubernde, wenn auch oft trügerische Schönheit dieser lieben Erde, der besten aller möglichen Welten?‹

Während Nadeschda Alexejewna durch die fremde

und gleichgültige Straße weiterging, wurden diese Gedanken von andern verdrängt. Sie dachte an die Familie ihrer Schwester, zu der sie ging: an den unter der Last der Arbeit schier zusammenbrechenden Schwager, an die ewig müde Schwester, an die große Schar der lärmenden, ungezogenen, immer bettelnden Kinder, an die kleine Wohnung und die ständige Geldnot. An die Neffen und Nichten, die sie liebte. Und an den Gymnasiasten Sserjoscha, der sich das Leben genommen hatte.

Wer hätte es erwartet? Er war ein so aufgeweckter, lustiger Junge.

Sie erinnerte sich noch an das Gespräch, das sie mit Sserjoscha in der vorigen Woche gehabt hatte. Der Junge schien traurig und aufgeregt. Die Rede war auf irgendeinen Vorfall, von dem er in einer russischen Zeitung gelesen hatte, also auf etwas Unheimliches und Tragisches, gekommen. Sserjoscha hatte gesagt:

»Das Leben zu Hause ist schon schwer genug, und wenn man eine Zeitung in die Hand nimmt, so sieht man auch nichts als Grauen und Ekel.«

Nadeschda Alexejewna hatte darauf etwas erwidert, woran sie selbst nicht glaubte. Sie hatte den Neffen von seinen trüben Gedanken ablenken wollen. Sserjoscha hatte aber traurig gelächelt und gesagt:

»Tante Nadja, bedenke doch, wie häßlich alles ist! Bedenke, was um uns vorgeht! Es ist doch zu schrecklich, wenn der beste aller Menschen, ein so alter Mann von zu Hause wegläuft und irgendwo in der Wildnis stirbt! Er hat deutlicher als wir all das Grauen empfunden, in dem wir leben, und er konnte es nicht ertragen. Er lief fort und starb. Es ist zu schrecklich!«

Er hatte eine Weile geschwiegen und dann die Worte

gesagt, die Nadeschda Alexejewna so furchtbar erschreckten:

»Tante Nadja, ich will es dir ganz offen sagen. Du bist so lieb und du wirst mich verstehen. Es ist mir so schwer, unter all den Dingen, die um uns vorgehen, zu leben. Ich weiß, daß ich ebenso schwach bin wie die andern und daß ich nichts ändern kann. Einmal werde ich wohl selbst von all dem Ekelhaften hineingezogen werden. Tante Nadja, wie richtig hat doch Nekrassow gesagt: Herrlich ist es, jung zu sterben!«

Nadeschda Alexejewna war sehr erschrocken und hatte lange auf Sserjoscha eingeredet. Schließlich glaubte sie ihn umgestimmt zu haben. Er hatte ihr lustig zugelächelt – es war sein gewöhnliches sorgloses Lächeln gewesen – und hatte gesagt:

»Es ist schon gut! Wir wollen sehen, was das Leben weiter bringt. Der Fortschritt bewegt alle Dinge, und sein Siegeszug ist unaufhaltsam.«

Sserjoschas Lieblingsdichter war weder Nadson noch Balmont, sondern Nekrassow.

Nun ist Sserjoscha nicht mehr. Er hat sich erschossen. Er wollte also nicht weiter leben und den Siegeszug des Fortschrittes mitansehen. Was mag jetzt wohl seine Mutter tun? Küßt sie seine toten, wachsgelben Hände? Oder streicht sie Butterbrot für die hungrigen, verängstigten, verweinten Kinder, die seit dem frühen Morgen noch nichts gegessen haben und in ihren abgetragenen Kleidchen und Anzügen mit durchwetzten Ellenbogen so elend aussehen? Oder liegt sie auf ihrem Bett und weint, weint ohne Ende? Wie glücklich ist sie, wenn sie weinen kann! Gibt es denn etwas Süßeres als Tränen?

Nadeschda Alexejewna war endlich am Ziel. Sie lief so

schnell die steile Treppe zum vierten Stock hinauf, daß ihr der Atem ausging und sie vor der Tür stehen bleiben mußte, um auszuschnaufen. Schwer keuchend stand sie da, hielt sich mit der rechten Hand im warmen gestrickten Handschuh am eisernen Treppengeländer fest und starrte auf die Tür. Sie hatte noch nicht geklingelt.

Die Tür war mit Filz und darüber mit schwarzem Wachstuch beschlagen. Das Wachstuch war, der Schönheit oder Haltbarkeit wegen, kreuzweise mit schwarzen Streifen besetzt. Einer dieser Streifen war abgerissen und hing herunter. Das Wachstuch hatte an dieser Stelle ein Loch, aus dem grauer Filz hervorguckte. Bei diesem Anblick krampfte sich Nadeschda Alexejewnas Herz schmerzvoll zusammen. Ihre Schultern bebten. Sie drückte die Hände ans Gesicht und begann zu schluchzen. Eine plötzliche Schwäche überkam sie, sie setzte sich auf den Treppenabsatz und ließ den Tränen freien Lauf. Unter den warmen gestrickten Handschuhen brach aus den geschlossenen Augen ein unaufhaltsamer Tränenstrom hervor.

Auf der Treppe war es kalt, still und finster. Die drei Wohnungstüren standen nebeneinander, verschlossen und stumm. Nadeschda Alexejewna saß auf dem Treppenabsatz und weinte. Plötzlich hörte sie die wohlbekannten leichten Schritte. Sie war wie versteinert und voll freudiger Erwartung. Ihr Sohn ging auf sie zu, umschlang ihren Hals und schmiegte sein Gesicht an ihre Wange. Dann nahm er mit seinen warmen Händchen ihre Hand im gestrickten Handschuh vom Gesicht weg, berührte mit zarten Lippen ihre Wange und sagte:

»Warum weinst du? Bist du denn schuld?«

Sie lauschte stumm seinen Worten und wagte nicht,

Ferdinand Hodler, »Der Traum« (1897–1903)

sich zu rühren oder die Augen zu öffnen, damit er nicht verschwinde. Sie ließ die rechte Hand, die er ihr vom Gesicht genommen hatte, in den Schoß sinken und behielt die Linke auf den Augen. Sie bemühte sich, die Tränen zurückzuhalten, damit ihr Weinen, das unschöne Weinen des armen Erdenweibes ihn nicht verscheuche.

Er sagte:

»Dich trifft keine Schuld.«

Er küßte sie wieder auf die Wange und wiederholte die schrecklichen Worte Sserjoschas:

»Ich will hier nicht leben. Hab Dank, liebe Mutter.«

Dann sagte er wieder:

»Glaube es mir, liebe Mutter, ich will gar nicht leben.«

Diese Worte hatten aus dem Munde Sserjoschas so schrecklich geklungen, weil er, dem eine unbekannte Macht lebendige Menschengestalt verliehen, die Pflicht gehabt hatte, den ihm anvertrauten Schatz zu bewahren. Die gleichen Worte klangen aber aus dem Munde des Ungeborenen wie eine frohe Botschaft. Sie fragte ihn ganz leise, kaum hörbar, damit der Klang der irdischen Worte ihn nicht erschrecke:

»Liebes Kind, hast du es mir vergeben?«

Und er antwortete:

»Dich trifft keine Schuld. Wenn du es aber willst, vergebe ich dir.«

Das Vorgefühl einer ungeahnten Freude erfüllte plötzlich das Herz der Mutter. Sie wagte noch nicht zu hoffen und wußte nicht, was noch kommen würde. Langsam und scheu streckte sie ihre Arme aus – und plötzlich saß der Ungeborene auf ihrem Schoß, sie fühlte auf ihren Schultern seine leichten Arme und auf ihren Lippen seine Lippen. Sie küßte ihn immer wieder, und es war ihr, als ob auf ihren Augen der Blick des Ungeborenen ruhte, strahlend, wie die Sonne über der frommen Welt. Sie hielt aber ihre Augen geschlossen, um das, was ein Sterblicher nicht sehen darf, nicht zu sehen und daran nicht zu sterben.

Die kindlichen Arme lösten sich, und auf den Stufen erklangen leichte sich entfernende Schritte. Der Kleine war fort. Nadeschda Alexejewna erhob sich, wischte sich die Tränen aus den Augen und klingelte an der Tür ihrer Schwester. Von Ruhe und Glück erfüllt, ging sie zu den Gramgebeugten, um Hilfe und Trost zu bringen.

Henri de Régnier

Nachwort

Im alten buch geziert mit krallenschlössern
Hab ich begierig nach der zauberweisheit
Den geist und allen willen eingesezt
Um der juwelen manche kraft zu lernen.

Smaragde helfen zwillinge gebären ·
Rubin macht keusch und hält die lüste fort ·
Der amethyst das auge fleissger nächte ·
Und demant bricht das gift und böses wort.

Ich tötete an seinem tisch den meister ·
Als kymophan er schnizte und gagat
Ein wirksam mittel gegen zaubereien.

Die steine hab ich dir gestohlen · Holde!
Und tat an meine hand sein vorrecht kennend
Den chrysolith der von dem wahnsinn heilt.

Albert Verwey

Wie ein äthiopischer fürst von glühendem strande
Die flotte schickt mit schätzen reich beladen:
Gold elfenbein und herrliche gewande
Als gab und gruss an fürsten fremder lande –

Die schiffe prunken längs den blauen pfaden
Und eine bunte schar geht aus beim landen ·
Sklavinnen sklaven mit gebognen händen
Knieend zum thron mit schalen und zieraten:

So ziehn gedrängt mir der gedanken scharen ·
Um dich mein fürst und freund gekniet zu grüssen
Mit pracht vom edelsten · in mir gefunden.

Ich lasse schiff auf schiff hin vor dich fahren
Mit reichem sang und liebe dir zu füssen
Die schätze häufen die hier unnütz stunden.

Marcel Schwob

Lilith

Not a drop of her blood was human,
But she was made like a soft sweet woman.
(*Dante-Gabriel Rossetti*)

Ich denke, er hat sie so sehr geliebt, wie man eine Frau auf Erden lieben kann; aber die Geschichte der beiden war trauriger als jede andre. Er hatte sich lange mit Dante und Petrarca beschäftigt; die Gestalten der Beatrice und der Laura schwebten ihm vor Augen, und die göttlichen Verse, aus denen der Name Francesca da Rimini aufblüht, sangen ihm in den Ohren.

In der ersten Glut seiner Jugend hatte er die gemarterten Jungfrauen des Correggio geliebt, deren Leiber, mit Wollust in den Himmel vernarrt, Augen haben, die begehren, und Münder, die aufzucken und schmerzlich nach Liebe verlangen. Später bewunderte er die verhaltene menschliche Großartigkeit der Gestalten Raffaels, ihr geruhsames Lächeln, ihre keusche Befriedigtheit. Sowie er jedoch er selbst wurde, wählte er sich, gleich Dante, den Brunetto Latino zum Vorbild und lebte in dem Jahrhundert der frostigen Gesichter mit ihrer ungewöhnlichen, heimlichen Paradiesseligkeit.

Und von Frauen lernte er zuerst Jenny kennen; sie war reizbar und leidenschaftlich, ihre Augen, entzückend umschattet, schmachteten feucht aus abgründigem Blick. Er war ein trauriger Liebhaber, ein Träumer. Mit verbitterter Hingabe suchte er das Wesen der Sinneslust; wenn

Jenny ermattet im frühen Morgenlicht schlief, streute er blanke Guineen in ihr sonnenbeschienenes Haar; dann betrachtete er ihre geschloßnen Lider, die langen, ruhenden Wimpern, ihre klare Stirn, die von Lastern nichts zu wissen schien, und fragte sich verhärmt, auf das Kinn gestützt, ob ihr nicht das Gold lieber sei als seine Liebe und welche ernüchternden Gesichte wohl unter dem durchscheinenden Elfenbein ihres Fleisches hinnebeln mochten.

Dann dachte er an die Mädchen aus den Zeiten des Irrwahns, die ihre Liebhaber, wenn sie ungetreu wurden, mit Hexerei verfolgten; er erwählte sich Helena, die auf einem Eisenrost das wächserne Abbild ihres wortbrüchigen Anverlobten schmorte: er liebte sie, indes sie ihm das Herz mit dünner Stahlnadel durchstach. Und er verließ sie Rose-Marie zulieb, deren Mutter, eine Fee, ihr einen durchscheinenden Beryllapfel zum Schutz ihrer Reinheit mitgegeben hatte. Die Geister des Beryll behüteten Rose-Marie und wiegten sie mit Liedern in Schlaf. Aber als sie der Versuchung unterlag, färbte sich der Apfel opalen, worauf sie ihn wütend mit einem Schwertstreich zerhieb; weinend entwichen da die Geister des Berylls dem zerbrochenen Stein, und mit ihnen entflog die Seele der Rose-Marie.

Danach liebte er Lilith, Adams erste Frau, die nicht vom Manne abstammt. Sie war nicht aus rotem Lehm genommen wie Eva, sondern aus einem unirdischen Stoff; sie war der Schlange ähnlich und hatte die Schlange angestiftet, die andern in Versuchung zu führen. Für ihn war sie die einzig wahre Frau, und zwar so sehr, daß er dem nordischen Mädchen, das er als letzte in diesem Leben liebte und das er heiratete, den Namen Lilith gab.

Aber das war eine reine Künstlerlaune; sie glich vielmehr den präraffaelitischen Gestalten, wie er sie in seinen Malereien aufleben ließ. Ihre Augen waren blau wie der Himmel, ihr langes blondes Haar aber leuchtete wie Berenice ihres, das seit der Zeit, da sie es den Göttern darbrachte, als Sternbild am Himmel hinhängt. Ihre Stimme hatte die süße Melodie der Dinge, die dem Untergang nah sind; alle ihre Bewegungen waren von der Leichtigkeit einer Flaumfeder; und oft, wenn sie sich hielt, als wäre sie aus einem fremden Reiche, schaute er sie als eine Geistererscheinung.

Er schrieb funkelnde Sonette an sie, aneinandergereiht die Geschichte seiner Liebe, und gab ihnen den Namen »Haus des Lebens«. Er hatte sie eingetragen in einen Band aus Pergamentblättern; das Werk glich einem sorgfältig ausgezierten Meßbuch.

Lilith lebte nicht lange, sie war nicht von dieser Welt; und als sie beide wußten, daß sie sterben müsse, tröstete sie ihn, so gut sie konnte.

»Geliebter«, sprach sie zu ihm, »über die goldenen Schranken des Himmels werde ich mich niederbeugen zu dir; ich werde drei Lilien in Händen haben und sieben Sterne im Haar. Ich werde dich erblicken von der göttlichen Brücke über den Äther hinüber; und du wirst zu mir kommen, und wir werden hineingehn in die unerschöpflichen Fontänen des Lichts. Und wir werden Gott bitten, er lasse uns ewig leben in der Art unsrer Liebe hier unten, die nur einen Augenblick währte.«

Er sah sie sterben, während sie diese Worte sprach, und formte daraus sogleich ein großartiges Gedicht, das schönste Kleinod, womit je eine Tote geschmückt wurde. Er stellte sich vor, es seien schon zehn Jahre vergangen, seit sie von ihm Abschied genommen hatte; und er sah sie niedergebeugt über die goldenen Schranken des Himmels, so lang schon, daß der Barren unter dem Druck ihres Busens warm geworden und der Lilienbund in ihren Armen entschlummert war. Sie flüsterte ihm wieder dieselben Worte zu; dann lauschte sie lange und lächelte: »So wird es sein, wenn er kommt«, sagte sie. Und er sah sie wieder lächeln; dann legte sie ihre Arme auf die Schranken, vergrub ihr Gesicht in den Händen und weinte. Wie hörte er doch ihr Weinen.

Dies war die letzte Dichtung, die er in das Buch Lilith schrieb. Für immer schloß er die goldenen Spangen und beteuerte, indem er die Feder zerbrach, er sei einzig für sie Dichter gewesen, seinen Ruhm solle sie mit hinabnehmen in ihr Grab.

Nicht anders begaben sich die alten Barbarenfürsten unter die Erde, begleitet von ihren Schätzen und ihren besten Sklaven. Über dem offenen Grabe durchschnitt man ihren Lieblingsfrauen die Kehle, und ihre Seelen schlürften das Purpurblut.

Der nun Lilith geliebt hatte, gab ihr das Leben seines Lebens und das Blut seines Blutes; er opferte ihr seine irdische Unsterblichkeit und bettete in ihren Sarg die Hoffnung auf künftige Zeiten.

Er raffte das leuchtende Haar Liliths und barg unter ihrem Kopf die Handschrift; hinter ihrem fahlen Gesicht sah er den roten Saffian vorschimmern und die goldenen Spangen, die sein Lebenswerk umklammert hielten.

Dann floh er, hinweg von ihrem Grab, hinweg von allem, was ihm nahestand, mit dem Bildnis Liliths in der Brust und den nachhallenden Versen im Ohr. Er reiste, suchte neue Landschaften, wo ihn nichts an seine Freun-

Otto Greiner, »Der Teufel zeigt dem Volk das Weib«
(nach 1900)

din gemahnte. Denn er wollte die Erinnerung an sie einzig aus seinem Herzen nähren, nicht der Anblick gleichgültiger Dinge sollte sie heraufbeschwören vor sein inneres Gesicht, nicht die richtige, irdische Lilith, wie sie hienieden in Eintagserscheinung vergänglich gestaltet war, nicht sie, sondern eine der Auserkorenen, überwirklich beheimatet jenseits der Sterne, wo er sie einstens wiederfinden werde.

Das Rauschen des Meeres erinnerte ihn an ihr Weinen, und er hörte ihre Stimme in den tiefen Gründen der Wälder; wenn die Schwalbe ihr schwarzes Köpfchen wendete, war es die zierliche Halsdrehung seiner Geliebten; und die Scheibe des Mondes, zerspiegelt in den dunklen Wassern der Waldweiher, traf ihn mit zahllosen, goldenen, blitzschnell flüchtenden Blicken. Vor einer plötzlich aus dem Dickicht tretenden Hindin krampfte sich ihm das Herz in Erinnerungsweh; die Nebel, die im Blaulicht der Sterne das Gebüsch umhuschen, nahmen, ihm nahend, Menschengestalt an, und wenn der Regen auf das welke Laub tropfte, ertönte das traumhafte Trommeln der geliebten Finger.

Er schloß die Augen vor der Welt; und in dem Schatten, darin die leuchtenden Bilder des Blutes wandeln, sah er Lilith, so wie er sie geliebt hatte, die irdische, nicht himmlische, die menschliche, nicht göttliche, und in veränderlicher Glut ihren Blick, der abwechselnd der Blick der Helena war und der Rose-Marie und der Jenny; und wenn er sich sie vorzustellen versuchte, so über die goldenen Schranken des Himmels gebeugt und umklungen von den sieben Sphären, dann spiegelte sich in ihrem Gesicht die Trauer um die verlorenen Dinge der Erde, das Unglück über die verlorene Liebe.

Da wünschte er sich die Augen der Höllengeister, Augen ohne Lider, um so trostlosem Wahn zu entrinnen.

Und ihn verlangte, das paradiesische Gesicht durch irgendein Mittel wieder zu bannen. Trotz seines Schwurs unternahm er eine Schilderung, aber die Feder versagte sich seiner Müh. Seine Worte klagten um Lilith, um den fahlen Leib der Lilith, den die Erde in ihrem Schoß bewahrte. Da kam ihm in den Sinn (denn zwei Jahre waren vergangen), daß er wunderbare Gedichte geschrieben hatte, darin sein Sehnsuchtsbild strahlend ohnegleichen war. Ihn schauderte.

Und wie er dem nachsann, ward er völlig davon ergriffen. Vor allem war er Künstler; Correggio, Raffael und die Präraffaeliten, Jenny, Helena, Rose-Marie, Lilith, sie alle waren bloß Gelegenheiten zu künstlerischer Anregung. Auch Lilith? Vielleicht – denn auch sie wollte ihm nicht anders wiederkommen als einzig in der Zärtlichkeit und Süße einer irdischen Frau. – Er dachte an seine Verse, und ihm fielen Bruchstücke ein, die ihn schön dünkten. Er überraschte sich bei dem Ausruf: »Was für glänzende Dinge müssen doch drinstehn!« Er kaute an der Bitternis des vergeudeten Ruhms. Der Künstler lebte in ihm wieder auf und stellte die unerbittliche Forderung.

. . . .

. . . .

Eines Abends stand er da, zitternd, verfolgt von einem zähen Geruch, der sich an die Kleider heftete, die Hände mit feuchter Erde beschmutzt, ein Dröhnen zersplitternden Holzes in den Ohren – und vor ihm das Buch, sein Lebenswerk, das er der Toten entrissen hatte. Lilith war von ihm beraubt worden; und ihm wurde übel bei dem Gedanken an das zerwühlte Haar, an die Hände, wie sie die verwesenden Überreste der einst Geliebten durchgruben, vor diesem befleckten Saffian, der nach Leiche roch, vor diesen widerlich durchtränkten Blättern, aus denen Ruhm wölkte mit einem Nachdunst von Fäulnis.

Als er in der Lohe eines Augenblicks das Sehnsuchtsbild wieder gesehn hatte, als er glaubte, von neuem Liliths Lächeln zu schauen und ihre heißen Tränen zu trinken, wurde er von einer rasenden Begier nach diesem Ruhm verzehrt. Er überantwortete das Werk dem Druck, mit dem bis aufs Blut quälenden Vorwurf eines Diebstahls, einer Entblößung und dem schmerzlichen Gefühl unstillbaren Eitelseins. Der Öffentlichkeit erschloß er sein Herz, zeigte seine Wunden; er schleifte vor aller Augen den Leichnam der Lilith, ihr Bild, das jetzt unter der Auserwählten erloschen war; und aus diesem Schatz, durch eine Schändung erzwungen, klang, mit dem Strömen der Sprache, krachendes Echo des Sarges.

Oscar Wilde

Endymion

Im Apfelbaum hängt goldner Schein,
Arkadien tönt von Vogellaut,
Im Hürdenhof die Schafe schrein,
Die wilden Gemsen fliehn waldein,
Ich weiß, bald wird er bei mir sein,
Der gestern Liebe mir vertraut.

Steigende Luna! Herrin du!
Nimm du den Liebsten mir in Hut;
O sicherlich kennst du ihn gut,
Denn purpurrot sind seine Schuh,
O sicher findest du ihn leicht,
Da er den Schäferstecken schwingt,
An Lieblichkeit der Taube gleicht
Und braunes Haar sein Haupt umringt.

Schon girrt nicht mehr wie Tropfenfall
Der Turteltaube Liebeslied,
Der graue Wolf umschleicht den Stall,
Der Lilie singender Seneschall
Schlief ein im Lilienkelch, und all
Die blauen Höhen Nacht umzieht.
O Luna, hoch am Himmel du,
O schau vom Helikon ins Land,
Und wenn dein Blick den Liebsten fand,
Und wenn du siehst die Purpurschuh,
Den Haselstock, des Braunhaars Schein,
Das Geißfell, das den Arm ihm deckt,
So sage ihm, ich warte sein
Dort, wo ein Lichtlein angesteckt.

Nun zwitschert längst kein Vogel mehr,
Der Tau verschenkt die Perlenzier,
Kein Faun streift mehr im Feld umher,
Und die Narzisse, nachttauschwer,
Schloß müd das Blütentor; doch er,
Mein Liebster, kehrte nicht zu mir!
O Luna! treulos schwindest du
Und zeigst mir den Geliebten nicht,

Nicht seiner Lippen rotes Licht,
Den Schäferstab, die Purpurschuh?
Was lächelst du voll List und Hohn,
Was hüllst du dich in Nebelflor?
Ah! *Du* hast jung Endymion,
Du hast den Kuß, den ich verlor!

Frauenbilder

Rainer Maria Rilke

Damen-Bildnis aus den Achtziger-Jahren

Wartend stand sie an den schwergerafften
dunklen Atlasdraperien,
die ein Aufwand falscher Leidenschaften
über ihr zu ballen schien;

seit den noch so nahen Mädchenjahren
wie mit einer anderen vertauscht:
müde unter den getürmten Haaren,
in den Rüschen-Roben unerfahren
und von allen Falten wie belauscht

bei dem Heimweh und dem schwachen Planen,
wie das Leben weiter werden soll:
anders, wirklicher, wie in Romanen,
hingerissen und verhängnisvoll, –

daß man etwas erst in die Schatullen
legen dürfte, um sich im Geruch
von Erinnerungen einzulullen;
daß man endlich in dem Tagebuch

einen Anfang fände, der nicht schon
unterm Schreiben sinnlos wird und Lüge,
und ein Blatt von einer Rose trüge
in dem schweren leeren Medaillon,

welches liegt auf jedem Atemzug.
Daß man einmal durch das Fenster winkte;
diese schlanke Hand, die neuberingte,
hätte dran für Monate genug.

ARTHUR SCHNITZLER

Das Tagebuch der Redegonda

Gestern nachts, als ich mich auf dem Heimweg für eine Weile im Stadtpark auf einer Bank niedergelassen hatte, sah ich plötzlich in der anderen Ecke einen Herrn lehnen, von dessen Gegenwart ich vorher nicht das geringste bemerkt hatte. Da zu dieser späten Stunde an leeren Bänken im Park durchaus kein Mangel war, kam mir das Erscheinen dieses nächtlichen Nachbars etwas verdächtig vor; und eben machte ich Anstalten, mich zu entfernen, als der fremde Herr, der einen langen grauen Überzieher

Gustave Moreau, »Die mystische Blume« (um 1890)

und gelbe Handschuhe trug, den Hut lüftete, mich beim Namen nannte und mir einen guten Abend wünschte. Nun erkannte ich ihn, recht angenehm überrascht. Es war Dr. Gottfried Wehwald, ein junger Mann von guten Manieren, ja sogar von einer gewissen Vornehmheit des Auftretens, die zumindest ihm selbst eine immerwährende stille Befriedigung zu gewähren schien. Vor etwa vier Jahren war er als Konzeptspraktikant aus der Wiener Statthalterei nach einer kleinen niederösterreichischen Landstadt versetzt worden, tauchte aber von Zeit zu Zeit wieder unter seinen Freunden im Caféhause auf, wo er stets mit jener gemäßigten Herzlichkeit begrüßt wurde, die seiner eleganten Zurückhaltung gegenüber geboten war. Daher fand ich es auch angezeigt, obzwar ich ihn seit Weihnachten nicht gesehen hatte, keinerlei Befremden über Stunde und Ort unserer Begegnung zu äußern; liebenswürdig, aber anscheinend gleichgültig erwiderte ich seinen Gruß und schickte mich eben an, mit ihm ein Gespräch zu eröffnen, wie es sich für Männer von Welt geziemt, die am Ende auch ein zufälliges Wiedersehen in Australien nicht aus der Fassung bringen dürfte, als er mit einer abwehrenden Handbewegung kurz bemerkte: »Verzeihen Sie, werter Freund aber meine Zeit ist gemessen und ich habe mich nur zu dem Zwecke hier eingefunden, um Ihnen eine etwas sonderbare Geschichte zu erzählen, vorausgesetzt natürlich, daß Sie geneigt sein sollten, sie anzuhören.«

Nicht ohne Verwunderung über diese Anrede erklärte ich mich trotzdem sofort dazu bereit, konnte aber nicht umhin, meinem Befremden Ausdruck zu verleihen, daß Dr. Wehwald mich nicht im Caféhause aufgesucht habe, ferner wieso es ihm gelungen war, mich nächtlicherweise hier im Stadtpark aufzufinden und endlich, warum gerade ich zu der Ehre ausersehen sei, seine Geschichte anzuhören.

»Die Beantwortung der beiden ersten Fragen«, erwiderte er mit ungewohnter Herbheit, »wird sich im Laufe meines Berichtes von selbst ergeben. Daß aber meine Wahl gerade auf Sie fiel, werter Freund (er nannte mich nun einmal nicht anders), hat seinen Grund darin, daß Sie sich meines Wissens auch schriftstellerisch betätigen und ich daher glaube, auf eine Veröffentlichung meiner merkwürdigen, aber ziemlich zwanglosen Mitteilungen in leidlicher Form rechnen zu dürfen.«

Ich wehrte bescheiden ab, worauf Dr. Wehwald mit einem sonderbaren Zucken um die Nasenflügel ohne weitere Einleitung begann: »Die Heldin meiner Geschichte heißt Redegonda. Sie war die Gattin eines Rittmeisters, Baron T. vom Dragonerregiment X, das in unserer kleinen Stadt Z. garnisonierte.« (Er nannte tatsächlich nur diese Anfangsbuchstaben, obwohl mir nicht nur der Name der kleinen Stadt, sondern aus Gründen, die bald ersichtlich sein werden, auch der Name des Rittmeisters und die Nummer des Regiments keine Geheimnisse bedeuteten.) »Redegonda«, fuhr Dr. Wehwald fort, »war eine Dame von außerordentlicher Schönheit und ich verliebte mich in sie, wie man zu sagen pflegt, auf den ersten Blick. Leider war mir jede Gelegenheit versagt, ihre persönliche Bekanntschaft zu machen, da die Offiziere mit der Zivilbevölkerung beinahe gar keinen Verkehr pflegten und an dieser Exklusivität selbst gegenüber uns Herren von der politischen Behörde in fast verletzender Weise festhielten. So sah ich Redegonda immer nur von weitem; sah sie allein oder an der Seite ihres

Gemahls, nicht selten in Gesellschaft anderer Offiziere und Offiziersdamen, durch die Straßen spazieren, erblickte sie manchmal an einem Fenster ihrer auf dem Hauptplatze gelegenen Wohnung, oder sah sie abends in einem holpernden Wagen nach dem kleinen Theater fahren, wo ich dann das Glück hatte, sie vom Parkett aus in ihrer Loge zu beobachten, die von den jungen Offizieren in den Zwischenakten gerne besucht wurde. Zuweilen war mir, als geruhe sie, mich zu bemerken. Aber ihr Blick streifte immer nur so flüchtig über mich hin, daß ich daraus keine weiteren Schlüsse ziehen konnte. Schon hatte ich die Hoffnung aufgegeben, ihr jemals meine Anbetung zu Füßen legen zu dürfen, als sie mir an einem wundervollen Herbstvormittag in dem kleinen parkartigen Wäldchen, das sich vom östlichen Stadttor aus weit ins Land hinaus erstreckte, vollkommen unerwartet entgegenkam. Mit einem unmerklichen Lächeln ging sie an mir vorüber, vielleicht ohne mich überhaupt zu gewahren und war bald wieder hinter dem gelblichen Laub verschwunden. Ich hatte sie an mir vorübergehen lassen, ohne nur die Möglichkeit in Erwägung zu ziehen, daß ich sie hätte grüßen oder gar das Wort an sie richten können; und auch jetzt, da sie mir entschwunden war, dachte ich nicht daran, die Unterlassung eines Versuchs zu bereuen, dem keinesfalls ein Erfolg hätte beschieden sein können. Aber nun geschah etwas Sonderbares: Ich fühlte mich nämlich plötzlich gezwungen, mir vorzustellen, was daraus geworden wäre, wenn ich den Mut gefunden hätte, ihr in den Weg zu treten und sie anzureden. Und meine Phantasie spiegelte mir vor, daß Redegonda, fern davon mich abzuweisen, ihre Befriedigung über meine Kühnheit keineswegs zu verbergen suchte, es im Laufe eines lebhaften Gespräches an Klagen über die Leere ihres Daseins, die Minderwertigkeit ihres Verkehrs nicht fehlen ließ und endlich ihrer Freude Ausdruck gab, in mir eine verständnisvolle mitfühlende Seele gefunden zu haben. Und so verheißungsvoll war der Blick, den sie zum Abschied auf mir ruhen ließ, daß mir, der ich all dies, auch den Abschiedsblick, nur in meiner Einbildung erlebt hatte, am Abend desselben Tages, da ich sie in ihrer Loge wiedersah, nicht anders zumute war, als schwebe ein köstliches Geheimnis zwischen uns beiden. Sie werden sich nicht wundern, werter Freund, daß ich, der nun einmal von der Kraft seiner Einbildung eine so außerordentliche Probe bekommen hatte, jener ersten Begegnung auf die gleiche Art bald weitere folgen ließ, und daß sich unsere Unterhaltungen von Wiedersehen zu Wiedersehen freundschaftlicher, vertrauter, ja inniger gestalteten, bis eines schönen Tages unter entblätterten Ästen die angebetete Frau in meine sehnsüchtigen Arme sank. Nun ließ ich meinen beglückenden Wahn immer weiterspielen, und so dauerte es nicht mehr lange, bis Redegonda mich in meiner kleinen, am Ende der Stadt gelegenen Wohnung besuchte und mir Seligkeiten beschieden waren, wie sie mir die armselige Wirklichkeit nie so berauschend zu bieten vermocht hätte. Auch an Gefahren fehlte es nicht, unser Abenteuer zu würzen. So geschah es einmal im Laufe des Winters, daß der Rittmeister an uns vorbeisprengte, als wir auf der Landstraße im Schlitten pelzverhüllt in die Nacht hineinfuhren; und schon damals stieg ahnungsvoll in meinen Sinnen auf, was sich bald in ganzer Schicksalsschwere erfüllen sollte. In den ersten Frühlingstagen erfuhr man in der Stadt, daß das Dragonerregiment, dem Redegondas Gatte angehörte, nach Galizien versetzt werden wollte. Meine, nein, unsere Verzweiflung war grenzenlos. Nichts blieb unbesprochen, was unter solchen außergewöhnlichen Umständen zwischen Liebenden erwogen zu werden pflegt: gemeinsame Flucht, gemeinsamer Tod, schmerzliches Fügen ins Unvermeidliche. Doch der letzte Abend erschien, ohne daß ein fester Entschluß gefaßt worden wäre. Ich erwartete Redegonda in meinem blumengeschmückten Zimmer. Daß für alle Möglichkeiten vorgesorgt sei, war mein Koffer gepackt, mein Revolver schußbereit, meine Abschiedsbriefe geschrieben. Dies alles, mein werter Freund, ist die Wahrheit. Denn so völlig war ich unter die Herrschaft meines Wahns geraten, daß ich das Erscheinen der Geliebten an diesem Abend, dem letzten vor dem Abmarsch des Regiments, nicht nur für möglich hielt, sondern daß ich es geradezu erwartete. Nicht wie sonst gelang es mir, ihr Schattenbild herbeizulocken, die Himmlische in meine Arme zu träumen; nein, mir war als hielte etwas Unberechenbares, vielleicht Furchtbares, sie daheim zurück; hundertmal ging ich zur Wohnungstüre, horchte auf die Treppe hinaus, blickte aus dem Fenster, Redegondas Nahen schon auf der Straße zu erspähen; ja, in meiner Ungeduld war ich nahe daran, davonzustürzen, Redegonda zu suchen, sie mir zu holen, trotzig mit dem Recht des Liebenden und Geliebten sie dem Gatten abzufordern, – bis ich endlich, wie von Fieber geschüttelt, auf meinen Diwan niedersank. Da plötzlich, es war nahe an Mitternacht, tönte draußen die Klingel. Nun aber fühlte ich mein Herz stillestehen. Denn daß die Klingel tönte, verstehen Sie mich wohl, war keine Einbildung mehr. Sie tönte ein zweites und ein drittes Mal und erweckte mich schrill und unwidersprechlich zum völligen Bewußtsein der Wirklichkeit. Aber in demselben Augenblick, da ich erkannte, daß mein Abenteuer bis zu diesem Abend nur eine seltsame Reihe von Träumen bedeutet hatte, fühlte ich die kühnste Hoffnung in mir erwachen: Daß Redegonda, durch die Macht meiner Wünsche in den Tiefen ihrer Seele ergriffen, in eigener Gestalt herbeigelockt, herbeigezwungen, draußen vor meiner Schwelle stünde, daß ich sie in der nächsten Minute leibhaftig in den Armen halten würde. In dieser köstlichen Erwartung ging ich zur Türe und öffnete. Aber es war nicht Redegonda, die vor mir stand, es war Redegondas Gatte; er selbst, so wahrhaft und lebendig, wie Sie hier mir gegenüber auf dieser Bank sitzen, und blickte mir starr ins Gesicht. Mir blieb natürlich nichts übrig, als ihn in mein Zimmer treten zu lassen, wo ich ihn einlud, Platz zu nehmen. Er aber blieb aufrecht stehen, und mit unsäglichem Hohn um die Lippen sprach er: ›Sie erwarten Redegonda. Leider ist sie am Erscheinen verhindert. Sie ist nämlich tot.‹ ›Tot‹, wiederholte ich, und die Welt stand still. Der Rittmeister sprach unbeirrt weiter: ›Vor einer Stunde fand ich sie an ihrem Schreibtisch sitzend, dies kleine Buch vor sich, das ich der Einfachheit halber gleich mitgebracht habe. Wahrscheinlich war es der Schreck, der sie tötete, als ich so unvermutet in ihr Zimmer trat. Hier diese Zeilen sind die letzten, die sie niederschrieb. Bitte!‹ Er reichte mir ein offenes, in violettes Leder gebundenes Büchlein, und ich las die folgenden Worte: ›Nun verlasse ich mein Heim auf immer, der Geliebte wartet.‹ Ich nickte nur, langsam, wie zur Bestätigung. ›Sie werden erraten haben‹, fuhr der Rittmeister fort, ›daß es Redegondas Tagebuch ist, das Sie in der Hand haben. Vielleicht haben Sie die Güte, es durchzublättern, um jeden Versuch des Leugnens als aussichtslos zu unterlassen.‹ Ich blätterte, nein, ich las. Beinahe eine Stunde las ich, an den Schreibtisch gelehnt, während der Rittmeister regungslos auf dem Diwan saß; las die ganze Geschichte unserer Liebe, diese holde, wundersame Geschichte, – in all ihren Einzelheiten; von dem Herbstmorgen an, da ich im Wald zum erstenmal das Wort an Redegonda gerichtet hatte, las von unserem ersten Kuß, von unseren Spaziergängen, unseren Fahrten ins Land hinein, unseren Wonnestunden in meinem blumengeschmückten Zimmer, von unseren Flucht- und Todesplänen, unserem Glück und unserer Verzweiflung. Alles stand in diesen Blättern aufgezeichnet, alles – was ich niemals in Wirklichkeit, – und doch alles genau so, wie ich es in meiner Einbildung erlebt hatte. Und ich fand das durchaus nicht so unerklärlich, wie Sie es, werter Freund, in diesem Augenblick offenbar zu finden scheinen. Denn ich ahnte mit einemmal, daß Redegonda mich ebenso geliebt hatte wie ich sie und daß ihr dadurch die geheimnisvolle Macht geworden war, die Erlebnisse meiner Phantasie in der ihren alle mitzuleben. Und da sie als Weib den Urgründen des Lebens, dort wo Wunsch und Erfüllung eines sind, näher war als ich, war sie wahrscheinlich im tiefsten überzeugt gewesen, alles das, was nun in ihrem violetten Büchlein aufgezeichnet stand, wirklich durchlebt zu haben. Aber noch etwas anderes hielt ich für möglich: daß dieses ganze Tagebuch nicht mehr oder nicht weniger bedeutete, als eine auserlesene Rache, die sie an mir nahm. Rache für meine Unentschlossenheit, die meine, unsere Träume nicht hatte zur Wahrheit werden lassen; ja, daß ihr plötzlicher Tod das Werk ihres Willens und daß es ihre Absicht gewesen war, das verräterische Tagebuch dem betrogenen Gatten auf solche Weise in die Hände zu spielen. Aber ich hatte keine Zeit, mich mit der Lösung dieser Fragen lange aufzuhalten, für den Rittmeister konnte ja doch nur eine, die natürliche Erklärung gelten; so tat ich denn, was die Umstände verlangten, und stellte mich ihm mit den in solchen Fällen üblichen Worten zur Verfügung.«

»Ohne den Versuch« –

»Zu leugnen?!« unterbrach mich Dr. Wehwald herb. »Oh! Selbst wenn ein solcher Versuch die leiseste Aussicht auf Erfolg geboten hätte, er wäre mir kläglich erschienen. Denn ich fühlte mich durchaus verantwortlich für alle Folgen eines Abenteuers, das ich hatte erleben wollen und das zu erleben ich nur zu feig gewesen. – ›Mir liegt daran‹, sprach der Rittmeister, ›unsern Handel auszutragen, noch eh Redegondas Tod bekannt wird. Es ist ein Uhr früh, um drei Uhr wird die Zusammenkunft unserer Zeugen stattfinden, um fünf soll die Sache erledigt sein.‹ Wieder nickt' ich zum Zeichen des Einverständnisses. Der Rittmeister entfernte sich mit kühlem Gruß. Ich ordnete meine Papiere, verließ das Haus, holte zwei mir bekannte Herren von der Bezirkshauptmannschaft aus den Betten – einer war ein Graf – teilte ihnen nicht mehr mit als nötig war, um sie zur raschen Erledigung der Angelegenheit zu veranlassen, spazierte dann auf dem Hauptplatz gegenüber den dunklen Fenstern auf und ab, hinter denen ich Redegondas Leichnam liegen wußte, und hatte das sichre Gefühl, der Erfüllung meines Schicksals entgegenzugehen. Um fünf Uhr früh in dem kleinen Wäldchen ganz nahe der Stelle, wo ich Redegonda zum ersten Male hätte sprechen können, standen wir einander gegenüber, die Pistole in der Hand, der Rittmeister und ich.«

»Und Sie haben ihn getötet?«

»Nein. Meine Kugel fuhr hart an seiner Schläfe vorbei. Er aber traf mich mitten ins Herz. Ich war auf der Stelle tot, wie man zu sagen pflegt.«

»Oh!« rief ich stöhnend mit einem ratlosen Blick auf meinen sonderbaren Nachbar. Aber dieser Blick fand ihn nicht mehr. Denn Dr. Wehwald saß nicht mehr in der Ecke der Bank. Ja, ich habe Grund zu vermuten, daß er überhaupt niemals dort gesessen hatte. Hingegen erinnerte ich mich sofort, daß gestern abends im Caféhaus viel von einem Duell die Rede gewesen, in dem unser Freund, Dr. Wehwald, von einem Rittmeister namens Teuerheim erschossen worden war. Der Umstand, daß Frau Redegonda noch am selben Tage mit einem jungen Leutnant des Regiments spurlos verschwunden war, gab der kleinen Gesellschaft trotz der ernsten Stimmung, in der sie sich befand, zu einer Art von wehmütiger Heiterkeit Anlaß, und jemand sprach die Vermutung aus, daß Dr. Wehwald, den wir immer als ein Muster von Korrektheit, Diskretion und Vornehmheit gekannt hatten, ganz in seinem Stil, halb mit seinem, halb gegen seinen Willen, für einen anderen, Glücklicheren, den Tod hatte erleiden müssen.

Was jedoch die Erscheinung des Dr. Wehwald auf der Stadtparkbank anbelangt, so hätte sie gewiß an eindrucksvoller Seltsamkeit erheblich gewonnen, wenn sie sich mir vor dem ritterlichen Ende des Urbildes gezeigt hätte. Und ich will nicht verhehlen, daß der Gedanke, durch diese ganz unbedeutende Verschiebung die Wirkung meines Berichtes zu steigern, mir anfangs nicht ganz ferne gelegen war. Doch nach einiger Überlegung scheute ich vor der Möglichkeit des Vorwurfs zurück, daß ich durch eine solche, den Tatsachen nicht ganz entsprechende Darstellung der Mystik, dem Spiritismus und anderen gefährlichen Dingen neue Beweise in die Hand gespielt hätte, sah Anfragen voraus, ob meine Erzählung wahr oder erfunden wäre, ja, ob ich Vorfälle solcher Art überhaupt für denkbar hielte – und hätte mich vor der peinlichen Wahl gefunden, je nach meiner Antwort als Okkultist oder als Schwindler erklärt zu werden. Darum habe ich es am Ende vorgezogen die Geschichte meiner nächtlichen Begegnung so aufzuzeichnen, wie sie sich zugetragen, freilich auf die Gefahr hin, daß viele Leute trotzdem an ihrer Wahrheit zweifeln werden, – in jenem weithin verbreiteten Mißtrauen, das Dichtern nun einmal entgegengebracht zu werden pflegt, wenn auch mit weniger Grund als den meisten anderen Menschen.

Sophus Claussen

Anadyomene

Meiner eigenen Seele Göttin, der allein gehorcht werden muß,
deren Name wie eine Salbe ist, die duftend ausgegossen wird . . .
. . . durch den Schaum der Erinnerungen, die Sturm und Strom begruben,
meine Eva Aphrodite ist aus dem Meer aufgestiegen.
Auf ihrem jungen Angesicht ruht ein Spiel von Strahlen.

Sie hält fast kindlich ihr Ohr geneigt und lächelt ...
... verwirrt, leicht betäubt von Wind und
Wogenschlagen,
mit Augen voller Liebe, gut wie ein Frühjahrstag.
Es windet sich ein Geflecht von Efeu im weichen,
fahlen Haar, während sich die Stirn süß mir entgegen
neigt.
Und sie ist mit Anstand in muntere, helle Röcke
gekleidet.
In ihrem jungen Schatten da duftet es nach Veilchen.
Sie ist so gut wie die Bibel, sie ist so fein und streng
wie eines Erzbischofs Predigt, auf Velin gedruckt.
Es füllt sich die Luft mit ihrer Schönheit hell und kalt,
als Sonntagsglocken von meines Herzens Kathedrale
läuten.

Robert de Montesquiou

Sphynx

... So thront sie stolz im kalten Nichtsempfinden:
Sie kennt der Menschheit fürchterlich Geschick,
Ihr Auge weiß den Weg ins Herz zu finden,
Das Leben lähmt ihr todesstarrer Blick.

Den Marmorsaal durchströmen rote Wellen ...
Dem leisen Wogen lauscht das bleiche Weib,
Die Schmerzensrufe, die den Raum durchgellen,
Sie färben rosig ihren toten Leib.

Nie fühlt die Sphynx, daß sie das Mitleid quäle,
Wenn sich ein Herz in greller Qual verblutet –
Nein – Freude zieht ihr kühlend durch die Seele,
Wenn dumpfes Leid die Menschen überflutet . .

Rachilde

Die Weinlese von Sodom

Im Morgendämmern rauchte die Erde wie ein Keller, bis zum Rande gefüllt mit einem teuflischen Most, und der Weingarten, der im Mittelpunkte der ungeheuren Ebene lag, färbte sich rotgelb unter dem Hauch der purpurnen, gluthaarigen Sonne, die schon jetzt ingrimmig niederbrannte und von Anbeginn einen Keim der Gärung in die riesenhaften Trauben preßte, deren übergroße Beeren glänzten und leuchteten wie runde, ganz dunkle, weit vorgewälzte Augen.

Aus einem Abgrunde von siedendem Teer sproßten die Weinstöcke empor, entfalteten ihr goldenes und blutrotes Blattwerk, verschwenderisch, wie nur unermeßlicher Reichtum es sein kann, und in tollem Eifer spannen sich die Reben wie flüssiges Edelmetall um alle Früchte, die zu Hauf über der weichen Tonerde lagen, über der blendenden Erde, die gleich rosigem Fleische schimmerte und einen Duft von frisch treibenden Säften, vermengt mit heißem Pestbrodem, ausströmte. Wie ein allzu fruchtbares Tier, das während seines vielfachen schmerzhaften Gebärens von keinem Bande beengt werden darf, kroch die Weinrebe in grausigen Zuckungen auf dem Boden hin, warf in toller Raserei ihre Ranken zum Himmel empor, wie Arme, die um Hilfe flehen. Sie schien zu leiden und sich zugleich an sündiger, doch paradiesischer Lust zu letzen, während ihr erhitztes Mark, aus allen Poren überströmend, sie mit einem Regen perlender Tautropfen übergoß.

Wo der Zufall es gerade fügte, kam sie mit ihren erstaunlichen Früchten nieder, die glänzend braun waren und sammetweich und geheimnisvoll aus den tödlichen Giften des siedenden Teers emporstiegen, an den sie durch ihr kohlschwarzes Kleid gemahnten und durch ihre teuflische, wie in Vulkanen gebraute Süßigkeit.

Aus manchen Trauben, die halb verfault waren und deren Beeren sich platzend auftaten wie ein blutroter Lippenspalt, rann so verderblich süß der Saft nieder, daß alle Bienen sich von ihm den Rausch zugleich und den Tod holten.

Zwischen den Wolken, die rot waren, als hätte der Himmel in Flammen aufgehen wollen, und der hellen, wie mit Safranpulver überstreuten Ebene hörte man keinen Vogel singen, nichts sich bewegen. Nur die Reben erzitterten leise unter dem dumpfen Summen gieriger Insekten wie ein Kessel, in dem Wasser zu kochen beginnt. Inmitten der goldenen Zweige aber, auf dem

Grunde der einfachen Kelter – eines ausgehöhlten und in der Mitte durchlochten Granitblockes, der einem Altar für Menschenopfer gleichen mochte – lag ein Fabeltier, lag eine Eidechse, von grünen und glänzenden Schuppen bedeckt, mit einem seltsam stechenden Hyazinthenblick. Rätselhaft starr lag sie da, unter dem keuchenden Atem hob und senkte sich ihr silbern schimmernder Bauch. Auf den Tod trunken war auch sie.

Allmählich verloren die Wolken ihr strahlendes Leuchten, verblaßten, nahmen sich nicht mehr wie Feuerdampf aus; sie zerrissen, verwehten im Wind. Alles Licht des Himmels rann in der Sonne zusammen, die Luft war blau gleich gehärtetem Stahl und ließ die Hitze wie einen klaren, durchsichtigen Bach verströmen. So weit das Auge reichte, breitete sich das Land Judäa aus, ringsum nur schwächliche Feigenbäume, von denen kaum ein dünner Schatten niederhing wie ein zerflatternder Schleier. Einige von den verkrüppelten Bäumen schienen sich in allerlei launenhaften Mißbildungen zu gefallen, wie es eben die Art der Pflanzen ist, die sich mit ihrem Schicksal nicht zufrieden geben. Die behaarten Finger ihrer Blätter griffen ineinander, verwirrten die glänzenden Zweige, die mit durchsichtigen, klebrigen Auswüchsen bedeckt waren und um die sich Bernsteinspangen schmiegten. Die Stämme aber, die vom Feuer des Himmels zu dem Feuer niedergebeugt wurden, das aus der Erde emporstieg, gefielen sich in den geschmeidigen Bewegungen Unschuldiger, die man verfolgt und die nachgeben, weil sie zum Widerstande keine Kraft verspüren.

Indessen hob sich in der Ferne hinter dem letzten Buschwerk ein gewaltiger Turm über die Mauer einer verschwimmenden Stadt. Aus Quadern war er aufgebaut, die wie Elfenbein schimmerten oder wie gebleichte Knochen, und in mächtigen Schraubenwindungen wuchs er zum Himmel, einem Weg gleichend, der ins Unendliche führt. Mit einem Schwarm großer weißer Vögel schien er zu wetteifern, die ihren Flug immer höher und höher zogen und sich auf seiner Spitze niederzulassen strebten.

Von diesem fernen Turme stieg das Volk von Sodom nieder und näherte sich den Weinbergen.

Ein zweimal hundertjähriger Greis führte das Volk, ein finsterer Koloß, der sie alle mit seinem knochigen, unaufhörlich zitternden Haupte überragte. Sein Scheitel war kahl und von dem Zipfel eines Linnens überdeckt, das sich festhakte wie ein Leichentuch. Zahnlos schien sein Mund. Er war der Vater, der Führer, der Patriarch, dem die ganze Nachkommenschaft untertan blieb. Sein Haupt glich einem länglichen Gestirn, und die Helligkeit des Mondes lag darüber gebreitet. Durch das Heben und Senken eines Stabes erteilte er seine Befehle; denn seit langem schon hatte er jeglicher Rede entsagt.

Ihm zur Seite drängten sich seine älteren Söhne, starke Männer mit langen, schwarzen Bärten. Einer von ihnen, der sich Horeb nannte, trug im wildledernen Gürtel glitzernde Schalen, die volltönend gegeneinander schlugen. Hinter diesem schritt ein Haufen jüngerer Männer, die Phaleg gehorsamen mußten, einem Riesen, der fast ohne Kleidung unter der Sonne hinwandelte und dessen von keinerlei Haar verunzierte Nacktheit rosigem Marmor glich. Ein flammroter Bart umrahmte seine Wangen. Auf dem Haupte aber trug er eine Pyramide geflochtener Körbe, die mit Weizenkuchen gefüllt waren.

In respektvoller Entfernung folgten tänzelnden Schrittes die Jünglinge in Kleidern, die nur bis zu den Knien reichten und von seltsam bestickten Gürteln festgehalten wurden. Mutwillig warfen sie ihre flatternden Mähnen nach rückwärts, die blond flimmerten wie Frauenhaare. Das schönste Kind unter ihnen mit Purpurlippen und veilchenblauen Augensternen, die aus geheimnisvollen Himmelshöhen herabgeholt schienen, hieß mit Namen Sineus. In einem knabenhaften Einfall hatte er seinen engen Rock aus Lammfell mit lauter Blumen verziert. Da er den Weinberg betrat, vergaßen die Bienen ihrer Trauben und gaukelten um seine Schulter. Vielleicht hielten sie ihn für eine lebende Honigwabe, so blond war er. Und sie neigten sich über sein jungfräuliches Fleisch, ohne ihm ein Leides zu tun.

Zuerst stimmten die Winzer ein freudiges Lied an, dann füllten sie die Körbe. Die älteren pflückten mit langsamen, stetigen Bewegungen die schweren Trauben, dann stürmten die jüngeren gierig kreischend herbei. Einmal erhob sich der Greis, der auf dem Rande des granitnen Kübels saß, und streckte seinen Stab aus. Da drängten sich die Jünglinge ihm entgegen, füllten die Kelter hoch auf mit Frucht. Dann setzte sich wieder der Greis und warf das Haupt zurück; da entlief die Schar, die leeren Körbe auf den Schultern.

Versehentlich traten die einen in den roten Saft, der an ihnen emporspritzte, die anderen rieben sich mit ihm absichtlich die Brust ein. Wie von einer tollen Raserei ergriffen, zerpreßte Sineus stampfend und tanzend die aufgeschichteten Trauben, streute wilde Rosen in den Brei.

Des Mittags aber überwältigte die Müdigkeit alle Winzer; Seite an Seite schliefen sie ein, gegen die Knie des Vaters geschmiegt. Und der Patriarch, der noch immer unbeweglich wie ein steinern Bildnis auf dem Rande der Kelter saß, erschien inmitten der breitschultrigen Männer, von denen der Wein troff, als hoheitvolle Mahnung an die Ewigkeit des Todes.

Da tauchte hinter der nächsten Gruppe von Feigenbäumen ein seltsames Wesen auf, kam flüchtigen Schrittes näher: eine Frau. Schlank war sie, bleich und nackt, und ihr rotes Haar breitete sich wie ein zarter Flaum über ihren Körper. Man hätte glauben können, sie trage ein blendend weißes, mit goldenen Fäden besticktes Linnen. Wie eine blanke, blitzende Schwertklinge hob sich ihre Stirn vom Blau des Himmels, ihre Haare fegten die Erde und zogen raschelndes Herbstlaub hinter sich her. Ihre Fersen, rund wie Pfirsiche, berührten kaum den Boden; hüpfend schritt sie wie ein frohes Tier. Die beiden Knospen ihrer Brüste aber waren schwarz, wie verbrannt, und flößten Furcht ein.

Dem schlafenden Sineus näherte sich das Weib und aß alle Trauben, die noch in seinem Korbe lagen, es zerfleischte sie und schlang sie gierig hinunter. Dann legte sich das Weib neben den Knaben, kroch geschmeidig zu ihm wie eine Ringelnatter. Doch bald erwachte der Knabe, da ihn die Berührung unkeuscher Finger durchdrang. Wehklagend sprang er auf, stieß das Weib zurück, und seinen Schmerzensrufen antwortete das Zorngebrüll aller seiner Brüder.

Hochauf richtete sich der Greis, streckte seinen Stab wider die Fremde, als sähe er sie, die jetzt alle umdrängten, mit seinen toten Augen.

Es war eine von den Bettlerinnen um Liebe, die man in Sodom auf Geheiß der Weisen verjagt hatte. In gerechtem, furchtbarem Zorn waren die Männer Gottes zusammengetreten, um sich von den Besessenen zu befreien, die von der Abenddämmerung bis zum Morgengrauen sich lüsternen, bösen Leidenschaften hingaben.

In männlichem Trotz hatten sich die Jünglinge selbst zu einer Keuschheit von mehreren Jahren verurteilt, um nicht während der Ernte ihre besten Kräfte den Abgründen der Wollust, den Mädchen von Sodom preiszugeben. Nur die Wöchnerinnen und Greisinnen hatte man geschont, alle anderen aber unerbittlich aus dem Weichbild der Stadt gejagt, auch die Gattinnen, auch die Schwestern. Über Straßen und Plätze waren die Weiber geflüchtet, nackt, mit blutigen Striemen auf dem Rücken und zerfleischten Brüsten. Wie Hündinnen hatte man sie verjagt. Durch die Wüsten waren sie hingestürmt über den brennenden Sand, Gomorrha zu. Viele waren im Gluthauch der Ebene sterbend hingesunken, andere plünderten die Weingärten. Gleichwohl hatte keine von den Verworfenen Buße getan; denn ihre Körper, die von tollen Begierden aufgepeitscht blieben, befriedigten ihre Lüste in den Flammen der Sonne, die auf sie niederglühte. Ein lodernder Brand wohnte in ihren Leibern wie in den Eingeweiden der Erde.

Jetzt aber fiel gar eine von diesen männertollen Hündinnen ein Kind an, dessen Züge den ihren glichen.

»Wer bist du?« fragte sie Horeb.

»Ich bin Saraï.«

Sineus hob den Ellbogen, um sein Antlitz zu verbergen.

»Was willst du?« sagte Phaleg.

»Mich dürstet.«

»Ei sieh doch, es dürstet sie.«

Die Männer befragten einander mit ihren Blicken.

Doch wild riß der Vater seinen Stab hoch. Da beugten sich alle nieder und griffen Steine auf.

Das Weib, wie die Sonne so blond, breitete ihre strahlenden Arme aus. Und so schrillen Tones, daß alle Männer zurückwichen, rief sie:

»Wehe Euch!«

»Ja, ich erkenne dich«, sagte Horeb, »du hast mir eines Nachts meine schönsten Metallbecher geraubt.«

»Auch ich erkenne dich«, sprach Phaleg, »du hast mich am Tage des Herrn zur Buhlschaft verführt.«

»Ich aber kenne dich nicht«, schrie Sineus mit tränenerstickter Stimme. »Ich will dich nicht kennen.«

Der Greis senkte seinen Stab.

»Steiniget sie!« brüllten alle.

Keine Zeit zur Flucht blieb dem Weibe. Dreißig Steine flogen ihr entgegen.

Aus ihren Brüsten sprühten rote Garben, und Purpurbänder krönten ihre Stirn. Sie sprang, sie wälzte sich auf dem Boden, zerraufte ihr Haar in den Weinreben, die nach ihr griffen, und dann machte sie sich klein, kroch wie eine Schlange auf dem Boden hin, glitt in die Kelter, darin der Most gärte, bedeckte sich mit dem Haufen der zerdrückten Trauben und blieb unbeweglich, während sich das Blut des Weines mit ihrem köstlichen Herzblut mengte. Und da sie noch immer mit dem Tode rang, sprangen die Männer zu ihr in die Kelter, traten sie mit Füßen, während aus den wunderbaren schwarzen Beeren ihrer rollenden Augen ein letzter fluchender Blick die Peiniger traf.

Des Abends dann, als die Winzer feierlich ihr Werk vollendet hatten, teilten sie ihre Weizenbrote, füllten die Becher bis zum Rand. Und da sie alle schon trunken waren, berauschter von der Lust des Tötens als von der Weinlese, verschmähten sie es, den Leichnam aus der Kelter zu heben, tranken, dem Weibe fluchend, bis zur Neige den entsetzlichen, von Liebe vergifteten Saft.

Und in selbiger Nacht, während aus der Ferne das Gebrüll wilder Tiere herüberklang, während ein Geruch wie von Schwefel die Luft erfüllte, während der riesenhafte Turm im Hintergrunde nun im gedämpften Mondschein so bleich sich ausnahm wie gebleichte Menschenknochen, in selbiger Nacht versündigten sich zum ersten Male die Männer von Sodom wider die Natur in den Armen ihres jungen Bruders Sineus, dessen Schultern sammetweich waren und wie Honigseim dufteten.

OSCAR WILDE

Drei Salome-Skizzen

Das Mädchen Salome

Zu jener Zeit strömte viel Volk an die wüsten Ufer des Jordans, da Jochanaan der Täufer dort redete und also gegen Herodes Antipas auftrat:

Herodias ist deine Blutsverwandte und ist das Weib deines Bruders Philipp. Somit ist es gegen das Gesetz, daß du mit ihr das Lager teilst.

Da nun der Einsiedler große Macht über das Volk hatte, stand ein Betrüger auf und gab sich für Jochanaan aus, während sich dieser ins Gebirge zurückgezogen hatte; jener zwar predigte nach der Art des Täufers, doch mit ganz anderem Vorhaben. Er glaubte fest, der gestohlene Name würde ihn schützen, und er rechnete, der Tetrarch werde sein Schweigen mit schwerem Gold erkaufen. Aber auf Befehl des erzürnten Herodes wurde er von dessen Schergen gefangengenommen, die ihn für den wahren Jochanaan hielten, in Ketten gelegt und ins Verlies geworfen

Nun war im Schloß eine Frau aus dem gleichen Orte wie der Täufer, und diese Frau war die Amme der kleinen Prinzessin Salome, der Tochter der Herodias und des Philipp. Die Amme war oft zu den Predigten des Jochanaan gegangen und glaubte an sein Wort. Und in ihrer Bewunderung für den Täufer konnte sie nicht widerstehen, ihrer jungen Herrin von ihm zu sprechen und ihr alles zu erzählen: daß ihr Vater Philipp der König von Israel und im Gefängnis des Herodes ein falscher Jochanaan sei. Als nun der Geburtstag des Tetrarchen mit einem großen Fest begangen wurde, tanzte die kleine Prinzessin Salome vor den Gästen; sie war noch ein argloses, unschuldiges Mädchen, keusch und frohgemut, und in ihren weißen Musselinschleiern drehte sie sich endlos im Tanz wie in einem Rausch. Allein durch den Zauber ihrer Unschuld gewann sie derart das Herz des Herodes, daß er einen Schwur tat, ihr zu geben, was auch immer sie sich wünsche. Da redeten ihre Mutter Herodias, mehr noch aber ihre Amme auf sie ein, der es um die Bestrafung des falschen Jochanaan ging, und sagten ihr, was sie sich wünschen solle. So sprach Salome zum Tetrarchen:

Gib mir also auf einer Schale das Haupt dessen, der sich Jochanaan nennt!

Herodes befahl – und die kleine blonde Prinzessin empfing, das Gesichtchen wie aus Elfenbein abgewandt, das blutige Haupt des Betrügers, während ihre Mutter lachend ausrief, voll Hochmut und Genugtuung:

Nun endlich ist der Mund stumm, der mich so beschimpft hat!

Aber in der gleichen Nacht fand Herodias keinen Schlaf, und sie vernahm von der Terrasse des Palastes, wie aus den schattenschweren Gräben eine Stimme aufstieg und ihre Klage gegen sie erhob: die Stimme, die sie für immer ausgelöscht wähnte. Und der Fluch, den die Stimme gegen sie schleuderte, war härter denn zuvor.

Verstört und entsetzt flüchtete sich Herodias zu dem Tetrarchen, der seinen Festrausch ausschlief, und rief:

Hörst du denn nicht diese Stimme, die sich erhebt wider uns! Höre doch! Es ist die Stimme Jochanaans. Er ist auferstanden von den Toten. Weh über dich, weh über mich!

Und die kleine Prinzessin Salome vernahm, was ihre Mutter zu dem sprach, der den Platz ihres Vaters an sich gebracht hatte – und voller Genugtuung atmete sie lange und tief.

Salomes Ende

Sooft die Leute von der Prinzessin Salome reden, denken sie nicht daran, daß sie später eine Heilige geworden ist ... Lesen Sie es nur nach bei Nikephoros, dem würdigen Patriarchen von Byzanz.

Als Herodes sah, wie die Tochter seiner Frau das Haupt des Gerichteten auf den Mund küßte, überwältigten ihn Grimm und Wut; so befahl er seinen Leibwächtern, das wunderbare Geschöpf unter ihren schweren schwarzen Schilden zu zermalmen. Doch auf das Flehen der Herodias stand er ab davon und begnügte sich, das verdorbene Ding aus dem Palast zu jagen. Die Verstoßene ging davon, immer einfach geradeaus vor sich hin, bis sie in die Wüste kam; dort hauste sie viele Jahre lang, verachtet und verflucht, als Einsiedlerin; ihre Blöße bedeckte sie mit dem Vlies eines Tieres, und sie nährte sich nur von Beeren, Wurzeln und Heuschrecken, ganz wie der Prophet selbst.

Da nun Jesus durch die Wüste zog, erkannte sie Ihn als den, dessen Kommen die tote Stimme verkündet hatte, und sie glaubte an Ihn. Doch sie fühlte sich unwert, Seinem Schatten zu folgen. So machte sie sich wiederum auf, immer einfach geradeaus vor sich hin, um die frohe Botschaft in die Ferne zu tragen. Ihr Weg führte sie über Flüsse und über Meere, und nach den Feuerwüsten durchschritt sie nun Wüsten von Schnee.

Als sie eines Tages einen zugefrorenen See überquerte, da brach das Eis unter ihren Füßen; sie sank ins Wasser, und die scharfe Eisscholle durchschnitt ihr den Hals und enthauptete sie so; gerade, daß sie noch »Jesus« und »Jochanaan« sagen konnte. Und das Eis schloß sich wieder.

Später kamen Menschen zum Ufer, und sie sahen auf dem glatten Silberschild des Eises, leuchtend wie eine Blüte mit rubinroten Staubfäden, das wunderschöne Haupt einer Frau, und darüber einen goldenen Heiligenschein, glänzend wie eine Krone.

Aubrey Beardsley,
»Salome mit dem Haupt Johannes' des Täufers« (1893)

Die zweifache Enthauptung

Sie war die kleine Nichte der Prinzessin Salome, und wie Salome war sie schön, hungrig nach Liebe und voll seltsamer Träume und Sehnsüchte; auch sie eine Prinzessin von Judäa. Ihre Liebe galt einem jungen Philosophen aus Rom, der ganz und gar von der Milch und dem Honig der Platonischen Philosophie lebte.

Als nun eines Tages ein Apostel Christi die neue Religion predigte, hörte sie, wie ihr junger Geliebter mit aller Kraft seines lyrischen Überschwanges der Lehre vom Leiden den leidenschaftlichen Kult der Schönheit entgegenhielt.

Da wollte sie ihm eine Freude machen, und sie sandte einen ihrer schwarzen Sklaven aus, der sollte dem Apostel den Kopf abschlagen und ihn auf einer goldenen Schüssel dem jungen Philosophen darbringen.

Der junge Mann betrachtete die noch blutende Gabe mit Schaudern. Dann wandte er sich zu der Prinzessin und sagte, mit einem Lächeln:

Wieviel lieber wäre es mir doch gewesen, wäre das dein eigenes Haupt, mein Liebling!

Die Schöne biß sich auf die Lippen; stumm und totenbleich verließ sie ihn.

Noch am selben Abend erfüllte der schwarze Sklave den letzten Befehl seiner hochgemuten Herrin: Auf einem goldenen Schild brachte er dem jungen Philosophen das arme kleine Köpfchen der Prinzessin.

Der junge Mann wandte seine Augen ab und murmelte: Wozu all dies Blutvergießen?

Und ging in den Garten, um sich wieder in seinen Platon zu vertiefen.

OSCAR MILOSZ

Salome

Wirf weg dieses Trauergold, Spiegel des Bluts,
in dem deine Lippen den Widerschein ihrer Blüte
berührten,
so wohltuend, süß, daß es schmerzte!
Nicht, meine Salome, wiegt eines Weisen Leben
deinen orientalischen Tanz auf, den wilden des Leibes,
nicht deine mordfarbnen Lippen, deine wüstenfarbenen
Brüste!
Und dann, wenn du dein Haar schüttelst – seine Lichter
gleich roten spitzen Lilien zielen mir mitten ins Herz –
dein Haar, in welchem
der Zorn der Sonne und der Perlen
scharfen Schimmer entzündet –
dann laß dein blutrünstiges Lachen tönen wie hohnvolle
Totenglocken.
O Schönheit des Leibes! Du wandelst, ins blinde
und eisige Feuer deines Geschmeides gehüllt!
Deine Tat ist groß, ich bewundere dich, denn
des Propheten Augen, Seen aus Blut und aus Nacht,
in denen der Schemen der Trauer sich spiegelt
wie der Herbst im Tau der verblühten Blumen,
wie das Sinken des Tags in den Regenlachen,
erfahren dank dir der Vergessenheit Wollust.
– Ah! Wenn du auf die düstre, von Hirngespinsten
gleich blakenden Fackeln verwüstete Stirn
deine sonnendurchglühten Augen richtest,
sonnendurchglüht wie wilde Blumen,

wie die strahlengepeitschten Fluten des Meeres,
in die Hände dann kannst du ja schlagen und laut
schreien lassen dein asiatisches todbringendes Lachen!
Denn die stolzen Gedanken, die schamhafte Eitelkeit
fielen, damit du froh bist,
mit dem Lärm eines hohlen Idols, dem Rasseln falscher
Juwelen,
und sie wiegen nicht auf deine wie Schwerter, wie Sensen
gebogenen leuchtenden Arme
und nicht deine verbranntem Gras gleich bittern und
harten Haare,
Salome, Salome,
Ruhmreiche, du konntest den tödlichen,
schwarzen Verdruß aus dem Herzen Herodes'
vertreiben,
und tanzend erbrachtest du die Todesgabe!
Die Klugheit reift für den Hunger der Erde,
doch du, du lebst und du atmest, o Schönheit,
und deinem lebendigen Fleisch entströmt eine Brise von
Sandelholz,
wenn in seltsamen Klängen sich deine Stimme
verausgabt,
und es stillt die Welt ihren Durst aus deinen
barbarischen Adern,
deren Purpur grausame Wonnen mit sich bringt!

Und wir, wir erfahren die eine Gewißheit, und so
bieten wir dir, naturhafte Salome, unsere Herzen dar,
die stärker schlagen als an angstvollen Abenden
der verzweifelte Anruf härtester Schmerzen,

und wir wollen, daß in dem Wind, der sich von deinen
Schleiern
und von deinen blütengesprenkelten Haaren erhebt,
endlich der Rauch der Ideale
und der Guten Werke zerreißt,

o Salome unserer Schmach, Salome!

PETER HILLE

Herodias

Novellette

Schuldige Stille!

Ein zarter, alabastergelblicher Finger gräbt sich in blauschwarze Locken, ein unersättlicher, wissender Blick strömt aus.

Vor ihrem Hasse steigt auf der wilde schöne Schwärmerfaun, den sie den Prediger der Wüste nennen.

Adonis!

Ein Venuszorn berechtigt sich in ihr.

Und die rote Ampel sticht und sticht, bohrt und bohrt.

Und die Luft so drückend, so heiß wie das grasschwüle Blut in ihrem Leibe.

»Will er mich leiden lassen, mich die Prinzessin, so muß er sterben.

O Johannes, Johannes!«

Bad und Salben!

Und so berauschend stieg sie in den hellen Morgen und aus dem hellen Morgen verlangend, bückend in den schicksalbangen Kerker.

Nun Starrsinniger, noch immer harte, sonderbare Bußworte, die der Jüdin gelten, da doch nichts vor dir steht als römischer Sinn und hellenische Weise?

Noch immer die Schrullen deines mähnenwilden Hauptes? Und ich, ich will deine Seufzer, du Starker, das Zittern will ich deines mächtigen Herzens vor mir, du Einsamer, du keuscher Sonderling. Für mich sollst du sein, hörst du? Ist denn das so schwer?

Und sie lächelt.

Und Johannes, eine hohe, in der Wüste sehnig gereifte Gestalt, bei Fürstentochtereintritt Fesselblock erhoben, beginnt mit tiefer, weicher Kraftstimme: »Fürstin, du weißt, ich verachte nicht, denn Liebe rührt mich, und ich möchte dir für deren obzwar wilde, törichte Neigung das Beste wieder geben, was ich anzuwünschen habe, das Heil. Mein Wort, mein rauh bereitendes Wort, das Flitter und Buhlerei von dir kralle, so daß endlich deine Seele zu Tag erscheine und Heil begehre und das Zeichen der Reinigung von mir annehme.

Dann auch würde ich das Höchste, was ich mir erkenne, mein Gebet, dir schrankenlos schenken, mit ihm Tag und Nacht vor Gottes Gnadenthron liegen, daß deine Gnade wachse!«

»Ach, schon wieder der Bußprediger!

Aber warte nur, auch ich schicke Dir *meinen* Bußprediger – den roten, mein Lieber – den Henker!

Bis dahin Schatz, gehab dich wohl!«

Und Simson ward gerächt an seiner Delila.

Eine Aphrodite von Landschaft duftete am Teich und

Edvard Munch, »Vampyr«

die Sonne atmete durchs Laub, warm und verschämt wie eine Braut sich lehnt an glücklichpochender Brust.

Heiterhöhnende Blumen, geruchsam sprießender Saft, blauvolle Luft!

Das Alles hatte sein Recht – – – und sie? verelendete, verelendete um so einen rauhen Sonderling.

Und entschlossen ging sie hinein.

Sie wollte nun Ruhe haben – einen Schnitt!

Fort mit dem Gliede, das sie ärgerte, des feindlich verweigernden Sinnes wegen, an dem es saß! – – –

Verwundert sah Herodes, der seine semitischen, fast assyrisch blühenden Locken kurzgebietendem Römertum noch nicht zum Opfer gebracht hatte, auf.

Was beginnt sie? Und wie sieht –

Da klirren die Kettchen und schimmern, und flimmern die Falten am spielenden Stoff am tanzenden Neckergewand. Die Hand, wie ein Schmetterling faßt sie die wiegende Seide, die zarte, die flüstert: »Tu mir nichts zu Leide!«

Falte und Glied schwingt sich in Anmut und flieht. Und die Regung gedeiht zur Bewegung; ein freundliches Lächeln irrt . . . eine Meduse, die freundlicher wird – Und nun verdüstert aufs neue drohende Finsternis diese Mienen, die eben so lockendverlogen erschienen . . . ein Medusenhaupt, von Schlangen umlaubt, in edelentsetzlicherstarrender Treue.

Und er erwacht wie aus magnetischem Schlaf. Schwer seufzend, ganz aufgelöst – fast betastet er sich. Und nun im Rausch einen prächtigen, vollköniglich siegelnden Kuß auf schlaues, glühendes, eng zusammengezogenes Dulden.

Und zitternd fast, so reißt er offen alle Tore des

Gewährens: »Was willst du, Herodias, was willst du für deinen, deinen, deinen seelenaussaugenden, wunderbar kosenden Tanz, was will meine Tochter?«

»Was er wert ist und galt – Johannes' Haupt!«

»So nimm es!«

Krank und erschöpft, mit Wunsch und Zuneigung zugleich zu Ende, wendet Herodes sich ab und schwankt auf.

Doch zufrieden, ja übermäßig froh und der nun gleichgültigen Verdrießlichkeit ihres Stiefvaters nicht achtend, eilt die noch vom Tanze gleichsam Leichtgeschwingte von dannen – eine Hore, die zu rächen hat, eine Pandora, des anmutig vernichtenden Auftrags froh.

Und sie selbst eilt zu ihm.

Er sieht sie nicht an, er kniet nieder und betet.

Sie steht noch eine Weile und geht heraus – betreten. Fast will ihr Triumph sie nun doch nicht freuen, weil er so wenig wirkte.

Und groß, edel, zwischen sich und dem Höchsten allein, verweilt hochgeschlossen und frohgesammelt, da nun nicht mehr durchs Amt der Stimme des Rufers in der Wüste der Königsstadt an sich selbst behindert und auf die fremdkleine, wandelnd immer wieder auseinandertretende Erde gelenkt, so weilt der Starke, Markige, und in seiner herablehnenden Schlichtheit fast etwas Wilde, der zu sehr Mann ist und voller Einfalt der Einsamkeit für eigentliche Frömmigkeit, so weilt er, bis der Abend dunkelt und still der Rote winkt.

Und es ward zwiefach rot.

Und warm mitleidig rundete zart sich nieder der frühe Abend wie die Wange eines träumenden Engels.

Und nun liegt Blut auf ihrer Liebe, Blut auf ihren

Nächten. Sie stöhnt nicht in Gewissensbissen. Aber so unzufrieden, unruhig, fremdartig ist ihr, so ins Öde gewandelt. So ein seellos Leben, so faustinisch, salbenbang, schwülovidisch. Sie muß sich betäuben, Herrscherstolz hochziehn, was sie früher in üppiger Böse, aber eigentlich schuldloser Mädchenhaftigkeit noch nicht nötig hatte.

So kleinlich, kleinlich kommt sie sich vor im Grunde, so krank und scheu.

Dann aber wieder, als ob das von Einst, das Tiefe, Große, das Blut von damals sie aus der Ferne höbe, gleichsam veredle.

Und als sie Greis geworden, auf den Tod zählt, kommt so etwas Banges, Weiches in ihr Sinnen wie ein Wiedersehn zwischen ihr und dem seltsamen Weigerer.

Ja, *das* Wiedersehn?

Francis Jammes

Die beiden großen Künstlerinnen

Neue Worte möchte ich finden, um die Lieblichkeit einer kleinen Prostituierten zu malen, die ich eines Abends auf einem großen fast leeren Platz traf. Diese kleine Prostituierte trug armselige zu große Schuhe, die Wasser schluckten, einen Sonnenschirm, der wie ein Regenschirm zusammengedreht war und ein Matrosenhütchen aus Stroh, in dem sicher stand: »Letzte Neuheit«.

Sie hatte eine kleine leidende Stimme und war intelligent. Sie war gerade, wie sie sagte, von einer Brustfellentzündung aufgestanden. Übrigens war sie sauber, moralisch und physisch. Ich traf sie öfters, nach zehn, müde vom oft vergeblichen Suchen des Erstbesten. Sie ließ sich im Schatten auf einer Bank neben mir nieder und bettete ihr armes bleiches Gesicht auf meine Knie. Ich fühlte, daß sie auf diese Weise den kleinen Trost eines armen Tieres erlebte, das sich nicht mehr schlecht behandelt weiß. Ich fühlte, daß sie ihr Handwerk als eine bedeutende, aber unverdiente Schande betrachtete. So wartete sie lange auf den Zug nach einem Vorort, wo sie wohnte.

Eines Abends, da sie noch unglücklicher war als sonst, bat sie, die arme Kleine, ihr zu erlauben, daß sie mich ein Wegstück begleite.

Wir kamen auf einen großen hellerleuchteten Platz, wo ein großes Theater war. An einem der Pfeiler des Gebäudes war ein goldglänzendes Plakat. Es stellte die Sarah Bernhardt im Kostüme der Tosca glaube ich dar, in einem weiten reichen Kleide und mit einer Palme in der Hand.

Und ich dachte an das, was man mir über diese berühmte Frau erzählt hatte, ihre Launen, ihre Ausgaben, ihr weißes Marmorgrab, ihren Stolz. Und ich fühlte, wie dies arme kleine Elend an meiner Seite zitterte. Sie sah, wie dieses barbarische Idol sich aufrichtete und ohnwissentlich sie mit dem Kot ihrer goldenen Geschmeide bewarf.

Mir war als müßte ich vor Schmerz schreien über diese Gegenüberstellung der beiden Frauen. Und ich sagte mir:

– Beide sind aus dem Weibe geboren. Die eine hält ein Palmenblatt, die andere einen alten Regenschirm, der so elend ist, daß sie ihn vor mir nicht zu öffnen wagt. Die eine schleppt an ihren Füßen eine bewundernde Menge, die andere Fetzen zerrissenen Schuhleders. Die eine verkauft ihren Schmerz um Pfunde Goldes und kein Seufzer entflieht ihrem Munde, der nicht als ein Vermögen zurückhallt. Kein Seufzer der andern ist je gehört.

Und etwas schrie in mir:

– Diese ist eine Künstlerin der Menschheit. Man ruft ihr Beifall zu, weil sie dem Maße derer gleich ist, die sie hören. Und diese haben die Lüge nötig, auf die man die schönste der Rollen baut ...

Aber die andere, die andere ist eine Künstlerin Gottes. Sie spielt eine Rolle, so groß und so schmerzlich, daß sie noch keinen Menschen gefunden hat, der sie verstand und reich genug war, sie zu bezahlen.

Und nie und nicht in der schönsten ihrer Darstellungen hat die große vergoldete Komödiantin dieses wahrhaftige Genie des Schmerzes erreicht, das die Stirne der kleinen Prostituierten sich zu mir neigen macht.

Franziska zu Reventlow

Viragines oder Hetären?

Darüber, was Frauen ziemt, sind die Ansichten wohl noch nie so weit auseinander gegangen wie in unseren Tagen, wo die Emanzipation und gleichzeitig die Modernität auf erotischem Gebiet immer weitere Kreise zieht und diesen beiden gegenüber hartnäckiger wie je das Philisterium auf seinen Zopfanschauungen und Zopfgebräuchen beharrt, wie die bekannte hypnotisierte Henne, die sich nicht traut, über den Kreidestrich hinauszugehen.

[...]

In den Schichten der Gesellschaft, die man innerlich und äußerlich zum Philisterium, zur Bourgeoisie rechnen kann, ist man sich völlig klar darüber, was der Frau ziemt und ansteht. Da gibt es keine Zweifel und keine entgegengesetzten Meinungen. Vor allem handelt es sich darum, daß das Leben sich möglichst glatt und anständig ohne lärmende Konflikte abwickelt. Die erste Bedingung dazu ist, daß von der Frau möglichst wenig Wesens gemacht wird. Daß sie sich ihren tadellosen Ruf bewahrt und einen gutsituierten Mann, also eine auskömmliche Versorgung bekommt. – In diesen zweien Geboten hanget das ganze Gesetz und die Propheten.

Als kleines Mädchen artig in die Schule und manierlich mit Eltern oder »Fräuleins« spazieren gehn, als großes Mädchen je nach den Verhältnissen als Nutzobjekt oder Dekorationsgegenstand im Hause figurieren, als Braut sittig errötend an der Aussteuer nähen, als Frau dem Gatten sorgend und liebend zur Seite stehen, den Pflichten des christlichen Ehebettes nach bestem Vermögen nachkommen und ihre Kinder zu derselben trostlosen Lebenslangeweile erziehen. Klar und deutlich ist der Weg ihr vorgezeichnet, etwaige Freiheits- oder Lustbestrebungen werden rechtzeitig unterdrückt, wo sie aber dennoch die Oberhand behalten, wird das räudige Schaf baldmöglichst aus der Gemeinde entfernt – zur Freude der Gottlosen, denen ein Sünder lieber ist wie 99 Gerechte.

Ein zweifellos interessantes Gebiet wie das eben berührte ist die Emanzipation – dieses Heer von bewegten und bewegenden Frauen, die statt Kochlöffel und Nähnadel das Schwert der Rede und Agitation ergriffen haben, und der ganzen Welt zum Trotz sich selbst und ihre Mitschwestern »befreien« wollen.

Befreien – wovon und wozu? – Von der Sklaverei des Mannes, unter der das Weib seit Jahrhunderten schmachtet – so lautet die übliche Antwort – Von der sozialen und geschlechtlichen Sklaverei.

Die Frauenbewegung hat wie alle Dinge ihre zwei Seiten. Das Streben, die Frauen der arbeitenden Klassen aus ihrer Misere zu befreien, ihnen bessere Lebensbedingungen, höhere Löhne zu schaffen, sich der Kinder und Wöchnerinnen, besonders der unehelichen, anzunehmen, Alles das ist der sogenannte berechtigte Kern der ganzen Bewegung, dem wohl kein vernünftig und human denkender Mensch seine Anerkennung versagen wird. Es sind das Gebiete, wo ein Zusammenwirken männlicher und weiblicher Kräfte geboten ist und durch dasselbe gewiß unendlich viel geleistet werden kann.

Aber die »kämpfenden Frauen« würden sehr empört sein, wenn man ihnen zumuten wollte, sich darauf zu beschränken. Die Hauptkraft der redenden, schreibenden und agitierenden Bewegung konzentriert sich auf die Befreiung der gebildeten, gutsituierten Frau, auf den Kampf um die Gleichberechtigung und Gleichstellung der Geschlechter, die durch höhere geistige Schulung der Frau, durch Errichtung von Mädchengymnasien, Zulassung zum Studium und zu den verschiednen Berufen erreicht werden soll.

Die extremsten Bewegungsdamen haben die Behauptung aufgestellt: Das Weib kann Alles, was der Mann kann, es ist nur durch jahrhundertelange Unterdrückung und Gewohnheit um die Möglichkeit zu physischen und geistigen Kraftleistungen gebracht worden.

Man stelle doch nur einmal einen wirklichen normalen Mann und ein wirkliches normales Weib, wie sie Gott erschaffen hat, nebeneinander und frage sich: Können zwei Wesen, die so verschieden geartet, gebaut, in jeder Beziehung so verschieden konstruiert sind und so verschieden funktionieren – können diese zwei Wesen jemals gleichberechtigt, d. h. mit dem gleichen Erfolg zur gleichen Betätigung gebracht werden? Hat es irgend einen Zweck und würde es sich in irgend einer Beziehung lohnen, das zu versuchen, eines von ihnen nach dem andern zu modifizieren, die Geschlechtsunterschiede, die alle andren bedingen, zu verwischen, damit eines dem andren ähnlicher wird? –

[. . .] Das Eine ist ja richtig, und das mag jeder, der nicht die Gottesgabe besitzt, die Dinge so zu nehmen, wie sie nun einmal sind, als Ungerechtigkeit empfinden. Der Mann *hat* die Stellung die ihm von Natur wegen zukommt, er ist überall der Herrschende, Angreifende, in allen Lebenslagen, in allen Berufen. Er hat sozusagen das Element, und die Möglichkeit, in dasselbe zu gelangen, ist gegeben. Er kann leichter zu seinem Recht als Mann und als Mensch kommen wie die Frau zu *ihrem* Recht. Sie ist nicht zur Arbeit, nicht für die schweren Dinge der Welt geschaffen, sondern zur Leichtigkeit, zur Freude, zur Schönheit – ein Luxusobjekt in des Wortes schönster Bedeutung, ein beseeltes, lebendes, selbstempfindendes Luxusobjekt, das Schutz, Pflege und günstige Lebensbedingungen braucht, um ganz das sein zu können, was es eben sein kann. Für den harten Kampf mit dem Dasein sind wir nicht gemacht, das weiß auch jede Frau, die durch die Verhältnisse zu solchem Kampf gezwungen ist. Sie leidet darunter, weil sie fühlt, daß es gegen ihre Natur ist. Wenn wir die kurze Zeit des Lebens damit ausfüllen, Männer zu lieben, Kinder zu bauen und an allen leichten erfreulichen Dingen der Welt teilzunehmen, so haben wir genug getan, und dafür, daß wir unsre Kraft und unsren Körper den Männern und Kindern geben, verdienen wir, daß man uns das Leben äußerlich so leicht gestaltet wie nur möglich. Wir sind dazu da, es gut zu haben und uns nicht plagen zu müssen. Aber statt dessen sind Tausende und Abertausende von Frauen gezwungen, sich um das tägliche Brot zu schinden und abzurackern, sich Körper und Geist durch übermäßige Anstrengungen zu zerstören und auf ihren Reiz und ihre Funktion als Weib ganz oder teilweise zu verzichten. Darin liegt das Verkehrte, das Unmenschliche, die Grausamkeit gegen das Weib. Darüber sollte man sich entrüsten und wehklagen, wenn doch einmal gewehklagt werden muß.

Vielleicht entsteht noch einmal eine Frauenbewegung in diesem Sinn, die das Weib als Geschlechtswesen befreit, es fordern lehrt, was es zu fordern berechtigt ist, volle geschlechtliche Freiheit, das ist, freie Verfügung über seinen Körper, die uns das Hetärentum wiederbringt. Bitte, keinen Entrüstungsschrei! Die Hetären des Altertums waren freie, hochgebildete und geachtete Frauen, denen niemand es übelnahm, wenn sie ihre Liebe und ihren Körper verschenkten an wen sie wollten und so oft sie wollten und die gleichzeitig am geistigen Leben der Männer mit teilnahmen. Das Christentum hat statt dessen die Einehe und – die Prostitution geschaffen. Letztere ist ein Beweis dafür, daß die Ehe eine mangelhafte Einrichtung ist. In einem Teil der Frauen sucht man von Jugend auf durch die christlich-moralische Erziehung das Geschlechtsempfinden abzutöten oder man verweist sie auf die Ehe mit der Behauptung, daß die Frau überhaupt monogam veranlagt sei. Gleichzeitig richtet man die Prostitution ein, zwingt also den andern Teil der Frauen polygam zu sein, damit den Männern geholfen werde, für die wiederum die Ehe unausreichend ist. Der Geschlechtstrieb und seine Befriedigung überhaupt wird als ein notwendiges Übel hingestellt, dem so oder so abgeholfen oder gesteuert werden müsse. In der Ehe wird er zur Pflicht gestempelt, außerhalb derselben verpönt oder seine Befriedigung in möglichst unästhetische Formen, wie unsre heutige staatlich konzessionierte Prostitution gebracht. So geht mir doch mit der Behauptung, die Frau sei monogam! – Weil ihr sie dazu zwingt, ja!

Weil ihr sie Pflicht und Entsagung lehrt, wo ihr sie Freude und Verlangen lehren solltet. Weil ihr kein Schönheitsgefühl im Leibe habt. Was ist denn ästhetischer und im wahren Sinne moralischer: wenn ihr eure blühenden Mädchen zu abgestorbenen Gespenstern macht und eure Söhne ins Bordell schickt, oder wenn ihr sie sich miteinander in Schönheit ihres Lebens freuen laßt?

Nun Gott sei Dank, unsere christliche Gesellschaftsmoral hat sich mehr wie gründlich überlebt, die letzten Jahrzehnte, die moderne Bewegung hat die junge Generation wieder etwas von der mutigen Froheit des Heidentums gelehrt. Wir haben angefangen die alten Gesetzes-Tafeln zu zerbrechen.

Warum sollte das moderne Heidentum uns nicht auch ein modernes Hetärentum bringen? Ich meine, den Frauen den Mut zur freien Liebe vor aller Welt wiedergeben? In Frankreich ist man uns in dieser Beziehung, in der erotischen Kultur jedenfalls weit voraus. Wir Deutschen müssen uns erst das schwere Blut, das kalte nordische Schuldbewußtsein und Verantwortungsgefühl abgewöhnen.

Alexandra Papadopoúlou

Emancipation

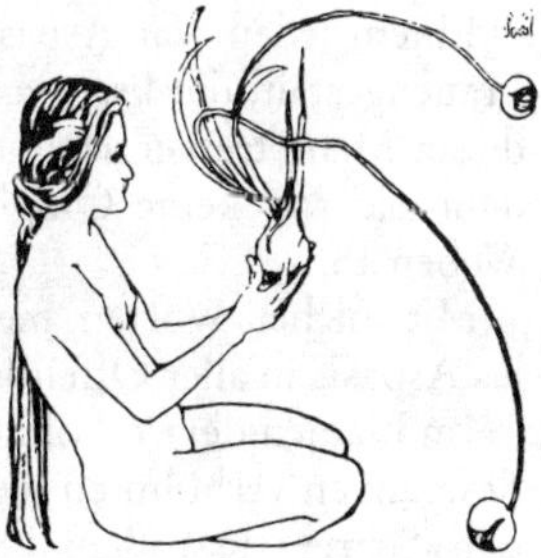

Der die Tugend schätzende Herr Filáretos Dimópoulos ist für die Emancipation. Zu diesem hohen Ziel hat er neununddreißig Artikel verfaßt und vor einer dicht gedrängten Zuhörerschaft inzwischen bereits fünfundvierzig Vorträge gehalten.

Das Ergebnis, oder vielmehr das Produkt all dieser Kämpfe in Wort und Schrift war, daß man Herrn Dimópoulos in den höchsten Tönen pries. Die Frauen, für deren Recht Herr Dimópoulos so uneigennützig eintrat, nannten ihn nur mehr noch »unseren Dimópoulos«.

Bei einer abendlichen Zusammenkunft des Vereins »Neue Ideen« schlängelte sich Herr Dimópoulos an sein Lieblingsthema heran.

Ein greiser Professor gab gerade von sich, daß Thukydides zu Recht diejenige für die beste Frau erachtete, von der man am wenigsten spricht.

Ah, da geriet Herr Dimópoulos in Erregung, und Blitze entwichen aus seinem Mund:

– »Perikles soll so etwas gesagt haben? Ich weiß nicht, ob er es wirklich gesagt hat – denn das ist nicht mein Gebiet –, doch wenn er es gesagt hat, ist er ein großer Heuchler und ein schwerer Lügner; und für seine Zeitgenossen, meine Damen und Herren (Herr Dimópoulos meinte, zum sechsundvierzigsten Mal von der Tribüne aus zu reden), hat er freilich nicht gelogen und nicht geheuchelt. Jene wußten wohl, daß die Frau wie Hephaistos spitze Blitze schmiedet.

Einem jeden war Aspasia bekannt, diese bedeutende Frauengestalt, die Frau jenseits des Frauengemachs, der dieser Mann treu ergeben und zu Dank verpflichtet war, denn sie war keine Omphale und hielt ihn nicht zum Weben an.

Mit solchen Worten, meine Herren, verhöhnte Perikles Aspasia in aller Öffentlichkeit.

Im Namen der verhöhnten, so bedeutenden Frau und des ganzen verhöhnten weiblichen Geschlechts laßt uns den Schrei ausstoßen: ›Nieder mit Perikles, es lebe Aspasia.‹«

Aber Perikles befindet sich tief drunten in der Erde, und schwerlich geht es noch weiter niederwärts mit ihm.

Der Saal verwandelte sich in einen Hexenkessel, und eine junge Ärztin, häßlich und mager, fiel Herrn Dimópoulos um den Hals und überschüttete ihn im Namen des schönen Geschlechts mit Küssen. Dann schlug sie vor, zur Errichtung eines Standbildes von Herrn Dimópoulos Sammelaktionen durchzuführen.

Das Auditorium applaudierte, und eine Emancipierte, die sich von ihrem zutiefst »rückschrittlichen« Mann hatte scheiden lassen, bat Herrn Dimópoulos, seine Vorträge zu veröffentlichen oder ihr seine Manuskripte zu geben, damit sie sie ins Englische übersetze, in ihrer Eigenschaft als Korrespondentin der namhaften Zeitung »Hühnerstall ohne Hahn«.

Der Professor, ein Mensch mit beschränktem Horizont und nicht imstande, den neuen Geist zu begreifen, vom neuen Dogma sich formen und zu dessen Gunsten sich in Gärung versetzen zu lassen, rückte ungestüm auf schlüpfriges Gelände vor.

Angesichts der monströsen Häßlichkeit der jungen Ärztin regt er an:

– »Das emancipierte ›schöne Geschlecht‹ sollte an und für sich aufhören, diesen Titel der Sklavenherrschaft zu führen.«

Die Ärztin geriet in Rage und sagte mit wissenschaftlicher Miene:

– »Ein Normalsterblicher kann nicht einfach die Naturgesetze umwerfen. Frauen werden schön geboren.«

Der schreckliche Professor, der pfiffig auf den Kopfputz einer Emancipierten mit lauter künstlichen Wellen blickte, regte an:

– »Die Frauen sollten, im frischen Fahrwind ihrer Freiheit, das Recht besitzen, frei ihre Glatze zu zeigen und sie nicht unterwürfig zu verstecken usw. usf.«

Der Professor wäre zum Tode verurteilt worden, hätte es sich hier um einen Prozeß über Tod oder Leben gehandelt.

Das Licht einer Kerze beleuchtet den Blondschopf von Anna Dimópoulos. Man hört die sanften Atemzüge ihres kleinen Kindes, das wie ein Engelchen in seiner Wiege schläft. Zuweilen hustet es und scheint unruhig zu werden.

Anna strickt ein Schultertuch, und von Zeit zu Zeit blickt sie auf ihre winzige, offen auf dem Tisch liegende Uhr, um dem Kindchen, das von erstickendem Husten geschüttelt wird, eine Medizin zu verabreichen oder um zu messen, wie lange ihr Gatte ausblieb.

Mitternacht ging vorüber. Auf einmal sind Schritte zu vernehmen; es ist Herr Dimópoulos. Er wirft seinen Hut von sich, küßt Anna zärtlich, nimmt die Kerze und nähert sich der Wiege.

Was für ein schönes Kind er nur hat! Es zieht im Licht seine Brauen zusammen, erwacht jedoch nicht.

– »Heute hat es wieder schlimm gehustet.«

– »Schon wieder?«

– »Ja.«

– »Hast du's vielleicht dem Kindermädchen überlassen?«

– »Ich?«

– »Ja sicher doch, heute morgen habe ich dich in den Kaufläden gesehen.«

Der die Tugend schätzende Herr Filáretos Dimópoulos erhitzt sich, mit dem Ausdruck seiner fündundvierzig Vorträge im Gesicht, läuft fieberhaft umher, auf die Gefahr hin, sein Kindlein zu wecken, und sagt dann:

– »Gnädigste, eine Mutter mit Kindern kehrt der Wiege ihres Kindes nicht den Rücken. In fremder Leute Hände kann es selbstverständlich nicht so recht versorgt werden, und in fremder Leute Herzen schlägt kein echtes Mitgefühl. Die Margarita, die kenne ich. Ein braves Mädchen, nur hat sie ein zu weiches Herz ...«

– »Aber Filáretos, Mutter war krank, und deswegen bin ich auf einen Sprung weggegangen. Aber nicht in die Kaufläden ... Ah, nicht einmal für eine halbe Stunde ... Ich schwör's dir.«

– »Aber gerade diese halbe Stunde hat es soweit kommen lassen.«

Das Engelchen erleidet abermals einen Hustenanfall, Herr Dimópoulos abermals einen Wutanfall, und Frau Dimópoulos abermals einen Anfall von Verzweiflung.

– »Ich rufe sämtliche Ärzte aus der ganzen Stadt hierher.«

– »Aber Filáretos, sei nicht so kindisch. Der Arzt war da und hat mich beruhigt. Ich gebe ihm regelmäßig die Medizin. Bis morgen früh mache ich so weiter, dann ist der Husten vorbei. Bitte leg dich doch hin. Es reicht ja, daß du im Büro so angestrengt arbeitest. Vergib mir, wenn du meinst, daß ich einen Fehler begangen habe, nur komm jetzt zur Ruhe. Ich bitte dich inständig darum.«

Sie bedeckte seine Hand mit Küssen. Herr Dimópoulos beruhigt sich und sagt dann gelassener:

– »Liebe Anna, ich vergebe dir. Aber bitte merke dir gut, daß das Kind in fremder Leute Hände krank wird.«

Die junge Ärztin brachte den Betrag zusammen, der für Herrn Dimópoulos' Standbild erforderlich war.

Herr Dimópoulos ist beglückt und stolz auf die Marmorstatue, aber ... es wäre ihm lieber, man hätte sie anderer Verdienste wegen errichtet. Jene Inschrift: »Dem eisernen Pfeiler der Emancipation von den Emancipierten« macht ihm ernste Sorgen. Er fürchtet, daß Anna, welche dank Tausender Vorsichtsmaßregeln seine Artikel bis jetzt nicht gelesen hatte, unter Umständen sich seinem Standbild gegenübersehen könne.

Wie Sie bemerken, jagt ihm Angst ein, was auch seine Ahnen mit Sorge erfüllte: »Wofür die Ehre ...«

Natur – Kunst – Künstlichkeit

Judith Gautier

Der Geburtstag der Prinzessin

Da es Winter ist und sehr kalt, hat man die Wandschirme aus kostbaren Hölzern, die mit unvergleichlicher Sorgfalt und Geschicklichkeit angefertigt sind, um den Fürsten zusammengerückt. So verengt sich der Saal zu einem kleinen Raum, in dem er grübelnd sitzt, den Arm auf eine perlmutterne Lehne gestützt.

Auf der Brust des Daimyo falten sich in den verschiedensten Farben übereinander die Aufschläge mehrerer prächtiger, daunengefütterter Gewänder; nahe der Schulter ist eine Art Stern aus fünf Kreisen, die einen sechsten umgeben, in Gold auf den Ärmel gestickt. Das ist das wohlbekannte Wappen der sehr berühmten Familie Kanga, der auf allen Inseln Japans nur noch die Familien Shendai und Satsuma an Bedeutung gleichkommen.

Ja, dieser Fürst, der in seinem Palast grübelt, ist sehr mächtig, sehr reich, sehr berühmt; sein Volk bewundert

und fürchtet ihn, seine Vasallen sind bereit, für ihn zu sterben, seine geringsten Wünsche sind Gesetz für alle, die ihn umgeben, und dennoch findet er selbst sich heute schwach, elend, beklagenswert arm an Einfällen, denn seit mehreren Tagen überlegt er nun schon, womit er seine Tochter zu ihrem Geburtstag überraschen könnte, und nichts fällt ihm ein.

Freilich besitzt diese Prinzessin, die morgen sechzehn Jahre alt wird, alles, was man nur besitzen kann: Sie hat herrliche Vögel, phantastische Fische, ungewöhnliche Hunde, Wagen, Rinder, Pferde, alles, was sie sich nur wünschte, und sogar Kostbarkeiten, auf die sie nicht gekommen wäre und die man für sie aus fernen Ländern herbeigeschafft hat. Der Daimyo gesteht sich kopfschüttelnd ein, daß er seine geliebte Tochter zu sehr verwöhnt hat, daß er sie nicht so verschwenderisch hätte beschenken, sie nicht mit allen Reichtümern der Welt hätte überhäufen dürfen, kaum daß sie ins Leben eingetreten war. Was soll er nun tun? Er ist am Ende seiner Macht, er weiß seiner Tochter nichts mehr zu bieten, um sie in Erstaunen und Entzücken zu versetzen.

Was hat er davon, ein Fürst zu sein?

Lange läßt er seinen müden Blick durch die trübe Transparenz des Fensters über den kahlen Garten, über den grauen, regnerischen Himmel irren.

»Was kann sie sich noch wünschen?«

Plötzlich erhob er sich.

»Ich will zu ihr gehen«, sagte er sich, »vielleicht kann ich, ohne daß sie es bemerkt, ihren Wunsch erraten.«

Er schlug auf den Gong, der mit einer seidenen Kordel an den Zähnen eines bronzenen Ungeheuers aufgehängt war.

Sogleich begannen die Wandschirme lautlos auseinanderzugleiten, öffneten sich halb, ließen eine Flucht von Sälen sehen, in denen es von Samurais, von Pagen, Wächtern und Dienern wimmelte. Die Samurais, edle Vasallen, die zwei Säbel trugen, verneigten sich tief, während die Pagen und Diener sich niederwarfen, die Stirn auf den Boden gepreßt.

»Ich gehe zu meiner Tochter«, sagte der Daimyo.

Sofort bildete sich eine Eskorte, und Wächter eilten voraus, um die Pagen der Prinzessin zu benachrichtigen.

Fiaki, das bedeutet »Sonnenstrahl«, saß in einem wohlverschlossenen Raum ihres Palastes auf den weißen Bodenmatten, und die Falten ihrer prächtigen, lang schleppenden Gewänder waren symmetrisch um sie geordnet, als Fächer, als Wellen, als Hügel; es waren alle erdenklichen feinen Gewebe in verschiedenen Farbtönungen; doch der kostbarste Stoff war ein Satin von der Farbe des sommerlichen Himmels, und seine zarten schwarzen Stickereien stellten Spinnennetze dar, in denen sich Blütenblätter verfangen hatten.

Das Gesicht des jungen Mädchens war weiß wie Milch, ihr kleiner, ein wenig voller Mund war geschminkt und ließ zwei Reihen von Reiskörnern sehen; ihre Augenbrauen waren ausrasiert und durch zwei kleine schwarze Flecken ersetzt, die mit dem Pinsel sehr hoch auf die Stirn getupft waren; wie es bei Prinzessinnen üblich ist, fiel ihr langes Haar offen über ihren Rücken und verlor sich in den Falten der Gewänder.

Die Hofdamen bildeten einen Halbkreis um ihre Herrin, und ihr gegenüber, jenseits einer leichten geschnitzten Balustrade, vollführte eine Tänzerin in langem Gewand mit flatternden Ärmeln, die Flügeln glichen, und mit einer merkwürdigen goldenen Haube auf dem Kopf einen langsamen Tanz, zu dem sie ihren Fächer bewegte. Ein Orchester mit Gotto, Biwa, drei Arten von Flöten, Trommeln und Tamburin begleitete sie.

Als der Fürst eintrat, hörten die Musiker auf zu spielen, und Fiaki verbarg schnell ihren Mund hinter einem der Spinnengewebe auf ihrem Ärmel – eine zärtliche und schamhafte Begrüßung für ihren Vater.

Der Fürst lächelte vor Vergnügen, als er die Schönheit und Anmut des Kindes sah, das er abgöttisch liebte. Sie hatte sich erhoben und kam auf ihn zu, und wie ein Meer, das plötzlich vom Sturm aufgewühlt wird, schlugen die Seide, der Satin, der Brokat hinter ihr rauschende Wellen.

Er nannte sie bei den schmeichelhaftesten Namen: Murui, die Unvergleichliche; Reifi, die übernatürliche Schönheit; Reikio, der Duft des Himmels; dann fragte er sie, ob sie glücklich sei, ob nichts sie betrübe, ob sie sich nicht irgend etwas wünsche.

»Oh, edler Fürst! Verehrter Vater!« rief sie und bog ihren geschmeidigen Körper mit einer anmutigen Bewegung des Schmerzes nach hinten, »wie kann ich glücklich sein, wenn die Erde leidet? Wie kann ich lächeln, wenn der Himmel weint? Die Götter sind grausam, daß sie den Winter geschaffen haben! Ach, nicht einmal Schnee ist gefallen, der den Frühling vortäuschen könnte. Ich fühle mich wie eine arme entwurzelte Pflanze, die nicht leben und nicht sterben kann.«

Und mit kokettem Lächeln fügte sie hinzu, indem sie ihre langen Wimpern bescheiden niederschlug:

»Ich habe über dieses Thema ein Outa verfaßt; doch nicht einmal die Poesie hat mich trösten können.«

In einem anmutig gewählten Tonfall trug sie das kurze Gedicht vor, dessen Takt sie mit der Spitze ihres Fächers schlug:

Der fliehende Herbst,
der die Blüten davonträgt,
verschloß die Pforte.
Mich gab er, die Trauernde,
dem furchtbaren Winter preis.

»Ich werde dieses Outa vom berühmtesten Maler des Königreiches illustrieren lassen«, sagte der Fürst; »doch ach, ich bin kein Gott.«

Langsam entfernte er sich, von Sorgen erfüllt.

»Offenbar wünscht sie sich nichts als den Frühling«, sagte er sich.

Und er blieb stehen, um den scharfen Wind draußen pfeifen zu hören.

Schon brach der Abend herein. So würde ihn die Morgenröte des nächsten Tages mit leeren Händen überraschen.

»Der Frühling!« murmelte er, als er sich wieder auf dem Sitz niederließ, den er vor kurzem verlassen hatte.

Plötzlich verwandelte sich seine Traurigkeit in Zorn. Er ließ seinen Premierminister rufen.

Der Nai-Dai-Tsin eilte herbei und verneigte sich tief, und während er sein Kompliment vorbrachte, sah er das finstere Gesicht seines Herrn, das nichts Gutes verhieß.

Der Fürst schwieg einen Augenblick, als zögere er, einen ungewöhnlichen Befehl zu erteilen; doch dann zuckte er ärgerlich mit den Schultern und sprach mit fester Stimme.

»Morgen ist der Geburtstag meiner Tochter«, sagte er. »Ich will, verstehst du, *ich will*, daß bei Tagesanbruch die Bäume und Büsche im Park und überall in der Umgebung des Palastes mit Blüten bedeckt sind wie in den ersten Monaten des Frühlings. Geh!«

»Euer Befehl wird befolgt, Herr«, sagte der Minister, während er sich rückwärtsschreitend zurückzog.

Doch sobald er draußen war, ließ er entsetzt und niedergeschlagen die Arme hängen, die in den langen Ärmeln verborgen waren.

»Das bedeutet das Exil, das bedeutet den Tod!« murmelte er. »Ja, den Tod, denn ich habe nicht die Zeit, weit genug zu fliehen. Mitten im Glück trifft mich dieser Schlag!«

Seine Knie gaben nach, er lehnte sich an die Holztäfelung.

»Was habe ich getan, um in Ungnade zu fallen? ... Nichts«, gab er sich selbst nach einer strengen Gewissenserforschung zur Antwort. »Es geht um seine Tochter, er will tatsächlich den Frühling herbeibefehlen.« Er blieb eine Weile gedankenlos stehen, und sein Kopf rollte hin und her wie eine Bleikugel; doch dann richtete er sich entschlossen auf.

»Nun gut, zeigen wir uns unserer Rasse würdig«, sagte er, »ein Japaner zittert nicht vor dem Tode; nicht umsonst habe ich seit meiner Kindheit Unterricht im Selbstmord erhalten. Zuerst der Säbel, der mit einem einzigen Hieb den Leib spaltet, von links nach rechts, dann der Dolch, der die Kehle durchschneidet ...«

Er zog seinen Säbel, hielt aber, die Hand ausgestreckt, inne, während die Spitze der Waffe zum Boden zeigte.

»Und wenn es statt Ruin und Selbstmord die Möglichkeit gäbe, mit irgendeinem Kunstgriff den Frühling vorzutäuschen, welch ein Glück wäre das! Wir wollen nicht zu früh verzweifeln, es ist immer noch Zeit zu sterben.«

Er schrak zusammen, als er sah, daß die Dunkelheit in den Palast eingedrungen war und die Lichter angezündet wurden.

»Der riesige Park und das Land ringsum«, sagte er, »und nichts als eine Nacht!«

Er eilte davon, steckte schon im Laufen den Säbel wieder in die Scheide, erreichte sein Gemach und rief den Rat zusammen.

Ehe die anderen Minister Platz nehmen konnten, tat er ihnen kund, welchen Befehl der Fürst erteilt hatte.

»Dieser Befehl muß bei Todesstrafe bis zum Tagesanbruch ausgeführt werden«, sagte er und kümmerte sich nicht um die bestürzten Gesichter, die ihn umgaben. »Der Fürst ist in fürchterlicher Laune; es gäbe kein Erbarmen. Aber mir ist eine Idee gekommen, die uns alle retten kann, hört mir gut zu. Auf eine Meile im Umkreis müssen Männer, Frauen, Mädchen und Knaben, Edelleute, Kaufleute und Bauern sich sogleich daran begeben, aus Seide, Samt, Satin oder Papier künstliche Blüten herzustellen, so gut sie es vermögen; sie sollen ihre Kleider zerschneiden, sie sollen die Tapisserien, die Wandschirme, die Bodenmatten zerstören, alles, was ihnen geeignet erscheint, sie verlieren nichts dabei; dann müssen alle diese Blumen vor Tagesanbruch an Bäume, Büsche und Sträucher geheftet, genagelt, geklebt werden, die gelungensten an den Rand der Straße, die ungeschicktesten im Hintergrund; die Maler müssen beauftragt werden, die Dekorierung zu überwachen und mit dem Pinsel nachzuhelfen, wo es nötig ist. Ich werde alles beaufsichtigen, ich werde versuchen, an alles zu denken, unser Heil ist diese Anstrengung wert.

Zieht die Armee heran, verfügt über alles; niemand darf heute nacht essen oder schlafen. Geht, und wenn euch euer Leben lieb ist, seid schnell wie der Blitz.«

Ohne ein Wort zu verlieren, eilten die Minister davon oder vielmehr: sie stoben auseinander.

Es war keine Stunde vergangen, als in jedem Palast, jedem Haus in der Stadt, jeder Hütte auf dem Lande die Menschen fieberhaft beschäftigt waren, Blumen herzustellen; und hätte einer kurz nach Mitternacht vom Palast der Kanga auf den Park und seine Umgebung geblickt, er hätte die Tausende von Laternen, die über den Boden glitten, hüpften, sprangen, für die furchteinflößende, von den Füchsen angeführte Armee der Irrlichter halten können.

Doch zu dieser Stunde schnarchte der erhabene Daimyo hinter einem goldverzierten Wandschirm aus Eisenholz, und die unvergleichliche Prinzessin richtete sich auf ihrem Lager auf und blätterte im Schein einer großen Lampe, deren Licht durch dünne Perlmuttblättchen gedämpft war, in einem Buch; sie suchte nach einem Gedicht über den Frühling, das sie mit in ihre Träume nehmen konnte.

Ihre Frauen legten letzte Hand an ihre Toilette, als Fiaki am nächsten Morgen unter ihren Fenstern ein Orchester spielen und einen vielstimmigen Chor singen hörte.

»Ach ja, natürlich, heute ist mein Geburtstag«, sagte sie

mit einer Geste des Überdrusses, »warum bin ich im Winter geboren?«

Die Frauen schoben die Fenster zur Seite.

»Seht doch, welch schönes Wetter, Herrin!«

In der Tat hatte der Himmel, als sei auch er nichts weiter als ein Höfling, sich für dieses Geburtstagsfest mit einem sehr sanften Blau geschmückt, in dem eine fröhliche Sonne von noch bleichem Golde schwamm.

Wehmütig trat die Prinzessin auf die äußere Galerie und stützte sich auf die Balustrade. Aber dann stieß sie einen Schrei der Überraschung und der Freude aus. Was sah sie? War es möglich? Blüten, überall Blüten! Der Frühling war gekommen!

Sie rieb sich die Augen und glaubte zu träumen.

»Wie«, rief sie, wandte sich nach allen Seiten und lief von einem Ende der Galerie zum anderen, »Mandelblüten! rote Pfirsichblüten! weiße und rosa Apfelblüten, und die Sträucher, die Büsche, die großen Bäume! Ein Wunder!«

Auf allen Straßen strömten die Besucher herbei, um der Prinzessin zu huldigen, die edlen Herren zu Pferde, die vornehmen Damen in Wagen, die von Ochsengespannen gezogen wurden, oder in *norimonos*. Der Hofstaat verließ den Palast und versammelte sich auf den Terrassen. Fiaki eilte hinunter.

Der Fürst empfing sie, strahlend vor Freude, am Fuß der Treppe. Mit Tränen in den Augen warf sie sich in seine Arme und rief:

»Vater! Vater! Da siehst du, daß du ein Gott bist!«

Er schlug einen Spaziergang im Park und in der Umgebung vor, damit sie den verzauberten Frühling bewundern konnte.

Entzückt klatschte die Prinzessin in die Hände, und

Walter Crane, »Der Pfauengarten« (um 1880)

sogleich fuhr ihr prächtiger muschelförmiger Wagen, der das Wappen der sternförmig geordneten goldenen Kreise trug und von zwei Ochsen gezogen wurde, am Fuße der Terrasse vor; danach kamen die Wagen der Ehrendamen, dann folgten der ganze Hof und die Gäste; es war ein glänzender, fröhlicher, unendlich langer Zug.

Der Fürst begleitete seine Tochter zu Pferde, und neben ihm ritt der Premierminister, ernst und unbewegt in seinem Triumph.

Entzücken herrschte auf dem ganzen Wege; die Wärme der Sonne, der zarte, goldene Nebel, der einen leichten Schleier über die Natur zog, machten die Illusion vollständig. Man bewunderte einen Frühling, der noch schöner, noch blütenreicher war als der wahre Frühling.

»Und was für köstliche Düfte durch die Luft schweben! Die vielen Blüten duften so herrlich«, sagte die Prinzessin, die immer wieder ihren hübschen Kopf aus dem Wagen neigte, um besser sehen zu können.

Tatsächlich atmete der Daimyo zu seiner Überraschung zauberhafte Düfte ein.

Im Zaumzeug der Ochsen waren nämlich Räucherpfannen verborgen, und der Rauch, den sie ausströmten, vermischte sich mit dem dampfenden Atem der Tiere.

Sie fuhren weit hinaus ins Land, denn Fiaki war überglücklich und konnte kein Ende finden. Sie bat darum, nicht den gleichen Weg zum Palast zurückzufahren. War das möglich? Ein wenig beunruhigt sah der Fürst den Minister an; dieser blieb unbewegt.

»Wünscht die Prinzessin über die Hügel oder durch die Weinberge zurückzufahren?« erkundigte er sich.

»Durch die Weinberge«, erwiderte das junge Mädchen; »das ist weiter, aber es ist sicherlich auch viel schöner.«

Sie nahmen den Weg durch die Weinberge, und es war in der Tat viel schöner als alles, was sie bisher gesehen hatten.

Aber dort stand ein Pflaumenbaum mit rosa Blüten, der die besondere Aufmerksamkeit der Prinzessin erregte.

»Oh, ich möchte einen Zweig von jenem Baum dort haben!« rief sie. »Ich wünsche mir ein Andenken an diese märchenhafte Spazierfahrt.«

»Nun wird der Betrug offenbar werden«, dachte der Fürst und warf dem Minister einen verzweifelten Blick zu.

Der Minister war weder erbleicht noch zitterte er.

»Es ist mir eine Ehre, ihn für Euch zu pflücken«, sagte er und verneigte sich vor dem jungen Mädchen.

Er gab seinem Pferd die Sporen, ritt zu dem Pflaumenbaum und kehrte mit einem herrlichen Zweig zurück. Die Prinzessin ergriff den Zweig, roch daran, verbarg ihr Gesicht darin: Es waren tatsächlich Pflaumenblüten, ganz frische, duftende, noch feucht vom Tau.

Der Fürst war vor Erstaunen außer sich; doch als die Ehrendamen und die vornehmen Damen sahen, daß es erlaubt war, Zweige zu pflücken, beugten sie ihre Köpfe aus den Wagen, streckten die Hände aus und verlangten ebenfalls nach einem Andenken.

Das war zuviel; der Fürst machte eine zornige Geste und war im Begriff, den Befehl zum Weiterfahren zu geben; der Minister beruhigte ihn, er lächelte und zuckte kaum merklich mit den Schultern; er kannte die Frauen und hatte auch das vorausbedacht. Er gab dem Kutscher eines leeren Wagens ein Zeichen, das Gewünschte zu holen. Bald kam der Wagen zurück, angefüllt mit Blüten, die sich die Frauen unter Freudenschreien teilten.

Der Minister hatte nicht gezögert, die Gewächshäuser aller Paläste plündern zu lassen. Männer, die sich unter die Menge gemischt hatten, trugen alle diese Blüten in braunen Leinensäcken mit sich und hielten sich in Reichweite, um auf Wunsch zur Stelle zu sein. Der Fürst, der davon nichts ahnte, war völlig verblüfft.

»Du bist wahrhaftig ein erstaunlicher Mensch«, sagte er, als sie zum Palast zurückkehrten, »du hast mehr getan, als ich erhoffen konnte; du warst ein wahrer Zauberer. Vielleicht hast du zu gut gezaubert, denn in die große Freude dieses Tages mischt sich eine dumpfe Unruhe: Wie können wir uns übertreffen, wenn der nächste Geburtstag naht?«

Während der Fürst, der ein wenig zurückgeblieben war, so mit seinem Minister sprach, stieg Fiaki aus ihrem Wagen; in diesem Augenblick trat der Sohn des Fürsten Satsuma, der gerade mit glänzendem Gefolge im Palast eingetroffen war, zu ihr, um sie zu begrüßen. Er war ein schöner, eleganter junger Mann und so tapfer, daß er trotz seiner Jugend schon von sich reden gemacht hatte; doch nun war er sehr erregt, sehr bleich, als zittere er vor Furcht; das junge Mädchen dagegen errötete, und um diese Röte zu verbergen, tauchte sie ihr Gesicht in die Blüten, die sie in der Hand hielt. Der Minister wies mit einer Geste auf die jungen Leute und machte den Daimyo auf die merkwürdige Befangenheit aufmerksam, die beide hatte verstummen lassen.

»Wenn Eure Tochter siebzehn Jahre alt wird«, sagte er, »gebt Ihr ihr diesen stattlichen Prinzen zum Gatten, und sie wird ihn noch mehr lieben, als sie den Frühling liebt.«

Der Fürst reichte dem Minister einen Gegenstand aus Bronze, der mit Gold verziert war.

»Hier ist der Schlüssel zu meiner Schatzkammer«, sagte er, »nimm dir, was du willst, und laß es dir nicht einfallen, bescheiden zu sein.«

Hugo von Hofmannsthal

Prosagedichte

Die Rose und der Schreibtisch

Ich weiß, daß Blumen nie von selbst aus offnen Fenstern fallen. Namentlich nicht bei Nacht. Aber darum handelt es sich nicht. Kurz, die rote Rose lag plötzlich vor meinen schwarzen Lackschuhen auf dem weißen Schnee der Straße. Sie war sehr dunkel, wie Samt, noch schlank, nicht aufgeblättert, und vor Kälte ganz ohne Duft. Ich nahm sie mit, stellte sie in eine ganz kleine japanische Vase auf meinem Schreibtisch und legte mich schlafen.

Nach kurzer Zeit muß ich aufgewacht sein. Im Zimmer lag dämmernde Helle, nicht vom Mond aber vom Sternlicht. Ich fühlte beim Atmen den Duft der erwärmten Rose herschweben und hörte leises Reden. Es war die Porzellanrose des alt-wiener Tintenzeuges, die über irgend etwas Bemerkungen machte. »Er hat absolut kein Stilgefühl mehr«, sagte sie, »keine Spur von Geschmack«. Damit meinte sie mich. »Sonst hätte er unmöglich so etwas neben mich stellen können.« Damit meinte sie die lebendige Rose.

Traumtod

23 November 1892, 1/2 12 Uhr nachts.

Kerze ausgeblasen; Zimmer sinkt in Nacht. Draußen blinkt weißes beschneites Gartenhausdach, auf dem sich Fensterkreuz abzeichnet.

Traum: Augen aufschlagen; liege auf dem selben Bett. Fenster erinnern an Schiffsluken. Draußen Bäume scheinen zu versinken. Zimmer steigt lautlos langsam auf, auf. Traumfähigkeit, gleichzeitig im Zimmer zu sein und durch den Fußboden durchzuschauen. Unten schlafende Stadt. Unendlich bedeutungsvolle Punkte, ganz anders wie die Wirklichkeit; Gegenden die ich nie gesehen habe, von denen ich aber weiß, sie sind dies und das. Park auf Terrasse. (Modenapark), kleine Vorstadtgasse – Vaterhaus;

laufen ans Fenster, sehnsüchtig: Überbeugen, Sturz.

Die Stunden

Sie kommen nicht zu uns, sie stehen und warten, und wir gehen an ihnen vorüber. Den Weg, den Lebensweg. Manche hängen, wie gekreuzigte Sklaven an den Stamm einer Pappel gebunden und ihre Leiber leuchten durch den

Dunst des Abends. Wenn wir sie an der Biegung des Weges sehen, haben wir Angst, unsere Knie werden steif, wir hoffen mit jagenden Gedanken, es wird anders kommen, nicht weit vorbei, aber wir müssen hin ganz nahe, an ihre aufgerissenen Augen, an ihr feuchtes strähniges Haar, an ihre bösen blinkenden Zähne und müssen sie anrühren, die grauenhaften. Da fallen sie mit einem dumpfen Schlag wie überreife schwere Früchte tot hin ins Gras, und Ameisen kommen und wohnen in der Höhle ihres Mundes.

Andere sitzen am Weg auf alten heidnischen Grabsteinen, von Thymian überwachsenen, und spielen die Syrinx. Sie kümmern sich gar nicht um uns. Abendfalter irrfliegende, zickzack und kopfübersegelnd, kommen zwischen den Ulmen hervor und große Hirschkäfer gleiten im Halbdunkel der Allee. Und der Ton der Syrinx folgt uns über den Hügel, über die Steinstufen stillen Weinbergs noch fliegt er uns nach und macht verträumt.

Andere liegen neben dem Weg im Riedgras lautlos mit boshaften Augen wie die Affen. Lautlos, von weit weit, vielleicht nur mehr eine Täuschung des Ohrs, noch eine Syrinx. Da prasseln nur Steine, schlagen auf, an den Bäumen, in einen braunen Wassertümpel, einer trifft tückisch schmerzend die Kniekehle den Hinterkopf über dem Ohr.

Dann gibt es welche, schlanke, schöne, wie Boten des Dionysos, die sind auf dem Geländer einer kleinen Brücke aus morschem Holz gesessen, um auf uns zu warten. Wie wir kommen, da stehen sie auf und grüßen uns und schreiten vor uns her mit ausgereckten Armen, weiße Stäbe in den schmalen Fingern, uns königlich zu verkünden. Da rauscht wie trunken der Weidenbach, es dehnen sich die Bäume, strecken ihre schwarzen Kronen in die Mondnacht hinauf. Und unser Gehen wird wie ein langsames gebändigtes Fahren auf der triumphierenden Quadriga.

Welche liegen am Weg und winden sich und sterben und schreien herzzerreißend hilf mir, hilf mir.

Welche stehen an den Toren fremder Gärten, wie Tiere im Käfig gefangen, Sklavinnen, orientalische Frauen, phönikische Sklaven, die lebendigen Stirnen an das weinumsp[onnene] Eisengitter gedrückt, frech, feindlich und verlockend.

Welche sind doppelt, Riesenfrauen, manche Melusinen, ganz fremd.

Trunk. Welche stehen auf der Hütte, heißer schwerer Wein ...

Kazimiera Zawistowska

Schön sind weiche, gedämpfte, ausgeblichne Farben,
Regenbögen, in Gotik-Arkaden verschwimmend –
Schön die Strahlen durchs Laub gesiebten Lichtes
schimmern,
Matt vergoldet die Sonne öde Kathedralen.

Schön das Dämmern, gehüllt in weißen Marmormantel,
Strömt es blaßblaue Spuren, wie von Weihrauchglimmen;
Des Mittelalters Lieder voll Wehmut besingen
Scheu Idylle, im Klang der Gitarre gefangen.

In alten Fresken lieb ich durchträumte Gavotten,
Voll Romantik der Duft von Seiden, die verblaßten,
Und Liebestalismane, gedunkelt, doch golden;

Der Troubadouren Minnelied auf den Terrassen –
Voller Sehnsucht in moosreiche Kreuzgänge wehte,
Überm Webstuhl des einsamen Burgfräuleins bebte.

Heinrich Vogeler

Juan Ramón Jiménez

Im kranken Garten

Du wirst mich weinend ansehn,
sobald die Rosen scheinen,
du wirst mich weinend ansehn,
ich aber sag: Nicht weinen!

Mein Herz wird schlafen wollen
nach so viel Drang . . . Ich fühle
in deiner liebevollen
Geschwisterhand die Kühle . . .

Du wirst mich traurig ansehn,
traurig auch mir zumute;
du wirst mich traurig ansehn,
Schwesterchen, du Gute.

Du wirst mich fragen: Weinst du?
Da blick ich in die Fernen.
Du wirst mich fragen: Weinst du?
Da schau ich zu den Sternen.

Und werde lächeln dann,
und du erschrickst darüber,
und werde lächeln dann
und sagen: Es ist vorüber . . .

Stefan George

Mein garten bedarf nicht luft und nicht wärme ·
Der garten den ich mir selber erbaut
Und seiner vögel leblose schwärme
Haben noch nie einen frühling geschaut.

Von kohle die stämme · von kohle die äste
Und düstere felder am düsteren rain ·
Der früchte nimmer gebrochene läste
Glänzen wie lava im pinien-hain.

Ein grauer schein aus verborgener höhle
Verrät nicht wann morgen wann abend naht
Und staubige dünste der mandel-öle
Schweben auf beeten und anger und saat.

Wie zeug ich dich aber im heiligtume
– So fragt ich wenn ich es sinnend durchmass
In kühnen gespinsten der sorge vergass –
Dunkle grosse schwarze blume?

Manuel Machado

Der schwarze Garten

Nacht ist es. Das unermeßliche
Wort heißt Schweigen ...
Zwischen den Bäumen schwebt
ein tiefes Geheimnis ...
Der Klang, entschlafen,
die Farbe, verstorben.
Der Brunnen tost,
und das Echo, stumm.

Erinnerst du dich? ... Umsonst
suchten wir zu wissen ...
Wie seltsam! Wie düster!
Es sträubt sich mein Innerstes
noch heute, wenn – wie eben –
die Erinnerung vorbeihuscht,
gleichsam als hätte mich
jetzt flüchtig gestreift
der haarige Flügel
einer gräßlichen Fledermaus ...
Komm, Geliebte! Neige
deine Stirn mir auf die Brust,
laß uns die Augen schließen;
hören wir nicht hin, verharren wir stumm ...
wie die Kinder,
zitternd vor Furcht!

Der Mond erscheint
durch Wolken brechend ...
Der Mond und die Statue
küssen sich lechzend.

Hjalmar Söderberg

Die Tuschzeichnung

An einem Apriltag vor vielen Jahren, in jener Zeit, da ich noch über den Sinn des Lebens grübelte, ging ich in ein kleines Zigarrengeschäft in einer Nebenstraße, um eine Zigarre zu kaufen. Ich wählte eine dunkle, kantige El Zelo aus, stopfte sie in mein Futteral, bezahlte sie und machte mich zum Gehen bereit. Aber plötzlich fiel es mir ein, dem jungen Mädchen, das im Laden stand und bei dem ich oft meine Zigarren zu kaufen pflegte, eine kleine Tuschzeichnung zu zeigen, die ich zufälligerweise in meiner Brieftasche aufbewahrte. Ich hatte sie von einem jungen Künstler erhalten, und nach meinem Empfinden war sie sehr schön.

»Schauen Sie her«, sagte ich und reichte sie ihr, »was halten Sie davon?«

Sie nahm das Bild mit neugierigem Interesse in die Hand und betrachtete es sehr lange und aus der Nähe. Sie wendete es von einer Seite zur anderen, und ihr Gesicht erhielt einen Ausdruck angestrengten Nachdenkens.

Charles Francis Annesley Voysey, Tapete (1896)

»Na, was bedeutet das?« fragte sie schließlich mit einem wißbegierigen Blick.

Ich war leicht betreten.

»Es bedeutet nichts Besonderes«, antwortete ich. »Es ist nur eine Landschaft. Da ist Boden und dort ist Himmel, und dort ist ein Weg ... Ein gewöhnlicher Weg ...«

»Ja, das kann ich wohl sehen«, zischte sie in recht unfreundlichem Ton; »aber ich will wissen, was es *bedeutet.*«

Ich stand ratlos und verlegen; es war mir nie eingefallen, daß es etwas bedeuten sollte. Aber ihre Idee war nicht zu erschüttern; sie bildete sich nun einmal ein, daß das Bild eine Art »Wo ist die Katze?« sein müßte. Warum sollte ich es ihr sonst gezeigt haben? Schließlich hielt sie es an die Fensterscheibe, um es durchsichtig zu machen. Man hatte ihr wohl einmal eine eigentümliche Art von Spielkarten gezeigt, die bei gewöhnlicher Beleuchtung die Neun oder den Buben, gegen das Licht gehalten jedoch etwas Unanständiges darstellen.

Aber ihre Untersuchung blieb ohne Resultat. Sie gab mir die Zeichnung zurück, und ich wollte gehen. Da wurde das arme Mädchen plötzlich feuerrot, und mit Tränen in der Stimme brach es aus ihr heraus: »Pfui, das ist richtig garstig von Ihnen, mich so zum Narren zu halten. Ich weiß sehr wohl, daß ich ein armes Mädchen bin, das es sich nicht hat leisten können, sich etwas Bildung zu verschaffen; aber deshalb brauchen Sie mich wohl nicht zum Narren zu machen. Können Sie mir nicht sagen, was Ihr Bild bedeutet?«

Was sollte ich antworten? Ich hätte viel darum gegeben, ihr sagen zu können, was es bedeutete; aber das konnte ich nicht, denn es bedeutete ja nichts!

Ja, seither sind mehrere Jahre vergangen. Ich rauche nun andere Zigarren und kaufe sie in einem anderen Geschäft, und ich grüble nicht länger über den Sinn des Lebens; aber nicht deshalb, weil ich glauben würde, ihn gefunden zu haben.

STÉPHANE MALLARMÉ

Das Grab von Charles Baudelaire

Versunknen Tempels Pracht aus dessen Grabesmunde
erbrochner Auswurf von Rubin und Unrat bleckt
abscheuliches Idol Anubis aufgereckt
mit wütendem Gekläff aus feuerrotem Schlunde

und neuen Gaslichts Docht der züngelnd auf dem Grunde
die ausgegoßne Schmach beflissen trockenleckt
und trüben Scheins erneut nur ewig Unzucht weckt
die sich zum Flug erhebt um die Laternenstunde

welch Laub vertrocknet schon in abendloser Stadt
schirmt ihn wie sie die nun vergeblich zu ihm trat
an Baudelaires Grab gelehnt an Marmorplatten

die wir nicht mehr gehüllt in Schleier frösteln sehn
Schutzengel sie und Gift sie selber sie sein Schatten
das stets wir atmen die an ihm zugrunde gehn.

Waclaw Rolicz-Lieder

Erinnerung an Paul Verlaine

I

Am Totenbett

Der Weise der kühn in das auge des lebens schaut
Wird unbereit vom tode nimmer ereilt.
Er klagt weder bittend um ein verlängertes leben
Noch rechtet er mit den jahren verflossener jugend
Noch fürchtet er sich vor unbekannten gefilden
Noch zeichnet er pläne der klugheit in seinen gedanken.
Er schreitet mit stolzem abgemessenem schritte
Und wenn er dem ehernen tod auf dem wege begegnet
So bleibt er stehen und bietet die stirn ihm dar:
Er überliefert dem mäher die reifende ähre.

Kunst und Décadence

Joris-Karl Huysmans

Gegen den Naturalismus

»Du glaubst so sehr an diese Ideen, mein Lieber, daß du dich von Ehebruch, Erotik, Ehrgeiz, all jenen wohlvertrauten Themen des modernen Romans, abgewandt hast, um die Geschichte des Gilles de Rais zu schreiben« – und, nach einer Pause, fügt er hinzu: »Ich werfe dem Naturalismus weder seinen Hafenjargon noch sein Latrinen- und Armenhausvokabular vor, denn das wäre ungerecht und wäre absurd; erstens schreien manche Themen förmlich danach, zweitens lassen sich mit Satztrümmern und Wörterpech ungeheure und gewaltige Werke errichten: Zolas *Schnapsbude* beweist es; nein, das Problem liegt woanders; was ich dem Naturalismus vorwerfe, ist nicht die dickflüssige Tünche seines groben Stils – es ist die Schäbigkeit seiner Ideen; was ich ihm vorwerfe, ist, daß er dem Materialismus literarische Gestalt verliehen, daß er in der Kunst die Demokratie glorifiziert hat!

Ja, da kannst du sagen, was du willst, mein Guter, ich

bleibe doch dabei; was ist das für eine Theorie, ersonnen von einem verrufenen Hirne, was für ein armseliges und engstirniges System! Sich willentlich zu beschränken auf das Waschküchenniveau des Fleischlichen, das Übersinnliche zu verwerfen, den Traum zu leugnen, nicht einmal zu begreifen, daß die Neugierde der Kunst ebendort beginnt, wo die Sinne den Dienst aufkündigen!

Du hebst die Schultern; aber bitte sehr, was hat er denn gesehen, dein Naturalismus, in all den entmutigenden Geheimnissen, die uns umgeben? Nichts! Sobald es darum ging, irgendeine Leidenschaft zu erklären, wenn eine Seelenwunde zu sondieren oder auch nur ein völlig harmloser Seelenkratzer zu säubern war, hat er alles einzig dem Wirken von Begierden und Instinkten zugeschrieben. Brunst und Wahnsinnsanfall – andere Reaktionsursachen kennt er nicht. Im Grunde hat er nie mehr als den Bereich unterhalb des Nabels abgesucht und bloß unzusammenhängende Banalitäten von sich gegeben, sobald er sich der Leistengegend näherte; er ist ein Bruch-arzt für Gefühle, ein Bandagist für die Seele, weiter gar nichts!

Und schau mal, Durtal, er ist ja nicht nur unerfahren und begriffsstutzig, er riecht auch noch übel, denn er hat dieses gräßliche moderne Leben gepriesen, den neumodischen Amerikanismus in den Sitten gerühmt und ist endlich angelangt bei der Verherrlichung roher Gewalt, bei der Apotheose des Geldschranks. Mit einer Demut, die an ein Wunder grenzt, hat er den ekelerregenden Geschmack der Massen vergöttert – und dadurch gleichzeitig dem guten Stil abgeschworen, jeden erhabenen Gedanken verworfen und ebenso jede Bemühung, sich zum Übernatürlichen und Überirdischen emporzuschwingen. Er hat die bourgeoise Geisteshaltung so vollendet verkörpert, daß man wahrhaftig meinen könnte, er sei der Paarung zwischen Lisa – der Metzgerin aus dem *Bauch von Paris* – und Homais entsprossen!«

»Donnerwetter, du gehst vielleicht ran«, entgegnete Durtal pikiert. Er zündete seine Zigarette wieder an, und dann: »Der Materialismus ist mir genauso zuwider wie dir; aber deshalb muß man doch nicht gleich leugnen, daß die Naturalisten für die Kunst Unvergeßliches geleistet haben; denn sie schließlich haben uns befreit von den lebensfremden Marionetten der Romantik, sie schließlich haben die Literatur erlöst von einem trottelhaften Idealismus und einer Kraftarmut, die an alte Jungfern denken läßt, welche den Ledigenstand verklären! – Sie haben, weitgehend im Gefolge Balzacs, sichtbare und greifbare Wesen erschaffen, und sie haben diese in Übereinstimmung gebracht mit deren jeweiliger Umgebung; sie haben beigetragen zu der von den Romantikern eingeleiteten Weiterentwicklung der Sprache; sie kannten das echte Lachen und hatten bisweilen sogar die Gabe der Tränen; kurzum, sie waren nicht immer von jenem Niedrigkeitsfanatismus beseelt, den du meinst.«

»Doch, denn sie lieben die Zeit, in der sie leben, und das richtet sie!«

[...]

»Man müßte«, so sagte er sich, »die Wahrhaftigkeit des Dokumentarischen, die Genauigkeit des Details, die reichhaltige und kraftvolle Sprache des Realismus bewahren; darüber hinaus jedoch müßte man ein Brunnensetzer für die Seele werden und sich hüten, das Geheimnisvolle durch Geisteskrankheit zu erklären; ein Roman müßte, wenn das möglich wäre, sich von selbst in zwei Teile gliedern – die nichtsdestoweniger miteinander verschweißt oder besser noch verschmolzen wären, wie sie es im wirklichen Leben ja auch sind –, nämlich den Bereich der Seele und den des Körpers; und der Roman müßte dann die Wechselwirkungen, die Konflikte, die Eintracht zwischen beiden behandeln. Kurz, man müßte der breiten, von Zola so tief in den Boden gefurchten Fahrspur folgen; gleichzeitig aber wäre es notwendig, einen parallelen Weg, eine weitere Straße in der Luft anzulegen, die Regionen des Diesseits und des Danach gleichermaßen erreichbar zu machen – kurz, man müßte einen spiritualistischen Naturalismus zustande bringen; das wäre viel kühner, viel umfassender, viel gewaltiger!«

[. . .]

Er glaubte nicht, und doch räumte er ein, daß es das Übernatürliche gab, denn wie sollte man auf ebendieser Erde jenes Geheimnisvolle leugnen, das plötzlich in unserem Zimmer erscheinen kann, neben uns, auf der Straße, ja überall, bedenkt man's recht? Man machte es sich wahrhaftig zu leicht, wenn man unsichtbare, außermenschliche Querverbindungen verwarf, wenn man unvorhergesehene Ereignisse, Pech- und Glücksfügungen auf den – übrigens seinerseits unentschlüsselbaren – Zufall schob. Entschieden zusammentreffende Umstände nicht oft über das ganze Leben eines Menschen? Was war die Liebe, was waren die anderen unbegreiflichen und doch zweifelsfrei vorhandenen Einflüsse? Und war schließlich das verstörendste aller Rätsel nicht immer noch das Rätsel des Geldes?

Denn schließlich befand man sich hier einem Urgesetz, einem grausamen Grundgesetz gegenüber, das in Kraft ist und zur Anwendung kommt, seit die Welt besteht.

Seine Regeln sind dauerhaft gültig und stets eindeutig. Geld zieht Geld nach sich, ist bemüht, sich immer an den gleichen Stellen zu sammeln, bevorzugt als Empfänger Schurken und Mittelmäßige; und wenn es dann unergründlicherweise einmal eine Ausnahme macht und sich bei einem Reichen häuft, dessen Seele weder mordlustig noch schäbig ist, so bleibt es unfruchtbar, außerstande, sich in gescheites Gut zu verwandeln; nicht einmal von mildtätigen Händen ausgegeben vermag es irgendeinen höheren Zweck zu erfüllen. Fast möchte man meinen, daß es sich auf diese Art für seine falsche Bestimmung rächt, daß es sich bewußt selber lähmt, sobald es einmal nicht den elendsten Halunken, den widerwärtigsten Rüpeln gehört.

Noch Seltsameres geschieht, wenn es sich gar, entgegen aller Normalität, in das Haus eines Armen verirrt; den nämlich beschmutzt es dann, sofern er rein ist, augenblicklich; es treibt die Züchtigsten der Notleidenden zur Begehrlichkeit, bringt bei dieser Gelegenheit gleich auch Körper und Geist ganz unter seine Kontrolle, verführt, hat es diese, seinen Besitzer unmerklich zu niederem Egoismus, zu gemeinem Stolz, flüstert ihm ein, sein Geld nur für sich allein zu verwenden, macht den Demütigsten zum hoffärtigen Lakaien, den Großzügigsten zum Geizhals. In Sekundenschnelle verwandelt es sämtliche Gewohnheiten, wirft sämtliche Ansichten über den Haufen, wandelt die halsstarrigsten Leidenschaften, und das im Handumdrehen.

Es ist das nahrhafteste Futter der großen Sünden und ist gewissermaßen auch ihr sorgsamster Buchhalter. Wenn es einmal zuläßt, daß ein Besitzer selbstlos handelt, Almosen spendet, einem Armen Gutes erweist, entfacht es alsbald in diesem Armen Haß gegen Wohltätigkeit; es ersetzt Geiz durch Undank, stellt die Balance wieder her, so daß sich unterm Strich alles ausgleicht und nicht eine Sünde zuwenig begangen wird.

Seine wahre Monstrosität freilich entfaltet es erst, wenn es den Skandalglanz seines Namens hinter dem dunklen Schleier eines Wortes verbirgt und sich »Kapital« nennt. Dann beschränkt sich seine Tätigkeit nicht mehr darauf, Einzelpersonen zu verleiten und ihnen Diebstähle und Morde anzuraten, sondern es weitet sie aus auf die gesamte Menschheit. Mit nur einem Wort verfügt das Kapital die Gründung von Monopolen, errichtet es Bankhäuser, hamstert es wucherisch Nahrungsmittel, entscheidet es über Leben, kann es, wenn es will, Tausende von Menschen dem Hungertod preisgeben!

Das Geld selber aber liegt währenddessen in einem Kassenschrank, wo es ganz von allein sich sättigt, sich mästet, sich fortzeugt; und Alte und Neue Welt beten es an, knien voll verzehrender Begierden vor ihm nieder wie vor einem Gott.

Nun denn! Entweder ist dieses Geld, das die Seelen dergestalt beherrscht, teuflisch, oder eine Deutung seines Wesens ist unmöglich. Und wie viele andere Geheimnisse gab es noch, genauso unverständlich wie jenes, wie viele zusammenspielende Vorfälle, angesichts derer jeder denkende Mensch zittern müßte!

»Aber«, fragte sich Durtal, »wenn man im Unbekannten ja doch nur orientierungslos herumzutapsen vermag – warum soll man da eigentlich nicht gleich an die Dreifaltigkeit glauben, warum die Göttlichkeit Christi von der Hand weisen? Da kann man doch genauso leicht das *Credo quia absurdum* des heiligen Augustinus gelten lassen und sich mit Tertullian immer wieder sagen: wäre das Übernatürliche begreiflich, dann wäre es eben nicht das Übernatürliche, und gerade weil es menschlichen Vorstellungskräften unerreichbar bleibt, ist es göttlich.

So, und jetzt reicht's langsam, verdammt nochmal! man sollte einfachheitshalber gar nicht darüber nachdenken« – und einmal mehr wich er erschrocken zurück; wie gewöhnlich konnte er seine Seele, wenn sie schon am Rande der Vernunft stand, nicht dazu bewegen, den Sprung ins Leere zu wagen.

Genau betrachtet war er ja weit fortgeschweift von seinem Ausgangspunkt, jenem Naturalismus, den Des Hermies so laut und heftig geschmäht hatte. Nun kehrte er um, blieb auf halbem Wege beim Grünewald stehen und sagte sich, daß dieses Gemälde die übersteigerte Urform der neuen Kunst darstellte. Es war wohl unnötig, so weit zu gehen und mit dem Jenseits als Vorwand im allerfrömmsten Katholizismus zu landen. Vielleicht brauchte er nur Spiritualist zu sein, um sich den Supranaturalismus vorstellen zu können – die einzige Kunstform, die nach seinem Sinne wäre.

Jean Moréas

Der Symbolismus

Wie alle Künste, so entwickelt sich auch die Literatur ständig fort: eine zyklische Entwicklung mit zwingend eintretenden Kehrtwenden, die sich aber durch Veränderungen, die der Lauf der Zeiten und die Umbrüche in der Außenwelt in sie hineintragen, verkomplizieren. Es erübrigt sich wohl der Hinweis, daß jede neue Entwicklungsphase genau der senilen Gebrechlichkeit, dem unausweichlichen Ende der unmittelbar voraufgehenden Schule entspricht.

[. . .]

Eine neue Ausdrucksform der Kunst war also zu erwarten, war notwendig, unvermeidlich. Diese Ausdrucksform, seit langem bebrütet, ist nun vor kurzem dem Ei entschlüpft. Und all die nichtssagenden Possen der journalistischen Straflegionäre, all die Besorgnisse der ernsten Kritiker, all die Übellaunigkeit des in seinen herdentriebhaften Unbekümmertheiten aufgestörten Publikums – sie alle bestätigen nur tagtäglich lauter die Lebenskraft der jüngsten Entwicklung in der französischen Literatur: jener Entwicklung, die eilige Richter mit unerklärlicher Paradoxie als Dekadenz bezeichnen. Vergessen Sie doch nicht, daß dekadente Schreibweisen sich ihrem Wesen nach zäh, langatmig, kleinmütig und liebedienerisch zeigen: alle Tragödien Voltaires zum Beispiel tragen diese Pilzfleckenmale der Dekadenz. Und die neue Schule – was kann man ihr vorwerfen, was wirft man ihr vor? Das Übermaß an Gepränge; die Absonderlichkeit

Fernand Khnopff, »Geheimnis und Widerschein«
(um 1902)

der Metapher, ein neues Vokabular, bei dem sich Harmonien mit Farben und Linien verbinden – all dies Charakteristika jeder Renaissance.

Wir haben schon die Benennung *Symbolismus* vorgeschlagen, die als einzige in der Lage sei, die jüngste Richtung des künstlerischen Schöpfergeistes angemessen zu bezeichnen. Diese Benennung kann aufrechterhalten werden.

Zu Beginn dieses Artikels wurde gesagt, Entwicklungen in der Kunst wiesen einen durch Nicht-Übereinstimmungen extrem komplizierten zyklischen Charakter auf; so müßte man, um die genaue Abstammung der neuen Schule nachzuvollziehen, zurückgehen bis zu bestimmten Gedichten Alfred de Vignys, bis zu Shakespeare, bis zu den Mystikern und weiter noch. Diese Fragen bedürften eines ganzen Bandes von Kommentaren; sagen wir also schlicht, daß Charles Baudelaire als der eigentliche Vorläufer der jetzigen Bewegung anzusehen ist; Stéphane Mallarmé teilte ihm den Sinn für das Geheimnis und das Unaussprechliche zu; Paul Verlaine zerbrach ihm zu Ehren die grausamen Fesseln des Verses, die zuvor die wundertätigen Finger Théodore de Banvilles bereits gelockert hatten. Jedoch der *höchste Karfreitagszauber* ist noch nicht erreicht: hartnäckiges und eiferndes Mühen treibt die Neuankömmlinge um.

* * *

Abhold der Belehrung, der Deklamation, der falschen Empfindsamkeit, der objektiven Beschreibung, erstrebt die symbolische Poesie: die Idee in eine wahrnehmbare Form zu kleiden, die aber nicht Selbstzweck ist, sondern vielmehr, eben indem sie dem Ausdruck der Idee dient, ihr untergeordnet bleibt. Die Idee ihrerseits soll nicht ohne die prunkvollen Schleppengewänder der äußeren Analogien zu sehen sein; denn der wesentliche Charakter der symbolischen Kunst besteht darin, niemals bis zur Vorstellung der Idee an sich zu gehen. So können in dieser Kunst Bilder aus der Natur, Handlungen von Menschen, konkrete Phänomene schlechthin nicht als sie selber zutage treten; hier sind sie wahrnehmbare Erscheinungsweisen, dazu bestimmt, ihre untergründigen Affinitäten mit den Ur-Ideen darzustellen.

Daß von Diagonallesern gegen eine solche Ästhetik der Vorwurf der Unverständlichkeit erhoben wird, kann nicht im geringsten überraschen. Aber was soll man machen? Pindars *Pythien*, Dantes *Vita Nuova*, Goethes *Faust II*, Flauberts *Versuchung des heiligen Antonius* – wurden sie nicht auch als undurchsichtig eingeschätzt?

Für die genaue Umsetzung seiner Synthese braucht der Symbolismus einen archetypischen und komplexen Stil: unverdorbene Vokabeln; die Periode, die sich kräftig stemmt im Wechsel mit der Periode, die von einer Schwäche zur nächsten taumelt; die bedeutungsgeladenen Pleonasmen; die geheimnisvollen Ellipsen; das in der Schwebe verharrende Anakoluth; jede kühne, formenreiche Trope [. . .].

Die Prosa – Romane, Novellen, Erzählungen, Fantasien – entwickelt sich in gleicher Richtung wie die Poesie. Scheinbar heterogene Elemente wirken in ihr zusammen: Stendhal trägt seine durchleuchtende Psychologie bei, Balzac seine weitäugige Schau, Flaubert seine Rhythmen breitspiraliger Sätze, Edmond de Goncourt seinen auf moderne Art eingebungsmächtigen Impressionismus.

Die Vorstellung vom symbolischen Roman ist vielgestaltig: das eine Mal bewegt sich eine Einzelperson durch eine von ihren eigenen Halluzinationen, ihrem Temperament deformierte Außenwelt: in dieser Deformation liegt das einzig *Wirkliche*. Rings um die Einzelperson regen sich Wesen mit mechanischen Gesten, mit verschatteten Silhouetten: sie sind für sie nur Anlässe für Empfindungen und Vermutungen. Sie selbst ist eine tragische oder närrische Maske, allerdings von vollendeter, wenn auch vernünftiger Menschlichkeit. – Ein anderes Mal wenden sich Massen, oberflächlich berührt vom Zusammenspiel der sie umgebenden Bilder, bald gegen Hindernisse prallend, bald stillestehend, Taten zu, die unausgeführt bleiben. Dann und wann melden sich individuelle *Willen*; sie ziehen sich an, drängen sich zuhauf, richten sich gemeinsam auf ein Ziel, das, erreicht oder verfehlt, sie wieder in ihre ursprünglichen Elemente zerstreut. – Ein anderes Mal erscheinen heraufbeschworene mythische Phantasmen, vom antiken Demogorgon bis zu Belial, von den Kabiren bis zu den Nigromanten, prunkvoll angetan auf dem Felsen des Caliban oder aus dem Wald der Titania tretend – zu den mixolydischen Klängen der Barbitons und der Oktachorde.

Dergestalt die kindische Methode des Naturalismus verachtend – Herrn Zola bewahrte allerdings ein glänzender schriftstellerischer Instinkt vor Schlimmerem –, wird der symbolische Roman sein Werk der subjektiven Deformation verrichten, gestützt auf den Grundsatz: daß die Kunst im Objektiven nichts suchen kann als einen äußerst schmalen Ausgangspunkt.

Anatole Baju

An die Leser des »Décadent littéraire et artistique«

Sich den Stand der Dekadenz, den wir erreicht haben, zu verhehlen wäre der Gipfel des Wahnwitzes.

Religion, Sitten, Recht, alles dekadiert, oder vielmehr: alles durchläuft einen unabwendbaren Wandel.

Die Gesellschaft zersetzt sich unter der ätzenden Wirkung einer Zivilisation in Auflösung.

Der moderne Mensch ist ein Übersättigter.

Verfeinerung der Begierden, der Empfindungen, des Geschmacks, des Luxus, der Genüsse; Neurose, Hysterie, Hypnotismus, Morphiumsucht, wissenschaftliche Scharlatanerie, Schopenhauerismus über alle Maßen – das sind die Vorboten der gesellschaftlichen Veränderung.

Besonders in der Sprache treten deren erste Symptome zutage.

Neuen Bedürfnissen entsprechen neue Ideen, subtil und differenziert bis ins Unendliche. Daher die Notwendigkeit, ungehörte Vokabeln zu schaffen, um eine solche Komplexität von Gefühlen und physischen Empfindungen ausdrücken zu können.

Wir beschäftigen uns mit dieser Bewegung nur unter literarischem Gesichtspunkt.

Die politische Dekadenz läßt uns kühl.

Sie läuft ihren Gang, übrigens geleitet von jener symptomatischen Politikerclique, die in diesen Stunden der Schwachheit unvermeidlich auf dem Plan erscheinen mußte.

Wir enthalten uns der Politik als einer vollendet fauligen und abscheulich verachtenswerten Angelegenheit.

Die Kunst kennt keine Partei; sie ist der einzige Sammelpunkt aller Meinungen.

Ihr wollen wir in ihren Schwankungen folgen.

Wir widmen dieses Blatt den alles niederschmetternden Neuerungen, den betäubenden Kühnheiten, den Inkohärenzen unter jeder Menge Überdruck – innerhalb der weitestmöglich gesteckten Grenzen ihrer Verträglichkeit mit jener altertümlichen Konvention, denen das Namensschild ›Öffentliche Moral‹ angeheftet ist.

Wir werden die Vorposten einer idealen Literatur sein, die Wegbereiter des verborgenen Artenwandels, der die übereinandergelegten Schichten von Klassik, Romantik und Naturalismus unterspült; kurz, wir werden die Mahdis sein, die immerdar das zum Elixier geläuterte Dogma, das zur Quintessenz veredelte Hohe Wort des siegreichen Dekadismus ausrufen.

Paul Bourget

Theorie der Dekadenz

Mit dem Worte Dekadenz bezeichnet man gern den Zustand einer Gesellschaft, welche eine zu große Anzahl von Individuen hervorbringt, die für die Arbeit des gemeinsamen Lebens ungeeignet sind. Eine Gesellschaft muß einem Organismus zu vergleichen sein. Und in der

Tat läßt sie sich in eine Verbindung geringerer Organismen zerlegen, die ihrerseits wieder auf eine Verbindung von Zellengeweben zurückzuführen sind. Das Individuum ist die gesellschaftliche Zelle. Damit der Gesamtorganismus energisch funktionieren kann, müssen alle die zur Gesamtheit verbundenen Organismen energisch funktionieren, aber mit einer Energie, die sich in dem Rahmen des Ganzen hält; und damit diese geringeren Organismen ihrerseits selbst energisch funktionieren können, müssen die Zellen, aus denen sie sich zusammensetzen, energisch funktionieren, aber ebenfalls mit einer dem Gesamtzweck untergeordneten Energie. Wenn die Energie der Zellen selbständig wird, so hören die Organismen, aus welchen der Gesamtorganismus sich zusammensetzt, in gleicher Weise auf, ihre Kraft der Gesamtkraft unterzuordnen; die Folge ist eine Anarchie, welche den Verfall des Ganzen mit sich bringt. Der gesellschaftliche Organismus kann sich diesem Gesetze nicht entziehen, und sobald das individuelle Leben unter dem Einflusse des erworbenen Wohlseins oder der Vererbung zu sehr hervortritt, verfällt er der Dekadenz. Ein gleiches Gesetz regiert die Entwickelung und die Dekadenz eines anderen Organismus, nämlich der Sprache. Wenn die Einheit eines Buches zerstört wird, um der Selbständigkeit einer einzelnen Seite Platz zu machen, und wenn die der Seite zerstört wird, um den Satz selbständig hinzustellen, und der Satz, um dem Worte Selbständigkeit zu verschaffen, dann tritt eine Dekadenz des Stiles ein. Die heutige Literatur weist eine Unmenge Beispiele auf, welche diese ergiebige Hypothese bekräftigen.

Der Kritiker kann, um eine Dekadenz zu beurteilen, von zwei verschiedenen, ja, fast sich widersprechenden

Gesichtspunkten ausgehen. Angesichts einer im Verfall begriffenen Welt, des römischen Reiches z. B., kann er von dem ersten dieser Standpunkte aus die gesamten Kraftäußerungen ins Auge fassen und deren Unzulänglichkeit konstatieren. Eine Gesellschaft hat nur unter der Bedingung Bestand, daß sie im Stande ist, im Wettbewerbe der Rassen kräftig für ihre Existenz zu kämpfen. Sie muß viele kräftige Kinder hervorbringen und eine große Armee tapferer Soldaten aufstellen. Wer diesen beiden Grundforderungen tiefer nachginge, fände darin alle privaten und bürgerlichen Tugenden. Die römische Gesellschaft brachte wenig Kinder hervor, sie konnte schließlich keine nationale Armee mehr aufstellen. Die Bürger scheuten die Unannehmlichkeiten der Vaterschaft, sie haßten die Roheit des Lagerlebens. Der Kritiker, welcher jene Welt von einem allgemeinen Standpunkte aus beurteilt und die Wirkungen auf die Ursachen zurückführt, zieht die Schlußfolgerung, daß das raffinierte Verständnis für die Lust der Sinne, der zersetzende Skeptizismus, die Erschlaffung der Empfindungen und die Unbeständigkeit des Dilettantismus die sozialen Wunden des römischen Reiches gewesen sind und in jedem anderen Falle soziale Wunden sein werden, die den ganzen Körper untergraben müssen. So folgern die Politiker und die Moralisten, welche zunächst die Menge der Kraft, die der soziale Mechanismus leisten kann, ins Auge fassen. Der Standpunkt des Kritikers, welcher diesen Mechanismus unbefangen und nicht in der Entfaltung seiner Gesamttätigkeit betrachtet, ist ein ganz anderer. Wenn die Bürger zur Zeit eines Verfalls als Mitarbeiter an der Größe ihres Landes auch nichts Bedeutendes leisten, so können sie doch künstlerisch an der Ausgestaltung der Seele in hervorragender Weise tätig sein. Wenn sie sich bei der privaten oder öffentlichen Tätigkeit ungewandt erweisen, so wissen sie um so geschickter in der Zurückgezogenheit den Gedanken zu handhaben. Wenn sie keine zukünftigen Generationen erzeugen, so liegt der Grund darin, daß das Übermaß der feinen Empfindungen und die Auserlesenheit seltener Gefühle aus ihnen unfruchtbare, aber raffinierte Virtuosen der Wollust und des Schmerzes gemacht haben. Wenn sie die Fähigkeit verloren haben, sich dem Glauben ausschließlich zu ergeben, so liegt es daran, daß ihre zu sehr gepflegte Intelligenz sie von allen Vorurteilen befreit hat, und daß sie, nachdem sie alle Ideen erwogen, sich jene höchste Toleranz angeeignet haben, welche alle Lehren gelten läßt, allen Fanatismus aber ausschließt. Sicherlich war ein germanischer Häuptling des zweiten Jahrhunderts eher im Stande, in das Kaiserreich verheerend einzufallen, als ein römischer Patrizier, es zu verteidigen, aber der gelehrte und feinsinnige, wissensdurstige und sich keinem Irrtume hingebende Römer, wie wir ihn im Kaiser Hadrian, dem Verehrer Tiburs auf dem Throne der Cäsaren, kennen gelernt haben, trägt einen viel reicheren Schatz menschlicher Güter in sich. Als schlagendstes Argument gegen die Dekadenz wird immer angeführt, daß sie keine Zukunft habe, und daß stets die Barbarei den Sieg über sie davontrage. Aber ist es nicht stets das unumgängliche Schicksal alles Edlen und Seltenen, der Roheit weichen zu müssen? Eine Schwäche dieser Art kann man immerhin eingestehen, und man kann den Untergang des in sich zerfallenden Athens höher stellen als den Triumph des gewalttätigen Mazedoniens.

Geradeso ist es mit den in der Zersetzung begriffenen

Literaturen. Auch sie haben keine Zukunft. Sie beschäftigen sich mit Veränderungen des Wortschatzes, mit Spitzfindigkeiten in den Worten, welche den Stil für zukünftige Generationen unverständlich machen. In fünfzig Jahren wird der Stil der Gebrüder Goncourt – ich spreche absichtlich von Dekadenten, die es mit voller Überlegung sind – nur noch von Spezialisten verstanden werden. Die Theoretiker der Dekadenz könnten erwidern, was denn darauf ankomme, ob es der Zweck eines Schriftstellers sei, als ewiger Kandidat um die Gunst der Jahrhunderte zu buhlen? Wir freuen uns an dem, was ihr als Entartung des Stils bezeichnet, und mit uns genießen es alle diejenigen unserer Rasse und unserer Zeit, deren Geschmack sich verfeinert hat. Es wäre nur noch zu entscheiden, ob wir, die Ausnahme, nicht eine Aristokratie bilden, und ob in der Welt der Ästhetik Stimmenmehrheit nicht die größere Summe der Unwissenheit in sich schließt. Außerdem, daß es jetzt, wo das durch die ungeheuere Menge von Büchern überlastete Gedächtnis der Menschen in nicht mehr ferner Zeit seine Zahlungsunfähigkeit wird erklären müssen, ziemlich kindisch ist, an die Unsterblichkeit zu glauben, ist es auch eine Dummheit, nicht den Mut zu besitzen, nach seinem intellektuellen Vergnügen zu handeln. Warum sollten wir uns nicht an unseren Sonderbarkeiten des Ideals und der Form erfreuen, wenn es keine weiteren Folgen hat, als daß wir mit ihnen in einer selbstgewählten Einsamkeit, ohne Besucher, leben? Diejenigen, welche zu uns kommen, sind in Wahrheit unsere Brüder, und warum sollte man Fremden das opfern, was wir als unser Eigenstes, Persönlichstes in uns hegen?

Marie Herzfeld

Fin-de-siècle

Arne Garborg hat in seinem letzten Buch das Dekadententum, das er schildert, nicht besser zeichnen können als durch das Stigma des Titelwortes »Müde Seelen«. Alle dichterischen Erzeugnisse der letzten Jahre, insofern sie für die Gemütslage unserer Zeit charakteristisch sind, erscheinen angefüllt vom Pessimismus »müder« Seelen. Und in der Tat, dies Jahrhundert der Revolution, das den Sturz des Absolutismus, den Sieg des Bürgertums und das Heranwachsen der Sozialdemokratie erlebte; dies Jahrhundert der Kritik und Wissenschaft, das unsere Ideen von Gott und Welt über den Haufen warf und uns gebot, von unten anzufangen; dies Jahrhundert der Erfindungen, welches das Tempo unseres Lebens verzehnfachte und unsere Körperkraft wohl kaum verdoppelte; dies Jahrhundert, das die Gewohnheit hat, uns die schmerzliche Überraschung des Besseren an den Kopf zu schleudern, ehe wir die Wohltat des Guten zu genießen vermochten; – es hat uns wirklich oft ein bißchen müde gemacht. Wir sind umgeben von einer Welt absterbender Ideale, die wir von den Vätern ererbt haben und mit unserem besten Lieben geliebt, und es fehlt uns nun die Kraft des Aufschwunges, welcher neue, wertvolle Lebenslockungen schafft. Denn dies ewige Fieber des Geistes hat eine Verarmung des Blutes oder sonstige Ohnmacht im Organismus erzeugt, die es nicht verstattet, daß die potentielle Energie des überfütterten Hirns in machtvoller Schöpfung sich entladen könne. Die Kräfte unserer Seele wirken daher nicht gemeinsam Einem Richtungspunkte zu; sie gehorchen nicht einem zentralen Impulse, sondern kehren sich widereinander; sie lähmen und zerstören sich gegenseitig in fressender Skepsis; sie machen uns unfähig zu geduldigem Wollen, zu starkem Fühlen, zu freudigem Dasein und zu mutigem Tod.

Und in diesem müden Gehirn, das sich selbst nicht mehr regieren kann, wachsen Abnormitäten empor; die Persönlichkeit verdoppelt, vervielfacht sich; aus dem Brutherd des Unbewußten brechen Handlungsreize, die wir nicht deuten können und als toll bezeichnen, zwingende Gelüste, unbegreifliche Sympathien und Abneigungen; die überanstrengten Nerven reagieren nur auf die ungewöhnlichen Reize und versagen den normalen jeden Dienst; – sie erzeugen aufgeregte, überlebendige Paradoxie einerseits, apathische Mutlosigkeit und Weltverzweiflung andererseits: das Gefühl des *Fertigseins*, des Zu-Ende-Gehens – Fin-de-siècle-Stimmung.

HERMANN BAHR

Satanismus

Der Geist der Menschen ist wie ein Kranker, den das Fieber wirft: er wendet rastlos die Kissen. Jedes neue Geschlecht dreht die Anschauungen wieder um, auf welchen die Väter Trost und Frieden wähnten. Es ist unablässig das gleiche Spiel. Der Geist hat sich den Träumen

Gustav Klimt, »Skulptur« (1896)

vertraut und es war nichts. Er ist aus den Träumen weg in die Wahrheit gezogen, in die wirkliche Wahrheit des täglichen Lebens, und es war auch nichts. Jetzt irrt die ewige Sehnsucht wieder zurück nach den Träumen und es wird wieder nichts sein.

So springt der Geist. Bald ist er hier, bald ist er dort. Er liebt die Widersprüche. Aber die engen und schwachen Gehirne der Einzelnen leiden davon: sie bewahren die Spuren aller Entwicklungen und es wird ein ratloser Zwist. Das wirkt aus den Einzelnen am Ende auf den allgemeinen Geist zurück und er muß noch närrischer springen.

Die realistischen Gehirne bewahrten die ererbten Spuren der Romantik. Wieviel sie alle Sinne auch suchend im Wirklichen tummeln mochten, es blieb in den letzten Gründen ein leises Leid: es blieb in Wünschen und Begierden die Erinnerung der Träume. Nur sollte jetzt, weil die neue Losung auf die Welt der Sinne wies – darum sollte jetzt, was die Träume versprochen hatten, die Wirklichkeit gewähren.

Daher der höhnische und wilde Pessimismus aller Naturalisten, weil sie die Romantik in sich nicht überwinden können. Sie tragen jeder, von den Vätern her, eine fertige Welt in der Seele, das Vermächtnis alter Träume: daran prüfen sie die andere Schöpfung draußen, welche sie von den Sinnen erfahren. Daher der heulende Grimm des gutmütigen Flaubert, daß es »außer der Kunst überhaupt nichts als überall nur Schande und Schmach gibt«. Daher der entrüstete, trostlose und schadenfrohe Ekel des Huysmans, seine erbitterte Verachtung der Natur, seine brünstige Gier nach dem Künstlichen. Décidement, rien n'arrive comme on le prévoit, sagt einer seiner Helden einmal; das ist der Grund des ganzen Jammers und der ganzen Wut. Diese beiden Triebe – der Trieb des neuen Geistes auf die äußere Welt, der alle Träume verschmäht, und der ererbte Trieb auf die Wünsche der Träume, auf makellose Schönheit, auf freudige Wahrheit, auf friedliches Glück, – wenn sich diese beiden Triebe in irgend einem Gehirne treffen, dann wird jedesmal jene folie sensationniste daraus, welche das schaurigste Zeichen dieser Tage ist. Es wird diese vermessene, niemals befriedigte, immer nur desto höhnischer enttäuschte, darum täglich trotzigere und gewaltsamere Jagd nach erlösenden Genüssen, durch alle Reize, durch alle Würzen, durch alle Laster. Es wird eine atemlose, wahnsinnige und verbrecherische Begierde nach Neuem, Unerhörtem und Unmöglichem.

Aber inzwischen hat sich der Geist wieder gewendet und lechzt wieder nach den Träumen, nach den Rätseln. Immer heller und köstlicher klingt wieder in allen Seelen l'accent extraterrestre.* Wie Verlaine seufzt:

C'est vers le Moyen Age enorme et delicat
qu'il faudrait que mon cœur en panne naviguât,
Loin de nos jours d'esprit charnel et de chair triste.

Wenn jetzt diese beiden Triebe – die verhetzte Wut um neue, künstliche Genüsse und die mystische Neigung nach erdenfernen, reinen, heiligen Paradiesen – in irgend einem Gehirne sich begegnen, aneinander geraten und sich verbinden, was kann daraus werden? Daraus ist der neue Satanismus geworden.

[. . .]

* Baudelaire

Er ist von jenen neugierigen und nüchternen Grüblern der Wollust erfunden, welche nachdenklich alle Grade der Ausschweifung messen, jeden einzelnen Reiz der Krämpfe und Verzückungen aufmerksam notieren und mißtrauisch die Erfüllungen des Genusses mit den Erwartungen der Begierde vergleichen, geduldige und strenge Chemiker der Freuden. Sie versuchen alle Laster und prüfen sie kritisch an ihren Versprechungen und jedesmal stellt es sich wieder heraus, daß es wieder nur Wahn und Betrug ist. Mit den natürlichen sind sie bald fertig. Dann beginnen sie die Probe der künstlichen, die auch nicht mehr taugen. Aber sie lassen nicht ab, weil in allen Enttäuschungen dennoch die Sehnsucht nimmermehr verstummen will, der unausrottbare Hunger des Menschen nach Glück – sie lassen nicht ab, immer aufs neue erbittert und unstet immer neue, fremde, unerhörte Genüsse zusammen zu mischen, ob nicht dennoch vielleicht irgendwie durch eine unnachgiebige Zerforschung der Begierde und eine weise Berechnung der dienstbaren Mittel irgend ein Erlöser zu bereiten wäre.

Man nehme eine solche Verfassung des Geistes: einen unermüdlichen, mit allen Wissenschaften gerüsteten Verstand, der von Natur und durch Bildung ungläubig, mißtrauisch, kritisch angelegt ist; dazu die Erbschaft der Romantik, die Erinnerung an die seligen Wünsche der Träume als eine fieberische und unverwindliche Gier nach Genuß; aber den herrischen Trieb der Zeit auf den Stoff, der alles von der Wirklichkeit fordert. Man setze diese Verfassung an das Ende aller Laster, wo alle natürlichen und künstlichen Genüsse erschöpft, der Verstand von allem Rate verlassen, der Leib entkräftet, die Nerven in Wahn verirrt und die Begierden ins Phantastische entlaufen sind. Da klingt dem Verschmachtenden aus verloschenen Zeiten eine fahle gespenstische Botschaft herüber, von ardentes joies maintenant perdues et des douleurs impossibles à notre temps.*

Es reizt vielleicht zuerst bloß die Neugierde seines Verstandes, die schaurigen Rätsel verknitterter Urkunden und ranziger Pergamente zu vernehmen. Aber bald mischt sich die unersättliche Sehnsucht der müden Nerven ein, die neue, unempfundene Reize wittern, ungekannte Sensationen, mit denen die Begierde sich noch einmal betrügen kann.

Es beginnt das Experiment mit dem alten Satanismus, seine Prüfung auf den Genuß hin. Sie nehmen die Bücher und lernen sein Verfahren, wie es überliefert ist, die ganze Technik der schwarzen Messen. Das alles wird umständlich und sorgsam nachgeahmt, während sie ängstlich auf die Nerven lauschen, welche Erfolge der Satanismus hier verrichtet. Aber sie erkennen bald, warum er auf sie nicht wirken kann. Sie erkennen bald, daß sein üppiger und schwüler Reiz nicht in den Handlungen, sondern in seinem Geiste ist. Sie erkennen bald sein letztes Geheimnis, daß die Lust am Bösen nur in dem Bewußtsein des Bösen ist: jedes Laster hat ein Versprechen von Glück, das von keinem gehalten wird, und sein ganzer Reiz, wenn es der Verstand am Ende prüfend besinnt, wird immer nur aus dem Gefühle, daß es das Laster ist. Es wühlen, unvertreiblich und unwiderstehlich, in allen Menschen giftige und wilde Dränge, gerade das Schändliche und Verderbliche zu tun, bloß weil es schändlich und verderblich ist, ohne irgend einen anderen Reiz als den des Ungehorsams

* Huysmans

wider das Gesetz. Nicht was irgend eine Sünde gewähren kann, sondern immer nur das Gefühl, daß es Sünde ist, ist ihre Würze. Die Huldigung an diesen tiefsten Trieb der Menschheit, an die Wollust im Bösen, ist der Satanismus.

Die äußeren Handlungen, von welchen die Bücher erzählten, konnten ihnen also nichts helfen. Es fehlte ihnen das Gefühl, Gott zu beleidigen und das Heilige zu besudeln. Es fehlte ihnen der Glaube. Sie brauchten einen künstlichen Glauben, damit sie ihn beleidigen und verhöhnen könnten. Sie brauchten einen neuen Himmel, gegen den sie sich mit Lästerungen empören könnten. Sie brauchten ein lautes und heftiges Gefühl der Sünde.

Künstliche Verbote eines künstlichen Glaubens, um künstliche Sünden, eine künstliche Reue und eine künstliche Höllenangst zu bereiten – das ist die Quintessenz des neuen Satanismus.

Sein Geist ist der Kunst nicht fremd. Der tiefste Psychologe der Deutschen, E. T. A. Hoffmann, der unheimliche Hexenmeister aller Menschenrätsel, hat seine Spur. Baudelaire, Barbey d'Aurevilly, Felicien Rops schwelgen in seinen zermarterten Freuden. Der große Logiker des Unlogischen, Edgar Poe, hat einen umständlichen Steckbrief seines letzten Triebes verfaßt.* Es sind gerade jene verwirrenden und ansteckenden Künstler, welche seit zwanzig Jahren über die Bildung der jungen Gehirne herrschen.

Aber der Roman des neuen Satanismus, welcher an einem typischen Beispiele die Geburt satanischer Begierden aus der Verfassung der Zeit, die Wirkungen, welche sie auf Sinnen und Nerven verrichten, und ihren Verlauf zeigen würde, ist noch nicht geschrieben.

* »Le démon de la perversité«. Vgl. Théophile Gautier in seiner Biographie Baudelaires.

STEFAN GEORGE

Nietzsche

Schwergelbe wolken ziehen überm hügel
Und kühle stürme – halb des herbstes boten
Halb frühen frühlings. . . Also diese mauer
Umschloss den Donnerer – ihn der einzig war
Von tausenden aus rauch und staub um ihn?
Hier sandte er auf flaches mittelland
Und tote stadt die lezten stumpfen blitze
Und ging aus langer nacht zur längsten nacht.

Blöd trabt die menge drunten · scheucht sie nicht!
Was wäre stich der qualle · schnitt dem kraut!
Noch eine weile walte fromme stille
Und das getier das ihn mit lob befleckt
Und sich im moderdunste weiter mästet
Der ihn erwürgen half sei erst verendet!
Dann aber stehst du strahlend vor den zeiten
Wie andre führer mit der blutigen krone.

Erlöser du! selbst der unseligste –
Beladen mit der wucht von welchen losen
Hast du der sehnsucht land nie lächeln sehn?
Erschufst du götter nur um sie zu stürzen
Nie einer rast und eines baues froh?
Du hast das nächste in dir selbst getötet
Um neu begehrend dann ihm nachzuzittern
Und aufzuschrein im schmerz der einsamkeit.

Der kam zu spät der flehend zu dir sagte:
Dort ist kein weg mehr über eisige felsen
Und horste grauser vögel – nun ist not:
Sich bannen in den kreis den liebe schliesst . .
Und wenn die strenge und gequälte stimme
Dann wie ein loblied tönt in blaue nacht
Und helle flut – so klagt: sie hätte singen
Nicht reden sollen diese neue seele!

Merksprüche

Nicht bloss in zeiten des übergangs sind die schwankenden bohrenden andeutenden sätze den schulmässig feststehenden vorzuziehen: sie sind die sibyllinischen zeichen aus denen die jugend ihre tiefste anregung empfängt.

NIEDERGANG (dekadenz) in verschiedener hinsicht ist eine erscheinung die man unklugerweise zum einzigen ausfluss UNSRER zeit machen wollte – die gewiss auch einmal in den rechten händen künstlerische behandlung zulässt sonst aber ins gebiet der heilkunde gehört.

Jede niedergangs-erscheinung zeugt auch wieder von höherem leben.

Das SINNBILD (symbol) ist so alt wie sprache und dichtung selbst. es gibt sinnbild der einzelnen worte der einzelnen teile und des gesamt-inhalts einer kunst-schöpfung. das lezte nennt man auch die tiefere meinung die jedem bedeutenden werk innewohnt.

Sinnbildliches sehen ist die natürliche folge geistiger reife und tiefe.

Zwischen ÄLTERER und HEUTIGER KUNST gibt es allerdings einige unterschiede:

Wir wollen keine erfindung von geschichten sondern wiedergabe von stimmungen keine betrachtung sondern darstellung keine unterhaltung sondern eindruck.

Die älteren dichter schufen der mehrzahl nach ihre werke oder wollten sie wenigstens angesehen haben als stütze einer meinung: einer weltanschauung – wir sehen in jedem ereignis jedem zeitalter nur ein mittel künstlerischer erregung. auch die freisten der freien konnten ohne den sittlichen deckmantel nicht auskommen (man denke an die begriffe von schuld usw.) der uns ganz wertlos geworden ist.

Drittens die kürze – rein ellenmässig – die kürze.

Das GEDICHT ist der höchste der endgültige ausdruck eines geschehens: nicht wiedergabe eines gedankens sondern einer stimmung. was in der malerei wirkt ist verteilung linie und farbe, in der dichtung: auswahl mass und klang.

Viele die über ein zweck-gemälde oder ein zweck-tonstück lächeln würden glauben trotz ihres leugnens doch an die zweck-dichtung. auf der einen seite haben sie erkannt dass das stoffliche bedeutungslos ist, auf der andern suchen sie es beständig und fremd ist ihnen eine dichtung ZU GENIESSEN.

ERZÄHLUNG. Man verwechselt heute kunst (literatur) mit berichterstatterei (reportage) zu welch lezter gattung die meisten unsrer erzählungen (sogen. romane) gehören. ein gewisser zeitgeschichtlicher wert bleibt ihnen immerhin obgleich er nicht dem der tagesblätter richtverhandlungen behördlichen zählungen u. ä. gleichkommt.

Eine neubelebung der BÜHNE ist nur durch ein völliges in-hintergrund-treten des schauspielers denkbar.

Warum gerade die bühnen-dichtung die HÖCHSTE sein soll?

KUNSTWERT besizt die arbeit die menschen oder dingen irgend eine neue unbekannte seite abzugewinnen und als möglich darzustellen weiss.

Unsre KUNSTRICHTER (kritiker) bedeuten deshalb so wenig weil sie meist verkümmerte künstler sind die andrer werke bereden und tadeln in der ohnmacht eigne hervorzubringen.

Wenn wir alle FREMDWÖRTER auch die eingewurzelten – alle schlagworte gehören hierzu – wegliessen so bliebe vieles leere ungesagt. wenn ein satz der eines solchen wortes nicht entbehren kann fortfällt so wird weder sprache noch gesellschaft dadurch einen verlust erfahren.

REIM ist ein teuer erkauftes spiel. hat ein künstler einmal zwei worte miteinander gereimt so ist eigentlich das spiel für ihn verbraucht und er soll es nie oder selten wiederholen.

Wir bemerken nun schon seit jahren: in keinem nebenstaate – auch den stammverwandten nieder- und nordländischen nicht – dürfen der gleichen leserstufe solche erzeugnisse als dichtungen dargeboten werden wie bei uns. daraus ergibt sich für die nächstfolgende zeit die verschiedenheit unsrer kunstaufgabe von der unsrer nachbarn.

Émile Verhaeren

Die klagenden Lieder

Die alten traurig-süßen Lieder von der Straße
Mit ihrem schalen Reim und abgebrauchten Leid,
Mit ihrem Holpern falschgesetzter Silbenmaße
Sind noch viel düstrer Sonntags und zur Abendzeit,
Wenn Licht und Laute sanft verloschen in die Stille. –
Dann schläft die Stadt. Die bangen Abendglocken rufen
Wehmütig ihre Klage, und wie menschlich schrille
Aufschreie stöhnt das Kreischen alter Angelstufen,
Der Riegel und der Scheunen, die geschlossen werden. –
Aus fernem Feld manchmal, aus Hof und Stall erwacht
Ein leiser, leiser Laut, der dumpfe Ruf der Herden,
Dann sinkt auf alles Bangen und die tiefe Nacht.
Kein Mensch! Im Feld die Einsamkeit, hoch aufgerichtet,
Und Nebelwallen, das sich dämmernd bodenwärts
Zu weißen Traumgestalten unzählbar verdichtet.
Und durch der müden Felder dunkelschweren Schmerz
Verklingen sacht die alten Lieder von der Straße
Mit ihrem schalen Reim und abgebrauchten Leid,
Mit ihrem Holpern falschgesetzter Silbenmaße,
Und sterben wie der Sonntag und die Abendzeit.

Oscar Wilde

Aphorismen zur Kunst

Der schönen Dinge Schöpfer ist der Künstler.

Sich selbst zu offenbaren und den Künstler zu verbergen, ist Zweck der Kunst.

* * *

Kritiker ist der, der seinen Eindruck vom Schönen in neuer Form oder neuer Technik wiedergeben kann.

* * *

Die höchste wie die niedrigste Kritik ist eine Art Selbstbekenntnis. Die Leute, die in der Kunst niedrige Gedanken finden, sind verderbt und wirken unerfreulich. Die Leute, die in der Kunst hohe, schöne Gedanken finden, sind gebildet. Für sie gibt es Hoffnung. – Die Auserlesenen sind die, welchen die Kunst eitel Schönheit ist.

* * *

Bücher sind weder moralisch noch unmoralisch; sie sind gut geschrieben oder schlecht geschrieben. Ein Drittes gibt es nicht.

* * *

Das Mißfallen des XIX. Jahrhunderts am *Realismus* gleicht der Wut Calibans, der sein eigenes Gesicht im Spiegel erblickt.

Das Mißfallen des XIX. Jahrhunderts an der *Romantik* gleicht dem Caliban, der wütet, weil er sich *nicht* im Spiegel sieht.

* * *

Das moralische Leben eines Menschen ist ein Teil des künstlerisch Darzustellenden; aber die Moral der Kunst besteht in der vollkommenen Beherrschung eines unvollkommenen Mittels.

Kein Künstler will etwas beweisen; nur Tatsachen können bewiesen werden.

Kein Künstler hat einen Hang zur Sittlichkeit. Die Sucht zu moralisieren ist eine unverzeihliche Manieriertheit des Styls.

Kein Künstler ist krankhaft; es gibt nichts, was ein Künstler nicht sagen dürfte.

* * *

Gedanke und Sprache sind die Instrumente des Künstlers. Tugenden und Laster sind seine Materialien.

* * *

Vom formellen Standpunkt ist die Musik das Urbild aller Künste; vom Standpunkt des Gefühls ist es die Schauspielkunst.

* * *

Jede Kunst ist zugleich Oberfläche und Symbol.

Diejenigen, die unter die Oberfläche gehen, tun es auf eigene Gefahr.

Diejenigen, die das Symbol lösen, tun es auf eigene Gefahr.

* * *

Der Beschauer, nicht das Leben, wird von der Kunst widergespiegelt.

* * *

Meinungsverschiedenheiten über ein Kunstwerk zeigen, daß es neu, vollständig und lebensfähig ist.

* * *

Wenn die Kritiker uneinig sind, so ist der Künstler einig mit sich selbst.

* * *

Wir können jemand, der etwas *Nützliches* geschaffen hat, vergeben, so lang er's nicht bewundert. Die einzige Rechtfertigung für etwas *Nutzloses* ist, daß man es bewundert aus tiefster Seele.

Alle Kunst ist ganz nutzlos.

Aleksandr Blok

Die Kunst – Last . . .

Die Kunst – Last, auszutragen, die die Schultern drückt.
Und doch – wie halten wir, die Dichter, uns im Schweben
Von Bagatellen, die das Leben tauscht, entzückt.
Wie süß, dem freien Nichts der Zeit sich hinzugeben
Mit Nichtstun, spürn im Leib das Blut
Singend wenden,
Sich – hinter einem Federwölkchen – Glut,
Die rote Lieb, erhaschen mit den Händen.
Und träumen in den Traum, das Leben – voilà!
Erschiene, ganz Champagnerglanz,
Im zärtlichen Geflüster, Surrn des Bands
Aufflimmernd, cinéma.
Nach einem Jahr – in einem fremden Land,
Die Müdigkeit, die Stadt, die nicht bekannt,
Gedränge – und noch einmal, nah wie deine Hand,
Die Anmut der Französin auf der Wand!. . .

Stanislaw Przybyszewski

Confiteor

Wenn wir darangehen, unsere Auffassungen von der Kunst zu entwickeln, halten wir es für überflüssig, aus den Sätzen der Ästhetiker zu schöpfen, und für entbehrlich, die unterschiedlichen Urteile und ästhetischen Sprüche zusammenzupressen, und nehmen auch nicht an, daß wir etwas völlig Neues aussprechen, da wir jetzt aber den Kopf einer Zeitschrift bilden, der man einen eigenen Charakter verleihen muß, gilt es die prinzipielle Richtung abzustecken, in der die Zeitschrift geführt werden soll.

Kunst in unserem Verständnis ist weder ›das Schöne‹ noch ›ein Teil der Erkenntnis‹, wie Schopenhauer sie nennt, wir erkennen auch keine einzige der zahllosen Formeln an, die die Ästhetiker aufstellten, angefangen bei Platon bis zu den senilen Ungereimtheiten Tolstois. –

Kunst ist die Nachbildung dessen, was ewig, frei von allen Veränderungen oder Zufälligkeiten, unabhängig von der Zeit und auch vom Raum ist, also:

die Nachbildung des Wesenhaften, das heißt der Seele. Und zwar der Seele, offenbare sie sich nun im Weltall, in der Menschheit oder im einzelnen Individuum.

Kunst ist demzufolge die Nachbildung des Lebens der Seele in *allen* ihren Äußerungen, unabhängig davon, ob sie gut oder böse, häßlich oder schön sind.

Eben dies ist der Kernpunkt unserer Ästhetik.

Die Kunst von gestern stand in den Diensten der sogenannten Moral. Selbst die gewaltigsten Künstler waren mit unwesentlichen Ausnahmen nicht in der Lage, die Erscheinungen der Seele losgelöst von so veränderlichen Größen wie moralischen oder gesellschaftlichen Begriffen zu erforschen, immer bedurften sie eines moralischen und nationalen Mäntelchens für ihre Schöpfungen. Die Kunst in unserem Verständnis kennt keine zufällige Klassifizierung der Seelenphänomene nach guten oder bösen, sie kennt keine Grundsätze, seien sie moralischer oder gesellschaftlicher Art: für den Künstler in unserem Verständnis sind alle Äußerungen der Seele *gleich*, er schätzt nicht ihren zufälligen Wert ein, rechnet nicht mit ihrer zufälligen bösen oder guten Rückwirkung, ob nun auf den Menschen oder die Gesellschaft, er wägt sie allein nach der *Kraft*, mit der sie sich kundtut.

Das Substrat unserer Kunst besteht für uns also ausschließlich in Form seiner Energie, vollkommen unabhängig davon, ob es das Gute oder das Böse, das Schöne oder das Häßliche, Reinheit oder Harmonie, Zügellosigkeit, Verbrechen oder Tugend ist.

Der Künstler gibt deshalb das Leben der Seele in allen Erscheinungen wieder; ihn berühren weder die gesellschaftlichen, sozialen noch ethischen Gesetze, er kennt keine zufälligen Abgrenzungen, Namen und Formeln, keinen einzigen der Rinnsteine, Wasserzweige und Flußbetten, in welche die Gesellschaft den ungeheuren Strom der Seele gezwängt, worin sie ihn lahmgelegt hat. Der Künstler – ich wiederhole es – kennt nur die Kraft, mit der die Seele nach außen drängt.

Kunst ist die Offenbarung der Seele in allen ihren Zuständen, sie verfolgt die Seele auf allen Wegen, sie stürzt ihr in die Ewigkeit und den Allraum nach, vertieft sich mit ihr in die Urlehme des Seins und greift nach den regenbogenfarbenen Gipfeln.

Die Kunst hat keinerlei Ziel, sie ist das Ziel an sich, das Absolute, denn sie ist der Widerschein des Absoluten – der Seele.

Und da sie das Absolute ist, kann sie nicht gebändigt sein, kann sie nicht in Diensten irgendeiner Idee stehen, ist sie die Herrin, die Urquelle, aus der alles Leben hervorgetreten ist.

Die Kunst steht über dem Leben, sie dringt in das Wesen des Alldings ein, liest dem gewöhnlichen Menschen die verborgenen Runen, sie erfaßt das Allding von einer Ewigkeit zur andern, kennt weder Grenzen noch Gesetze, kennt allein die eine ewige Dauer und Macht des Seins der Seele, sie verbindet die Seele des Menschen mit der Seele der Allnatur, und als eine Erscheinung jener faßt sie die Seele des Einzelwesens auf.

Die Tendenzkunst, die Unterhaltungskunst, die belehrende, die patriotische Kunst, Kunst, die ein moralisches oder gesellschaftliches Ziel hat, hört auf Kunst zu sein, sie wird Biblia pauperum für Menschen, die nicht fähig sind zu denken oder zu wenig gebildet sind, um die zuständigen Handbücher lesen zu können – solche Menschen brauchen aber Wanderlehrer und nicht die Kunst.

Belehrend oder moralisch Einfluß auf die Gesellschaft auszuüben, in ihr mit Hilfe der Kunst patriotische Gefühle oder soziale Instinkte zu wecken heißt die Kunst demütigen, sie von den Höhen des Absoluten in die armselige Zufälligkeit des Lebens hinunterstoßen, und der Künstler, der das tut, ist des Namens Künstler nicht wert.

Die demokratische Kunst, die Kunst fürs Volk steht noch tiefer. Die Kunst fürs Volk ist die ekelhafte und flache Banalisierung der Mittel, derer sich der Künstler bedient, das plebejische Faßlichmachen dessen, was seiner Natur nach schwer faßlich ist.

Das Volk braucht Brot, nicht Kunst, und wenn es Brot haben wird, dann findet es auch selbst den Weg.

Die Kunst von ihrem Piedestal zu stoßen, sie auf allen Märkten und Straßen herumzuführen ist ein Sakrileg.

Die so verstandene Kunst wird höchste Religion, und ihr Priester ist der Künstler. Persönlich ist der Künstler nur in der inneren Kraft, mit der er die Zustände der Seele nachbildet, darüber hinaus ist er eine kosmische, metaphysische Gewalt, durch die sich das Absolute, die Ewigkeit, offenbart.

Er war der erste Seher, der jede Zukunft entschleierte und die Runen einer schimmelüberzogenen Vergangenheit deutete, er war der Magier, der die tiefsten Geheimnisse ergründete, die geheimen Verbindungen des Universums erfaßte, ihr wechselseitiges Aufeinanderwirken ahnte und entdeckte und sich aus diesem Wissen eine Macht schuf, die den Lauf der Sterne am Himmel zum Stehen brachte, er war der große Weise, der die geheimsten Ursachen kannte und neue, nie geahnte Synthesen schuf: dieser Künstler, *ipse philosophus, daemon, Deus et omnia*.

Der Künstler ist weder Diener noch Führer, er gehört weder einem Volk an noch der Welt, er dient keiner Idee und keiner Gesellschaft.

Der Künstler steht über dem Leben, über der Welt, er ist der Herr der Herren, kein Gesetz zügelt ihn, keine menschliche Macht engt ihn ein.

Er ist ebenso heilig wie rein, ob er nun die größten Missetaten nachbildet, die ekligsten Unrate enthüllt, wenn er die Blicke an den Himmel heftet und Gottes Licht erkennt.

Denn er weiß nichts von Gesetzen noch Einschränkungen, die die Erscheinungen der menschlichen Seele in den oder jenen Rinnstein hineinstoßen, er kennt allein die Kraft dieser Phänomene, die in der Tugend ebenso stark ist wie im Verbrechen, in der Ausschweifung wie in der Sammlung des Gebets.

Der Künstler, der die ›Armen im Geist‹ belehren, ihr Führer sein will, möge lieber Aufklärer bleiben oder die riesigen Phalanstères anlegen, von denen Fourier träumte, denn das Königreich der Armen im Geist – ist das Brot, nicht die Kunst.

Der Künstler, der sich den Ansprüchen einer einzelnen Gesellschaft fügt, sucht ihr zu gefallen, reicht ihr ein gut zerkautes und leicht verdauliches Futter (ich vergaß, daß ich vom Künstler redete, ich habe von einem ergebenen Zugochsen zu sprechen begonnen).

Der Künstler, der Beifall ersehnt und sich über die geringe Anerkennung der Menge beklagt, steht noch im Vorhof der Kunst, fühlt sich noch nicht als der Herr, der nicht um Gunst bettelt, sondern sie mit freigebiger Hand in die Menge wirft und keinen Dank begehrt – diesen begehrt nur der Plebejer im Geist, ihn begehren nur Emporkömmlinge.

Der Künstler, der sich beklagt, daß er, wenn er die Schätze seines Geistes ausstreut, seine Seele bei der Berührung mit der Menge befleckt, hat die heilige Schwelle überschritten, aber er täuscht sich. Der Mensch, der keine Gesetze anerkennt, der über der Menge, über der Welt steht, kann sich nicht beflecken.

Das Volk ist ein Teil der Ewigkeit, in ihm ruhen die Wurzeln des Künstlers, aus ihm, aus der Heimaterde zieht der Künstler seine lebensfähigste Kraft. Im Volk ist der Künstler verwurzelt, nicht aber in seiner Politik, nicht in seinen äußeren Wechselfällen, allein in dem, was im Volk ewig ist: seinen Eigenarten unter allen anderen Völkern; eine unwandelbare und ewige Tatsache ist seine ethnische Herkunft.

Deshalb ist es törichter Unsinn, dem Künstler in unserem Verständnis eine nichtnationale Haltung vorzuwerfen, denn in ihm drückt sich der ›wesenhafte‹, innere Geist der Nation am stärksten aus, er ist dieser mystische

König Geist, Ruhm und Christi Himmelfahrt des Volkes.

Es ist unsinnig, dem Künstler das ›verschwommene Mystische‹ vorzuwerfen. Kunst in unserem Verständnis ist metaphysisch, schafft neue Synthesen, gelangt zum Kern des Alldings, dringt in alle Geheimnisse und Tiefen – und da gibt es noch Menschen, für die das Mystik ist (etwas wie Spiritismus – ha ... ha ... !).

Auf alle nur möglichen Vorhaltungen, die uns begegnen können, wiederhole ich nochmals:

Wir kennen keinerlei Gesetze, weder moralische noch gesellschaftliche, wir kennen keine Meinungen, jede Äußerung der Seele ist für uns rein, heilig, ist Tiefe und Geheimnis, so sie kraftvoll ist.

Eberhard von Bodenhausen

Entwicklungslehre und Ästhetik

Das neunzehnte Jahrhundert war durchaus ein Jahrhundert der Tat. Alte Reiche wurden zertrümmert, neue Reiche entstanden, neue Wege bahnten sich den Naturkräften, und wohin wir sehen, gewahren wir sprühendes Leben und springende Kraft. Dieses Jahrhundert der Tat hat sich selber glauben machen wollen, daß es kein Recht zur Schönheit habe. Das war, es hatte zu viel gelernt, es wußte zu viel von der Schönheit vergangener Tage; so hielt es die Augen nach rückwärts gewandt und wo immer es glaubte, die Gelegenheit erfordere die Entfaltung von Schönheit, da griff es in den Schatz seines Wissens, anstatt in das eigene Herz; und suchte die Erscheinungsformen verflossener Schönheit den neuen Erfordernissen anzupassen. Da gab es dann Spiegelbilder vergangener Schönheiten; und oft waren es nur Zerrbilder. Aber die Natur war stärker gewesen, als die Menschen. Überall, wo die neuen Existenz-Bedingungen der Natur, deren Kräften diese Tatmenschen gelauscht, ihre diesen Kräften völlig adäquate Form gefunden, da war Schönheit entstanden und Kunst. Die diesem Willen der Weg waren, waren sich dessen selbst nur dunkel bewußt; und all die anderen hatten nicht den Glauben an sich und ihre Zeit, der ihnen die Augen geöffnet hätte. Aber damit hat sich dieses Jahrhundert der Tat und dennoch der ästhetischen Romantik um einen guten Teil seines Lebenswertes betrogen. Nur wer die Gegenwart wirklich lebt, wer nicht mit blinden Augen in die Zukunft schaut für bessere Zeiten und nicht in die Vergangenheit, um tote Werte zu neuem Scheinleben erstehen zu lassen, wer ein Weg ist den tausend Schönheiten des Tages und diese Schönheiten in Anspruch nimmt für sich als den Tribut, der ihm geschuldet, weil er ihn sich verdient, nur der ist Meister dieses Lebens geworden, nur ihm hat das Leben seine ganze Schönheit offenbart und hat ihn die volle Kraft fühlen und erleben lassen, mit der täglich neu die Seele zum Lichte ringt. Das war es, was der greise Seher aus seiner Einsicht in das scheidende Jahrhundert mit seinem Mahnruf sagen wollte: »Wenn wir Toten erwachen.«

Es war die tiefste Wahrheit, die das Jahrhundert aus seiner Vertiefung der Entwicklungslehre schöpfen konnte.

Maurice Maeterlinck

Das Ziel der Menschheit

Wohin geht die Menschheit? Dieses Fragen nach Zweck und Ziel ist eine Art von Kleinstädterei und Schwäche unsres Geistes und hat mit der Realität des Weltalls anscheinend nichts gemein. Haben die Dinge ein Ziel? Warum sollten sie eines haben und was heißt überhaupt ein Ziel oder Zweck in einem unendlichen Getriebe?

Aber wenn es auch wahrscheinlich ist, daß wir keine andere Bestimmung haben, als eine kurze Spanne Zeit ein bescheidenes Plätzchen einzunehmen, das, wenn wir nicht wären, von Grillen oder Veilchen eingenommen würde, ohne daß die Schönheit des Welthaushaltes darum getrübt würde, ohne daß die Geschicke der Erde um eine Stunde hinausgeschoben oder verkürzt würden, wenn wir auch nur gehen, um zu gehen, ohne irgendwo hinzugehen, so brauchen wir unser Interesse doch nicht auf den unnützen Weg, den wir machen, zu beschränken. Wir können an vielen Dingen Anteil nehmen, und dies ist auch ganz vernunftgemäß und das Klügste und Höchste, was wir tun können. Wenn es der Ameise gegeben wäre, den Lauf der Sterne zu erforschen, ohne daß sie darum wähnte, ihn je im Geringsten beeinflussen zu können, und sie vergäße über diesen astronomischen Studien alle ihre Pflichten im Ameisenhaufen und die Sorge für die Zukunft, so würden wir ihr gewiß unrecht geben. Sie würde für uns, die wir sie mit einer Sicherheit und Leichtigkeit überschauen und beurteilen, wie wir sie uns gegenüber unsern Göttern zuschreiben, keine gute, keine moralische Ameise sein, wenn sie sich so an das Weltall verlöre. Die Vernunft in ihrer Erdenferne wird unfruchtbar und lehrt uns nichts als Unbeweglichkeit, wenn sie, nach Erkenntnis der Kleinheit und Nichtigkeit unserer Leidenschaften und Hoffnungen, unseres ganzen Daseins und ihrer selbst, nicht wieder umkehrt und sich von neuem für diese Kleinigkeiten und diese ganze Nichtigkeit erwärmt, als wären sie das Einzige, wozu sie auf dieser Welt taugt.

Wenn wir nicht wissen, wohin wir gehen, so sollen wir uns des Weges doch nicht minder freuen, und um ihn uns zu erleichtern und unsern Mut zu stählen, müssen wir versuchen, seinen nächsten Abschnitt zu erraten. Welcher Art wird er sein? Wir müssen augenscheinlich durch eine gefährliche Enge. Aber den Schrecknissen dieses Engpasses zum Trotze sagen uns die sich erweiternden und ebnenden Wege, sagen uns die Bäume mit ihren volleren, blütengeschmückten Wipfeln, sagt uns das Schweigen der beruhigten und sich trennenden Wasser, daß wir uns der größten Ebene nähern, welche die Menschheit von den gewundenen Pfaden herab, auf denen sie seit ihrem Ursprunge klimmt, bis heute begrüßt hat. Wird man sie »die erste Ebene der Muße« nennen? Wenn wir zwar den Überraschungen der Zukunft Rechnung tragen und auch über sie hinaus Sorgen und Schmerzen gewärtigen müssen, so erscheint es doch als so gut wie gewiß, daß die Masse der Menschheit Tagen entgegengeht, wo die Arbeit, dank einer weniger papierenen Gerechtigkeit, dank den Maschinen, dank der landwirtschaftlichen Chemie, dank vielleicht der Medizin oder irgend einer eben auftauchenden Wissenschaft, weniger hart, weniger ununterbrochen, grob, tyrannisch und erbarmungslos sein wird. Wozu wird sie diese Muße benutzen? Wer weiß, ob ihr Schicksal nicht davon abhängt? Vielleicht wird es eine der ersten Pflichten ihrer Berater sein, sie von Stund an daran zu gewöhnen, diese Muße in einer weniger niedrigen und verhängnisvollen Weise zu genießen. Im Ganzen genommen bestimmt die mehr oder minder würdige, redliche, besonnene, dankbare und hochsinnige Art, wie ein Volk oder Individuum seine Feierstunden genießt, seinen moralischen Wert ebenso sehr, wie Krieg oder Arbeit, und erschöpft oder stärkt, erniedrigt oder adelt es. Heutzutage liefern drei müßige Tage in einer unserer großen Städte den Hospitälern mehr Zuwachs an gefährlich erkrankten Opfern, als drei Wochen oder drei Monate Arbeit.

Félix Vallotton, »Die Trägheit« (1896)

Spiegelungen – Maskenspiele

Valeri Brjussow

Im Spiegel

Aus dem Archiv eines Psychiaters

Ich liebe Spiegel, seit ich denken kann. Als Kind weinte und zitterte ich, wenn ich in ihre durchsichtig-wahrheitsgetreue Tiefe schaute. Mein Lieblingsspiel damals war es, durch die Räume und den Garten zu spazieren mit einem Spiegel in der Hand, in seinen Abgrund zu blicken und bei jedem Schritt dessen Rand zu überschreiten, wobei mir vor Entsetzen und Schwindel der Atem stockte. Schon als Mädchen stellte ich mein ganzes Zimmer voller Spiegel, große und kleine, getreue und ein wenig verzerrende, klare und etwas trübe. Ich gewöhnte mich daran, ganze Stunden und Tage in den sich überschneidenden Welten zuzubringen, die ineinander übergingen, ins Schwanken gerieten, entwichen und neu erstanden. Es wurde zu meiner einzigen Leidenschaft, meinen Körper diesen lautlosen Weiten anheimzugeben, Perspektiven ohne Echo, gesonderten Welten, die unsere kreuzen und unserem Bewußtsein zum Trotz zur selben Zeit und am selben Ort mit ihr existieren. Diese seitenverkehrte, durch die glatte Glasscheibe von uns getrennte und unserem Tastsinn unzugängliche Wirklichkeit reizte mich, lockte mich wie ein Abgrund, wie ein Geheimnis.

Mich zog auch die Erscheinung an, die jedesmal vor mir erstand, wenn ich mich dem Spiegel näherte, und mein Ich merkwürdig verdoppelte. Ich suchte zu erraten, was diese andere Frau von mir unterschied, wie es möglich sei, daß meine rechte Hand ihre linke war und daß alle Finger dieser Hand entgegengesetzt angeordnet waren, obwohl an dem einen doch mein Trauring steckte. Mein Denken trübte sich, wenn ich in dieses Rätsel einzudringen, es zu entwirren trachtete. In dieser Welt, wo man alles berühren konnte, wo Stimmen ertönten, lebte mein wirkliches Ich; in jener widergespiegelten Welt, die man nur betrachten konnte, existierte sie, das Spiegelbild. Sie war fast wie ich, und doch ganz und gar nicht ich; sie wiederholte alle meine Bewegungen, aber nicht eine davon entsprach den meinen vollständig. Jene andere wußte, was ich nicht erraten konnte, sie war im Besitz jenes Geheimnisses, das meinem Verstand für allezeit verschlossen war.

Doch ich bemerkte, daß jeder Spiegel seine eigene, besondere Welt besaß. Stellen Sie zwei Spiegel an die gleiche Stelle, einen hinter den anderen – und es entstehen zwei verschiedene Welten. Und in den verschiedenen Spiegeln tauchten verschiedene Erscheinungen vor mir auf, alle mir ähnlich, aber keine mit der anderen identisch. In meinem kleinen Handspiegel lebte ein naives Mädchen, mit klaren Augen, die mich an meine früheste

Jugend erinnerten. Der runde Boudoirspiegel barg eine schamlose, ungezügelte, schöne und furchtlose Frau, die alle Wonnen der Liebe ausgekostet hatte. Aus dem viereckigen Schrankspiegel trat mir stets eine herbe, gebieterische, unnahbare Gestalt mit kaltem Blick entgegen. Ich kannte noch andere Doppelgängerinnen von mir – in meinem Trumeau, in dem dreiflügligen vergoldeten Frisierspiegel, in dem Wandspiegel mit Eichenrahmen, in dem Spiegelchen, das ich am Halse trug, und in meinen vielen, vielen anderen Spiegeln. Allen Geschöpfen, die sich in ihnen verbargen, gab ich einen Vorwand und die Möglichkeit, in Erscheinung zu treten. Gemäß den sonderbaren Bedingungen ihrer Welt mußten sie die Gestalt dessen annehmen, der sich vor das Spiegelglas stellte, doch in diesem geliehenen Äußeren bewahrten sie ihre eigenen Züge.

Es gab Spiegelwelten, die ich liebte, und andere, die ich haßte. In die einen mochte ich mich stundenlang begeben, mich in ihrer verführerischen Weite verlieren. Die anderen mied ich. Meine Doppelgängerinnen liebte ich insgeheim nicht alle. Ich wußte, daß sie mir alle feindlich gesinnt waren, allein deswegen, weil sie mein ihnen verhaßtes Äußeres annehmen mußten. Doch einige der Spiegelgestalten taten mir leid, ich verzieh ihnen ihren Haß und brachte ihnen beinahe Freundschaft entgegen. Andere verachtete ich; ich lachte über ihre ohnmächtige Wut, ärgerte sie mit meiner Unabhängigkeit und ließ sie meine Macht über sie qualvoll spüren. Es gab aber auch solche, die ich fürchtete, die zu stark waren und es wagten, ihrerseits über mich zu lachen und mir zu befehlen. Von den Spiegeln, in denen diese Frauen lebten, suchte ich mich eilends zu befreien, ich schaute nicht hinein, versteckte sie, gab sie weg oder zerbrach sie gar. Doch jedesmal, wenn ich einen Spiegel zerschlagen hatte, mußte ich tagelang weinen, weil ich mir bewußt wurde, daß ich eine eigene Welt zerstört hatte. Und die vorwurfsvollen Gesichter der vernichteten Welt schauten mich aus den Scherben tadelnd an.

Den Spiegel, der mir zum Verhängnis werden sollte, kaufte ich im Herbst, auf einer Versteigerung. Es war ein großer Trumeau, der sich in den Scharnieren hin und her bewegen ließ. Er verblüffte mich durch seine außerordentlich klare Widerspiegelung. Die Spiegel-Wirklichkeit veränderte sich bei der geringsten Neigung der Glasfläche, doch sie war selbständig und lebendig bis zum äußersten. Als ich mir diesen Trumeau auf der Auktion ansah, blickte mich die Frau, die mich darin verkörperte, hochmütig und herausfordernd an. Ich wollte nicht klein beigeben, ihr nicht zeigen, daß sie mich erschreckt hatte – so kaufte ich den Trumeau und ließ ihn in mein Boudoir stellen. Allein geblieben, trat ich sogleich vor den neuen Spiegel und starrte meiner Rivalin in die Augen. Doch sie tat das gleiche, und so standen wir einander gegenüber und durchbohrten uns, wie Schlangen, mit Blicken. Ich spiegelte mich in ihren Pupillen, sie in den meinen. Mein Herzschlag stockte und mir wurde schwindlig von diesem durchdringenden Blick. Unter Aufbietung aller Willenskraft riß ich meine Augen schließlich von den fremden Augen los, stieß mit dem Fuß gegen den Spiegel, daß er ins Wanken geriet und die Erscheinung meiner Rivalin jämmerlich hin und her schwankte, und ging aus dem Zimmer.

Mit dieser Stunde begann unser Kampf. Am Abend nach unserem ersten Aufeinandertreffen wagte ich mich nicht in die Nähe des neuen Trumeaus, ich ging mit meinem Mann ins Theater, lachte übertrieben und gab mich heiter. Am nächsten Morgen, beim hellen Licht des Septembertages, ging ich mutig allein in mein Boudoir und setzte mich absichtlich direkt vor den Spiegel. Im selben Augenblick trat jene andere ebenfalls ein, ging mir entgegen, durchquerte das Zimmer und setzte sich ebenfalls mir gegenüber. Unsere Augen trafen sich. Ich las in den ihren Haß auf mich, sie in den meinen Haß auf sie. Ein neuer Zweikampf begann, ein Zweikampf der Augen, zweier unnachgiebiger Blicke, gebieterisch, drohend, hypnotisierend. Jede von uns versuchte, Macht über den Willen der Rivalin zu erlangen, ihren Widerstand zu brechen, sie ihren Wünschen zu unterwerfen. Für einen Außenstehenden wäre es schrecklich gewesen, die beiden reglos einander gegenübersitzenden Frauen zu sehen, die mit Blicken magisch aneinander gefesselt und vor psychischer Anspannung beinahe bewußtlos waren ... Plötzlich wurde ich gerufen. Der Zauber schwand. Ich erhob mich und ging aus dem Zimmer.

Dieser Zweikampf wiederholte sich jetzt Tag für Tag. Ich begriff, daß diese Abenteurerin absichtlich in mein Heim eingedrungen war, um mich zu vernichten und meinen Platz in unserer Welt einzunehmen. Mich dem Kampf mit ihr zu entziehen, fehlte mir jedoch die Kraft. Diese Rivalität hatte ihren geheimen wollüstigen Reiz. Allein die Möglichkeit einer Niederlage verlockte ungemein. Manchmal zwang ich mich, tagelang nicht vor den Trumeau zu treten, lenkte mich ab, zerstreute mich – doch in tiefster Seele war stets der Gedanke an die Rivalin gegenwärtig, die geduldig und selbstsicher wartete, daß ich zu ihr zurückkehrte. Und ich kehrte zurück, sie trat

Anonym, »Vor dem Spiegel« (1890)

vor mich hin, triumphierender denn je, durchbohrte mich mit siegesbewußtem Blick und fesselte mich an den Platz ihr gegenüber. Mein Herz stockte, und mit ohnmächtiger Wut fühlte ich mich in der Gewalt dieses Blicks. Manchmal, in der Freiheit, kam mir der Gedanke, aus meinem Heim zu fliehen, in eine andere Stadt zu fahren, mich vor meiner Gegnerin zu verstecken, doch sofort wurde mir klar, daß dies für mich unmöglich war, daß ich, der faszinierenden Kraft des feindlichen Blicks gehorchend, ja doch hierher zurückkehren würde, in dieses Zimmer, vor meinen Spiegel. Manchmal wollte ich auf das Glas einschlagen, es zertrümmern, diese mir unbekannte, aber bedrohliche Welt vernichten – und in rasendem Zorn war ich sogar mit einem schweren Gegenstand bewaffnet auf den Spiegel zugestürzt, doch das verächtliche Lächeln meiner Rivalin hielt mich zurück. Ein Sieg um solch einen Preis hätte das Eingeständnis ihrer Überlegenheit und meiner Niederlage bedeutet. So ging der Kampf weiter und weiter, bis eine von uns siegen würde.

Bald merkte ich jedoch, daß meine Rivalin stärker war als ich. Bei jeder neuen Begegnung hatte sich mehr Macht über mich in ihrem Blick angesammelt. Allmählich brachte ich es nicht mehr fertig, nicht wenigstens ein einziges Mal am Tag vor meinen Spiegel zu treten. *Sie* befahl mir, täglich mehrere Stunden ihr gegenüber zuzubringen. *Sie* beherrschte meinen Willen wie ein Magnetiseur den Willen einer Somnambulen. *Sie* bestimmte über mein Leben wie eine Herrin über das Leben der Sklavin. Ich tat, was sie verlangte, führte wie ein Automat ihre stummen Befehle aus. Ich wußte, sie führte mich wohlüberlegt, behutsam, aber unausweichlich ins Verderben, doch ich wehrte mich nicht mehr. Ich erriet ihren geheimen

Plan: mich in die Welt des Spiegels zu stürzen, um selbst aus ihr in unsere Welt herauszutreten – aber ich hatte nicht die Kraft, sie daran zu hindern. Mein Mann und meine Verwandten hielten mich für geistesgestört, weil ich ganze Stunden, Tage und Nächte vor dem Spiegel zubrachte, und wollten mich heilen. Ich aber wagte nicht, ihnen die Wahrheit preiszugeben, es war mir verboten, ihnen das ganze schreckliche Geheimnis zu enthüllen, das Entsetzliche, auf das ich mich zubewegte.

Ein Dezembertag, vor den Feiertagen, wurde mir zum Verhängnis. Ich erinnere mich an alles ganz klar und deutlich, bis in alle Einzelheiten; nichts ist in meinem Gedächtnis durcheinandergeraten. Wie gewöhnlich betrat ich mein Boudoir sehr früh, im ersten winterlichen Morgendämmer. Ich schob den weichen Sessel ohne Rükkenlehne vor den Spiegel, setzte mich und gab mich *ihr* anheim. Ohne Zögern erschien sie auf meinen Ruf hin, schob ebenfalls den Sessel heran, setzte sich ebenfalls und blickte mich an. Dunkle Ahnungen peinigten meine Seele, doch ich vermochte mein Gesicht nicht abzuwenden und mußte den dreisten Blick meiner Rivalin in mich eindringen lassen. Die Stunden vergingen, die Schatten senkten sich herab. Keine von uns beiden zündete Licht an. Die Spiegelscheibe schimmerte schwach in der Dunkelheit. Die Gestalt war kaum mehr zu sehen, aber die selbstsicheren Augen blickten mit unveränderter Kraft. Ich empfand nicht Wut oder Entsetzen wie sonst, nur unstillbare Trauer und das bittere Bewußtsein, daß ich mich in der Macht der anderen befand. Die Zeit schwand dahin, und ich entschwand mit ihr in die Unendlichkeit, in den schwarzen Abgrund von Ohnmacht und Willenlosigkeit.

Plötzlich stand sie, das Spiegelbild, vom Sessel auf. Ich erbebte vor Kränkung. Doch etwas Unbesiegbares, ein äußerer Zwang, veranlaßte mich, ebenfalls aufzustehen. Die Frau im Spiegel trat einen Schritt vor. Ich ebenfalls. Die Frau im Spiegel streckte die Hände aus. Ich ebenfalls. Mir mit hypnotisierendem und befehlendem Blick direkt in die Augen sehend, bewegte sie sich unverwandt vorwärts, und ich ging ihr entgegen. Und seltsam: so entsetzlich meine Lage war und sosehr ich meine Rivalin haßte – irgendwo tief in meiner Seele flackerte ein merkwürdiger Trost, glühte eine heimliche Freude: endlich würde ich diese geheimnisvolle Welt betreten, in die ich seit meiner Kindheit einzudringen suchte, die mir aber bis heute verschlossen war. Sekundenlang wußte ich fast nicht, wer wen zu sich zog: sie mich oder ich sie, trachtete sie nach meinem Platz, oder hatte ich den ganzen Kampf nur ersonnen, um ihren Platz einzunehmen?

Doch als ich im Vorwärtsgehen mit meinen Händen an der Spiegelscheibe die ihren berührte, erstarrte ich vor Abscheu. *Sie* aber nahm mich gebieterisch bei der Hand und zog mich gewaltsam zu sich. Meine Hände tauchten in den Spiegel wie in glühendes Eiswasser. Die Kälte des Glases drang mit so entsetzlichem Schmerz in mich ein, als würden sämtliche Zellen meines Körpers durcheinandergeschüttelt. Im nächsten Augenblick berührte mein Gesicht das meiner Rivalin, sah ich ihre Augen unmittelbar vor den meinen, verschmolzen unsere Lippen in einem ungeheuerlichen Kuß. Alles versank in einer unvergleichlich qualvollen Pein – und als ich aus der Ohnmacht erwachte, sah ich mein Boudoir vor mir, aber ich blickte bereits *aus* dem Spiegel darauf. Meine Rivalin stand vor mir und lachte. Und ich, vor Schmerz und

Demütigung vergehend, mußte – o grausames Spiel! – ebenfalls lachen, mußte alle ihre Grimassen wiederholen und dabei triumphierend fröhlich lachen. Noch hatte ich meine Lage kaum begriffen, da wandte sich meine Rivalin um, ging zur Tür, verschwand aus meinen Augen, und ich fiel in einen Zustand der Erstarrung, des Nichtseins.

Nun begann mein Spiegel-Dasein. Ein seltsames, halbbewußtes Leben, nicht ohne heimlichen Reiz. Es gab viele solcher dumpfen, dahindämmernden Seelen in diesem Spiegel. Wir konnten nicht miteinander sprechen, doch wir fühlten uns einander nahe, liebten uns. Wir sahen nicht, hörten nur verschwommen, und da wir nicht atmen konnten, glich unser Zustand völliger Erschöpfung. Nur wenn ein Wesen aus der Menschenwelt vor den Spiegel trat, konnten wir, in seine Gestalt schlüpfend, in diese Welt blicken, Stimmen unterscheiden, aus voller Brust atmen. Ich glaube, so muß das Leben der Toten sein – ein unklares Bewußtsein seines eigenen Ichs, eine vage Erinnerung an die Vergangenheit und das quälende Verlangen, wenigstens für einen Augenblick wieder Gestalt anzunehmen, zu sehen, zu hören, zu sprechen ... Und jeder von uns hegte und pflegte den sehnsüchtigen Traum, sich zu befreien, einen neuen Körper zu finden, in die Welt der Unwandelbarkeit und Beständigkeit zu entfliehen.

Die ersten Tage fühlte ich mich todunglücklich in meiner neuen Lage. Ich wußte nichts und konnte nichts. Gehorsam und gedankenlos nahm ich die Gestalt meiner Rivalin an, wenn sie sich dem Spiegel näherte und sich über mich lustig machte. Und sie tat das recht häufig. Es bereitete ihr großen Genuß, mit ihrer Lebendigkeit und Realität vor mir zu prahlen. Sie setzte sich, und auch ich mußte Platz nehmen, sie stand auf und frohlockte, weil auch ich aufstand, sie schwenkte die Arme, tanzte, zwang mich, ihre Bewegungen mitzumachen, und lachte, lachte, damit auch ich lachte. Sie schrie mir verletzende Worte ins Gesicht, und ich konnte ihr nichts entgegnen. Sie drohte mir mit der Faust und verspottete mich, weil ich die Geste pflichtschuldig nachahmte. Plötzlich versetzte sie dem Spiegel einen Stoß, daß er sich um die eigene Achse drehte, und schleuderte mich in den Zustand des Nichtseins zurück.

Doch die Beleidigungen und Demütigungen riefen allmählich mein Bewußtsein wach. Ich begriff, daß meine Rivalin jetzt mein Leben lebte, meine Kleider trug, als Ehefrau meines Mannes galt, meinen Platz in der Gesellschaft einnahm. Haß und Rachsucht wuchsen in meiner Seele wie zwei flammende Blumen. Ich verwünschte bitterlich, daß ich mich aus Schwäche oder aus verbrecherischer Neugier hatte besiegen lassen. Ich gelangte zu der Gewißheit, daß diese Abenteurerin niemals über mich hätte triumphieren können, wenn ich ihr bei ihren Intrigen nicht geholfen hätte. Und nun, da ich mich den Bedingungen meines neuen Daseins einigermaßen angepaßt hatte, beschloß ich, gegen sie ebenso zu kämpfen, wie sie es mit mir getan hatte. Wenn sie, ein Schatten, den Platz einer leibhaftigen Frau hatte einnehmen können, sollte dann ich, ein Mensch, der nur zeitweilig zum Schatten geworden, nicht stärker sein als die Spiegel-Erscheinung?

Ich holte sehr weit aus. Zunächst tat ich, als quälte mich der Spott meiner Rivalin immer unerträglicher. Absichtlich ließ ich sie alle Wonnen des Sieges auskosten. Ich schürte in ihr die geheimen Henkerinstinkte, indem ich mich als verschmachtendes Opfer stellte. Sie fiel auf diesen Köder herein. Sie fand Gefallen an diesem Spiel mit mir und verschwendete ihre Phantasie darauf, immer neue Foltern für mich zu ersinnen. Tausende Listen erfand sie, um mir immer und immer wieder zu zeigen, daß ich nur ein Spiegelbild war und kein eigenständiges Leben besaß. Bald spielte sie mir Klavier vor und marterte mich durch die Lautlosigkeit meiner Welt. Dann wieder saß sie vor dem Spiegel, trank in kleinen Schlukken meine Lieblingsliköre und zwang mich, so zu tun, als trinke ich ebenfalls. Und schließlich holte sie Männer, die ich haßte, in mein Boudoir und ließ sie vor meinen Augen ihren Körper küssen, wobei sie annahmen, sie küßten mich. Wieder allein mit mir, lachte sie hämisch und triumphierend. Doch dieses Gelächter verletzte mich nicht mehr, seine bittere Spitze wurde versüßt durch meine bevorstehende Rache.

In den Stunden, während sie mich verhöhnte, veranlaßte ich meine Rivalin unmerklich, mir in die Augen zu sehen, und gewann allmählich Gewalt über ihren Blick. Bald schon konnte ich sie mit meinem Willen zwingen, die Lider zu heben oder zu senken, das Gesicht hierhin oder dorthin zu bewegen. Nun begann *ich* zu triumphieren, obwohl ich dieses Gefühl unter der Maske des Leids verbarg. Meine seelische Kraft wuchs, und ich wagte meiner Widersacherin zu befehlen: Heute machst du dies und fährst dorthin, morgen kommst du dann und dann zu mir. Und *sie* führte die Befehle aus! Ich umgarnte ihre Seele mit dem Netz meiner Wünsche, knüpfte einen festen Faden, an dem ich ihren Willen dirigierte, und frohlockte insgeheim über meine Erfolge. Als sie eines Tages während ihres Schmähgelächters plötzlich ein siegessicheres Lächeln auf meinen Lippen auffing, war es bereits zu spät. Nun lief *sie* wutentbrannt aus dem Zimmer, doch während ich wieder in den Schlaf meines Nichtseins sank, wußte ich, sie würde zurückkehren, wußte ich, sie würde sich mir unterwerfen! Und die Siegesfreude schwebte über meiner willenlosen Ohnmacht, sie durchschnitt wie ein fächerförmiger Regenbogen das Dunkel meines vermeintlichen Todes.

Und sie kehrte zurück! Sie kam zu mir voll Zorn und Furcht, schrie mich an, drohte mir. Ich aber gab ihr Befehle. Und sie mußte gehorchen. Ein Katz-und-Maus-Spiel begann. Wann immer ich wollte, konnte nun ich sie zurück in die Spiegeltiefe stürzen und selbst in die mit Lauten erfüllte, feste Wirklichkeit hinaustreten. Sie wußte, daß dies in meinem Willen lag, und dieses Bewußtsein quälte sie doppelt. Doch ich zögerte. Es bereitete mir Genuß, zeitweilig ins Nichtsein zu sinken. Allein die Möglichkeit berauschte mich. Schließlich (und das ist merkwürdig, nicht wahr?) bekam ich plötzlich Mitleid mit meiner Rivalin, meiner Widersacherin, meinem Henker. Immerhin war in ihr etwas von mir, und ich fand es entsetzlich, sie aus der Lebenswirklichkeit herauszureißen und in eine Spiegel-Erscheinung zu verwandeln. Ich schwankte und brachte es nicht über mich, schob es Tag um Tag hinaus, ich wußte selbst nicht, was ich wollte und was ich fürchtete.

An einem hellen Frühlingstag kamen plötzlich Männer mit Brettern und Beilen in mein Boudoir. Ich lag leblos, in wollüstiger Entrücktheit, doch obwohl ich sie nicht sah, wußte ich, sie waren da. Die Männer begannen an dem Spiegel, der meine Welt war, herumzuklopfen. Und die Seelen, die sie mit mir zusammen bevölkerten, wurden eine nach der anderen wach und nahmen ihre Schattengestalt in Form von Spiegelbildern an. Eine entsetzliche Unruhe bemächtigte sich meiner schlummernden Seele. Im Vorgefühl eines grauenvollen, nicht wiedergutzumachenden Unheils nahm ich all meine Willenskraft zusammen. Welcher Anstrengung bedurfte es, gegen die Mattigkeit des Halbentrücktseins anzukämpfen! So kämpfen lebendige Menschen manchmal gegen Alpträume an, um sich aus deren würgenden Fesseln loszureißen und in die Wirklichkeit zurückzukehren.

Ich konzentrierte meine ganze Suggestionskraft darauf, meiner Rivalin zuzurufen: »Komm hierher!« Ich hypnotisierte und magnetisierte sie unter letzter Aufbietung meines halb schlummernden Willens. Es war keine Zeit zu verlieren. Der Spiegel schwankte bereits. Schon wollten sie ihn in den vorbereiteten Brettersarg legen, um ihn wer weiß wohin zu schaffen. In einer Aufwallung von Todesangst rief ich immer wieder: »Komm!« Und plötzlich spürte ich, wie ich zum Leben erwachte. *Sie*, meine Widersacherin, öffnete die Tür und kam auf meinen Ruf hin bleich und halbtot auf mich zu, widerstrebend, wie zur Hinrichtung. Ich bannte ihre Augen in die meinen, fesselte ihren Blick an den meinen und wußte: Der Sieg war mein.

Augenblicklich ließ ich sie die Männer aus dem Zimmer schicken. *Sie* gehorchte ohne jeden Widerspruch. Wieder waren wir beide allein. Ich durfte nicht länger zögern. Auch konnte ich ihr die Intrigen nicht nachsehen. Gnadenlos befahl ich ihr, zu mir zu kommen. Ihre Lippen öffneten sich in qualvollem Stöhnen, die Augen wurden weit, als erblickten sie ein Gespenst, sie kam, schwankend und fallend – aber sie kam. Auch ich ging ihr entgegen, mit triumphverzerrten Lippen und freudegeweiteten Augen, taumelnd vor trunkenem Glück. Wieder berührten sich unsere Hände, wieder näherten sich unsere Lippen, versanken wir ineinander, und in unaussprechlichem Schmerz verbrennend, verwandelte sich die eine wieder zurück in die andere. Eine Sekunde später war ich bereits *vor* dem Spiegel, ich atmete in vollen Zügen, stieß einen lauten und sieghaften Schrei aus und fiel vor dem Trumeau erschöpft zu Boden.

Sie kamen gelaufen, mein Mann und ein paar Leute. Ich konnte gerade noch sagen, daß man, wie ich schon vorhin befohlen hatte, den Spiegel aus dem Haus schaffen sollte, für immer. Dann schwanden mir die Sinne.

Man legte mich ins Bett. Rief einen Arzt. Nach allem, was ich durchgemacht hatte, bekam ich Nervenfieber. Meine Angehörigen hatten mich schon lange für krank und anormal gehalten. In meiner ersten Glücksaufwallung war ich so unvorsichtig und erzählte ihnen alles, was mit mir geschehen war. Man brachte mich in eine psychiatrische Klinik, wo ich mich bis heute aufhalte. Mein ganzes Wesen, das gebe ich zu, ist noch zutiefst erschüttert. Aber ich darf nicht lange hier bleiben. Ich habe noch eine Aufgabe, noch eine Sache, die ich unbedingt bald erledigen muß.

Ich zweifle nicht an meinem Sieg, nein und nochmals nein! Ich weiß, daß ich *ich* bin. Aber wenn ich an jene andere denke, die in meinem Spiegel eingeschlossen ist, befällt mich eine seltsame Unsicherheit: Was, wenn mein wirkliches Ich dort ist? Dann wäre ich selbst, ich, die das denkt, ich, die das schreibt, ein Schatten, eine Erscheinung, ein Spiegelbild. In mich wären nur die Erinnerungen, Gedanken und Gefühle jener anderen, meines wirklichen Ichs, übergegangen. In Wirklichkeit aber befände ich mich in der Spiegeltiefe, im Nichtsein, würde mich verzehren, dahinsiechen, vergehen. Ich weiß es, weiß es fast bestimmt, daß das nicht wahr ist. Aber um auch das letzte Wölkchen des Zweifels zu zerstreuen, muß ich erneut, noch einmal, ein letztes Mal den Spiegel sehen. Ich muß noch einmal hineinschauen, um mich zu überzeugen, daß jene dort eine Usurpatorin ist, meine Feindin, die einige Monate lang meine Rolle gespielt hat. Sowie ich das gesehen habe, wird meine Sinnenverwirrung weichen, und ich werde wieder sorglos, heiter und glücklich sein. Wo ist der Spiegel, wo finde ich ihn? Ich muß, ich muß noch einmal in seine Tiefe blicken!

MAX BROD

Wenn man des Nachts sein Spiegelbild anspricht

Vor einem Jahre im Sommer im Sonnenlicht habe ich sie kennen gelernt und habe sie restlos, hintaumelnd, ohne Vorbehalt geliebt. Sie hieß Yseult.

Gott allein weiß, wie viele sehnsüchtige Stunden ich ihretwegen gehabt habe. Als der Sommer vorüber war, ist sie in ihre Stadt zurückgekehrt und ich in die meine. So mußte es wohl sein. Wir gaben es zu, ohne viel darüber nachzudenken, wir nahmen Abschied, wir weinten, wir beschlossen, daß alles nun vorbei sein sollte. Das tiefe geheimnisvolle Wesen dessen ging uns auf, was man »Zeit« nennt, was man »vorbei« nennt. Nicht in ein fernes Land, in unzugängliche abgesperrte Gegenden, hinter Hecken und Mauern wie Märchenprinzessinnen, verschwinden die Tage, die verflossen sind. Nein, viel grausamer, viel unfaßbarer! Diese Tage sind überhaupt nicht mehr da; nicht allein der Zugang zu ihnen ist uns abgeschnitten, sie sind im wahren Sinne vernichtet, zerstört, unwirklich, aus dem Raum gefallen, es ist, als wären sie nie dagewesen. O Gott, es ist, als wären sie nie, nie dagewesen. Wie viele sehnsüchtige Stunden habe ich deswegen gehabt!

Und beim Abschied, was sagten wir in dieser letzten süßschmerzlichen Zeitspanne?

Ich sagte: »Wir werden uns wiedersehn.«

»O nein«, erwiderte Yseult unsäglich traurig. »Wir werden uns niemals wiedersehn. Was vorbei ist, ist vorbei. Wie wir jetzt beieinander sitzen, so werden wir in späteren Tagen nie, nie mehr zusammenkommen. Es wird vielleicht den Anschein haben, als kämen wir zusammen. Aber es werden nur die trügerischen irren Schatten des Gewesenen und unsere Spiegelbilder sein. Adieu.«

»Adieu, Yseult!«

– – – –

Und heute, mehr als ein Jahr nach diesem Sommer und Sonnenlicht, habe ich ein Brieflein erhalten. Darin steht: »Kommen Sie zum großen Maskenfest im Winter-Palais. Ich tanze . . . Yseult.«

Ich eile auf den Bahnhof. Ich fahre drei Tage lang und zwei Nächte lang. Zu Beginn der dritten Nacht stehe ich in einer fernen fremden Stadt, im Winter-Palais.

Von allen vier hohen Wänden, von dem herrlichen kassettierten Plafond, von dem schimmernden Parkett strahlt starkes Licht aus. Die Menschen im Saale, alle freudig und laut, sehn wie Verdichtungen dieses Lichtes zu Körpern aus, lebendig gewordenes Leuchten. Ein betäubender Schall schwingt durch den Saal, der übermütige Ruf der Lust, und fremdartig aufregende Düfte legen sich wie dicke erwärmte Blumenketten um die Schläfen der Eintretenden. Verlockende Frauen drehn sich vorbei, in üppigen Kleidern, überhitzt und luxuriös, bei jedem ihrer Schritte rauscht es wie ein Schnitt durch Seide.

Aber wo ist Yseult?

Ich suche sie. Durch das Gewühle der Kleider und Leiber schwimme ich, in brutalem Eifer reiße ich Türen auf, sprenge in Gruppen plaudernder Gäste mitten hinein, ich werde ungebührlich ...

Mit einem Mal steht Yseult vor mir. Sie ist maskiert.

»Du bist gekommen« ...

»Ja, ich bin gekommen, Yseult« ...

»Ich habe nicht gedacht, daß du kommen wirst« ...

»Freut es dich?« ...

»Ich bin glücklich darüber ... Aber ist es nicht seltsam!« ...

»Seltsam? ... Warum sollte es das sein?« ...

»Ich meine, fühlst du gar keine Beklemmung in dir? ...«

Ich biete ihr den Arm.

»Ich muß dich jetzt verlassen«, sagt Yseult zu mir. – »Man könnte uns beobachten. Aber in einer Stunde bin ich wieder bei dir und dann werden wir ganz allein und ungestört beisammen sein wie vor einem Jahr. Wir werden eine neue schöne Stunde den gemeinsam verlebten hinzufügen ... Bestelle dir nur das zehnte Kabinett im ersten Stockwerk. Dorthin komme ich ganz gewiß in einer Stunde. Mein Mann mit seinen Freunden hat nämlich das neunte Kabinett, genau neben dem deinen, gemietet. Um Mitternacht verlassen sie es, um die Theatervorstellung zu sehn. Und dann komme ich durch die Tapetentüre zu dir ...«

Schon hat sie mich verlassen. Schon jage ich aus dem Saale, in den dunklen Korridor hinein wie in einen Schlauch. Dabei denke ich immer: O ich habe Yseult wiedergesehn. Und o, sie ist vermählt ... Ich bin glücklich. Ich bin in Verzweiflung.

Das zehnte Kabinett ist noch frei, ich erwerbe es, es gehört mir, hier bin ich jetzt ganz allein Herr. Ein großes Vorzimmer, dann der eigentliche Salon darüber kann ich nun schalten und walten, wie es mir beliebt. Ich riegle gleich zu und sinke in ein riesiges Fauteuil.

Und mit einem Mal, nach den unbeschreiblichen Verwirrungen und Jagden der Seele, die ich heute durchgefühlt habe, breitet sich eine überirdische Ruhe über meinen Geist aus, während ich da im Vorzimmer meines Kabinettes sitze und meine Blicke über all dies schweifen lasse. Das Vorzimmer ist dunkel. Aber im Salon steht eine Lampe und leuchtet durch einen roten Schirm hindurch, der wie ein schöner Jupon Falten wirft. Ich lasse mich beleuchten und bin ruhig, ruhig, ruhig, ruhig ... Diese Ruhe, die sich meiner bemächtigt, ist aber keine gewöhnliche Ruhe, keine glatte ebene Fläche im Tiefland unten. Sie ist gleichsam eine höhere Stufe meiner Aufregung, eine Befestigung meiner Spannung, Fixierung meiner Gereiztheit, eine Hochebene auf dem erreichten höchsten Gipfel seelischer Sensation.

Die ganze Rätselhaftigkeit unseres Daseins, die fragwürdige Natur der Welt wird mir aus tiefen Quellen plötzlich gegenwärtig, ich bin seltsam gerührt, ich muß aus innerstem Herzen schluchzen und weinen:

Eine Uhr tickt mit Silberklang. Sonst ist alles ruhig ... Ich bin ruhig in meinem großen Fauteuil.

Und mein Blick fällt durch das herabsickernde Netz von Tränen auf einen großen Spiegel, an der Wand des Vorzimmers, mir gerade gegenüber. In dem Spiegel zeigt sich das dunkle Vorzimmer, die helle Tür zum Salon, ganz tief drinnen der Salon mit der rotleuchtenden Lampe im Schirm, der wie ein seidener Jupon elegante Falten wirft. An der Türe im weiten Fauteuil sitzt mein Spiegelbild.

Er sieht heute seltsam plastisch aus, dieser Kerl, mein Spiegelbild. Und es scheint mir, als wäre er heute förmlich selbständiger und eigenwilliger als sonst. Nur ungern ahmt er meine Bewegungen nach. Ich stehe absichtlich auf und bin fast neugierig, ob der Kerl im Spiegel auch aufstehn wird. Er scheint eine Weile zu zögern, er überlegt sich's vielleicht, er schneidet ein Gesicht, das sehe ich ganz deutlich. Dann steht er auf.

»Du verdammter Kerl!« sage ich ganz laut und rede ihn an, »was ist das eigentlich? Was ist denn eigentlich mit dir los?« In meiner augenblicklichen Entrüstung fallen mir keine besseren Worte ein. Ich gerate wirklich in Wut. Ich mache zitternd die paar Schritte bis zur Spiegelfläche, dort erhebe ich drohend meine beiden Fäuste gegen das Spiegelbild.

Da ereignet sich etwas. Etwas klirrt wie brechendes Glas, ganz zart klingt und knistert es ... und plötzlich strecken sich zwei leibhaftige körperliche Hände langsam aus dem Spiegel heraus. Es sind wirkliche, lebende Menschenhände, die da im Lichte der roten Lampe aus der Glaswand auf mich zukommen, ich kann gar nicht mehr daran zweifeln, ich sehe ja, wie sich die Finger bewegen und ununterbrochen kribbeln, ich bemerke ganz deutlich, daß diese entsetzlichen Hände einen Schatten auf den glänzenden Spiegel werfen ... Ja, jetzt weiß ich es, dieser Kerl, der mein Spiegelbild ist, hat seine Hände nach mir aus dem Spiegel in das Zimmer gereckt, in den wahrhaftigen Raum des Zimmers. Und jetzt fühle ich den Griff dieser Hände an meinen Armen, sie fassen wie Eisenzangen. Und jetzt ... was ist denn das? Was wollen sie denn eigentlich? ... Sie ziehn mich vorwärts, sie bekommen meinen Rücken zu packen, hinter mir schließen sie sich zu einer kalten Umklammerung zusammen, sie ziehn mich immer näher an das Spiegelglas, in den Spiegel hinein ... Was ist denn das? ... Ich höre das Glas um meine Ohren krachen und schwirren, ich falle, ich falle, plötzlich habe ich einen Augenblick lang das Gefühl, in ein Meer von flüssigem Glas einzutauchen, ich tauche tief ein, bis zum Grund, über mir glättet sich die klare Oberfläche wieder ... dann verläßt mich das Bewußtsein.

Wie lange das dauert, weiß ich nicht. Wie ich dann halbwegs aufwache, sitze ich in einem weiten Fauteuil wie vorher, an einer hellbeleuchteten Tür, vor mir die Wand eines Spiegels, in dem man allerlei sieht ... Aber ich sitze jetzt nicht mehr in dem wirklichen Zimmer, *ich sitze im Spiegel drin!* ... Ja ja, so ist es. Die Rollen sind getauscht. Im wirklichen Zimmer sitzt jetzt mein Spiegelbild, das sich in so rätselhafter Art befreit hat. Und ich, ich sitze im Spiegel drin, meine Realität hat aufgehört, ich bin jetzt nichts anderes als ein Spiegelbild. Das fühle ich ganz genau.

Mein Kopf schmerzt mich. Eine seltsame, warme Beklemmung liegt mir in allen Gliedern.

»Lächerlich, lächerlich! Das Ganze ist doch ein Unsinn«, denke ich. »Hat man je so etwas gehört, daß ein Mensch mit seinem Spiegelbild die Rolle wechselt, wie etwa Harun al Raschid mit dem Bettler! Das Ganze wird nichts weiter sein als eine Einbildung. Ich bin übermüdet, ich bin übermüdet. Es ist nichts mehr als eine Einbildung ... hahahaha ...«

»So so, eine Einbildung?« – in diesem Augenblick beginnt mein Spiegelbild zu reden – »Du willst dir also einbilden, daß dies alles nur eine Einbildung ist. Da bin ich wirklich neugierig, ob dir das gelingen wird. Bewege dich doch einmal. Versuche doch einmal z. B. mit deinem rechten Fuß zu schlenkern.«

Das wollte ich nun natürlich nicht tun. Es war doch jedenfalls unter meiner Würde, mich von meinem Spiegelbild in Bezug auf Realität anzweifeln zu lassen. Ich beschloß daher, absichtlich ruhig zu sitzen und mich nicht ein bißchen zu bewegen ... Aber lange hielt ich das nicht aus. Ich sah gar nicht ein, warum ich mich auch nur im mindesten von den anmaßenden Worten eines Spiegelbildes beeinflussen lassen solle. Und gerade um ihn nur ja recht zu ärgern, diesen Kerl, der mir da gegenüber saß, wollte ich nun tatsächlich mit dem Bein schlenkern. Aber wie erschrak ich da ... mein Bein war wie festgeleimt, es bewegte sich nicht ein bißchen.

»Bravo, bravo, und jetzt versuche einmal ein anderes deiner Glieder zu drehn!«

Ich wollte die Hand ausstrecken, ich wollte den Nakken drehn, ich wollte den Rumpf beugen. Alles war versteinert, nicht die entfernteste Ahnung ehemaliger Beweglichkeit durchzitterte meinen armen Leib. Eine wahnsinnige Aufregung erfüllte mich da, ich kam mir schon bedauernswerter vor als irgend jemand auf der ganzen Welt! Ein Spiegelbild zu sein! Nein wirklich, ein Spiegelbild zu sein, vollständig unfrei und gefesselt an allen Gliedern! Wie jammervoll, o Gott, wie jammervoll! ... Und mit einem Mal tauchte vor meinen Augen ein Bild auf, das ich in frühester Kindheit einmal irgendwo gesehn hatte, eine Reklame für eine Zwirnfabrik. Da lag ein riesig großer Mann, vielleicht Gulliver oder Herkules, da lag er auf einer Wiese und winzige Zwerge hatten ihn durch lauter unendlich feine und harmlose Zwirnfäden vollständig gefesselt, jedes Fingerglied, jedes Haar war an dem Wiesenboden, an eingeschlagenen Pflöcken festgebunden. Schon damals, in jener Kindlichkeit, hatte ich im Namen des Riesen eine unbändige Wut gegen diese tükkische Gesellschaft von Kobolden und ihre verfluchten Prima-Qualität-Zwirne geschnaubt ... und jetzt, da ich durch unsichtbare gefährlichere Fäden in eine ähnliche Lage geraten bin, wie rase ich da! Wie kocht meine Galle!

Und plötzlich überwältigt mich die Wut, ich neige mich in meinem Lehnsessel vor, ganz vor, weit vor, um diesem Patron eins ins Gesicht zu spucken ... Ich neige mich vor. Doch vorgeneigt erstarre ich vor Schreck. Ich bemerke nämlich, daß mein ehemaliges Spiegelbild sich zugleich mit mir vorgebeugt hat und jetzt voll Interesse neugierig mir ins Gesicht gafft. O ich Unseliger! Ich habe nichts anderes getan, als notgedrungen seine Bewegung nachgeäfft, *abgespiegelt*!

Ich habe also kein Gran von Freiheit mehr in mir! Ich werde nie mehr im Leben selbstständige Bewegungen machen können! Ich werde von nun an ein Sklave bleiben, und dieser mein übermütiger Tyrann!

Ich sehe in unsagbarem Grauen zu ihm hinüber, ich

will in seinen Mienen mein künftiges Schicksal lesen … O Freude! Da blickt er ja gar nicht so schrecklich und übermütig, er schaut mich mit gütiger Ruhe, teilnahmsvoll, mild und wohlwollend an und mir ist, als zuckte ein stilles Weinen schmerzlich um seine Lippen. O Himmel, er bedauert mich also, ja bei Gott, er ist mir gut, dieser Kamerad!

Und langsam dem Spiegel zuschreitend … auch ich muß mich nähern … beginnt er ein nachdenkliches, tiefes Gespräch mit mir. Nur in meinem Interesse, aus Liebe zu mir habe er heute Abend Körpergestalt angenommen und mich in die Rolle eines nichtigen Spiegelbildes gewaltsam gedrängt. Nur aus Liebe zu mir und zu Yseult.

Und gleich darauf … ein Klopfen an der Wand … eine Portière gerät in Unruhe … eine geheime Türe zeigt sich in der Wand …

Yseult, Yseult … jetzt sofort wird sie eintreten, jetzt wird sie bei mir da sein. Ich denke nichts mehr, ich tue nichts mehr, ich versinke in klingenden, farbigen Wirbeln …

Sie steht in der Türe … Yseult, ohne Maske, ganz sie, mit rosigen Wangen, blaues Feuer in den Blicken, eine blonde glänzende Locke ist ihr ins Antlitz gerollt und hängt nun von der Schläfe leicht abwärts wie eine Miniatur-Wendeltreppe aus Gold. Yseult zittert vor Liebe, ja nun ist sie das begehrliche Weib, nun zittert sie nach mir. Ganz anders erscheint sie jetzt als vor einer Stunde, beim Wiedersehn. Da war sie befremdet, verstört, in Beklemmung, wie sie selbst sagte. Jetzt aber hat nun auch sie den Gipfel der Leidenschaft, wie ich schon längst, erreicht. Und nun streckt sie die Arme aus, meine Sinne streben ihrem Entgegenstreben entgegen, ich eile, ich eile …

Ich kann sie nicht umarmen. Ein Zauber, ein Zauber hält mich. Ich bin ja nur das Spiegelbild, ich darf nur nachahmen, was mein Herr tut. Und mein Herr steht der schönen Frau kalt gegenüber, nur die Hand reicht er ihr. Also mußt auch ich ihr nur die Hand reichen.

Aber ich tue es zerrissen, widerstrebend, wahnwitzig vor Wut. Das also soll das Ende sein, so soll das Wiedersehn kläglich mißlingen, kläglich, kläglich. Und ich will anders handeln, ich will meinem Herrn trotzen, sie an meine Brust ziehn und in einem endlosen Kusse ihren duftenden Atem aussaugen ... Es gelingt mir nicht. Wie man im Traume manchmal seinen sehnlichsten Wünschen entgegen den Traum gestaltet, den man doch selbst gestaltet; wie man Treppen steigt und nichts sehnlicher wünscht, als auf die Plattform oben zu gelangen, und doch durch die Kraft der eigenen Phantasie die Treppe bei jedem Schritt weiterbaut, verlängert; so fühle ich mich in den magischen Banden eines Willens, der mein Wille ist und doch wiederum meinem Willen entgegengesetzt ... Ich erscheine mir bedauernswerter als jener Tristan, der seine Isolde sterbend wiedersieht. Ach, ich sehe die meine lebend wieder, aber lebend als ein anderer, als mein eigenes Widerspiel!

Und mein Widerspiel, mein lebendiges Spiegelbild, spricht indessen immer ruhig und gütig: »Sehn Sie, gnädige Frau, es war wohl Ihre tiefste Weisheit in den Worten, mit denen Sie mich heute begrüßt haben. Sie redeten gleich anfangs von Ihrer Verwunderung, von Ihrer Beklemmung. Hätte ich selbst so viel Feinheit und Lebensgefühl von vornherein gezeigt wie Sie, als Sie diese Worte sprachen, so wäre diese ganze unglückliche Reise ungeschehn geblieben.«

Sie sieht ihn fragend an.

»Sie sehn mich fragend an, liebe gnädige Frau«, fährt er fort, »Sie verstehn es vielleicht nicht ganz. Sie sehn vielleicht nicht ein, daß wir eben am Werke sind, die Schatulle unserer Erinnerungen zu öffnen und schlechte Krystalle, Halbedelsteine, Fälschungen neben die Kleinodien, die da ruhn, einzuordnen. Aber ist es statt dessen nicht besser, wenn diese Schatulle für ewig verschlossen bleibt?! Da wir nun einmal nicht im Stande sind, diese sorglose, gleichsam in der Luft schwebende Laune des Vorjahres wieder anzuknüpfen, da sich die ablaufende Zeit mit ihren Geschehnissen zwischen uns, wie wir damals waren, und uns, wie wir jetzt sind, gestellt hat: sollen wir diesen Abschluß nicht lieber billigen und, ehe unästhetische und heftige Fortsetzungen vorfallen, durch einen Abschied für immer in Harmonie bekräftigen?«

Sie weint. Ihre Glut erlischt in sanften Tränen.

»Erinnern Sie sich nur an jenen Abschied vor einem Jahr, im Sommer und Sonnenlicht. Was haben Sie da selbst gesagt ... Was vorbei ist, ist vorbei. Und wie wir jetzt beieinander sitzen, so werden wir in späteren Tagen nie mehr zusammenkommen. Es wird vielleicht den Anschein haben, als kämen wir zusammen. Aber es werden nur die trügerischen irren Schatten des Gewesenen und unsere Spiegelbilder sein ... So haben Sie es selbst gesagt, liebe gnädige Frau, und so ist es wirklich eingetroffen. O wie glücklich sind wir, daß wir einander so tief verstehn. Ist es nicht so, wie ich es sage?«

Beide erheben sich nun und reichen einander die Hand.

Sie sind in tiefem seligen Einverständnis, ihre Seelen liegen einander klar und freundlich gegenüber wie zwei große grüne besonnte Bergabhänge ... Keine Tränen, keine Klagen, keine Worte. Es ist ein milder, reicher, gütiger Abschied. Und an diesem heißen atemlosen wahnsinnigen Abend tritt zum erstenmal angenehme Beruhigung, liebliche Stille ein. Während sie einander gefaßt die Hände reichen, sind sie beide an diesem Abend zum erstenmal glücklich und in reiner Stimmung.

– –

Am nächsten Morgen verließ ich die fremde Stadt. Nach drei Tagen und zwei Nächten war ich wieder in meiner Heimat.

Meine Eltern fragen mich: »Nun, wie ist es dir ergangen? Wie ist die Reise ausgefallen?«

»Es war sehr schön«, sage ich und lächelnd nicke ich dabei ganz unmerklich meinem Spiegelbilde zu, das sich jetzt wieder wohlgemut und sittsam, ganz nach der Ordnung, in unserem kleinen Wandspiegel zeigt. »Es war eine große schmerzhafte Genesung! . . .«

GEORGES RODENBACH

Der Spiegelfreund

Wahnsinn ist oft nur die Steigerung eines Gefühls, das zu Anfang rein künstlerisch und verfeinert erscheinen kann. Ich hatte einen Freund, dessen Wahnsinnsausbruch und dramatischen Tod im Irrenhause ich hier erzählen will. Sein Leiden äußerte sich zunächst auf ganz harmlose Weise und schien lediglich der Ausfluß eines poetischen Gemüts zu sein. Er hatte eine Vorliebe für Spiegel, weiter nichts. Er fühlte sich von ihnen angezogen, beugte sich über ihr flüssiges Geheimnis und betrachtete sie wie Fenster in die Unendlichkeit. Er fürchtete sie auch ein wenig. Eines Abends, als er von langer Abwesenheit heimkehrte, von einer seiner gewohnten langen Reisen, fand ich ihn in ängstlicher Spannung.

»Ich reise heute nacht wieder ab«, sagte er zu mir.

»Ich denke, du wolltest diesmal den ganzen Winter bleiben.«

»Freilich, aber ich reise doch ab, und zwar gleich. Dies Zimmer ist mir zu feindlich .. Die Örtlichkeiten verlassen uns mehr, als wir sie. Ich fühle mich fremd in diesen Räumen, meine eigenen Möbel erkennen mich nicht mehr. Ich könnte es hier nicht aushalten. Hier herrscht ein Schweigen, das ich störe ... Alles ist mir feindlich ... Und eben, als ich am Spiegel vorbeiging, erschrak ich ...

Es war, als ob ein Wasser sich vor mir auftäte und wieder zusammenschlüge . . .«

Ich wunderte mich nicht über diese Worte. Ich wußte, mein Freund war sehr empfindlich, und ich kannte zudem jene Eindrücke bei der Heimkehr, wenn man seine verlassene Wohnung wieder betritt. Es riecht nach Staub, nach verschlossenen Räumen, und dazu die Unordnung und Schwermut der Gegenstände, die in unserer Abwesenheit ein wenig gestorben scheinen . . . O Wehmut verrauschter Feste! Späte Heimkehr nach der Reise, wo man alles vergaß! Es ist, als ob all unser Kummer daheim geblieben ist und uns nun empfängt! . . .

Ich verstand also die Empfindung meines Freundes bei seiner Rückkehr; wir alle haben sie mehr oder weniger, wenn es gilt, das alltägliche Leben wieder aufzunehmen. Da er übrigens reich und ungebunden war, so war es natürlich, daß die Laune des Augenblickes den Ausschlag gab . . .

Trotzdem reiste er nicht ab. Ich traf ihn nach einigen Tagen wieder. Er war leidend, sagte er.

»Trotzdem siehst du ausgezeichnet aus . . .«

»Das sagst du mir zur Beruhigung. Aber ich weiß es besser. Ich sehe mich in den Spiegeln und Spiegelscheiben . . . Du weißt gar nicht, wie mich das quält, wie ich darunter leide. Ich gehe aus. Ich fühle mich wohl, ich halte mich für gesund. Die Spiegel lauern mir auf. Es gibt jetzt überall welche, bei den Modisten und Friseuren, ja, selbst bei den Weinhändlern und Drogisten. Oh, diese verwünschten Spiegel! *Sie leben vom Widerschein.* Sie passen den Vorübergehenden auf. Man geht vorbei und achtet nicht darauf. Und plötzlich sieht man sich mit gelber Farbe, magerem Gesicht, die Lippen und Augen wie kranke Blumen. Sie nehmen uns vielleicht unsre frischen Farben. Wir sind blaß, weil wir *ihnen* unsre Farben geben ... Die Gesundheit, die wir besitzen, verliert sich in ihnen, wie ein schöner Fisch im Wasser ...«

Ich hatte den Worten meines Freundes zugehört, als ob er sich wieder einmal in jenen geistreichen Spielen des Gedankens gefiele, auf die er sich so meisterhaft verstand. Er war ein Künstler der Unterhaltung, reich, aber gewählt. Überall entdeckte er geheime Analogien und wunderbare Beziehungen zwischen Dingen und Gedanken ... Sein Redefluß strömte in kunstvollen Sätzen und streifte oft das Unbekannte. Aber diesmal schien er keinen Phantasien nachzuhängen, keinem visionären Müßiggängertum zu frönen. Er schien tatsächlich voller Unruhe und Besorgnis über die Anzeichen von Krankheit, die er in den Spiegelscheiben erblickte.

Ich sagte ihm: »Jeder sieht schlecht aus in diesen Spiegeln. Man sieht sich immer entstellt darin, blaß oder grünlich, mit blutlosen oder violetten Lippen ... Man erblickt sich dick oder hager, zu lang oder zu breit, ganz wie in den Hohl- oder Konvexspiegeln auf den Jahrmärkten. Man sieht immer häßlich darin aus. Aber sie lügen. Wir sind nur häßlich von ihrer Häßlichkeit, nur bleich von ihrer Krankheit.«

»Vielleicht«, sagte mein Freund nachdenklich werdend und mit einem Anflug von Hoffnung. »Es sind Spiegel von schlechtem Glas, armselige Dinger, und darum können sie unser Ebenbild nur in armseliger Entstellung widerspiegeln ...«

– –

Ich ahnte nicht, daß meine Worte auf Gedanken und Schicksal meines Freundes einen entscheidenden Einfluß haben sollten. Er glaubte mir, daß die Spiegelscheiben auf den Straßen kein treues Bild gäben, und wollte bei sich »ehrliche« Spiegel haben, das heißt tadellose Spiegel von bestem Staniol, die sein Gesicht bis zum kleinsten Zuge restlos wiedergaben. Und da das Zeugnis eines einzigen nicht genügte und nichts bewies, so wollte er mehrere haben, immer neue, in denen er sich unaufhörlich bespiegelte, verglich, gegenüberstellte. Er bekam eine immer stärkere Vorliebe für reiche Spiegel – aus Haß gegen die armseligen, heuchlerischen, lügnerischen Spiegelscheiben, die ihn zum Kranken gestempelt hatten. Er legte sich also nichtsahnend eine Sammlung an ... Spiegel in alten Rahmen, im Louis-XV.- und Louis-XVI.-Stil, deren vergilbtes Goldoval das Spiegelglas umgab, wie ein Kranz von Herbstlaub einen Brunnenrand ... Venetianische Spiegel mit Glaseinfassung, Spiegel in Schildpattrahmen, in ziseliertem Metall, in eingelegter Arbeit mit Girlanden, eingelassene Spiegel aus getäfelten Wänden – lauter seltene, alte, originelle Spiegel. Einige darunter waren durch die Zeit grün geworden. Man sah sich darin wie in einem Wasserspiegel. Aber mein Freund litt nicht mehr darunter wie bei den Spiegelscheiben. Er wußte jetzt Bescheid. Er betrachtete sich darin wie sein zweites, zeitloses, in die Vergangenheit entrücktes Ich ... Er sah sich von rückwärts, so wie er später sein würde, wie er seinen Freunden jetzt schon erscheinen mußte, durch die Trennung verblaßt und abgeschwächt. Denn er ging nicht mehr aus.

Die Spiegelscheiben in den Läden schreckten ihn ab, sie raubten ihm alle Hoffnung auf Gesundheit ... Aber in seinen eigenen Spiegeln, die neu waren, sah er gut aus, hatte er frische Farben und rote Lippen.

»Ich bin gesund«, sagte er mir eines Tages, als ich zu Besuch kam. »Sieh nur, wie wohl ich in meinen Spiegeln aussehe. Die Spiegelscheiben auf den Straßen haben mich krank gemacht ... Ich gehe darum auch nicht mehr aus ...«

»Nie mehr?«

»Nein, man gewöhnt sich daran.«

Mein Freund sprach ruhig und mit wehmütiger Entsagung. Ich glaubte immer noch, er triebe einen seiner feinen, ironischen Scherze, in denen seine bizarre Laune sich oft gefiel. Sonst war er ja auf dem besten Wege verrückt zu werden. Um Gewißheit darüber zu haben, suchte ich ihn in die prosaische Wirklichkeit zurückzuversetzen.

»Und die Frauen?« fragte ich. »Bei dieser totalen Abschließung? ... Du, der sie so sehr liebte und ihnen bisweilen auf den Straßen nachlief? ...«

Mein Freund machte ein geheimnisvolles Gesicht und blickte nacheinander in alle seine Spiegel, alte und neue.

»Jeder ist wie die Straße«, sagte er. »Alle diese Spiegel stehen miteinander in Verbindung wie die Straßen. Sie sind wie eine große, lichte Stadt. Und ich verfolge in ihnen auch Frauen, Frauen, die sich darin gespiegelt haben, verstehst du, und nun auf ewig darin haften ... Frauen des vergangenen Jahrhunderts in meinen alten Spiegeln, gepuderte Damen, die Marie Antoinette gesehen haben ... Gewiß verfolge ich noch Frauen ... Aber sie gehen schnell, sie wollen sich nicht anreden lassen, sie spüren mich von Spiegel zu Spiegel aus, wie von Straße zu Straße. Und ich verliere sie aus den Augen. Ich rede sie manchmal an. Und ich habe Stelldicheins ...«

– –

Bald stellten sich bei meinem Freunde alle Anzeichen von Geistesgestörtheit ein. Er verlor das Bewußtsein seiner Identität. Er ging vor seinen Spiegeln hin und her, ohne sich zu erkennen, und grüßte sich tief. Er hatte auch keinen Begriff mehr von der Eigenschaft der Spiegel. Er liebte sie gewiß noch immer und bereicherte seine Sammlung sogar noch, hängte überall welche hin, so daß sie sich gegenüberhingen und die Wände seiner Wohnung zurückzutreten schienen, um eine endlose Flucht von Spiegelzimmern zu bilden. Es war ein Weg ohne Ende, ein ewiges Sichselbstbegegnen. Mein Freund wußte nicht mehr, daß es Spiegelungen waren. Nicht nur betrachtete er sein eigenes Konterfei wie einen Fremden, es erschien ihm auch nicht mehr wie ein Abbild, sondern als ein Mensch von Fleisch und Blut. Und bei der Menge von Spiegeln, die kreuz und quer an allen Wänden hingen, wurde das eine Bild des Einsamen überall zurückgeworfen und unzählige Male verdoppelt, so daß es schließlich zu einer unendlichen Menschenmenge anwuchs, und diese war um so bedrohlicher, als sie aus lauter Zwillingen und Doppelgängern des ersten zu bestehen schien, der durch einen geheimnisvollen Zwischenraum stets von ihnen getrennt und für sich allein blieb . . .

Zu dieser Zeit traf ich meinen Freund zum letztenmal zu Hause. Er schien glücklich und zeigte mir alle seine reichen und seltenen Spiegel mit ihren unendlichen Tiefen, die sein Bild zurückwarfen, wie in einer Höhle die Stimme tausendfältig widerhallt. »Siehst du«, sagte er, »ich bin nicht mehr allein. Ich lebte zu einsam. Aber Freunde – das ist so sonderbar, so anders als man selbst! Jetzt lebe ich mit einer großen Menge – in der jeder mir gleicht.«

Bald nachher mußte er in eine Anstalt gebracht werden; er hatte einige Exzentritäten begangen, die zu Aufläufen und Skandalen vor seinem Fenster Veranlassung gaben. Er war folgsam und sehr sanft; nur das schmerzte ihn, daß er statt seiner schönen Spiegelsammlung nichts als einen einzigen Spiegel in seinem Krankenzimmer hatte. Doch fügte er sich bald auch darein. Er liebte ihn allein ebenso, wie er alle andern geliebt hatte ... Er behauptete, Wunderdinge darin zu erblicken und Frauen zu verfolgen, die ihn liebten ... Als das Leiden sich verschlimmerte und er häufig Fieberanfälle hatte, sagte er: »Mir ist heiß.« Und eine Minute darauf: »Ich friere.« Dabei klapperte er mit den Zähnen. Eines Tages setzte er hinzu: »Es muß sehr schön in dem Spiegel sein! Ich muß einmal hineingehen.« Seine Wärter achteten nicht darauf. Sie waren an seine geheimnisvollen Selbstgespräche gewöhnt. Und dann mißtraute auch keiner diesem sanften, folgsamen Kranken, dessen ganzer Wahnsinn in zu schönen Träumen zu bestehen schien ...

Eines Morgens fand man ihn blutüberströmt und mit offenem Schädel vor dem Kamin seines Zimmers. Er röchelte noch ... Er hatte sich in der Nacht in den Spiegel gestürzt, um wirklich hineinzukommen und die Frauen anzureden, die er schon lange darin verfolgte, oder sich endlich unter die Menge zu mischen, in der jeder ihm glich.

Jacek Malczewski, »Der Tod« (1902)

Ernest Dowson

An einen in Bedlam

Mit zarter hand des Irren hinter rostigen stäben
Hat er gewiss auch seine kränze die er reisst und flicht –
Duftlose halme stroh · armselige · sie kreuzen
Sein enges kerker-weltall wo das dumpfe volk hinstarrt

Mitleidig überlegen. O wie sein verzückter blick
Mit ihrer stumpfheit eifert! Welcher göttertraum berauscht
Sein lang und lächelnd sinnen wie ein zauberwein
Und macht dass seine schwermut ist wie die der sterne!

Beklagenswerter bruder! ob dich dies ihr mitleid trifft –
Bin ich nicht freund von allem was dein hohler blick verspricht?
Ein halbes toren-königtum fern denen die da sän und ernten

Lebenlang eitelkeit. Besser als erdenblumen
Sind deine mondgeküssten rosen · besser als schlaf · als liebe
Sternkronige einsamkeit deiner vergessens-stunden.

Jean Lorrain

Die Masken über dem Nichts

Der Zauber des Entsetzlichen
verlockt nur die Starken.
Baudelaire

I

»Wenn Sie es sehen wollen«, hatte mein Freund de Jakels gesagt, »nun gut, besorgen Sie sich einen Domino und eine Samtmaske, einen einigermaßen eleganten Domino aus schwarzem Satin, ziehen Sie schwarze Pumps an und unbedingt schwarze Seidenstrümpfe. Ich hole Sie dann zu Hause ab, erwarten Sie mich Dienstag gegen halb elf.«

Angetan mit einem faltigen, langen Kapuzenmantel aus knisternder Seide und einer Samtmaske, deren seidene Bänder ich hinter den Ohren befestigt hatte, erwartete ich in meiner Junggesellenwohnung in der Rue Taitbout am nächsten Dienstag meinen Freund de Jakels, während ich mir am Kaminfeuer meine Füße wärmte, die in den ungewohnten Seidenstrümpfen zugleich heiß und kalt waren. Undeutlich drang von der Straße Hörnerblasen und das etwas wüste Lärmen einer Karnevalveranstaltung zu mir herein.

Der einsame Abend erschien mir seltsam und wenn ich es mir recht überlegte mit der Zeit sogar etwas beunruhigend, da ich im Halbdunkel meiner Erdgeschoßwohnung mit ihren vielen Nippsachen und schweren Vorhängen im Sessel saß und die Wandspiegel den Schein der Petroleumlampe zurückwarfen und das Flackern der beiden hohen, sehr weißen schlanken Kerzen, wie die bei einem Leichenbegängnis. De Jakels kam nicht! Das Geschrei der Masken in der Ferne erhöhte noch die Feindseligkeit des Schweigens um mich; so still brannten die beiden Kerzen, daß ich schließlich aus lauter Nervosität aufstand. Ich konnte die drei Lichter einfach nicht mehr ertragen und wollte eins ausblasen.

In diesem Augenblick tat sich eine der Türen auf, und de Jakels trat ein.

De Jakels? Ich hatte ihn weder läuten noch die Türe öffnen hören. Wie war er in meine Wohnung gekommen? Seither habe ich oft darüber nachgedacht; jedenfalls war de Jakels da, er stand vor mir. War aber dieser lange Domino, diese dunkle, verhüllte und wie ich maskierte Gestalt wirklich de Jakels?

»Sind Sie bereit?« fragte seine Stimme, die ich nicht erkannte; so verändert war sie. »Mein Wagen ist da, wir wollen uns auf den Weg machen.«

Ich hatte seinen Wagen weder vorfahren noch vor meinen Fenstern anhalten hören. In welchen Alptraum, in welches Dunkel und welches Geheimnis hatte ich mich eingelassen?

»Mit Ihrer Kapuze können Sie nicht hören, Sie sind es nicht gewöhnt, sich zu maskieren«, dachte de Jakels laut. Er hatte mein Schweigen richtig gedeutet: demnach war er heute abend geradezu hellsichtig. Er hob meinen Domino an und überzeugte sich davon, daß ich auch wirklich feine Seidenstrümpfe und leichte Pumps trüge.

Diese Geste beruhigte mich, es war also wirklich de Jakels und kein anderer, der da als Domino verkleidet mit mir sprach. Ein anderer hätte sich nicht darum gekümmert, ob ich den Rat befolgt hätte, den de Jakels mir vor einer Woche gegeben hatte.

»Nun gut, gehen wir!« sagte er in befehlendem Tone; und im Geraschel von Seide und Satin eilten wir den Gang zur Auffahrt entlang, nicht viel anders, schien mir, als zwei riesige Fledermäuse. Unsere Kapuzenmäntel flatterten plötzlich wie Flügel über unseren Dominos.

Woher kam mit einem Mal solch starker Wind, der Hauch des Unbekannten? Das Wetter an diesem Faschingsdienstag war doch feucht und mild.

II

Wohin entführte uns jetzt diese dunkle und ungewöhnlich leise Droschke, deren Räder auf dem Holzbelag der Straßen und dem Kopfsteinpflaster der verlassenen Alleen ebenso wenig Geräusch verursachten wie die Hufe der Pferde?

Wohin fuhren wir über die langen Quais und an unbekannten Uferböschungen entlang, die kaum hier und dort durch die Stocklampe an einem altertümlichen Laternenpfahl erhellt waren? Lange schon hatten wir die phantastische Silhouette von Notre-Dame, die sich jetzt jenseits des Flusses vom bleiernen Himmel abhob, aus den Augen verloren. Quai Saint-Michel, Quai de la Tournelle, sogar Quai de Bercy hatten wir schon hinter uns gelassen und waren nun weit entfernt von Oper, Rue Drouot, Rue le Peletier und Stadtzentrum. Wir fuhren auch nicht nach Bullier, dem Treffpunkt des schändlichen Lasters, das sich hier in den Faschingsnächten unter dem Schutz der Maske fast wie besessen und geradezu zynisch offen austobte. Mein Begleiter sagte nichts.

Am Ufer der schweigenden und bleichen Seine, über die sich immer seltener eine Brücke spannte, auf anscheinend endlosen Uferstraßen, bepflanzt mit großen, dürren Bäumen, deren kahle Äste sich wie Totenfinger in den fahlen Himmel reckten, wurde ich von sinnloser Angst gepackt, einer Angst, die durch de Jakels unerklärliches Schweigen nur noch verstärkt wurde; ich begann geradezu an seiner Gegenwart zu zweifeln und glaubte, neben einem Unbekannten zu sitzen. Mein Begleiter hatte meine Hand ergriffen, und obgleich sein Händedruck sanft und kraftlos war, hielt er mich doch wie in einem Schraubstock und preßte meine Finger zusammen ... Dieser machtvolle und willensstarke Griff ließ mir das Wort in der Kehle stecken bleiben, und unter seinem Druck fühlte ich, wie jeder Versuch zur Auflehnung in mir zerschmolz und sich auflöste. Wir waren jetzt außerhalb der Befestigungen und fuhren auf breiten Straßen zwischen Hecken, trübseligen Läden von Weinhändlern und schon längst geschlossenen Kneipen. Der Mond, der endlich die Wolkendecke durchbrochen hatte, schien über die lauernde Vorstadtlandschaft ein salzglitzerndes Tuch zu breiten. In diesem Augenblick war mir, als seien plötzlich die Hufe der Pferde auf dem Straßenpflaster wieder zu hören und als quietschten die Räder der Droschke, nun nicht länger mehr Schemen, auf Steinen und Kies.

»So«, murmelte mein Begleiter. »Wir sind da, wir können aussteigen.« Und als ich zaghaft stotterte »Wo sind wir?« fuhr er fort: »Am italienischen Tor, außerhalb der Befestigungen. Wir haben den weiteren Weg genommen, weil er sicherer ist, aber morgen früh fahren wir auf einem anderen zurück.«

Die Pferde hielten, und de Jakels ließ mich los, um die Tür zu öffnen und mir die Hand zu reichen.

III

Es war ein sehr hoher, großer Saal mit gekalkten Wänden, hermetisch verschlossenen Innenläden vor den Fenstern und mit Tischen im Raum verteilt, an denen Zinnbecher an Ketten befestigt waren. Im Hintergrund führten drei Stufen zum zinkblechverkleideten Schanktisch, auf dem sich Unmengen von Likören und Flaschen mit den bunten Etiketten berühmter Weinhändler befanden. Hier drinnen brannte das Gas hell und einladend; der Saal war, wenn auch vielleicht geräumiger und sauberer als üblich, im großen und ganzen doch das typische Lokal eines Vorstadtwirts, der seinen Gästen etwas bietet und dessen Geschäft floriert.

»Vor allem, kein Wort, wer immer es auch sei. Sprechen Sie mit niemandem und antworten Sie noch weniger. Sie könnten merken, daß Sie nicht zu ihnen gehören, und das würde uns eine ungemütliche Viertelstunde bereiten. Mich kennt man hier.« Mit diesen Worten schob de Jakels mich in den Saal.

Hier saßen verstreut einige Masken und tranken. Bei unserem Eintritt erhob sich der Wirt und kam gewichtig und schleppenden Schritts auf uns zu, als wollte er uns den Weg versperren; ohne ein Wort hob de Jakels den Saum unserer Dominos und zeigte ihm unsere mit Pumps bekleideten Füße: das war zweifellos das Sesam-öffne-dich in diesem seltsamen Lokal. Der Wirt kehrte schwerfällig zu seinem Schanktisch zurück, und ich hatte bemerkt, daß er, merkwürdig genug, auch maskiert war. Seine Maske bestand aus grob und burlesk bemalter Pappe und sollte ein menschliches Gesicht darstellen. Die beiden Kellner, zwei Riesen mit aufgekrempelten Hemdsärmeln, man sah so ihre behaarten Ringerarme, gingen schweigend von Tisch zu Tisch; auch sie unter ebensolchen schrecklichen Masken verborgen.

Die wenigen Maskierten an den Tischen trugen Masken aus Samt oder Seide. Abgesehen von einem dicken Kürassier in Uniform, einem Grobian mit ungehobeltem Benehmen und rötlichem Schnurrbart, der neben zwei eleganten Dominos aus zartlila Seide am Tisch saß und unbedeckten Gesichts trank, die blauen Augen bereits verschwommen, hatte keiner der dort Anwesenden ein menschliches Gesicht. In einer Ecke fielen zwei hochgewachsene Gäste mit Samtmützen und schwarzen Seidenmasken durch ihre verdächtige Eleganz auf; denn sie trugen Blusen aus blaßblauer Seide, und unter ihren allzu neuen Hosen schauten schmale Frauenfüße in Seidenstrümpfen und Pumps hervor; dieses Schauspiel würde ich wohl immer noch wie hypnotisiert betrachten, wenn de Jakels mich nicht in den Hintergrund des Saales zu einer mit einem roten Vorhang verhängten Glastür gezogen hätte. *Eingang zum Ball* stand in kunstvoll verschnörkelten Buchstaben daran, offenbar dem Gesellenstück eines Malerlehrlings; ein Gemeindepolizist hielt in der Nähe Wache. Das war mir eine Beruhigung, aber im Vorbeigehen streifte ich seine Hand und stellte fest, daß sie aus Wachs war, aus Wachs wie sein rosiges Gesicht mit dem angeklebten Schnurrbart. Ich hatte das entsetzliche Gefühl, daß das einzige Wesen, dessen Anwesenheit an diesem geheimnisvollen Ort mich beruhigt hatte, eine Puppe war.

IV

Wie viele Stunden irrte ich jetzt schon allein unter diesen Masken umher, in diesem Raum, der eine gewölbte Decke wie eine Kirche hatte und tatsächlich auch eine Kirche war, eine verlassene und ihrer ursprünglichen Bestimmung entzogene Kirche, in diesem riesigen Saal mit den Spitzbogenfenstern, von denen die Mehrzahl zwischen ihren kleinen Säulen zur Hälfte zugemauert war und wo die Blattornamente der Säulen mit einer dikken, gelblichen Gipsschicht überzogen waren, so daß die Blütenkapitäle kaum noch sichtbar waren.

Was für ein seltsamer Ball, wo niemand tanzte und wo es kein Orchester gab! De Jakels war verschwunden, ich war allein, mir selbst überlassen inmitten dieser unbekannten Menge. Ein vom Gewölbe herabhängender schmiedeeiserner Kronleuchter verbreitete helles Licht und beschien die staubigen Steinplatten des Fußbodens, von denen einige, mit schwärzlichen Inschriften, vielleicht Gräber bedeckten; im Hintergrund, an der Stelle, wo gewiß früher der Altar gestanden hatte, waren in halber Wandhöhe Futterkrippen und Raufen angebracht, und in den Ecken lagen Haufen von vergessenem Zaumzeug und Halftern: der Ballsaal war ein Pferdestall. Frisierspiegel in Goldpapierrahmen auf beiden Seiten des Raums warfen einander das Abbild der schweigenden Promenade zu. Aber dann hörte das Spiel im Spiegel plötzlich auf. Alle Masken hatten Platz genommen und saßen jetzt reglos zu beiden Seiten der alten Kirche, bis zu den Schultern in dem alten Chorgestühl verborgen.

Dort saßen sie, stumm, ohne eine Bewegung, als hätten sie sich in das Geheimnis ihrer langen Silberstoffmasken, mattsilbern mit stumpfem Glanz, zurückgezogen; es gab hier keine Dominos, keine Blusen aus blauer Seide, keine Colombinen und keine Pierrots, und auch keine drolligen Verkleidungen – alle diese Masken waren sich ähnlich, bekleidet mit demselben grünen Gewand, einem bleichen, schwefeligen Grün, mit weiten, schwarzen Ärmeln, und alle hatten dunkelgrüne Kapuzen über dem Kopf und vor dem Gesicht silberne Masken mit zwei Löchern für die Augen.

Man hätte denken können, es wären die kreidebleichen Gesichter von Aussätzigen in den alten Leprosenhäusern; ihre Hände in den schwarzen Handschuhen hielten schwarze Lilien mit langem Stengel und blassen Blättern; und ihre Masken waren wie die von Dante mit schwarzen Lilien umkränzt.

Alle diese Kuttenträger saßen schweigend in gespenstischer Reglosigkeit da, und die Spitzbogenfenster bildeten über ihren Totenkränzen eine durchsichtige Mitra aus mondweißem Himmel.

Ich fühlte, wie mir vor Entsetzen die Sinne schwanden; das Übernatürliche umfing mich: diese Starre, das Schweigen all dieser maskierten Wesen! Wer waren sie? Noch eine Minute der Ungewißheit, und ich wäre wahnsinnig geworden! Es hielt mich nicht mehr, ich trat zu einer der Masken und hob mit vor Angst bebender Hand blitzschnell ihre Maske hoch.

Grauen! Es war nichts darunter. Nichts! Mein verstörter Blick traf nur die hohle Kapuze; Gewand und Mantel waren leer. Dieses Wesen, das lebte, war nur Schatten und Nichts.

Irr vor Angst riß ich auch dem Kuttenträger auf dem nächsten Chorstuhl die Maske herunter: die Kapuze aus grünem Samt war leer, leer die Kapuzen der anderen Masken, die an der Wand saßen. Alle hatten Schattengesichter, alle waren aus Nichts.

Das Gas brannte heller, es zischte fast in den hohen Saal; durch die zerbrochenen Scheiben der Spitzbogenfenster drang leuchtend, fast blendend, der Mondschein. Da packte mich inmitten all dieser hohlen Wesen, dieser

Hugo Gerhard Simberg, »Der Garten des Todes« (1896)

gespenstischen Erscheinungen das Entsetzen; und vor all diesen leeren Masken drückte mir ein schrecklicher Zweifel das Herz ab.

Wenn ich wie sie wäre, wenn auch ich zu existieren aufgehört hätte, und auch unter meiner Maske nichts wäre als das Nichts! Ich stürzte zu einem der Spiegel. Ein Traumwesen erhob sich dort vor mir, mit dunkelgrüner Kapuze und der von schwarzen Lilien umkränzten silbernen Maske.

Und diese Maske war ich, denn ich erkannte meine Handbewegung, als ich die Maske lüftete, und aus meinem vor Entsetzen weit aufgerissenen Munde drang ein Schrei, denn nichts war unter der Maske aus silbernem Gewebe, nichts im Oval der Kapuze als der um die Leere gebauschte Stoff; ich war tot und ich ...

»Sie haben wieder Äther getrunken«, grollte de Jakels' Stimme an meinem Ohr. »Merkwürdige Idee, sich damit die Langeweile zu vertreiben, während Sie auf mich warteten.«

Ich lag mitten im Zimmer, war vom Sessel auf den Teppich geglitten, nur mein Kopf ruhte noch auf dem Stuhl. De Jakels, der im Abendanzug war und darüber eine Mönchskutte trug, gab meinem verstörten Kammerdiener Anweisungen; die beiden Kerzen, die ganz heruntergebrannt waren, hatten ihre gläsernen Tropfenfänger zum Springen gebracht und mich aufgeweckt.

Es war Zeit ...

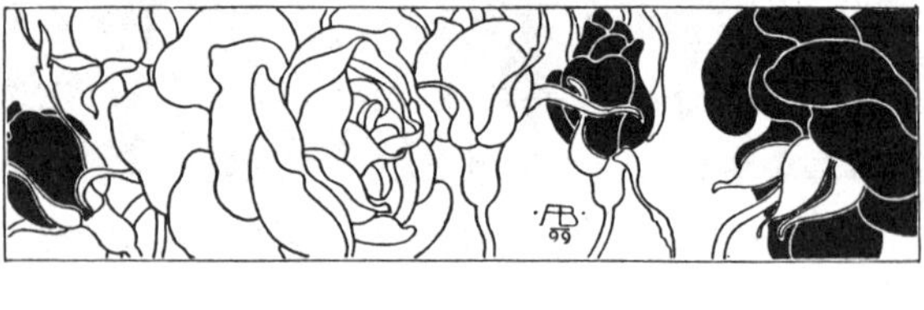

Gesellschaftliches – Asozialität

LÉON BLOY

Der Kräutertee

Für Henry de Groux

Jacques kam sich einfach niederträchtig vor. Es war abscheulich, wie ein gottloser Spion im Dunkeln zu hokken, während diese wildfremde Frau ihre Beichte ablegte.

Aber dann hätte er gleich gehen müssen, als der Priester, in seine Soutane gekleidet, mit ihr erschienen war, oder er hätte zumindest irgendein vernehmbares Geräusch machen müssen, um sie vor der Anwesenheit eines fremden Menschen zu warnen. Jetzt war es zu spät, und diese entsetzliche Indiskretion konnte er nur noch verschlimmern.

Dem Müßiggang ergeben, hatte er am Ende dieses heißen Tages – den Kellerasseln gleich auf der Suche nach einem kühlen Ort – einer Laune folgend, die mit seinen sonstigen Launen wenig gemein hatte, die alte Kirche betreten und sich in diesen dunklen Winkel hinter den

Beichtstuhl gesetzt, wo er vor sich hinträumte, den Blick auf die langsam verlöschende große Fensterrose gerichtet.

Nach wenigen Minuten wurde er, ohne recht zu wissen, wie ihm geschah, der höchst unfreiwillige Zeuge einer Beichte.

Einzelne Worte konnte er nicht verstehen, und im Grunde vernahm er nicht viel mehr als flüsternde Stimmen. Doch gegen Ende schien die Unterhaltung lebhafter zu werden. Dann und wann lösten sich einige Silben aus dem trüben Strom dieses Büßergemurmels, und der junge Mann, wie durch ein Wunder das Gegenteil eines Flegels, befürchtete ernsthaft, Zeuge von Geständnissen zu werden, die keinesfalls für seine Ohren bestimmt waren.

Plötzlich wurde diese Ahnung zur Gewißheit. Ein heftiger Wirbel schien zu entstehen. Die bislang reglosen Wogen teilten sich schäumend, als würde ein Ungeheuer aus der Tiefe emportauchen, und der Zuhörer vernahm, von Entsetzen gelähmt, die hastig hervorgestoßenen Worte: *»Ich sage Ihnen, ich habe Gift in seinen Kräutertee getan.«* Danach – Stille. Die Frau, deren Gesicht nicht zu sehen war, erhob sich von ihrem Betschemel und verschwand lautlos in der Düsternis der Dunkelheit.

Der Priester hingegen bewegte sich wie ein Toter, und lange Minuten verstrichen, bevor er die Tür des Beichtstuhls öffnete und sich ebenfalls entfernte, mit dem schweren Schritt eines betroffenen Mannes.

Erst das eindringliche Schlüsselrasseln des Kirchendieners und seine wortreiche, durch das Kirchenschiff gerufene Aufforderung, den Ort zu verlassen, vermochten Jacques zum Aufstehen zu bewegen, so sehr hatten ihn diese Worte betäubt, die wie lautes Geschrei in ihm widerhallten.

Er hatte die Stimme seiner Mutter erkannt! Es gab keinen Zweifel. Er hatte sogar ihren Gang erkannt, als der Schatten der Frau zwei Schritte von ihm entfernt aufgetaucht war.

Aber dann fiel alles zusammen, dann löste sich alles in Luft auf, das alles war ja nichts als ein schrecklicher Scherz!

Er lebte allein mit seiner Mutter, die praktisch keine Menschenseele sah und das Haus nur verließ, um die Messe zu besuchen. Sie, ein Vorbild, das an Redlichkeit und Güte nicht seinesgleichen hatte, verehrte er mit seiner ganzen Seele.

So weit er sich auch erinnern mochte, es gab nichts Unklares, nichts Unrechtes, keine Krümmung, keinen einzigen Umweg. Eine schöne, weiße Straße, so weit das Auge reichte, unter einem trüben Himmel. Denn das Leben der armen Frau war sehr traurig gewesen.

Seit dem Tode ihres Mannes, der in Champigny gefallen war und an den sich der junge Mann kaum erinnern konnte, hatte sie die Trauerkleidung nicht mehr abgelegt und widmete sich ausschließlich der Erziehung ihres Sohnes, von dem sie sich nicht einen Tag trennte. Sie hatte es nie zugelassen, daß er die Schule besuchte – fürchtete sie doch schlechte Einflüsse auf ihn –, hatte selbst seinen Unterricht übernommen, seinen Geist mit dem ihren genährt. Diesem Regiment verdankte er eine ängstliche Empfindsamkeit und absonderliche Nervenschwächen, die ihn lächerlichen Schmerzen und vielleicht sogar wirklichen Gefahren aussetzten.

Als er heranwuchs, hatten die Torheiten, die sie erwartet hatte, jedoch nicht verhindern konnte, sie etwas betrübt, doch tat das ihrer Sanftmut keinen Abbruch. Keine Vorwürfe, stumme Szenen. Sie hatte sich, wie so viele andere, in das Unvermeidliche gefügt.

Kurz, alle Welt sprach mit Achtung von ihr, nur er, ihr teurer Sohn, sah sich heute gezwungen, sie zu verachten – sie auf den Knien und mit tränenerfüllten Augen zu verachten, so wie die Engel Gott verachten würden, hielte er nicht seine Versprechen?

Es war zum Verrücktwerden, er hätte laut auf der Straße schreien mögen. Seine Mutter! Eine Giftmörderin! Das war sinnlos, das war aberwitzig bis dort hinaus, war völlig unmöglich, und dennoch war es so. Hatte sie selbst es denn nicht soeben gebeichtet? Er hätte sich umbringen mögen.

Aber wen hatte sie denn vergiftet, großer Gott? Er kannte niemanden in seiner Umgebung, der an Gift gestorben war. Sein Vater war es nicht, denn der hatte eine Ladung Kugeln in den Bauch gekriegt. Und er war es auch nicht, den sie umzubringen versucht hätte. Er war niemals krank gewesen, hatte niemals Kräutertee benötigt und wußte, daß sie ihn liebte. Als er zum ersten Mal zu spät am Abend nach Hause kam – und das gewiß nicht aus eigenem Verschulden –, war sie es gewesen, die vor Sorge ganz krank geworden war. Handelte es sich womöglich um etwas, das vor seiner Geburt lag? Sein Vater hatte sie wegen ihrer Schönheit geheiratet, als sie kaum zwanzig Jahre alt war. War dieser Heirat irgendein Ereignis vorausgegangen, mit dem ein Verbrechen verbunden war?

Nein, unmöglich. Diese Vergangenheit war klar wie Glas für ihn, alles war ihm hundertmal erzählt worden, und die Zeugnisse waren absolut zuverlässig. Warum also dieses furchtbare Geständnis? Und warum hatte gerade er Zeuge sein müssen?

Betäubt von Entsetzen und verzweifelt kehrte er nach Hause zurück.

Seine Mutter eilte sogleich herbei und umarmte ihn.

»Wie spät du kommst, mein lieber Junge! Und wie blaß du bist! Bist du krank?«

»Nein«, antwortete er, »ich bin nicht krank, aber die große Hitze hat mich ermüdet. Ich glaube, ich kann nichts essen. Und du, Mutter, fühlst du dich wohl? Du bist sicher aus dem Haus gegangen, um ein wenig frische Luft zu schöpfen? Mir war, als hätte ich dich von Ferne auf dem Quai gesehen.«

»Ja, ich bin ausgegangen, aber auf dem Quai hast du mich nicht sehen können. *Ich war beichten*, was du schon lange nicht mehr getan hast, du Taugenichts.« Jacques gewahrte mit Staunen, daß es ihm nicht die Kehle zuschnürte, daß er nicht, wie vom Blitz getroffen umfiel, wie in den guten Romanen, die er gelesen hatte.

Es stimmte also, daß sie bei der Beichte gewesen war! Er war also nicht in der Kirche eingeschlafen, und diese fürchterliche Geschichte war kein Alptraum, wie er eine Minute lang gehofft hatte.

Er stürzte nicht zu Boden, aber er wurde noch blasser, zum Schrecken seiner Mutter.

»Was hast du nur, mein kleiner Jacques?« fragte sie. »Du leidest, du verbirgst deiner Mutter etwas. Du solltest mehr Vertrauen haben zu ihr, die niemanden liebt und niemanden hat außer dir ... Wie du mich ansiehst! Mein Liebling ... Was hast du nur? Du machst mir Angst!«

Sie nahm ihn zärtlich in die Arme. »Hör zu, du großes Kind. Ich bin nicht neugierig, das weißt du, und ich will mich nicht zu deinem Richter machen. Sag mir nichts, wenn du mir nichts sagen willst, aber laß dich von mir umsorgen. Du gehst jetzt sofort ins Bett. Inzwischen mache ich dir eine Kleinigkeit zu essen, etwas ganz Leichtes, und werde es dir selbst ans Bett bringen, ja? Und wenn du diese Nacht Fieber hast, dann mache ich dir einen *Kräutertee* . . .«

Dieses Mal stürzte Jacques zu Boden.

»Endlich«, seufzte sie ein wenig erschöpft und streckte die Hand nach der Klingel aus.

Jacques hatte ein Aneurysma im Endstadium und seine Mutter einen Geliebten, der nicht Stiefvater werden wollte.

Dieses schlichte Drama geschah vor drei Jahren in der Gegend von St.-Germain-des-Prés. Das Haus, in dem es sich abspielte, gehört nun einem Abrißunternehmer.

Odilon Redon, »Geflügelter Mann (Gefallener Engel)« (um 1890–95)

Maurice Leblanc

Der Freund der Logik

. . . Ich werde nie bestreiten, daß ich *stehlen* wollte; ja, ich wollte stehlen, aber nicht *töten*. Übrigens, ist es sicher, daß *ich* ihn getötet habe? Man hat mich bei dem Toten gefunden, und ich hatte die Pistole in der Hand . . . und dennoch, ich versichere Sie, im Grunde genommen habe weder ich ihn getötet, noch jemand anderer, noch er sich selbst. Ich weiß ja ganz gut, daß ich seitdem toll geworden bin, und daß die Worte eines Tollen keinen Wert haben. Aber mit Unrecht: denn in Wahrheit blickt niemand so klar als ein Verrückter in den Augenblicken, wo er nicht verrückt ist . . . Übrigens nannte man mich schon im Kolleg »den Freund der Logik«.

Alles das hat sich auf solch merkwürdige Weise ereignet. Vom Anfang an, wo ich die Hand auf den Türknopf legte, hatte ich schon die entsetzliche Überzeugung, daß der Mann gerade denselben Türknopf von innen aus betrachtete. Acht Schritte von mir – ich erriet es – auf einen Fauteuil gelehnt, mir genau gegenüber. Wie war wohl der Mann, den ich bestehlen wollte? Jung oder alt? Welches Temperament besaß er? Und was mochte er sich denken, als er den Türknopf sich bewegen sah?

Während ich daran drehte, überlegte ich bei mir: »Von der anderen Seite bewegt sich der Knauf auch, aber der Lichtstrahl, den die Lampe hinwirft, bewegt sich nicht – so muß denn der Mann wohl sehr überrascht sein.«

Der Gedanke an diese Überraschung erfüllte mich geradezu mit Mitleid. Ich drückte den Türflügel auf. Es wurde licht. Ich machte mich auf einen Schrei gefaßt. Nein ... Und dennoch zweifelte ich nicht daran, daß der Mann die Türe sich bewegen sah.

Ich fuhr fort, die Türe mit einem unmerklichen Rucke weiter aufzumachen. Mir schräg vis-à-vis unterschied ich ein wenig von der Mauer des Zimmers. Dieses Wenig wurde mehr. Und plötzlich bemerkte ich an der Wand hängend einen Dolch.

In diesem Momente bemächtigte sich meiner die Absicht, zu fliehen. Aber dieser Entschluß äußerte sich in einer brüskeren Geste: »Nur vorwärts!« Fliehen! Konnte ich es denn noch? Wenn ich es gekonnt hätte, hätte ich es auch geradeso gut über mich vermocht – nicht zu kommen.

Als ich mein Zaudern überwunden hatte, durchzuckte ein Gedanke mein Gehirn, und mein Haupt neigte sich: »Fertig!« Bis jetzt konnte sich der Mann mit Recht denken, daß die Türe sich von selbst geöffnet habe. Aber den Winkel meiner Stirn – den mußte er ja sehen! ... Und was für eine Stirne! Im Bewußtsein meiner vollkommenen Kahlköpfigkeit dachte ich mir:

»Er kann sich unmöglich dieses glänzende Ding erklären, das geradeso schimmert wie der Rücken einer Schildkröte.«.

Wie lang es dauerte! Man glaubt sonst, daß alle Sekunden gleich lang währen. Ah! Ich sage Ihnen, es gab da Sekunden, welche zu lange, viel zu lange dauerten. Ich bemerkte es übrigens an der Pendeluhr, deren Geräusch sich verlangsamte, unmerklich, je mehr ich vorrückte.

Die Uhr schlug. Meine Wimper zuckte unwillkürlich. Ich wartete auf den Moment, wo die Uhr aufhören würde, zu schlagen. Ich zählte dreizehn Schläge, ja, dreizehn, ich bin fest davon überzeugt.

Ich hatte keine Zeit, darüber in Erstaunen zu geraten, denn gerade beim dreizehnten Schlag überschaute mein Auge das linke Feld des Zimmers und traf sofort den Blick seiner beiden Augen.

Er lag acht Schritte vor mir in einem Fauteuil, die Arme unbeweglich auf der Lehne, und fixierte mich. So sahen wir uns denn an.

Ich hatte im Geiste vorhergeahnt, daß er noch sehr jung und auffallend schön sein müsse. In Wahrheit aber sah ich nichts als seine Augen. Sie erschreckten mich, nicht so sehr weil sie einem lebenden Wesen gehörten, das imstande war, sich zu verteidigen, als durch das Entsetzen, das sie verrieten. Und ich fragte mich, wer von uns beiden vor den Augen des anderen wohl größere Furcht hatte, ich vor den seinen oder er vor den meinen. Ich sagte mir: »Ich vor den seinen«, denn diese blieben halb im Dunkeln und hatten daher den natürlicheren Ausdruck. Das mußte mir selbstverständlich eine untergeordnetere Stellung im Kampfe geben. Und zudem erschien mir meine Situation lächerlich. (Ich habe immer die komische Seite von Situationen herausgefunden.) Sah es nicht aus, als spielten wir zusammen Versteckens? Ich hatte geradezu Lust, ihm »Guck guck« zuzurufen.

So entschloß ich mich denn, fortzugehen. Aber plötzlich bemerkte ich seine Hände. Die armen, sie zitterten wie kleine Vögel, denen kalt ist. Und als ich näher zusah, nahm ich wahr, wie sein ganzer Körper gleicherweise bebte.

Ich verlor alle Furcht und trat ein.

Ich machte dreist sieben Schritte und blieb dann stehen; er rührte sich nicht. Ich hätte ihn berühren können. Und trotzdem schlug mein Herz, wie wenn eine Glocke in meiner Brust erzittert wäre. Und ich hörte sein Herz schlagen. Oh, der Unglückliche, sein armes Herz ... es schüttelte ihn, wie die Schläge der großen Glocke die Steine des Turmes lockern.

Wie kann man vor einem solchen Hasenherz nur Furcht haben? Ich werde ganz ruhig, sogar ein wenig spöttisch. Und es war wirklich mehr Hohn als ernsthafte Absicht, als ich meinen Revolver spannte.

Der Unglückliche wollte aus Leibeskräften schreien, sich rühren. Doch ich fürchtete nichts. Augenscheinlich schnürte es wie ein eiserner Schraubstock seine Kehle zusammen, und jedes seiner Glieder war vom Schreck wie gelähmt. Seine Hände allein fuhren fort zu zittern.

Und als ich – noch immer aus Bosheit – langsam meine Pistole hob, da sträubten sich seine Haare wie leichte Gräser. Ich hätte beinahe gelacht. Wie spaßhaft! Es erinnerte mich an das Haar eines Tauchers, den ich in einem Concertcafé auf dem Grunde eines Aquariums beobachtet hatte.

Schließlich hatte ich doch Mitleid mit ihm. Umsomehr als seine Augen, während er nicht aufhörte, vor Schrekken zu zittern, nach und nach von gar traurigen, traurigen Dingen zu raunen begannen. Mein Auge hatte das seine nicht einen Moment verlassen. Um das zu tun, bedurfte es für mich einer gewaltigen Anstrengung. Bei dieser Anstrengung zersprang irgend etwas. Was? ... Oh, mein Gott, mein Gott! ... Ich legte meine Waffe auf den Ofen. Ein Schlüsselbund lag dort. Der Schreibtisch war ganz nahe; ich öffnete ihn. Ich blickte gar nicht mehr zurück, was hinter mir geschah. Wozu mich wegen dieser Gliederpuppe beunruhigen? Ich wühlte herum, durchstöberte die Schränke.

Da ereignete sich etwas Seltsames. Jegliches Geräusch verstummte. Es ist ja niemals ganz ruhig, selbst wenn Stille herrscht. Und jetzt war es *ganz* ruhig. Ich untersuchte die Uhr. Unerklärliches Wunder – das Pendel ging hin und her, und doch machte es kein Geräusch. Und überhaupt Alles, Alles um uns schwieg ...

Ich drehte mich nach dem Manne um, geradezu, als wollte ich ihn deswegen befragen. Das Schweigen ging von ihm aus.

Das Schweigen ging von ihm aus. Es stieg in dicken Wolken auf wie der Rauch, der ein Zimmer erfüllt. Übrigens zitterten seine Hände nicht mehr. Ich näherte mich ihm, ich erwartete, daß auch sein Herz nicht mehr schlagen würde, sein Herz, das der großen Glocke glich ...

Ich beugte mich auf seine offenen Augen herab. Der Schwindel packte mich. Aus den tiefliegenden Augäpfeln gähnte mir ein Abgrund von Schweigen entgegen. Der eiskalte Schweiß trat mir aus den Poren. Ich hatte gefühlt, daß es das Schweigen des – Todes war.

Von jetzt beginnt mein Wahnsinn. Ich sagte zu mir selbst: »Ich bin also toll.«

Er war tot, ganz von selbst. Ich wagte mich nicht zu rühren. Meine Augen versenkten sich wieder in die seinen. Dann begann das Geräuch, das allen Raum erfüllt, von neuem. Ich hörte das Tik-Tak der Uhr. Auch mein Herz fing wieder an zu pochen. Es war die große Totenglocke, die dröhnend in meiner Brust schlug. Ich hatte Furcht, ganz entsetzliche Furcht. Und ich erkannte, daß es *seine* Furcht war. Ja, sie ging in mich über, da sie bei ihm nichts mehr zu tun hatte, und äußerte sich durch dieselben Symptome. Meine Hände zitterten wie kleine Vögel. Meine Haare sträubten sich wie das Haar eines

Tauchers. Und im Grunde meiner Seele war etwas im Begriff, aus den Fugen zu gehen.

Im Begriff nur; denn meine außerordentliche Erleuchtung, welche der Wahnsinn nun verzehnfachte, warnte mich vor Gefahr. Mit einer entsetzlichen Anstrengung brachte ich Alles in mir in Ordnung. Ich hatte keine Furcht mehr.

Herr meiner selbst, sprach ich zu mir:

»Nach alle dem ist es noch nicht erwiesen, daß er tot ist – vielleicht ist es nur eine leichte Ohnmacht.«

Ich fühlte seinen Puls. Unter meinem Finger rührte sich etwas. Aber war es nicht mein Finger, der, wie gewöhnlich jeder Finger, an der Spitze zitterte? Ich konnte es nicht ausnehmen. Und eine wahre Hoffnung bemächtigte sich meiner. Auf dem Waschtische stand ein Fläschchen mit Riechsalz und Eau de Cologne. Ich ließ ihn an dem Salze riechen und benetzte ihm die Stirne. Sein Wiedererwachen hätte mir große Freude gemacht.

Ich zweifelte nicht daran, daß er am Leben war, obwohl nichts dafür sprach. Aber sein Arm fiel träge herab, und ich sage Ihnen, diese Bewegung war nicht natürlich. Wenn er lebte, warum benahm er sich, als ob er tot wäre?

»Ah, zum Teufel«, dachte ich, »er stellt sich tot wie eine Spinne, die sich vor dem Feinde zusammenzieht.«

Nein, in Wahrheit, es ärgerte mich. Mich beseelten die edelsten Gefühle, und der Herr da spielte nur mit mir. Ich geriet darüber in Zorn. Ich schüttelte ihn aus Leibeskräften, er rührte sich nicht. Ich nahm ihn mitten um den Leib und drückte ihn gegen mich, und zuletzt tanzte ich mit ihm durch das Zimmer wie mit einer Marionette.

Ein Spiegel gab unser Bild wieder. Ich schüttelte mich

vor Lachen. Im Circus sieht man solche Dinge. Ich warf ihn wieder auf den Fauteuil hin.

Der verdammte Leichnam! So dumm ist man doch nicht! Ich sagte zu ihm:

»Bist du aber überspannt! Ich hatte ja nicht die Absicht, dich zu töten, und jetzt stirbst du mir, und ich werde dummerweise dein Mörder, ohne jede Absicht und ohne jeden bösen Willen. Dreifacher Idiot!«

Und in der Tat, jetzt kam ich in Wut. Mörder zu sein, wenn man gemordet hat, gut. Aber wenn man nicht gemordet hat, ist das ungerecht. Meine Logik widersetzte sich dem. Ich wog die Gründe für und wider ab, ob ich dieses Verbrechens schuldig sei oder nicht. Und nun – nein! Mehr als einmal schon hatte sich der Widersinn der Natur bewiesen; der vernünftige Mensch war eben das Opfer der Unlogik, des Zufalles.

Das durfte nicht sein. Ich mußte die Ungerechtigkeit bekämpfen, ich mußte die Dinge wieder in ihre natürliche Lage bringen, ihrem wirklichen Sinne gemäß, der Norm, der Logik nach. Ich mußte, ich mußte. Und darum habe ich so gehandelt, billig wie ein denkender Mensch.

Und noch dazu mit Freude, mit etwas ironischer, aber doch entzückter Freude. Ich nahm den Revolver und zielte auf die Leiche. Leiche? Im Grunde blieb noch ein Zweifel; aber ich hatte dafür auch ein sicheres Mittel, ihn zu erhellen! Ich gab dem Regungslosen Zeit wieder zu sich zu kommen, und sagte:

»Auf drei schieße ich ...«

Und ich zählte:

»Eins ... Zwei ...«

Er bewegte sich nicht. Mich erfaßte die stürmische Freude, die einen guten Schützen gegenüber einem hübschen, lockenden Ziel ergreift. Wie unterhaltend das war!

»... drei ...«

Ein ganz kleines Loch, in der Mitte der Stirne ein Blutströpfchen ... Ah, diesesmal, mein guter Herr, diesesmal war doch etwas daran! Nichtsdestoweniger setzte ich mein Tun fort. Und ich zählte:

»Eins ... zwei ... drei ...«

Das rechte Auge ging drauf, dann das linke, zuletzt zerschmetterte ich ihm das Kinn. Die Logik nahm Rache ... Und was für eine Rache! ... Welch herrliche Rolle als Rächer der Bedrängten ... Ich war bewundernswert; hoch aufgerichtet, die Pistole in der Hand ... Und er, er ... ein schauerlicher Klumpen ... er, gerade noch so schön ... ein jämmerlicher Brei ... Ach, endlich hatte ich ihn wirklich getötet, den Toten ... und *ich* bin es, der ihn getötet hat! ...

OCTAVE MIRBEAU

Der Dieb

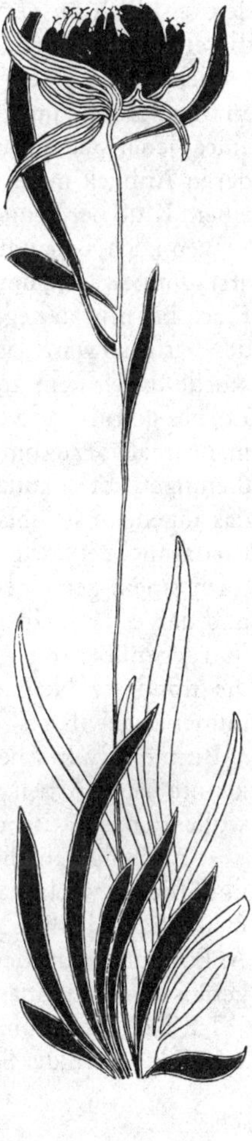

Letzte Nacht schlief ich fest, als mich ein starkes Geräusch plötzlich weckte. Es war, als sei im Zimmer nebenan ein Möbel umgestürzt. Eben schlug die Pendeluhr viermal, und meine Katze begann fürchterlich zu miauen. Ich sprang aus dem Bette heraus, öffnete rasch und ohne Vorsichtsmaßregeln, mit einem nur durch die Wärme meiner konservativen Überzeugungen begründeten Mute die Türe und trat in das Nebenzimmer. Es war hell erleuchtet, und was mir vor allem auffiel, war ein sehr fein gekleideter Herr, im Frack, der sogar einen Orden auf der Brust hatte und wertvolle Gegenstände in einen hübschen Reisekoffer von gelbem Rindsleder stopfte. Der Koffer war nicht mein Eigentum, aber die wertvollen Gegenstände waren es wohl, und das alles erschien mir aus diesem Grunde als widerspruchsvoller und ungesunder Vorgang, gegen den ich mich zu verwahren beabsichtigte. Obzwar ich diesen Herrn gewiß nicht kannte, hatte er eines jener Gesichter, die einem bekannt vorkommen, denen man auf dem Korso, im Theater, in den Nachtcafés begegnet, eines jener tadellosen, wohlgepflegten Gesichter, bei deren Anblick man sich sagen muß: »Den muß ich von einem Klub her kennen.«

Wenn ich behaupten wollte, ich sei durchaus nicht erstaunt gewesen, um vier Uhr morgens einem Herrn im Frack bei mir zu begegnen, den ich gewiß nicht eingeladen hatte, so wäre das übertrieben. Aber mein Erstaunen wurde durch kein anderes Gefühl des Schreckens oder Zornes getrübt, wie es bei solchen nächtlichen Besuchen manchmal vorzukommen pflegt. Das feine Aussehen und die ungetrübte Laune dieses Klubmannes hatte mich auf das angenehmste überrascht, denn ich muß gestehen, daß ich das nicht erwartet hatte, daß ich vielmehr befürchtete, mich einem gemeinen Einbrecher gegenüber zu finden, und daß es zu meiner Verteidigung not tun werde, mich ihm gegenüber roher Gewalt zu bedienen, wozu ich nicht die mindeste Neigung habe und wobei der Ausgang immer ungewiß ist.

Bei meinem Erscheinen unterbrach der elegante Unbekannte seine Arbeit und sprach mich mit einem wohlwollenden, spöttischen Lächeln an.

»Entschuldigen Sie, verehrter Herr, daß ich Sie so unhöflich geweckt habe ... Aber es ist gewiß nicht ganz meine Schuld. Ihre Möbel sind sehr empfindlich, beim Ankommen mit dem zartesten Brecheisen fallen sie geräuschvoll auseinander ...«

Ich bemerkte nun, daß das Zimmer ganz umgestürzt war. Die Laden der Schränke waren geöffnet und geleert, die Glasscheiben zerschnitten, ein kleines Empireschreibtischchen, in dem ich meine Werte und meinen Familienschmuck aufbewahre, lag jämmerlich dahingestreckt auf dem Teppich ... Mit einem Wort eine wahre Plünderung! Und während ich das alles bemerkte, sagte mein etwas zu früh aufgestandener Gast mit seiner wohlklingenden Stimme: »Ach, diese modernen Möbel! Was sind das doch für gebrechliche Seelen, meinen Sie nicht auch? Mir scheint, daß auch die von der Krankheit des Jahrhunderts erfaßt und neurasthenisch sind, wie alle Welt ...«

Er brach in ein stilles, bescheidenes und liebenswürdiges Lachen aus, das für mich nichts Verletzendes hatte und mir bewies, daß ich es mit einem Manne von hervorragender Erziehung zu tun hatte. Ich beschloß daher, ihm zuvorzukommen.

»Mit wem habe ich die Ehre?« sagte ich, und meine Blicke folgten viel beruhigter dem Tun meines nächtlichen Besuchers, während der durch die offenen Türen entstandene Luftzug mein Hemd hin und her flattern machte.

»Mein Gott«, erwiderte der vollkommene Gentleman mit freundlicher Betonung, »mein Name würde Sie augenblicklich vielleicht etwas allzusehr überraschen ... Und meinen Sie nicht auch, daß es besser wäre, mich Ihnen bei einer weniger seltsamen Gelegenheit vorzustellen, was hoffentlich demnächst der Fall sein wird? Auch muß ich Ihnen offen gestehen, daß ich heute durchaus nicht beabsichtigte, Ihnen meine Aufwartung zu machen ... Ich würde, wenn Sie einverstanden sind, vorziehen, das strengste Inkognito zu bewahren.«

»Wie Sie wünschen, mein Herr ... Wie aber soll ich mir erklären ...«

»Daß ich zu so außergewöhnlicher Stunde und in dieser Unordnung hier anwesend bin?«

»Ja, das ist es ... Sie würden mich zu Dank verpflichten ...«

»O bitte«, unterbrach mich der elegante Unbekannte. »Ihre Neugierde ist ganz berechtigt, und ich denke nicht daran, mich ihr zu entziehen ... Aber Sie entschuldigen schon ... Wenn Sie darauf Wert legen, mit mir ein wenig zu plaudern, dann wäre es vielleicht vorsichtiger von Ihnen, in einen Schlafrock zu schlüpfen ... Ihre mangelhafte Bekleidung macht mich untröstlich ... Es ist kalt hier, und man kann sich in dieser launenhaften Jahreszeit nur zu leicht eine Erkältung zuziehen ...«

»Sie haben recht ... Wollen Sie mich einen Augenblick entschuldigen ...«

»Bitte sehr, mein Herr, lassen Sie sich nicht stören ...«

Ich trat in mein Schlafzimmer, wo ich mich rasch in meinen Schlafrock hüllte, und kehrte wieder zu dem Unbekannten zurück, der während meiner kurzen Abwesenheit versucht hatte, das von seinem Einbruch durcheinandergeworfene Gemach wieder ein wenig in Ordnung zu bringen.

»O bitte, mein Herr, bemühen Sie sich nicht, bitte sehr ... Mein Kammerdiener wird das alles morgen ordnen.«

Ich bot ihm einen Stuhl an, nahm selbst Platz, und nachdem wir uns die Zigarren angeraucht hatten, sagte ich mit ermunternder Betonung: »Mein Herr, ich bin bereit zu hören ...«

Der Klubmann hätte nun eine Kunstpause machen können, um sich zu sammeln, wie es an seiner Stelle alle Romanhelden zu machen pflegen, bevor sie ihre Lebensgeschichte erzählen. Er vermied jedoch diese Banalität und begann sofort.

»Mein Herr, ich bin ein Dieb ... ein gewohnheitsmäßiger Dieb ... oder nennen wir es, wenn Sie wollen, beim richtigen Namen, ein Einbrecher ... Das haben Sie zweifellos bereits erraten?«

»Allerdings!«

»Das macht Ihrer Scharfsichtigkeit alle Ehre ... Also, ich bin ein Dieb. Ich habe mir diese Lebensstellung gewählt, nicht ohne zuvor festgestellt zu haben, daß es in den trüben und unklaren Zeiten, in denen wir gegenwärtig leben, der ehrlichste, aufrichtigste und anständigste Beruf ist. Der Diebstahl – ich sage Diebstahl, so wie ich sagen würde die Advokatur, die Literatur, die Malerei, die Medizin – war bisher ein verrufenes Gewerbe, weil die, die sich damit beschäftigten, meist rohe Burschen, abscheuliche Vagabunden, Leute ohne Feinheit und Erziehung waren. Ich bin bestrebt, dieser Kunst ein besseres Ansehen zu geben und den Diebstahl zu einer ehrenwerten und beneidenswerten Profession zu machen. Wir wollen nicht leeres Stroh dreschen, mein Herr, betrachten wir das Leben, wie es ist. Der Diebstahl ist überhaupt die einzige Beschäftigung der Menschen. Man wählt einen Beruf, sei es welcher immer, nur weil er uns ermöglicht zu stehlen, der eine mehr, der andere weniger, aber überall gibt es etwas zu stehlen. Sie haben einen viel zu gebildeten Geist, Sie wissen auch nur zu gut, was hinter dem trügerischen Aufputz unserer Tugenden und unserer Ehre in Wirklichkeit steckt, als daß es nötig wäre, meine Behauptungen mit beweiskräftigen Beispielen und aneinandergereihten Schlußfolgerungen zu unterstützen.«

Diese Worte, die meiner übrigens gerechtfertigten Einbildung auf meine psychologischen und sozialwissenschaftlichen Kenntnisse sehr schmeichelten, veranlaßten mich, ein überlegenes und entschiedenes »Ganz richtig!« einzuwerfen. Also ermutigt, setzte der elegante Einbrecher in freundschaftlicher und vertraulicher Weise fort: »Ich will Ihnen nur erzählen, was mich betrifft. Ich werde mich übrigens ganz kurz fassen. Ich habe mich zuerst auf den Handel verlegt. Aber die schmierigen Geschäfte, die ich notgedrungen machen mußte, die unlauteren Kniffe, die gemeinen Gaunereien, die falschen Gewichte stießen die unbewußte Zartheit meiner ehrlichen Natur zurück, die das Gepräge offener Herzlichkeit und strenger Gewissenhaftigkeit trägt. Ich verließ den Handel und wendete mich der Finanz zu. Die Finanz ekelte mich an. Mein Gott, ich vermochte es nicht über mich zu bringen, Geschäfte zu führen, die gar nicht existierten, falsche Papiere, falsches Geld zu emittieren, falsche Bergwerke, Landengen, Kohlengruben zu finanzieren! Unausgesetzt darauf hinarbeiten, das Geld der anderen in meine Tasche fließen zu machen, mich durch den langsam fortschreitenden Ruin meiner Klienten mit Hilfe der glänzenden Prospekte und der Gesetzlichkeit gewisser geistreicher Kombinationen zu bereichern, schien mir ein unerlaubtes Vorgehen, dem sich mein gewissenhafter und jeder Lüge abholder Geist heftig widersetzte. Ich dachte dann an den Journalismus. Ein Monat genügte mir jedoch, mich zu überzeugen, daß der Journalismus denjenigen, der sich nicht peinlicher und rücksichtsloser Erpressungen fähig zeigt, nicht zu ernähren vermag ... Ich versuchte mich in der Politik ...«

Hier vermochte ich nicht, ein helles Lachen zurückzuhalten, das sich zu verlängern drohte.

»Sehr richtig!« bestätigte der einnehmende Gentleman. »Mehr können wir darüber nicht gut sagen. Kurz, ich erschöpfte alle Berufe, die das öffentliche und private Leben einem jungen, regsamen, intelligenten und feinfühlenden Manne, wie ich es bin, bieten kann. Ich sah deutlich, daß der Diebstahl – unter welchem Namen immer er sich auch verbirgt – der einzige Zweck und das alleinige Ziel aller Bemühungen ist, aber verstellt, maskiert und aus diesem Grunde viel gefährlicher! Ich zog nun daraus die Schlußfolgerung: Da der Mensch nun einmal dem unvermeidlichen Naturgesetze des Diebstahls nicht zu entkommen vermag, ist es wohl das ehrenhafteste, ihn einfach und simpel zu begehen, ihn aber nicht mit gesucht hochtrabenden Ausflüchten, deren trügerischer Glanz, deren lärmende Titel, deren beschönigender Schmuck niemand mehr zu täuschen vermag, des natürlichen Wunsches zu entkleiden, sich die Güter anderer anzueignen.

Ich stahl also alle Tage; des Nachts drang ich in reiche Häuser ein; ich behob im voraus ein für allemal bei den Kassen der anderen, was ich zur Befriedigung meiner Bedürfnisse, zur Ausgestaltung meines äußeren Menschen nötig erachtete. Das kostet mich einige Stunden jede Nacht zwischen einer Partie im Klub und einem Ballgespräch. Mit Ausnahme dieser kurzen Zeit lebe ich wie alle Welt ... Ich gehöre einigen Klubs an; ich habe ausgezeichnete gesellschaftliche Verbindungen. Ich wurde erst kürzlich vom Minister durch eine Ordensverleihung ausgezeichnet. Und wenn mir ein guter Fang gelingt, bin ich der großmütigste Mensch auf Erden. Denn ich tue nur aufrichtig, was alle anderen Leute auf qualvollen Umwegen und auf viel schamlosere Weise tun ... Mein Gewissen ist rein und wirft mir nichts vor, denn von allen Leuten, die ich kenne, bin ich der einzige, der den Mut hat, sein Tun mit seinen Absichten zu vereinen, und der geradewegs dem Wege folgt, den ihm die Natur gewiesen hat.«

Die Lichter erblaßten, der Tag lugte durch die Spalten der Gardinen. Ich bot dem eleganten Unbekannten an, mein Frühstück mit ihm zu teilen, aber er lehnte das mit dem Bemerken ab, daß er im Frack sei und mir durch eine derartige Inkorrektheit nicht zu mißfallen wünsche.

Paul Scheerbart

Der galante Räuber oder die angenehme Manier. Ein Garten-Scherzo von Paul Scheerbart.

HALT! rief der Hauptmann.

Und dreißig blanke Flinten drehten sich der Gesellschaft zu.

Der Herr Graf ließ sein Glas fallen, daß es auf seinem Knie zerschellte und die gelben Stiefel mit Rotwein besprengte.

Sechs Damen fielen aufkreischend in Ohnmacht, die Kavaliere erbleichten und griffen nach ihrem Portemonnaie.

„Nicht so schnell, meine Herren!" sprach der Hauptmann, „ich verachte Ihr Geld. Sie irren sich in mir. Knoppke, lege den Herren die Handfesseln an. Herr von Rabenwitz wird sich die Ehre geben, die ohnmächtigen Damen mit Arabiens Wohlgerüchen zu besprengen."

Der Vollmond stieg dunkelrot hinter dem Schwanenteich aus den Fliederbüschen heraus, und die beiden Räuber thaten, was ihnen ihr Gebieter, der sich eine gute Cigarre anzündete, befohlen hatte.

Als nun die sechs Damen wieder erwachten, verbeugte sich der große Räuber-Hauptmann artig wie ein Page und sprach sanft wie eine Taube zur Gräfin:

„Meine Gnädigste, wir wollten uns die Ehre geben, Ihnen eine kleine Ueberraschung zu bereiten. Als Lohn bitte ich nur, mir eine einzige kleine Bitte zu gewähren. Ist sie gewährt?"

Die Gräfin neigte höflich bejahend ihr Haupt, denn sie war doch neugierig.

Und mehrere Räuber verließen die Gesellschaft, bestiegen den großen Kahn und ruderten bis in die Mitte des Schwanenteiches.

Die Gesellschaft, die in einer wild zerklüfteten Felsengrotte unter schwankenden Lampions saß, erholte sich ein bischen, denn die übrigen Räuber zogen sich mit ihren Flinten hinter die Rosenbüsche zurück. Der Herr Hauptmann nahm auf einem Schaukelstuhle Platz. Lieblich dufteten die Rosen.

So sah man denn erwartungsvoll in den Teich, der vom roten Monde unheimlich erleuchtet wurde.

Da pufft es plötzlich auf dem Teich, und schillernde große Gasblasen — grüne und blaue — steigen langsam in den schwarzen Nachthimmel empor.

Die runden großen Gasblasen zittern, die grünen und blauen Wolkenwirbel im Innern der Blasen ziehen sich, dehnen sich aus, zucken und drängen sich zusammen — und dann platzen die feinen Luftballons — wie Seifenblasen — und dicke sanfte Perlen fallen wie Schnee aus ihnen heraus — langsam in den Teich.

Der Hauptmann bietet der Gräfin den Arm und geht mit ihr ein paar Schritte seitwärts.

Der Graf springt auf, rüttelt an seinen Handfesseln, rollt die Augen und ist wütend für Sechs.

Aber die Gräfin kommt gleich wieder und lächelt — sie hat allerdings ihr Perlen-Kollier, das einen halben Centner Gold gekostet hat, nicht mehr bei sich.

Der Graf setzt sich wieder.

Und der Hauptmann wendet sich nun an die Damen, die schwarzes Haar haben (zwei sinds nur), und feierlich spricht er:

„Meine gnädigsten Damen, auch Ihnen wollen wir eine Ueberraschung bereiten. Sie werden fühlen, daß ich nur ein kleines Andenken möchte, — und mirs nicht abschlagen; — nicht wahr?"

Die Damen nicken hastig, denn sie sind noch neugieriger, als die Gräfin.

Und zwei Raketen steigen aus dem Schwanenteich, sie teilen sich oben in sieben Arme, aus deren umgebogenen Spitzen dicke rote Tropfen, die wie Blutstropfen aussehen, schnell herunterstürzen.

Die schwarzen Damen erschrecken, Herr von Rabenwitz besprengt sie aber mit duftigem Olivenwasser.

Die Schwarzhaarigen ziehen ihre Ringe vom Finger und machen auch die Ohrringe los, geben Alles dem guten Hauptmann, der das Empfangene dankend einsteckt, doch gleichzeitig bemerkt, daß er auch die im schwarzen Haare befindlichen Haarnadeln als Andenken haben möchte. Er bekommt auch diese Haarnadeln, an denen unzählige Rubinen blitzen.

„Wollen Sie nicht," fragt der Graf, „ein Glas Wein trinken? Leider ist meine Bedienung nicht hier."

Der Hauptmann lächelt, zuckt mit den Achseln und sagt leise:

„Verliebte trinken nicht, Herr Graf! Jetzt kommt die Ueberraschung für die drei Blonden."

Und da knattern auch schon drei große Sonnen los — das funkelt und blitzt — das knistert und knackt — das poltert und rumort — wie ächte Rebellen.

Die Sonnen drehen sich und schleudern brennende Diamantgarben nach allen Seiten.

Der Hauptmann erhält derweil von den drei Blonden alle Pretiosen, die sie bei sich haben, als Andenken.

Und er küßt den Damen sämtlich zärtlichst die Hand und blickt ihnen ernst und traumsüß ins Auge.

Und dann verschwinden die Räuber — lassen die kleine Gesellschaft wieder allein.

„Das war ja entzückend — brillant!" rufen die Kavaliere, denn ihnen hatte man nichts abgenommen.

Aber die Damen sind ganz verwirrt.

Der Graf ruft polternd:

„Nun macht uns mal die Fesseln los. Man muß nicht immer nur verliebt thun."

Die Damen werden noch verwirrter, thun aber trotz ihrer Verwirrung wie der Graf gebot.

Die Damen sind rot wie Rotwein.

Der Vollmond leuchtet Allen hell ins Angesicht.

Aubrey Beardsley

Ballade von einem Barbier

Nun hört von Carrousel das Lied,
Dem Künstler, aller Welt bekannt,
Barbier in der Meridianstreet
Und Abgott jedes Elegant.

Von wem wohl konnten anders gehn
Fürst, Fürstin und ihr Hof frisiert?
Und schöne Frauen waren schön,
Weil er sie so herausstaffiert.

Durch Droschken und Kabrioletts
War stets Meridianstreet blockiert.
Wie Bienen duftende Buketts,
So haben *beaux* sein Haus umschwirrt.

Er kräuselte mit leichter Hand
Ins dümmste Antlitz Witz hinein;
Und Göttinnen aus Griechenland
Verlieh er noch mehr Reiz und Schein.

Und was die Kunst auch hielt bereit:
Pomaden, Puder, Schminke, Saft,
Vergaßen ihrer Kostbarkeit
Im Preise seiner Künstlerschaft.

Brenneisen, wirbelnd auf und ab,
Sie plauderten in seiner Hand,
Das Messer ward ein Zauberstab,
Der auch die zarteste Haut verstand.

Und doch von Hochmut keine Spur!
Er war ein so bescheidener Mann! –
Sein täglich Handwerk liebt er nur
Und einen Lobspruch dann und wann.

Die kleinste Arbeit war ihm recht,
Grad' wie ein komplizierter Fall;
Und gegen beiderlei Geschlecht
Schien sein Verhalten stets neutral.

Wie denn an einem Sommertag,
Als die Prinzessin er frisiert,
Kam's, daß kein Härchen richtig lag,
Und er aufs neue stets probiert?

Es war das holde Königskind
Wohl dreizehn Jahr; und ihr Gesicht
War wie die wilden Blumen sind
Im ersten Frühlingssonnenlicht.

Ins klare Aug' hing ihr hinein
Das goldne Haar und bis zum Fuß;
Sie war so lyrisch, süß und rein
Wie Schuberts schönster Liedergruß.

Er brannt' ihr dreimal eine Lock'
Und macht' sie wieder glatt dreimal;
Zweimal versengt' er ihr den Rock
Und kam darinnen fast zu Fall.

Nicht mehr gehorchte ihm die Hand,
Der Kamm von Elfenbein nicht mehr,
Vor seinem Blick ein Nebel stand,
Der Boden wankte um ihn her.

Am Putztisch lehnte taumelnd er,
Und fuhr sich mit der Hand ans Herz;
Er kam sich wie 'ne Fabel leer
Und schwach vor wie ein matter Scherz.

Er nahm ein Fläschchen zart und fein:
In seinen Fingern ist's zerkracht.
Er fühlte sich so wie allein,
Und wie ein König voller Macht.

Ganz leise schrie das Königskind –
Carrousels Hand schnitt tief und fest.
Er ließ sie wie ein Traum ganz lind,
Der seinen Schläfer schlafen läßt.

Er schlich auf Zehn aus dem Gelaß,
Vergnügt, daß alles ging so schnell. –
Man hängt' ihn in Meridianstraß'. – –
Was betest du für Carrousel? –

Gabriele D'Annunzio

Der Tod des Herzogs von Osena

I

Als von ferne der erste wirre Lärm der Empörung bis zu Don Filippo Cassaura drang, schlug er plötzlich die Augenlider auf, die für gewöhnlich schwer auf den Augen ruhten und deren Ränder entzündet waren und umgestülpt wie bei den Matrosen, die stürmische Meere durchschiffen.

»Hast du gehört?« fragte er Mazzagrogna, der neben ihm stand. Und das Beben seiner Stimme verriet das innere Entsetzen.

Lächelnd antwortete der Haushofmeister:

»Fürchten Sie nichts, Exzellenz. Es ist heute St. Peter. Die Schnitter singen.«

Der Alte horchte ein Weilchen, die Ellbogen aufgestützt, den Blick auf die Balkone gerichtet. Die Vorhänge flatterten, von dem heißen Südwestwind bewegt. Schwärme von Schwalben schossen in der glühenden Luft schnell wie Pfeile hin und her. Alle Dächer der unten liegenden Häuser glitzerten in rötlichen und grauen Tönen. Jenseits der Dächer dehnte sich die unermeßliche üppige Campagna, zur Zeit der Ernte wie in leuchtendes Gold getaucht.

Wieder fragte der Greis:

»Aber, Giovanni, hörst du?«

In der Tat hörte man Geschrei, das keine Freudenrufe zu sein schien. Der Wind, der es bald stärker herübertrug und bald auslöschte oder in sein Brausen mischte, ließ es noch seltsamer klingen.

»Achten Sie nicht darauf, Exzellenz«, antwortete Mazzagrogna. »Die Ohren täuschen Sie. Seien Sie unbesorgt.« Und er erhob sich, um zu einem der Balkone zu gehen.

Er war ein untersetzter Mann mit krummen Beinen, enormen Händen, deren Rücken wie bei einem Tier mit Haaren bedeckt war. Er hatte ein wenig schielende, weißliche Augen, wie die Albinos, das ganze Gesicht war mit Sommersprossen besät, er hatte nur wenig rote Haare an den Schläfen, und auf dem Hinterkopf eine Anzahl gewisser harter und schwärzlicher Auswüchse in Kastaniengröße.

Er blieb eine Zeitlang zwischen den beiden Vorhängen, die sich wie Segel blähten, stehen, um die unten liegende Ebene forschend zu überblicken. Eine hohe Staubsäule stieg von der Straße della Fara auf, als ob zahllose Herden vorüberzögen, und die dichten, vom Winde aufgewühlten Wolken wuchsen in Form von Tromben. Von Zeit zu Zeit blitzte es durch die Staubwolken, als ob sie Bewaffnete umhüllten.

»Nun?« fragte Don Filippo beunruhigt.

»Nichts –« erwiderte Mazzagrogna; aber seine Brauen waren finster zusammengezogen.

Wieder trug ein heftiger Windstoß einen Tumult ferner Schreie herüber. Der eine Vorhang, von dem Stoß losgerissen, flatterte und kreischte in der Luft, wie ein entfaltetes Banner. Eine Tür schlug plötzlich mit Gewalt und großem Getöse zu. Die Fensterscheiben klirrten von der Erschütterung. Die auf dem Tisch angehäuften Papiere verstreuten sich im ganzen Zimmer.

»Schließe das Fenster! Schließe das Fenster!« rief der Alte mit einer Gebärde des Schreckens. »Wo ist mein Sohn?«

Er keuchte, in seinem Fett erstickend, auf seinem Bett, unfähig, sich zu erheben, denn seine ganze untere Körperhälfte war gelähmt. Ein unablässiges paralytisches Zittern bewegte seine Halsmuskeln, die Ellbogen und die Kniee. Seine Hände, gekrümmt und mit Knoten bedeckt wie die Wurzeln alter Olivenbäume, ruhten auf dem Bettuch. Der Schweiß perlte ihm von der Stirn und dem kahlen Schädel, das breite Gesicht furchend, das, von mattrosa Farbe, mit feinen roten Äderchen durchzogen war, wie die Milz der Ochsen.

»Teufel!« knirschte Mazzagrogna zwischen den Zähnen, während er heftig die Fensterflügel schloß. »Sie tun es wirklich!«

Jetzt gewahrte man auf der Straße della Fara bei den ersten Häusern eine bewegte, hin und her wogende Menschenmenge, wie anschwellende Fluten, die auf eine weitere, noch größere Menge schließen ließ, die, durch die Reihe der Dächer und die Eichen von San Pio versteckt, dem Auge nicht sichtbar wurde. Die Hilfsmannschaften vom Lande kamen also, um den Aufstand zu verstärken. Allmählich verringerte sich die Menge, indem sie sich in die Ortsstraßen ergoß, und verschwand, wie ein Volk von Ameisen in den labyrinthischen Gängen eines Ameisenhaufens. Das von den Mauern erstickte oder zurückgeworfene Geschrei hallte jetzt wie ein ununterbrochenes, dumpfes Getöse. Zuweilen setzte es aus; und dann hörte man das laute Rauschen der Steineichen vor dem Schloß, das noch einsamer geworden schien.

»Wo ist mein Sohn?« fragte der Alte wieder, mit einer Stimme, die durch die Angst noch kreischender klang. »Rufe ihn! Ich will ihn sehen.«

Er zitterte in seinem Bett, nicht nur, weil er gelähmt war, sondern weil er Furcht hatte. Bei den ersten aufrührerischen Bewegungen des vorhergehenden Tages, bei dem Geheul von einem Hundert jugendlicher Burschen, die gekommen waren, um unter den Balkonen gegen die neueste Gewalttat des Herzogs von Osena zu lärmen, war er von einer wahnsinnigen Angst gepackt worden, er hatte geflennt wie ein Weibsbild und in der Nacht alle Heiligen des Paradieses angerufen. Der Gedanke an Tod und Gefahr erfüllte diesen gelähmten, schon halb erloschenen Greis, dessen letztes Aufflackern so schmerzhaft war, mit einem unsäglichen Grauen. Er wollte nicht sterben.

»Luigi! Luigi!« schrie er, in der Angst nach dem Sohn rufend.

Das ganze Haus war erfüllt von dem schrillen Klirren der Fensterscheiben, gegen die der Wind schlug. Dann und wann hörte man das Dröhnen einer zerschlagenen Tür oder beschleunigte Schritte und abgerissene Worte.

»Luigi!«

II

Der Herzog eilte herbei. Er war bleich und erregt, obschon er sich zu beherrschen suchte. Seine Gestalt war hoch und kräftig, der schwarze Bart auf den starken Kinnladen zeigte noch kein graues Haar; der Mund, aufgeworfen und hochmütig, stieß heftig den Atem aus, seine Augen waren trübe und raubtierartig, die Nase groß, mit beweglichen Flügeln und rotfleckig.

»Nun?« fragte Don Filippo, so atemlos röchelnd, daß es schien, als müßte er ersticken.

»Fürchte nichts, Vater; ich bin da«, antwortete der Herzog, ans Bett tretend, indem er zu lächeln versuchte.

Mazzagrogna stand vor einem der Balkone und blickte gespannt nach draußen. Man hörte kein Schreien mehr; es war niemand mehr zu sehen. Die Sonne sank am klaren Himmel wie ein rötlicher Flammenkreis, der größer wurde und feuriger, je mehr er sich den Hügelspitzen näherte. Das ganze Land schien zu brennen, und der Südwestwind schien die Flammen anzufachen. Der Mond im ersten Viertel stieg zwischen den Wäldern von Lisci auf. In der Ferne sah man die Fensterscheiben von Poggio, Rivelli, Ricciano, Rocca di Forca aufblitzen, und dann und wann tönte Glockenläuten herüber. Hier und dort leuchtete ein Feuer auf. Die Hitze benahm den Atem.

»Das danken wir den Sciolis«, sagte der Herzog von Osena mit seiner rauhen und harten Stimme. »Aber . . .«

Und er machte eine drohende Gebärde. Dann trat er zu Mazzagrogna.

Er war unruhig wegen Carletto Grua, der noch nicht zu sehen war. Mit schweren Schritten ging er im Zimmer auf und nieder. Er nahm von einem Waffenschild zwei lange Sattelpistolen und untersuchte sie aufmerksam. Der Vater verfolgte jede seiner Bewegungen mit weitgeöffneten Augen; er keuchte wie ein Lasttier im Todeskampf; von Zeit zu Zeit schüttelte er mit seinen unförmigen Händen die Decke, um etwas Kühlung zu haben. Zwei-, dreimal fragte er Mazzagrogna:

»Was gibt es?«

Plötzlich rief Mazzagrogna:

»Da kommt Carletto mit Gennaro gelaufen.«

Und wirklich hörte man wilde Schläge gegen die Eingangstür. Gleich darauf traten Carletto und der Diener ins Zimmer, bleich, fassungslos, blutbefleckt, staubbedeckt.

Der Herzog stieß einen Schrei aus bei Carlettos Anblick. Er nahm ihn in die Arme und betastete seinen Körper, um die Wunde zu finden.

»Was haben sie dir getan? Sage, was haben sie dir getan?«

Der Jüngling weinte wie ein Mädchen.

»Hier«, sagte er schluchzend. Er beugte den Kopf und zeigte im Nacken einige mit geronnenem Blut zusammengeklebte Haarlocken.

Vorsichtig griff der Herzog mit den Fingern zwischen die Haare, um die Wunde zu entdecken. Er liebte Carletto mit einer unheimlichen, widernatürlichen Liebe, und war besorgt um ihn wie ein Geliebter.

»Schmerzt es dich?« fragte er ihn. Der Jüngling schluchzte stärker. Er war zart wie ein Mädchen und hatte ein weibliches Gesicht, das ein kaum wahrnehmbarer blonder Flaum beschattete. Er trug die Haare ziemlich lang, sein Mund war vollendet schön und seine Stimme durchdringend wie die eines Kastraten. Er war eine Waise, der Sohn eines Zuckerbäckers aus Benevento. Beim Herzog versah er den Dienst eines Pagen.

»Jetzt werden sie kommen«, sagte er, während seine ganze Gestalt von einem Zittern geschüttelt wurde, und er wandte die tränengefüllten Augen zu dem Balkon, von wo wieder der Lärm, aber jetzt noch lauter und schrecklicher erklang.

Der Diener, der eine tiefe Wunde in der rechten Schulter hatte und dessen Arm bis zum Ellbogen mit Blut besudelt war, erzählte stotternd, wie sie beide von der wütenden Menge verfolgt worden seien, als Mazzagrogna, der nicht von seinem Späherposten gewichen war, rief:

»Da sind sie! Sie kommen zum Schloß. Sie sind bewaffnet.«

Don Luigi ließ Carletto und eilte ans Fenster.

III

Wirklich drang die Menge auf dem breiten Anstieg heulend und Waffen und Werkzeuge schwingend mit so einmütiger Wut vor, daß sie nicht mehr eine Vereinigung einzelner Individuen schien, sondern die zusammenhängende Masse irgend einer blinden Materie, die von unwiderstehlicher Macht vorwärts getrieben wurde. In wenigen Minuten hatte sie unten das Schloß erreicht, ringelte sich wie eine große Schlange in vielen Windungen und schloß einen dichten Kreis um das ganze Gebäude. Einige der Aufrührer trugen hohe, brennende Rohrbündel, die wie Fackeln auf ihre Gesichter ein bewegliches, rötliches Licht warfen, Funken und glühende Späne umhersprühten und laut knisterten. Andere, in einer kompakten Gruppe, trugen einen Pfahl, an dessen Spitze ein menschlicher Leichnam aufgehängt war. Mit Gebärden und mit Worten drohten sie den Tod an. Unter den Schmähreden wurde immer ein Name wiederholt:

»Cassaura! Cassaura!«

Der Herzog von Osena biß sich die Finger, als er an der Spitze des Pfahles den verstümmelten Körper Vincenzo Murros erkannte, des Boten, den er in der Nacht ausgeschickt hatte, um den Beistand der bewaffneten Macht zu erbitten. Er zeigte Mazzagrogna den Aufgeknüpften, und dieser sagte mit leiser Stimme:

»Es ist aus.«

Aber Don Filippo hörte es und brach in ein so erschütterndes Jammergeschrei aus, daß sich allen das Herz zusammenschnürte und der Mut sie verließ.

Die Diener drängten sich auf den Türschwellen mit fahlen Gesichtern, von bleicher Furcht zurückgehalten. Einige weinten, andere riefen einen Heiligen an, wieder andere sannen auf Verrat: Wenn sie den Herrn dem Volk überantworteten, würden sie ihr Leben retten können? – Fünf oder sechs weniger Feigherzige berieten sich deswegen untereinander und reizten sich gegenseitig auf.

»Auf den Balkon! Auf den Balkon!« tobte unten die Menge. »Auf den Balkon!«

Jetzt flüsterte der Herzog von Osena leise abseits mit Mazzagrogna.

Sich zu Don Filippo wendend, sagte er:

»Setze dich in den Stuhl, Vater. Es wird besser sein.«

Unter den Dienern entstand ein leichtes Gemurmel. Zwei von ihnen traten hinzu, um dem Gelähmten aus dem Bett zu helfen. Zwei andere näherten sich dem Stuhl, der auf kleinen Rädern lief. Es war ein mühevolles Werk.

Der korpulente Alte keuchte und jammerte, während er die Arme um den Hals der ihn stützenden Diener preßte. Er war in Schweiß gebadet, und in dem Zimmer herrschte jetzt, da die Fenster geschlossen waren, eine unerträgliche Luft. Als er im Stuhl saß, begannen seine Füße mit einer rhythmischen Bewegung den Fußboden zu schlagen. Der große Bauch hing schlapp über den Knieen, wie ein halbgefüllter Schlauch.

Der Herzog sagte zu Mazzagrogna:

»Giovanni, jetzt ist's an dir!«

Und jener öffnete mit entschlossener Gebärde die Türflügel und trat auf den Balkon.

IV

Ein ungeheures Geheul empfing ihn. Fünf, zehn, zwanzig brennende Rohrbündel vereinten sich dort unten. Der Schein beleuchtete die von Blutgier belebten Gesichter, den Stahl der Flinten, das Eisen der Äxte. Die Fackelträger hatten das Gesicht mit Mehl bestreut, um sich gegen die Funken zu schützen; und aus diesem Weiß heraus funkelten ihre blutgierigen Augen seltsam. Der schwarze Rauch stieg in die Luft auf und verflüchtigte sich schnell. Alle Flammen dehnten sich, vom Winde getrieben, nach einer Seite, zischend wie Höllenhaare. Die feineren und trockeneren Rohre entzündeten sich, wanden sich, erglühten, zersplitterten, zerplatzten wie Raketen, in einem Augenblick. Und es war ein lustiger Anblick.

»Mazzagrogna! Mazzagrogna! Tötet den Kuppler! Tötet den Schieler!« – schrieen alle, sich zusammendrängend, um die Schmähworte mehr aus der Nähe zu schleudern.

Mazzagrogna streckte eine Hand aus, wie um das Geschrei zu besänftigen. Er sammelte all seine Stimmkraft, und er begann im Namen des Königs, fast als verkündete er ein Gesetz, um dem Landvolk Respekt einzuflößen.

»Im Namen Sr. M. Ferdinand II., von Gottes Gnaden Königs der beiden Sizilien, von Jerusalem.«

»Tötet den Dieb!«

Durch das Geschrei tönten zwei, drei Flintenschüsse, und der Redner, in die Brust und die Stirn getroffen, schwankte, fuchtelte mit den Händen in der Luft und fiel vornüber. Beim Fallen geriet der Kopf zwischen zwei

Eisenstäbe des Balkongitters und hing nach draußen, wie ein Kürbis. Das Blut tropfte unten auf den Erdboden.

Der Fall belustigte die Menge. Ein Höllenlärm stieg zu den Sternen auf.

Da traten die Träger des Pfahles mit dem Aufgeknüpften unter den Balkon und näherten Vincenzo Murro dem Haushofmeister. Während der Pfahl in der Luft schwankte, folgte die Menge gespannt und sprachlos der Vereinigung der beiden Toten.

Ein poetischer Improvisator, auf das Albinoauge Mazzagrognas und das triefäugige des Boten anspielend, schleuderte aus allen Kräften schreiend einen Spottvers gegen die Leichname.

Lautes Gelächter begrüßte den Spott des Dichters; und das Lachen pflanzte sich fort von Mund zu Munde, wie das Tosen des Wassers, das einen steinigen Abhang hinunterbraust.

Ein dichtender Rivale schrie ein zweites Hohnwort hinauf.

Das Lachen wiederholte sich. Und ein dritter folgte.

Eine wilde Freude hatte die Gemüter ergriffen. Der Anblick und der Geruch des Blutes berauschten die Zunächststehenden. Tomaso di Beffi und Rocco Furci gerieten in einen Wettstreit, wer geschickter im Treffen sei: sie eröffneten ein Steinbombardement gegen den hängenden Schädel der noch warmen Leiche. Und bei jedem Wurf bewegte sich der Schädel, und Blut entfloß ihm. Schließlich traf Rocco Furcis Stein in die Mitte, und es gab einen trockenen Ton. Die Zuschauer applaudierten. Aber jetzt hatten sie genug von Mazzagrogna.

Wieder ertönte der Ruf:

»Cassaura! Cassaura! Der Herzog! Tötet ihn!«

Félicien Rops, »Der Tod auf dem Ball« (1865–75)

Fabrizio und Ferdinandino Scioli bewegten sich in der Menge und stachelten die Ruchlosen noch mehr an. Ein furchtbarer, mit Flintenschüssen untermischter dichter Steinhagel richtete sich gegen die Fenster des Schlosses. Die Fensterscheiben fielen auf die Angreifer. Die Steine prallten zurück. Nicht wenige von den Umstehenden blieben verwundet.

Als die Steine zu Ende, das Blei verbraucht war, rief Ferdinandino Scioli:

»Reißt die Türen nieder!«

Und der von Mund zu Mund gehende Schrei raubte dem Herzog von Osena jede Hoffnung auf Rettung.

V

Niemand hatte gewagt, den Balkon, auf dem Mazzagrogna gefallen war, wieder zu schließen. Der Tote lag in seiner eingezwängten Stellung. Da die Empörer, um frei zu sein, den Holzpfahl gegen die Balkonbrüstung gelehnt hatten, konnte man durch die vom Wind sich blähenden Vorhänge den blutigen Leichnam des Boten gewahren, dem einige Glieder mit der Axt abgehauen waren. Der Abend war dunkel. Zahllose Sterne funkelten am Himmel. In der Ferne brannten einige Stoppeln nieder.

Als er die Schläge gegen die Türe hörte, wollte der Herzog noch einen Versuch machen. Don Filippo, vom Entsetzen betäubt, hielt die Augen geschlossen; er sprach nicht mehr. Carletto Grua, den Kopf verbunden, saß ganz zusammengekauert in einem Winkel, die Zähne von Fieber und Furcht gegeneinanderschlagend, mit den armen, aus den Höhlen tretenden Augen jeden Schritt, jede Gebärde, jede Bewegung seines Herrn verfolgend. Die Diener waren fast alle in die Bodenräume geflüchtet. Einige wenige blieben in den angrenzenden Zimmern zurück.

Don Luigi sammelte sie, belebte ihren Mut aufs neue. Er bewaffnete sie mit Pistolen oder Gewehren. Dann wies er einem jeden einen Platz hinter der Fensterbrüstung oder zwischen den Jalousien eines Balkons. Jeder sollte stillschweigend mit möglichst schneller Aufeinanderfolge der Schüsse auf die Menge schießen, ohne sich bloßzustellen.

»Vorwärts!«

Das Feuer begann. Don Luigi rechnete mit der Panik. Er selbst lud und entlud seine lange Pistole mit wunderbarer Ausdauer, ohne zu ermüden. Da die Menge dicht stand, ging kein Schuß fehl. Das Geschrei, das jede neue Salve begleitete, feuerte die Diener an und vermehrte ihren Eifer. Schon griff Verwirrung unter den Meuterern Platz. Viele entflohen, die Verwundeten am Boden zurücklassend.

Da brach die Dienerschaft in ein Siegesgeheul aus:

»Es lebe der Herzog von Osena!«

Diese Feiglinge wurden kühn, als sie den Rücken der Feinde sahen. Sie hielten sich nicht länger versteckt und schossen nicht mehr blindlings. Sondern stolz aufgerichtet standen sie und versuchten ein Ziel zu nehmen. Und jedesmal, wenn sie einen fallen sahen, stießen sie ihr Geheul aus:

»Es lebe der Herzog!«

In kurzer Zeit war das Schloß frei von Belagerung. Rings umher jammerten die Verwundeten. Die Überreste der Rohrbündel, die noch auf dem Boden brannten, warfen einen unbestimmten Schein auf die Körper, weckten Reflexe auf einigen Blutlachen oder knisterten im Verlöschen. Der Wind hatte noch zugenommen und raschelte und rauschte in den Steineichen. Das Gebell der einander antwortenden Hunde erfüllte das ganze Tal.

Berauscht von dem Sieg, schweißtriefend von der Anstrengung, ging die Dienerschaft hinunter, um sich mit Speise und Trank zu erquicken. Alle waren unversehrt. Sie tranken ohne Maß und schwelgten in Siegesfreuden. Einige verkündeten die Namen derjenigen, die sie getroffen hatten, und beschrieben in humoristischer Weise die Art ihres Niederstürzens. Die Meute wurde zum Ebenbild des Wildes. Ein Küchenmeister rühmte sich, den furchtbaren Rocco Furci getötet zu haben. Vom Weine genährt, gingen die Prahlereien ins Ungemessene.

VI

Während der Herzog von Osena, sicher, wenigstens für diese Nacht jede Gefahr beschworen zu haben, nur darauf bedacht war, den kläglich winselnden Carletto zu pflegen, wurde plötzlich von einem Spiegel ein blendender Lichtschein zurückgeworfen, und durch das Tosen des Südwestwindes erhob sich erneutes Geschrei unten vor dem Schlosse. Gleichzeitig erschienen vier oder fünf der Diener, die der Rauch fast erstickt hatte, während sie in den unteren Räumen ihren Rausch ausschliefen. Sie waren noch nicht wieder ganz zu sich gekommen; sie schwankten und konnten nicht sprechen, weil ihnen die Zunge wie gelähmt war. Andere kamen hinzu.

»Feuer! Feuer!«

Sie zitterten, sich aneinander drängend wie eine Herde.

Die angeborene Feigheit hatte wieder Besitz von ihnen ergriffen. Alle ihre Sinne waren abgestumpft, wie in einem Traum. Sie wußten nicht, was sie beginnen sollten. Noch trieb sie das volle Bewußtsein von der Gefahr dazu, einen Ausweg zu suchen.

In der Überraschung blieb der Herzog im ersten Augenblick unschlüssig. Aber als Carletto Grua den Rauch eindringen sah und das eigentümliche Knistern der um sich greifenden Flammen hörte, brach er in ein so gellendes Geschrei aus und gebärdete sich so rasend, daß Don Filippo aus der schweren Betäubung, in die er gesunken war, sich aufrichtete und den Tod sah.

Der Tod war unvermeidlich. Bei dem andauernden Wind verbreitete sich das Feuer mit verblüffender Schnelligkeit über das ganze Gerüst des alten Bauwerks, alles zerstörend, alles in flackernde, fließende, klingende Gluten umwandelnd. Die Flammen glitten leicht an den Wänden entlang, leckten empor an den Stoffen, zögerten einen Augenblick auf der Oberfläche der Gobelins, färbten sich in wechselnden, unbestimmten Tönen, drangen mit tausend feinen und schwingenden Zungen in das Gewebe, schienen für einen Augenblick den Figuren an der Wand einen Geist einzuhauchen, den Mund der Nymphen und der Göttinnen für einen Augenblick mit einem nie gesehenen Lachen zu beleben, für einen Augenblick ihre unbeweglichen Stellungen und Gebärden zu verändern. Und sie jagten dahin, auf der Flucht immer leuchtender werdend; sie schlangen sich um die Holzmöbel, die bis zuletzt ihre Formen behielten, so daß es schien, als seien sie ganz und gar mit blutroten Granaten ausgelegt, die sich plötzlich loslösten und in Asche verwandelten, wie durch Zauberschlag. Zahllos waren die Stimmen der Flammen. Sie bildeten einen mächtigen Chor, eine tiefe Harmonie, wie ein Wald mit Millionen von Blättern, wie eine Orgel mit Millionen von Pfeifen. Schon leuchtete in Zwischenräumen durch die auseinanderkrachenden Öffnungen der klare Himmel mit seinen Sternenkronen. Das ganze Schloß war jetzt in der Gewalt des Feuers.

»Rette mich! Rette mich!« schrie der Greis, der sich geblendet fühlte durch die grausame Röte, der vergebens versuchte, sich zu erheben, und schon unter sich den Boden nachgeben fühlte: »Rette mich!«

Mit einer übermenschlichen Anstrengung gelang es ihm, sich aufzurichten. Und er fing an zu laufen, mit vorgeneigtem Oberkörper, mit hüpfenden, kurzen, hastigen Schritten, wie von einer unwiderstehlichen, vorwärtsdrängenden Macht getrieben, die unförmlichen Hände hin und her bewegend, bis er wie vom Blitz getroffen hinschlug, schon eine Beute des Feuers, zusammenschrumpfend wie eine entleerte Gummiblase.

Von Zeit zu Zeit schwoll das Geschrei der Menge an und stieg höher als die Feuersbrunst. Die Diener, wahnsinnig vor Angst und Schmerz, stürzten sich, halb verbrannt, aus den Fenstern und waren sofort tot oder halbtot, und dann machte man ein Ende mit ihnen. Auf jeden Sturz antwortete ein lauteres Gebrüll.

»Der Herzog! Der Herzog!« schrie die unmenschliche Bande, unzufrieden, weil sie den Gewalthaber mit jenem Bürschchen hinunterstürzen sehen wollte.

»Da ist er! Da ist er! Er ist es!«

»Hinunter mit dir! Hinunter! Dich wollen wir haben!«

»Stirb, Hund! Stirb! Stirb! Stirb!«

Über dem Hauptportal, der Menge gerade gegenüber, erschien Don Luigi mit brennenden Kleidern, den leblosen Körper Carletto Gruas auf den Schultern tragend. Sein ganzes Gesicht war verbrannt bis zur Unkenntlichkeit; er hatte fast kein Haar mehr, und der Bart war abgesengt. Aber kühn schritt er durch die Flammen, der furchtbare Schmerz selbst war es, der die Lebensgeister in ihm noch wach erhielt und den Tod verscheuchte.

Im ersten Augenblick verstummte die Menge. Dann brach sie von neuem in Geheul aus und in wilde Gestikulationen, mit grausamer Spannung darauf wartend, daß das große Opfer sich vor ihr winden sollte.

»Hierher, hierher, Hund! Dich wollen wir sterben sehen!«

Don Luigi hörte durch die Flammen die letzten Schmähworte. Er nahm all seine Kraft zusammen zu einer Gebärde unbeschreiblichen Hohnes. Dann wandte er ihnen den Rücken und verschwand für immer, da wo das Feuer am wildesten wütete.

Andrej Belyj

Verzweiflung

Für S. N. Hippius

Kein Warten, die Hoffnung laß fahren –
armes Volk, kannst dich nur noch zerstreun!

Löst euch auf im Raum, ihr Scharen,
jedes Jahr wird quälender sein.

Der Knechtschaft und Not ist kein Ende!
O Mütterchen Rußland, erlaub:
Ich weine, ich ringe die Hände
in Öde, in Leere und Staub.

Dort hin, wo im buckligen Tale
eine Gruppe von Eichen glänzt
und aufwärts strebend ans kahle
zottige Wolkenblei grenzt,

wo durchs Feld das Erschrecken hastet,
ein alter verkrüppelter Busch,
im Winde pfeift und nicht rastet
zerfetztes Zweiggehusch,

wo nachts in die Seele mir schauen
wie ein Netz überm Hügelland
die gelben, grausamen Augen
deiner Kneipen, die nicht bei Verstand,

dort hin, wo das Gleisgewinde
der Krankheit sich eint dem Tod –
dort verschwinde im Raum, verschwinde,
Rußland, du meine Not!

Jan Toorop, »Verhängnis« (1893)

William Morris

»Die Lektion eines Königs«

Die Sage erzählt von Matthias Corvinus, dem König von Ungarn – er war der Alfred der Große seiner Zeit und seines Volkes –, daß er einmal hörte (wirklich nur einmal?), einige seiner Bauern (wirklich nur einige, mein Junge?) seien überarbeitet und unterernährt. So sandte er nach seinem Rat und befahl auch etlichen Bürgermeistern der angesehenen Städte sowie einigen Gutsherren nebst ihren Vögten, hierbei zu erscheinen, und befragte sie über den wahren Sachverhalt; und auf verschiedene Weise erzählten sie alle dieselbe Geschichte: Die Bauern seien stark und arbeitsfähig, sie hätten genug und darüber zu essen und zu trinken, wenn man bedenke, daß sie nur Bauern seien, und wenn sie nicht mindestens so hart arbeiteten wie jetzt, würde es ihnen und ihren Herren nur zum Schaden gereichen; denn je mehr der Bauer habe, um so mehr verlange er, und wenn er erst den Reichtum kennenlerne, würde er auch den Mangel desselben empfinden, so wie es unseren Voreltern im Garten Gottes widerfuhr. Der König saß da und sagte nur wenig, während sie sprachen, aber er hegte den Argwohn, daß sie Lügner seien. So wurde die Ratsversammlung abgebrochen, ohne daß etwas geschehen wäre, aber der König nahm sich die Sache zu Herzen, da er, wie manche Könige, gerechten Sinnes war und darüber hinaus edler als die meisten Könige selbst in den alten Zeiten der Adelsherrschaft waren. So rief er, erzählt die Sage, im Laufe weniger Tage jene Gutsherren und Ratgeber zusammen, die er für die geeignetsten hielt, und befahl ihnen, sich für einen Ritt fertig zu machen. Als sie bereit waren, zog er mit ihnen hinaus, durch dick und dünn, geschmückt mit dem ganzen prächtigen Aufwand, der in jenen Tagen üblich war. So ritten sie, bis sie zu einem Dorf oder Flecken gelangten, wo die Bauern lebten, und weiter hinauf zu den Weinbergen, wo die Leute auf den sonnigen Südhängen, die vom Flusse aufstiegen, arbeiteten; die Sage erzählt nicht, ob es die Theiß, die Donau oder ein anderer Fluß war. Nun war es vermutlich Spätfrühling oder Frühsommer, und die Weinstöcke begannen gerade erst ihre Trauben zu bilden; denn in dieser Gegend ist die Weinernte spät, und manche Trauben werden erst gelesen, wenn der erste Frost sie berührt hat, was den Wein, der aus ihnen bereitet wird, stärker und süßer macht. Dort also waren die Bauern, Männer und Frauen, Knaben und junge Mädchen, die arbeiteten und sich plagten; einige hackten den Boden zwischen den Weinstockreihen, andere trugen Körbe mit Dünger die steilen Hügel hinauf. So mühten sich alle auf die eine oder andere Weise um die Frucht, die sie niemals essen, und den Wein, den sie niemals trinken sollten. Dorthin wandte sich der König, sprang vom Pferde und begann, die steinigen Kuppen des Weinberges zu erklettern, und seine Edelleute taten es ihm gleich, in gespannter Erwartung, was vor sich gehen würde. Denjenigen jedoch, die ihm als erste folgten, wandte er sich zu und sagte lächelnd: »Ja, meine Herren, es ist ein neues Spiel, das wir heute vorhaben, und eine neue Erkenntnis wird uns daraus erwachsen.« Die Edelleute lächelten ebenfalls, aber ein wenig säuerlich.

Die Bauern aber fürchteten sich vor diesen heiteren

und goldprangenden Edelherren. Gewiß kannten sie den König nicht, und niemand hatte ihn von Angesicht gesehen; sie hatten nur von ihm gehört, dem »großen Vater«, dem mächtigen Krieger, der ihr Dorf vor den Verheerungen der Türken bewahrt hatte, obwohl es wahrlich niemandem etwas ausmachte, ob ein Türke oder ein Magyare ihr Oberhaupt war; dem einen wie dem anderen waren sie eine bestimmte Zahl von Arbeitstagen im Jahre schuldig, und hart war der Erwerb ihres Unterhaltes, der sich auf die Tage beschränkte, da sie für sich, ihre Frauen und ihre Kinder arbeiteten.

Sie kannten also den König wahrscheinlich nicht, aber unter den reichen Edelleuten sahen und erkannten sie ihren eigenen Gutsherrn, und vor ihm fürchteten sie sich sehr. Was hätte es ihnen aber genützt, vor den starken Männern und ihren Rossen davonzulaufen? Sie hatten vor Sonnenaufgang mit ihrer Arbeit begonnen, und in einer guten Stunde war es Mittag. Überdies war bei dem König und seinen Edelleuten eine Garde von Armbrustschützen, die auf der anderen Seite des Weinberges zurückgelassen waren – kühnäugige Italiener aus den Bergen, die sicher zielten. So flüchteten die armen Leute nicht. Sie taten vielmehr, als ginge sie das alles nichts an, und setzten ihre Arbeit fort; denn sicher sagte jeder zu sich selbst: »Gehöre ich zu denen, die nicht erschlagen werden, habe ich morgen kein Brot, wenn ich heute nicht alle meine Kräfte einsetze; vielleicht macht man mich sogar zum Vorarbeiter, wenn andere erschlagen werden und ich am Leben bleibe.«

Nun tritt der König unter sie und sagt:

»Ihr guten Leute, wer von euch ist der Vorarbeiter?«

Spricht ein derber, sonngebräunter Mann in vorgerückten Jahren mit angegrautem Haar:

»Ich bin der Vorarbeiter, Herr.«

»Dann gib mir deine Hacke«, sagt der König, »denn ich will selbst die Arbeit anleiten. Diese Herren wünschen ein neues Spiel und möchten gern als Winzer unter mir arbeiten. Du aber steh neben mir und berichtige mich, wenn ich es falsch mache. Ihr übrigen jedoch geht und vertreibt euch die Zeit!«

Der Bauer wußte nicht, was er denken sollte, ließ den König mit ausgestreckter Hand stehen und blickte fragend seinen eigenen Gutsherren an. Dieser machte ihm grimmig ein Zeichen mit dem Kopfe, als ob er sagen wollte:

»Tu es, du Hund!«

Da läßt der Bauer die Hacke in die Hand des Königs gleiten; der König stellt seine Edelleute als Winzer an und teilt jedem seine Arbeit zu. Der Bauer sagt bald ja, bald nein zu seinen Anordnungen. Ihr hättet sehen sollen, wie die Samtröcke abgeworfen wurden und wie die Mäntel von feinem flämischem Tuch in den Staub fielen, als die Edelleute und Ritter sich zur Arbeit rüsteten!

Sie machten sich eifrig daran. Den meisten schien es ein hübscher Zeitvertreib, Winzer zu spielen. Aber da war einer, der, als er seinen Scharlachrock abgeworfen hatte, in einem Wams von kostbarem persischem Gewebe aus Gold und Seide dastand, ein Gewebe, wie es heute nicht mehr gefertigt wird, die Bremer Elle hundert Gulden wert. Ihm gab der König, ohne zu lächeln, das Amt, mit dem größten und zerbrechlichsten Düngerkorb den Hügel hinauf- und hinunterzuklettern. Dazu schnitt der seidene Herr ein Gesicht, das spaßhaft anzuschauen war, und alle Edelleute lachten. Als er sich abwandte, sagte er, so leise, daß ihn keiner der anderen hören konnte:

»Diene ich diesem Sprößling einer Hure, daß er mich heißen sollte, Dung zu tragen?«

Denn ihr müßt wissen, daß des Königs Vater, John Hunyad, der »Hammer der Türken«, einer der größten Kriegshelden der Welt, kein eheliches Kind war, wenn auch eines Königs Sohn.

Sie trieben die Arbeit wacker eine Weile voran, und lautes Lachen erscholl, als die Hacken die Erde aufrissen, die Kiesel aneinanderschlugen und eine Staubwolke aufstieg; der in Brokat gekleidete Düngerträger ging hinauf und hinab, fluchend und schwörend bei Gott und allen Teufeln, und einer sagte zum anderen: »Seht ihr, wie edles Blut Bauernblut übertrifft, selbst wenn der Edelmann des Bauern Arbeit tut! Bei diesen faulen Lümmeln kommt nur ein Streich auf drei von uns!« Der König aber, der nicht schlechter arbeitete als die anderen, lachte nicht. Indessen standen die armen Leute daneben und wagten kein Wort zueinander zu sprechen; denn sie fürchteten sich immer noch sehr, wenn auch nicht mehr davor, auf der Stelle erschlagen zu werden. Eine andere Angst bedrückte sie viel mehr: »Diese mächtigen und starken Herren und Ritter sind gekommen, um zu sehen, wieviel ein Mensch tun kann, ohne zu sterben. Wenn wir noch mehr Tage im Jahr Frondienst leisten sollen, sind wir ohne Hoffnung verloren.« Und in ihren Herzen sank der Mut.

So schritt die Arbeit rasch voran; die Sonne stieg immer höher am Himmel, und es ward Mittag und später. Das Gelächter unter den arbeitenden Edelleuten verstummte, die Schläge der Hacke fielen langsamer; der Düngerträger setzte sich am Fuße des Hügels nieder und blickte auf den Fluß hinaus. Aber der König setzte seine Arbeit hartnäckig fort; so blieben die anderen Edelleute aus Scham dabei, bis schließlich der Mann, der neben dem König arbeitete, seine Hacke klirrend fallen ließ und einen herzhaften Fluch ausstieß. Es war ein starker, schwarzbärtiger Mann in der Vollkraft des Lebens, ein tapferer Hauptmann jener berühmten »schwarzen Bande«, die so oft die Reihen der Türken durchbrochen hatte. Der König liebte ihn um seiner trotzigen Kühnheit willen. Darum sprach er zu ihm:

»Ist etwas nicht in Ordnung, Hauptmann?«

»Nein, Herr«, antwortete er, »fragt den Aufseher dort, was uns fehlt.«

»Aufseher«, fragte der König, »woran fehlt es meinen Rittern? Habe ich sie falsch angeleitet?«

»Nein, Herr, aber aufhören möchten sie«, antwortete er, »denn sie sind müde; das ist kein Wunder. Sie sind des Spieles überdrüssig und sind von edlem Blut.«

»Ist dem so, ihr Herren«, sagte der König, »daß ihr schon müde seid?«

Da ließen alle die Köpfe hängen und sagten nichts, bis auf den Kriegshauptmann. Er hatte Mut und war kein Lügner und sprach daher: »König, ich sehe, worauf du hinauswillst. Du hast uns hierhergeführt, um uns aus deinem Plato zu predigen. Geradeheraus gesagt: Ich habe mich genug geplagt und will endlich zu Tische gehen; darum haltet mit dem Schlimmsten nicht zurück! Wenn du Priester bist, will ich dein Diakon sein. Erlaubst du, daß ich einige Fragen an diesen Arbeiter richte?«

»Ja«, sagte der König, und es war, als ob eine Wolke des Nachdenkens über sein Gesicht hinzöge.

Der Hauptmann stand breitbeinig und mächtig da und sprach zu dem Bauern:

»Wie lange haben wir hier gearbeitet, guter Mann?«

»Etwa zwei Stunden, nach der Sonne zu urteilen, Herr«, sagte er.

»Und wieviel von eurer Arbeit haben wir in dieser Zeit geschafft?« fragte der Hauptmann und blinzelte ihm mit den Augen zu.

»Herr«, antwortete der Bauer und grinste dabei unwillkürlich ein wenig, »seid nicht erzürnt über meine Rede. In der ersten halben Stunde schafftet ihr fünfundvierzig Minuten unserer Arbeit, in der nächsten kaum dreißig, in der dritten fünfzehn und in der vierten halben Stunde nur zwei Minuten.«

Das Grinsen war aus seinem Gesicht gewichen, aber ein Funke glomm in seinen Augen, als er sagte:

»Euer Tagewerk ist nun vollbracht, ihr werdet zu Tisch gehen, Leckereien verzehren und feurigen Wein trinken; wir werden ein wenig Roggenbrot essen und dann wieder an die Arbeit gehen, bis die Sonne untergegangen ist und der Mond seine ersten Schatten wirft. Ich weiß nicht, wie, noch wo ihr schlafet, ich weiß auch nicht, welchen weißen Leib ihr in den Armen halten werdet, während die Nacht vergeht und die Sterne scheinen. Aber wir werden wieder bei der Arbeit sein, wenn die Sterne noch scheinen, und bedenket, wofür! Ich weiß nicht, welchen Zeitvertreib ihr für morgen auf dem Heimritt plant. Wenn wir aber morgen hierher zurückkommen, wird es sein, als hätte es kein Gestern mit all seiner Plage gegeben, und die Arbeit des neuen Tages wird uns auch keine Frist gewähren, und das Morgen von morgen wird nur bedeuten, daß wir wieder von neuem beginnen müssen, und so fort und fort, bis es für uns kein Morgen mehr gibt. Darum, wenn ihr daran denkt, uns neue Steuern oder Frondienste aufzuerlegen, bedenkt es zweimal, denn wir könnten es nicht tragen. All dies sage ich mit um so weniger Furcht, als ich erkenne, daß dieser Mann hier neben mir in dem schwarzsamtnen Wams mit der goldenen Kette um den Hals der König ist. Ich glaube nicht, daß er mich um meiner Worte willen töten wird, da er so manchen Türken vor sich hat und vor seinem mächtigen Schwert.«

Da sprach der Hauptmann:

»Soll ich den Mann töten, o König, oder hat er eine Predigt für dich gehalten?«

»Töte ihn nicht, denn er hat für mich gepredigt«, sagte der König. »Horcht auf die Predigt des Bauern, ihr meine Edelleute und Ratsherren! Wenn ein anderer unsere Gedanken ausspricht, werden neue Gedanken daraus geboren, und ich habe euch noch eine Predigt zu halten; doch jetzt will ich davon absehen. Laßt uns hinuntergehen und unser Mahl einnehmen.«

So gingen sie. Der König und seine Edlen setzten sich am Flusse unter dem Rauschen der Pappeln nieder, aßen, tranken und waren fröhlich. Und der König befahl, die Überreste vom Fleisch und einen guten Schluck vom Wein der Bogenschützen den Winzern hinaufzutragen. Dem Vorarbeiter gab er ein großes Goldstück und jedem Mann drei Silbermünzen. Als aber die armen Leute all dies in Händen hatten, war ihnen, als sei das Königreich Gottes zur Erde herabgekommen.

In der Kühle des Abends ritten der König und seine Edelleute heim. Der König war in sich versunken und schweigsam; aber der Hauptmann, der neben ihm ritt, sagte endlich zu ihm: »Laß mich nun deine Nachpredigt hören, o König!«

»Ich denke, du kennst sie schon«, sagte der König, »sonst hättest du nicht in solcher Weise zu den Bauern gesprochen; aber sage mir, was ist dein Gewerbe und das Gewerbe von allen diesen, wovon ihr lebt, wie der Töpfer vom Töpfemachen und andere von ihrem Handwerk?«

Der Hauptmann antwortete:

»Wie der Töpfer vom Töpfemachen, so leben wir davon, die Armen auszuplündern.«

Wieder sagte der König: »Und mein Gewerbe?«

»Dein Gewerbe ist es«, erwiderte jener, »der König dieser Räuber und doch nicht schlechter als alle anderen zu sein.«

Der König lachte.

»Halte dir das vor Augen«, sagte er, »und dann werde ich dir sagen, was ich dachte, als jener Bauer sprach. Bauer, dachte ich, wäre ich du oder deinesgleichen, nähme ich ein Schwert oder einen Speer in die Hand, sei es auch nur ein Zaunpfahl, und hieße andere das gleiche tun, und wir würden aufbrechen. Da wir viele Bauern sind und nichts als ein elendes Leben zu verlieren haben, würden wir kämpfen und siegen und dem Gewerbe der Könige, der Edelleute und Wucherer ein Ende bereiten. Nur ein Gewerbe gäbe es in der Welt: fröhlich für uns selbst zu arbeiten und fröhlich davon zu leben.«

Sagte der Hauptmann: »Dies ist also deine Predigt. Wer wird sie beachten, wenn du sie verkündest?«

Sagte der König: »Dieselben, die den närrischen König ergreifen und in ein Tollhaus sperren werden. Darum verkündige ich sie nicht. Und doch wird sie verkündigt werden.«

»Und nicht beachtet«, sagte der Hauptmann, »außer

von denen, welche die Verkünder neuer Ideen, welche der Welt zum Nutzen gereichen, köpfen und hängen. Unser Gewerbe steht sicher für noch manch eine Generation.«

Damit kamen sie zu des Königs Palast, und sie aßen und tranken und schliefen, und die Welt ging weiter ihren Lauf.

Genrebilder

Sinaida Hippius

Lied

Mein Fenster liegt über der Erde hoch oben,
So hoch da oben!
Ich seh' nur das glühende Abendrot droben,
Am Himmel droben.

Der herbstliche Himmel ist farblos und öde,
So bleiern und öde,
Er kennt keine Gnade, ist lieblos und spröde,
So gnadenlos spröde.

So groß ist die Sehnsucht, in der ich verbrenne,
Immer verbrenne!
Ich strebe nach etwas, das ich gar nicht kenne,
Nicht kenne. . .

In brennender Sehnsucht die Tage verstreichen,
Zerrinnen, verstreichen;
Die Seele erwartet ein Wunder, ein Zeichen,
Ein Zeichen!

Was unmöglich ist, das soll jetzt geschehen,
Muß jetzt geschehen:
Ich will es vom lieblosen Himmel erflehen,
Ich werd' es erflehen!

Ich denk' an den Schwur, der gebrochen, vergessen,
Der falsch und vergessen;
Ich strebe nach dem, was noch niemand besessen,
Kein Mensch noch besessen!

Peter Altenberg

Revolutionär

Studien-Reihe

GESELLSCHAFT.

Die gelblich-weiße fette aufgedunsene Langweile kroch umher auf dem dunkelroten weichen Teppich des Salons – – –.

Dann kroch sie auf den Schoß des jungen wunderschönen Haustöchterchens und küßte sie breit auf den Mund – – –.

Da begann das Haustöchterchen zu gähnen –.

Aber niemand merkte es.

Die junge Frau im braunen seidenen Moirékleide saß neben einem dicken jungen gemütlichen Schweine.

Sie dachte: »Wieso machen 4 Säcke Kohlen 3 Gulden aus?! Dieser Kerl hat sich das Trinkgeld mit eingerechnet heute vormittag – – –!?«

Das gemütliche Schwein grunzte.

Aber weil es reich war und aus guter Familie, sagte man später: »Dieser T. ist fein, so zurückhaltend, bescheiden – – – er hat so gute Manieren.«

Die junge Frau, der die Rechnung nicht stimmte, sagte mit einem Lächeln wie »l'homme qui rit«: »Sie, Herr T., Ihr Fräulein Schwester ist so lieb – –.«

»L'homme qui rit« lachte nämlich gar nicht – – im Gegenteil! Aber er sah so aus, weil man ihm die Nerven durchschnitten hatte. So lächeln Gesellschaft-Menschen.

»Oh« grunzte das gemütliche Schwein.

Es wollte sagen: »Zu gütig, Gnädige – – –.«

»Ja, Ihre Schwester hat etwas so Liebes – –«, sagte die Dame und starrte auf das Muster der weißen Stores, wie wenn sie es dort ablesen würde. »Was sind das eigentlich für Blumen?!« dachte sie.

Die Schwester, welche »etwas so Liebes« hatte, saß da und dachte: »Wird Er kommen – – –?!«

Aber er kam nicht.

So etwas hatte man noch nie gesehen! Sie hatte nur ein Paar Augen und alles andere war Plunder –. Aber noch nie hat man laut jammernde Augen gesehen – –. Diese Augen jammerten laut: »Warum kommt Er nicht – –?!«

Plötzlich kroch die gelblich-weiße, fette, aufgedunsene Langweile an ihr empor, setzte sich auf ihren Schoß und küßte sie breit auf den Mund.

Da begann sie zu gähnen.

Aber niemand merkte es. Sie gähnte direkt mit den Augen, eigentlich mit dem Herzen.

Der junge Lieutenant dachte: »Heute ist Fiakerball! Wenn diese Gisela – – –. Ich gehe nach dem Souper weg. Ich kann um 11 Uhr dort sein; Gisela – – –.«

Die Langweile zwängte ihre dicke Faust in seinen Mund und sperrte ihn auf.

Das merkten aber alle – – –.

Beim Souper sagte der Haussohn: »Diese Gabriele P. habe ich benannt ›Letzte Bacchantin des Wienerwaldes‹! Alles jauchzt in ihr! Dieses Leben, diese herrliche Bewegung – – –! Jawohl!«

Die Damen fanden diese Bemerkung ziemlich taktlos – –. »Wie kommt Gabriele hierher, bitte?!«

Alle haßten den Haussohn – –.

»Weil er immer originell sein will – – –!« dachte Fräulein Dasy.

Die fette aufgedunsene Langweile kroch dem Haussohn auf den Schoß.

Dieser aber gähnte nicht, nicht einmal innerlich!

Er nahm sich die besten Stücke aus der Schüssel, zwei weiße Bruststücke vom Kapaun und schüttete Natursaft darüber wie einen Platzregen. Das amüsierte ihn.

Er dachte: »Was für eine Torte wird kommen?! Sie ist doch die ›letzte Bacchantin des Wienerwaldes‹ – ! Und ihr seid die Gesitteten!? Hollahó!«

Nach dem Souper sagte das Haustöchterchen: »Herr v. S., spielen Sie – – –!«

v. S. spielte das Intermezzo aus den »Rantzau«, wirklich wunderbar – – –.

Die Schwester des Schweines saß in einem Fauteuil und trank die süßen Töne – –.

Der Lieutenant sagte: »Kann man danach tanzen – – –?!«

Die Hausfrau fand, daß es sehr animiert sei und sans gêne.

Die Herren rauchten und lagen in Fauteuils – –.

Die Langweile kroch hinaus zu dem goldblonden Stubenmädchen, welches im Speisezimmer den Tisch abdeckte – – –.

Da kam der Entdecker der »letzten Bacchantin des Wienerwaldes« und küßte die Goldblonde auf den Mund – – –.

Da kroch die gelblich-weiße, fette, aufgedunsene Langweile, schon ziemlich pikiert, weiter, in das Vorzimmer, wo alle Mäntel und Spitzentücher hingen und diese begannen sich tüchtig zu langweilen, obzwar sie nach Eau de Cologne und Eßbouquet dufteten. Aber auf die Dauer ist auch das Duften reizlos, besonders wenn niemand sagt: »hapzi – – –!«

Und dann kroch die Langweile weiter in das finstere Stiegenhaus und hinaus auf die schwarze Straße und schleppte sich auf den Fiakerball – – –.

Dort kroch sie dem Fräulein Gisela, die auf den Lieutenant wartete, auf den Schoß und küßte sie breit auf den Mund – – –.

Diese begann zu gähnen und sperrte ihr Mäulchen weit auf – – –.

Aber niemand merkte es – – –.

Denn alle tanzten den »Gestrampften« und waren ganz toll!

Der Lieutenant kam nicht.

Er machte dem Haustöchterchen den Hof, bei den Klängen der »Rantzau« und war ganz weg – –!

Am nächsten Tage sagte das Haustöchterchen:

»Es war doch sehr gemütlich – –!«

»Nach dem Souper!« sagte der Haussohn und dachte an goldblonde Haare und an anderes – –.

SONNTAG. (Der Revolutionär »en famille«.)

Im Vorzimmer stehen die sechs geerbten Stühle, die damals Speisezimmerstühle waren und eigentlich zu Nußholz paßten. Nun, man konnte ja später die großen gelben Kästen in Nußholz färben, eine schöne Harmonie herstellen.

»Überrascht mich damit zu Weihnachten – – –«, sagte die Hausfrau.

Auf dem Tischchen lag eine gestickte rote Decke in Wolle und darauf stand eine Lampe ganz aus Kristallglas, sogar der Fuß, das Gestelle waren aus Glas.

Die Sachen waren nicht neu, aber gut konserviert, ein schönes frisches Greisenalter.

Im Zimmer beim Herrn brannte es fest im Ofen. Es duftete nach Teppich und Holz

»Oh die Hitze – – –«, sagt immer der Hausherr, wenn er nach Hause kommt, knüpft das Gilet auf, dann das Leibchen mit den goldenen Knöpfen, bekommt Kongestionen – – –.

»No, no – –«, sagt die Hausfrau, »wenn man von draußen kommt, natürlich – – –.«

»Ja – –«, sagt der Hausherr, »bitte, ich komme von draußen« und versucht den Ofen kalt zu machen, indem er an dem Türchen kleine Manipulationen vornimmt und mit dem Ofenbesteck ziemlich klappert.

»Ein unruhiger Geist – –«, sagt die Hausfrau.

Dieses Gespräch war sehr oft, eigentlich war es immer, besonders Sonntags und die Kinder hatten die Empfindung von – – nun, sie hätten gerne gesagt: »Um das dreht es sich?? Der ›neue Hauch‹ geht an euch vorüber – –.« Obzwar es gar nicht herpaßte. Aber wenn man das Gefühl hat?! Jedesfalls war das Ganze gutmütig patriarchalisch, so wie wenn man sagt: »Das sind unsere Sorgen, nicht wahr, nichts Bedeutendes, Gott sei Dank – – –?!«

Jetzt aber saß der blasse Sohn bei diesem Ofen, wärmte sich und erwartete die Eltern.

Er hatte die Empfindung »Sonntag Vormittag« und »ein geordnetes Hauswesen« und »oh gewiß Julienne-Suppe«.

Endlich kamen die Eltern, beide ausgepumpt vom Stiegensteigen und den Pelzröcken.

Wo waren die Herrschaften?! Bei der Tochter natürlich. Von der Tochter zu der Tochter, zu der Tochter, von der Tochter – – ein Lebenslauf!

»Man wird über den Kleinen sprechen – –«, dachte der Sohn, »Gott wie fad, ich liebe nur kleine Mädchen, die haben Grazie, riechen gut und man kann sie auf die Haare küssen – – – .«

Er wußte, daß er etwas Facheuses sagen würde, die Stimmung stören würde, die Nervenschlüssel drehen, bis das Instrument auf ges, des, as, es wäre – – –.

»Großeltern sind Schablone – –«, dachte er, »überhaupt alles – – –.«

Natürlich kam Julienne-Suppe.

»Die Suppe ist wie Feuer – – –«, sagt der Vater, »alles ist heiß bei euch – –.«

Als ob er nicht »Euch« wäre! Solche Ausdrücke sollen eine Kluft bezeichnen, das verwischte alte Bild eines Kampfes, der nie war und der nie sein wird, ein Protest gegen – – –. Nun man sagt ja nichts. Gebt Ruhe.

»Laß die Suppe auskühlen – –«, sagte die Mutter, »oh wie fein ist sie, geh Alterl, sei nicht so – – –.«

»Brillat-Savarin sagt – – –.«

»Wir wissen schon, was Brillat-Savarin sagt, aber iß deine Suppe – – –.«

»Brillat-Savarin – – –«, dachte der Sohn, »nun, wenigstens ist es korrekt ausgesprochen – – –.«

Meistens kommt: »Wißt ihr, was der berühmte – – – sagt?!« Aber diesen Namen kennt die Welt nicht. Und übrigens war niemand neugierig, was der Berühmte sagte, jedesfalls etwas Irritierendes, etwas aus anderen Gesichtspunkten.

Die Mutter nahm diese Zitate aus der »Revue« wie eine schlechte Gewohnheit, zum Beispiel wie das Hinaufschnupfen oder Ärgeres – – –. Der Sohn dachte darüber: »Matte Flügelschläge eines alten Vogels, lasse es sein – – –. Bist du denn Graf Mirabeau?!«

»Die Suppe ist wie sie ist – –«, dachte die Mutter, »sie kostet genug und die frühere Generation war auch gesund. Ich sehe nicht die Resultate. Ihr geht jedes Jahr zum Zahnarzt – –. Suppe muß heiß sein – –.«

Es kam Filet mit verschiedenen Gemüsen, eine gewölbte weiße rauhe Fläche, Blumenkohl, etwas zerpatschtes Graugrünes, kleine spitzige rötliche weiche Zäpfchen und Erdäpfel gerippt mit der Maschine und goldgelb gebraten. Das Ganze sah aus wie ein Blumenbeet.

»Wer hat das heutige Feuilleton gelesen – –!?« sagt der

Vater, »das ist plastisch, so wie wenn man dort wäre – –, so solltest du schreiben, Albert – –!«

»Ja, es ist ein Schmarren – –«, sagte der Sohn, welcher ziemlich enttäuscht war, daß nicht über den Enkel gesprochen wurde. Wo sollte er seine üble Laune anbringen, bitte?!

Denn die Eltern taten ihm nur leid, er ließ sie gerne in ihrem warmen Dunste, Lebensdunste.

Die waren ja schon auf dem Wege – –. »Euer Glück ist die Ruhe«, fühlte er.

Aber mit den anderen, dieser »trägen schlappen Jugend«, wollte er anbinden, wollte kämpfen, beleidigen – – –. »Ihr Verharrenden, ihr Stagnierenden, ihr Sumpfschildkröten – – –!«

Überhaupt, er brauchte ein Feld, eine Tribüne, wie Danton, Marat, Robespierre – – –.

»Ihr wollt Mieder tragen, eure Milz, eure Leber zerdrücken?! Fort auf die Guillotine! Ihr wollt das Glück, heute, wo Hunderte Millionen Menschen – –?! Fort auf die Guillotine! Ihr wollt Ruhe, Frieden?! Fort auf die Guillotine!«

Er wußte, daß die Unruhe, diese »innere Unruhe« die Quelle alles Fortschrittes sei, des »Sich-Bedenkens«, der »Einkehr«, der »Umwandlung« und er fand überall nur das schamlose Bedürfnis nach Ruhe, Ruhe, Ruhe – – –! Die Eltern wollten Ruhe, die Gatten wollten Ruhe, die Ehefrauen, die Töchter, sogar die Bräute und die Bräutigame – –. Alle strömen in diesen Gift-Sumpf Ruhe – – –.

Herrgott, aber war denn das die Ruhe, die heilige, die auf den Gipfeln?!

Betäubung war es, Lethargie, Morphin – – –!

So ist das Familienleben – –. Ist es draußen anders?!

Alles Morphium, die Liebe, der Alkohol, der Patriotismus – – –. Also was denn?! Ja, was denn – – –!? Nun, die Kunst, die Natur, das Leben des Diogenes, des Chr. – – –! Bewegungen der Seele, des Geistes, die die Kräfte in neue Verbindungen brächten, die trägen Stoffe wegschwemmten, einen kleinen Wirbel, Strudel erzeugten. Kurz, er dachte: »Zum Teufel, Mensch sein heißt sich bewegen, sich von sich wegbewegen, irgendwohin, nach vorwärts, nach aufwärts!«

»Bei uns ist es gemütlich, Bruder – – –«, sagte das sanfte Schwesterchen, »du solltest – – –.«

Er sah sie an – – –.

»Du verachtest uns – – –«, sagte die Schwester, »wozu – – –?!«

»Oh – –«, sagte er, »aber bitte, macht nächsten Sonntag nicht Julienne-Suppe – – –!?«

»Nicht – – –?!« sagte die Schwester, »was denn – – –?!«

»Nun, macht Karfiolsuppe – – –!«

»Eine ›falsche Suppe‹, am Sonntag – – –?!«

»Ja, einmal eine falsche – – –«, sagte Robespierre und verließ triumphierend die Tribüne.

»Ich werde es mit Mama besprechen – – –«, dachte die sanfte Schwester.

Richard Dehmel

Gebet im Flugschiff

Schöpfer Geist, unbegreiflicher,
der du Wesen ersinnst, die Gestalt annehmen,
grausig gütiger du,
denn jedes lebt vom Tod vieler andern,
Götter wie Menschen,
Tiere, Pflanzen,
Kristalle, Gase, Ätherdämonen,
kann jedes übergehn in jedes,
ins Meer, ins Luftmeer, in fernste Gestirne,
bauen einander, zerstören einander,
begehren auf wider sich und dich,
lassen sich Krallen wachsen vor Gier,
Flügel,
und selbst Maschinen, die Vögeln gleichen,
ächzen aus ihren Nöten zu dir
um das letzte Quentchen Vollendung:
Jetzt: hier schweb' ich in deinem Licht,
wie ein Wasserstäubchen im Regenbogen
mitdurchhaucht von all deinen Farben,
ohne Bitte,
nur voller Dank
deines beseelenden Odems teilhaftig,
deiner Inbrunst,
die sich staunend in Menschenmund nennt:
Phantasie! –

KONSTANTIN BALMONT

Unterwasser-Sonett

Pflanzen auf dem Meeresgrunde
strecken bleiche Blätter aus,
gespenstisch dehnt sich's in der Runde
in diesem wortelosen Haus.

Schwer ist's, im Trüben zu liegen,
es lockt die obere Welt.
Sie sehnen sich nach Licht und Liebe,
ihr Traum wird von Blumen erhellt.

Doch ist versperrt das Land des Lichtes,
rings nur kaltes Wassereinerlei;
Haifische schwimmen ab und zu vorbei.

Kein Gruß, kein Licht – das Wasser bricht es.
Von den Wellen oben sinken ins Grab
Schiffstrümmer nur und Ertrunkne herab.

Robert Walser

Sechs kleine Geschichten

1
Von einem Dichter

Ein Dichter beugt sich über seine Gedichte, deren er zwanzig gemacht hat. Er schlägt eine Seite nach der anderen um und findet, daß jedes Gedicht ein ganz besonderes Gefühl in ihm erweckt. Er zerbricht sich mit großer Mühe den Kopf, was das wohl für ein Etwas ist, das über oder um seine Poesien schwebt. Er drückt, aber es kommt nichts heraus, er stößt, aber es geht nichts hinaus, er zieht, aber es bleibt alles wie es ist, nämlich dunkel. Er legt sich ganz auf das geöffnete Buch in seine verschränkten Arme und weint. Dagegen beuge ich mich nun, der Schelm von Verfasser, über sein Werk und erkenne mit unendlich leichtem Sinn das Rätsel der Aufgabe. Es sind ganz einfach zwanzig Gedichte, davon ist eines einfach, eines pompös, eines zauberhaft, eines langweilig, eines rührend, eines gottvoll, eines kindlich, eines sehr schlecht, eines tierisch, eines befangen, eines unerlaubt, eines unbegreiflich, eines abstoßend, eines reizend, eines gemessen, eines großartig, eines gediegen, eines nichtswürdig, eines arm, eines unaussprechlich und eines kann nichts mehr sein, denn es sind nur zwanzig einzelne Gedichte, welche aus meinem Mund eine, wenn nicht gerade gerechte, so doch schnelle Beurteilung gefunden haben, was mich immer am wenigsten Mühe kostet. Eins aber ist sicher, der Dichter, der sie gemacht hat, weint noch immer, über das Buch gebeugt; die Sonne scheint über ihn; und mein Gelächter ist der Wind, der ihm heftig und kalt in die Haare fährt.

2
Laute

Ich spiele auf der Laute Erinnerung. Sie ist ein geringfügiges Instrument mit nur immer einem und demselben Klang. Dieser Klang ist bald lang, bald kurz, bald träge, bald hurtig. Er atmet in ruhigen Zügen, oder er setzt in einem hastigen Sprung über sich selber hinweg. Er ist traurig und lustig. Das Sonderbare ist nur, daß, wenn er schwermütig klingt, er mich lachen macht, daß, wenn er lustig ist und springt, ich dabei weinen muß. Gab es jemals solchen Ton? Wurde jemals auf so wunderlichem Instrument gespielt? Es ist kaum in die Hand zu nehmen, das Instrument; die Hände, selbst die weichsten und feinstgebildeten, sind zu rauh dafür. Es hat unaussprechlich dünne, zarte Saiten. Haare sind Halftern dagegen. Es gibt einen Knaben, der darauf zu spielen weiß; und ich, der ich Zeit habe, auf der Lauer zu liegen, ich horche ihm zu. Er spielt Tag und Nacht, ohne an Essen und Trinken zu denken, in die Nacht und in den Tag hinein. Vom Tag in die Nacht und von der Nacht in den Tag hinein. Die Zeit muß ihm nur dazu da sein, sie wie einen Ton an sich vorbeiwehen zu lassen. So wie ich auf ihn horche, den Spielenden, so horcht er, der Spieler, die ganze Zeit lang auf seine Geliebte, den Klang seines Instruments. Noch nie lag ein Verliebter so treu, so beständig auf der Lauer. Wie süß ist es, dem Lauernden aufzulauern, den Verliebten verliebt zu sehen, den Vergessenen an seiner Seite zu fühlen. Der Knabe ist Künstler, die Erinnerung sein Instrument, die Nacht sein Raum, der Traum seine Zeit; und die Töne, denen er das Leben gibt, sind seine eifrigen Diener, die von ihm reden in der Welt begierige Ohren. Ich bin nur noch Ohr, unsäglich ergriffenes Ohr.

3
Klavier

Ich weiß nicht, wie der Bursche heißt, der das Glück hat von einer so schönen und hoheitsvollen Klavierlehrerin Unterricht auf dem Flügel zu genießen. Jetzt eben ist er daran sich von den schönsten Händen der Erde die Behendigkeit auf den Tasten beibringen zu lassen. Die Hände der Dame gleiten über die Tasten wie weiße Schwäne auf dem dunklen Wasser. Sie sprechen sehr anmutig schon aus, was hinterher die Lippen sagen. Der Knabe ist von einer Zerstreutheit umfangen, welche die Lehrerin nicht beachten zu wollen scheint. »Spielen Sie das«; aber er spielt es unbeschreiblich schlecht. »Spielen Sie es noch einmal«;

aber er spielt es noch schlechter als zuvor. Nun, es muß noch einmal gespielt werden; aber er spielt es schlecht. »Sie sind träge.« Er weint, dem dies gesagt wird. Sie lächelt, die dies sagt. Er liegt mit dem Kopf auf dem Klavier, der sich das muß sagen lassen. Sie streichelt ihm das braune weiche Haar, die ihm dies hat sagen müssen. Nun küßt der Bursche, der unter der Liebkosung aus seiner Scham erwacht, die zärtliche Hand, die sehr vornehm und weiß ist. Nun umschlingt die Dame den Hals des Knaben mit ihren herrlichen Armen, die sehr weich und zu einer Umarmung die rechten Zangen sind. Nun läßt sich die Dame küssen und nun erliegen die Lippen des lieben Burschen einen Kuß der freundlichen Dame. Nun haben die Knie des Geküßten nichts Eiligeres zu tun, als wie umfallende Grashalme zusammenzusinken, und die Arme des Knienden nichts Einfacheres, als wieder die Knie der Dame zu umarmen. Der Dame Knie schwanken ebenfalls und nun sind beide, die gütige, schöne Dame, und der einfache arme Knabe, eine Umarmung, ein Kuß, ein Zusammensturz, eine Träne – und was mehr ist: eine unerwartete schreckliche Überraschung für jemanden, der in diesem Augenblick die Türe des Zimmers öffnet, was sowohl der Süßigkeit von der beiden vergessener Liebe, als der Erzählung davon ein Ende bereitet.

4

Nun, ich besinne mich, daß einmal ein armer, von Stimmungen sehr gedrückter Dichter lebte, welcher, da er sich an der freien Gottesnatur satt gesehen hatte, auf den Entschluß kam, nur noch seine Phantasie dichten zu lassen. Er saß eines Abends, Mittags oder Morgens, um 8, 12, oder 2 Uhr in dem dunklen Raum seines Zimmers und sagte zu der Wand desselben: Wand, ich habe dich im Kopf. Gib dir keine Mühe, mich mit deiner ruhigen seltsamen Physiognomie zu täuschen. Fortan bist du ein Gefangener meiner Phantasie. Hierauf sagte er dasselbe zu den Fenstern und zu der düstern Aussicht, welche ihm dieselben tagtäglich boten. Hernach unternahm er, von Abenteuerlust angefeuert, einen Spaziergang, welcher ihn durch Felder, Wälder, Wiesen, Dörfer, Städte, über Flüsse, Seen immer unter dem schönen Himmel führte. Aber zu Feldern, Wiesen, Wegen, Wäldern, Dörfern, Städten und Flüssen sagte er immerfort: Kerls, euch habe ich fest im Schädel. Bildet euch nicht länger ein, ihr Leute, daß ihr auf mich einen Eindruck macht. Er ging heim und lachte beständig vor sich hin: Ich habe sie alle, ich habe sie alle im Kopf. Also ist anzunehmen, daß er sie noch jetzt dadrinnen hat, wo sie (wie gerne wollte ich ihnen helfen) nicht mehr hinauskommen. Ist das nicht eine phantasievolle Geschichte??? –

5

Es war einmal ein Dichter, der so verliebt in den Raum seines Zimmers war, daß er den ganzen Tag über in seinem Lehnstuhl saß und die Wände anbrütete, die vor seinen Augen lagen. Er entfernte die Bilder von diesen Wänden, um durch keinen zerstreuenden Gegenstand gestört und verleitet zu werden, irgend etwas anderes zu betrachten, als die kleine, fleckige, unfreundliche Wand. Man kann nicht sagen, daß er den Raum mit Absicht studierte, sondern man muß gestehen: Er lag ohne einen Gedanken in den Banden einer grundlosen Träumerei, in welcher seine Stimmung weder lustig noch traurig, weder munter noch melancholisch, sondern so kalt und gleichgültig wie die eines Wahnsinnigen war. Er verbrachte drei Monate in diesem Zustande und an dem Tage, mit welchem der vierte beginnen sollte, konnte er sich nicht mehr von seinem Platze erheben. Er war festgeklebt. Das ist etwas Sonderbares und es liegt Unwahrscheinlichkeit in dem Versprechen des Erzählers, der beteuert, daß sogleich noch Sonderbareres folgen soll. Zu dieser Zeit nämlich suchte ein Freund unseres Dichters den Dichter in seinem Zimmer auf und fiel, wie er dasselbe betrat, in dieselbe schwermütige oder lächerliche Träumerei, in welcher der Erste gefangen lag. Einige Zeit nachher widerfuhr einem dritten Verse- oder Romanschreiber, der kam um nach seinem Freunde zu sehen, das gleiche Unglück, in welches nacheinander sechs Dichter fielen, die alle kamen, um sich nach dem Freunde zu erkundigen. Nun sitzen alle sieben in dem kleinen, dunklen, düsteren, unfreundlichen, kalten, kahlen Raum und draußen schneit es. Sie kleben an ihren Sitzen und werden wohl nie wieder eine Naturstudie machen. Sie sitzen und starren, und das freundliche Gelächter, welches diese Geschichte belohnt, ist nicht imstande, sie aus ihrem traurigen Bann zu erlösen. Gute Nacht.

6
Der schöne Platz

Die Geschichte, obschon ich an ihrer Wahrscheinlichkeit zweifle, hat mir, als man sie mir erzählte, viel Freude bereitet; und ich gebe sie, so gut ich kann, hier zum besten, unter der einzigen Vorbedingung jedoch, daß man mich bis zum Ende nicht durch Gähnen unterbreche: Es waren einmal zwei Lyriker, von denen der eine sich Emanuel nannte, welcher ein sehr nervöser, sensibler, junger Mann war. Der andere, mehr gröberer Natur, hieß Hans. Emanuel hatte sich einen Winkel im Walde ausgefunden, der vor aller Welt verborgen war, und wo er sehr gerne zu dichten pflegte. Zu diesem Zwecke schrieb er artige und unbedeutende Verslein in ein Notizbuch, welches er von seinem Großvater geerbt hatte, und schien mit diesem seinem Berufe sehr zufrieden zu sein. Und wahrlich, warum hätte er es nicht sein sollen? Die Stelle im Wald war so still und angenehm, der Himmel über derselben so heiter und blau, die Wolken so unterhaltend, die Bäume des gegenüber liegenden Randes so abwechselnd und von so gesuchter Farbe, die Wiese so weich, der Bach, der diese einsame Waldwiese bewässerte, so erfrischend, daß Herr Emanuel ein Narr hätte sein müssen, wenn er etwas anderes als sich glücklich gefühlt hätte. Der Himmel lachte zu seinem unschuldigen Gedichtemachen ebenso blau und schön herab wie auf die Waldbäume; und der Frieden dieses Idylls schien so unzerstörbar, daß die Störung, die nun sogleich herantreten wird, wie das Unglück in der Woche, sehr unglaublich erscheinen muß. Die Sache ist aber folgende. Ich habe euch Hans schon genannt. Hans, dieser zweite Lyriker, trieb sich einmal, selber getrieben vom Zufall, in dem Walde und in der Nähe des einsamen Platzes umher und entdeckte bei dieser Gelegenheit den Winkel und dessen Bewohner, den Bruder Emanuel. Sofort erkannte Hans in Emanuel, obschon sie sich nie zuvor gesehen, den Dichter, so wie ein Vogel den andern sofort erkennt. Er schlich sich hinter ihn und, um die Geschichte kurz zu machen, versetzte ihm einen tüchtigen Schlag auf die Wange, daß jener laut aufschrie und ohne sich weiter umzusehen nach dem, welcher ihn also traktiert hatte, die Beine springen ließ und zwar so schnell, daß er im Augenblick nicht mehr zu sehen war. Hans triumphierte! Er durfte hoffen, seinen Nebenbuhler auf ewig von der schönen einträglichen Stelle verjagt zu haben und er sann gleich darüber nach, wie er wohl am wirksamsten die Lieblichkeit dieser einsamen Waldgegend darzustellen habe. Auch er hatte ein Notizbuch bei sich, welches voller Verse, schlechter und guter, war, die er nächstens zu veröffentlichen hoffte. Dieses Buch zog er nun hervor und fing an, darin allerlei Gedankenlosigkeiten hineinzukritzeln, wie Lyriker zu tun pflegen, um sich in die geeignete Stimmung zu bringen. Er schien aber viele Mühe zu haben, die ruhige milde Schönheit seiner errungenen Landschaft in zarte Silben zu zwängen, so daß etwa noch ein Schimmer von Lebendigkeit hervorgucken mochte; und wie er dabei war, sich auf solche Weise abzuplagen, erstand ihm von vorne oder von hinten eine neue Plage, die derart war, daß sie auch ihm dieses Paradies, welches er wie ein Hund dem andern abgekläfft hatte, verleiden mußte. Es zeigte sich eine dritte Person auf dem Schauplatz in Gestalt einer Dichterin. Hans, der, erschreckt durch das Geräusch, aufblickte, erkannte sie sogleich als eine solche, verlor keine Zeit mit Galanterien, sondern verschwand wie sein Vorgänger im Augenblick. – Hier stockt die gute Erzählung und ich billige und begreife ihre Ohnmacht vollkommen, da ich ebenso wenig wie sie imstande wäre, hier fortzufahren, wo alles Weitergehen in den Abgrund der Nutzlosigkeit führen müßte. Denn wäre es etwa nichts Nutzloses, noch das Gebaren der Dichterin herzuleiern, wo schon zwei Dichter abgesungen sind? Ich begnüge mich, zu berichten, daß die erstere an der Schönheit des Waldplatzes nichts Schönes und an der Seltenheit desselben nichts Seltenes fand und ebenso geräuschvoll verschwand als sie aufrückte. Mag der Teufel Poet sein.

VILHELM KRAG

Genrebild

In dem grünbleichen Schein des versinkenden Monds
unter todstarren Linden
wandert er einsam –
und langsam singt er
ein trauriges Lied.

Auf frostharten Wegen
in stillen Nächten
klingt es wie Klappern von Totengebeinen –
da singt er, schlotternd, mit zitternder Stimme
und hüllt sich tief in den Leichentuchmantel,
den Kopf zwischen hochgezogenen Schultern,
die Sense fest unter knochigem Arm.
Sie schleppt hinterdrein
auf den Steinen der Straße,
und klirrend schreit
der scharfe Stahl
durch die stille, lauschende Luft.

Groß steht der Mond
tief unten im Westen,
erfroren und bleich,
sieht so traurig hinaus in die große
eiserstarrte Nacht,
sieht nur ihn, der da einsam wandert
die öden Wege
von Schloß zu Hütte.

Pío Baroja

Das Leben der Atome

Eines Nachts im Winter saß ich allein in meinem Zimmer und las. Nicht das kleinste Geräusch war im Hause zu hören; nur zwei Uhren, in meiner Arbeitsstube die eine, die andere über den schmalen Flur her, durchbrachen mit ihrem Getack die Stille der Nacht.

Die kleinere, in meinem Zimmer, warf zwischen das übliche Ticktack einer achtbaren Uhr zwei andere Schläge hinein und schien zu sagen:

»Hurtig voran ... Hurtig voran ...«

Die große, die auf dem Gang, verdammte solche einer ernsten, selbstbewußten Uhr unziemliche Phantasterei und murrte leise:

»Nur zu ... Nur zu ...«

Ich hörte die beiden Uhren laufen und mit ihren Stimmen sich verfolgen – und verachtete in tiefster Tiefe meiner Seele ihr fruchtloses Bemühen, sich gegenseitig einzuholen.

Ich hatte in einem modernen chemischen Werk die Entwicklung der Atomtheorie gelesen und war befangen ... ja fast entrüstet.

Die Atome überzeugen mich nicht, murmelte ich. Ich glaube dazu ein Recht zu haben, daß die Atome mich nicht überzeugen. Sind wir Positivisten ... oder nicht? ... Nun denn ... Wer hat das Atom gesehen? ... Wer hat das Atom auf die Waage gelegt? ... Warum also erdreistet man sich, zu sagen, das Atom sei unzertrennbar? ... Warum? ... Ja, was am meisten mich plagt, das ist ... (im geheimen sag' ich's), daß man sagt, das Atom sei unteilbar.

Meine schwarze Katze (ich glaube auch mit Recht zu sagen, daß ich eine schwarze Katze besitze), die auf den Tisch gesprungen war und nun auf Haeckels »Cellularpsychologie« lag, sah aus ihren gelben Augen meinem Gebärdenspiel zu ... mit einer quälenden Gleichgültigkeit. Ich glaubte in ihrem Ausdruck Anzeichen einer Ironie zu entdecken, die mir unanständig erschien bei einem Untergebenen und einem Wesen, das schließlich und zu guter Letzt doch auf meine Kosten lebte.

Ich stand vom Tisch auf und setzte mich in einen Sessel neben dem Kamin, zündete meine Pfeife an und betrachtete die Flammen. Mein Hund knurrte, weil ich ihn belästigte, als ich ihn vom Feuer wegschob.

Ich konnte die Gedanken von der Atomtheorie und vom Atom nicht losbringen. Das Unteilbare! Gibt es größeren Blödsinn als das Unteilbare!

Das Atom ist ein alter Plunder, sprach ich, eine Hypothese, die man unverzüglich vernichten muß. Nichts als

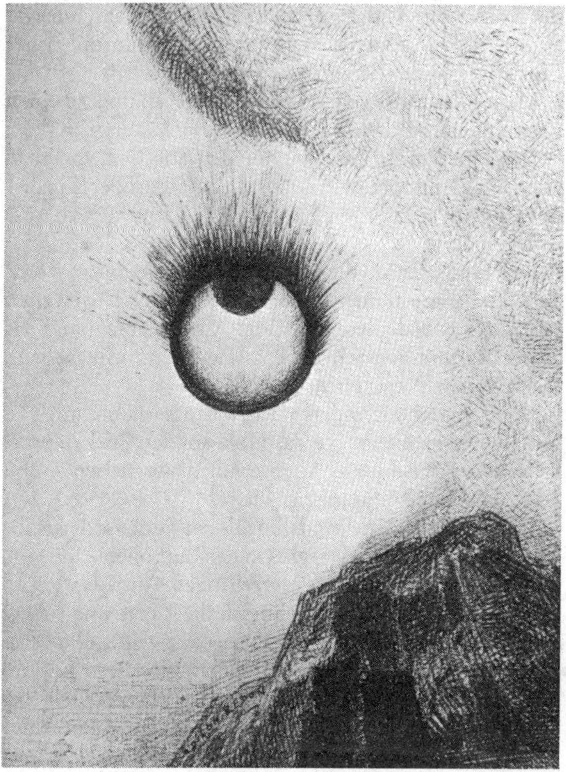

Odilon Redon, »Überall leuchten Pupillen auf« (1888)

die einheitliche Materie existiert wirklich. Wenn nur erst einmal einer mit wissenschaftlicher und philosophischer Einsicht kommt, der wird das Atom negieren.

Mein Hund, halb eingeschlafen, warf ab und zu einen verstohlenen Blick von gewissem Respekt auf mich.

Ja, sagte ich zu ihm, wir müssen ablassen von dem alten Kohl »Atom«; wir müssen uns darüber hinausschwingen ... zum »Subatom«, wenn ich mich so ausdrücken darf.

Der Hund schloß die Augen, als billige er mein Wort.

Wir leben nicht mehr in jenen Zeiten, sprach ich weiter, wo es etwas bedeutete, das Gold Au zu nennen und das Silber Ag und den Schwefel S. Wir leben nicht mehr in jenen Zeiten. Nein. Nicht mehr.

Da niemand mir widersprach, schaute ich, um mich zu zerstreuen, ins Feuer, wo das Holz auf den Böcken prasselte, die zwei dunkle Ägypterinnen vorstellten – und beobachtete die Glut meiner Pfeife.

Eine Weile schaute ich dahin, als ein Funke sich aus ihr löste, aufschwebte und reglos in der Luft blieb ...

Ärgerlich über diesen hinterlistigen Anschlag gegen das Gesetz der Gravität, nahm ich die Zange und suchte den Funken herabzuziehen; aber er verweilte, ohne sich um Gesetze zu kümmern, auf seinem Fleck und fing an, sich zu drehen und Kreise in der Luft zu beschreiben, bis er ... paff! ... wie eine Rakete in tausend kleine Lichter zerplatzte, weiße, rote, grüne, violette, scharlachne, gelbe ... in allen Farben, matte und helle.

Alles schien mir schon zu verlöschen – da zeichneten sich langsam in jenen Fünkchen verschwommene Umrisse ab, und als sie fester wurden, tauchten Gestalten auf von Männern, Frauen, Mücken, Hunden, Fliegen und

Eidechsen ... und alle begannen herumzuflattern und einen wirbelnden Reigen um meinen Kopf zu tanzen.

Au! Au ... kläffte mir ein goldfarbener Mops in die Ohren.

Ha ...! Ha ...! ... nieste ein Herr, ein Schwachkopf, ohne Geruch, ohne Farbe, ohne Geschmack.

Br! Br! summte eine Mücke, die einen starken, scharfen Geruch ausströmte.

Was ist das für Gesindel? brummte ich entrüstet. Wer seid ihr?

Da pflanzte sich eines von diesem Getier, das einem Leuchtkäfer glich wegen des Lichts, das es ausstrahlte, und Ph! Ph! machte wie eine Dampfmaschine, frech vor mir auf und sagte:

»Wir sind Atome.«

»Schwindel!« schrie ich, »die Atome existieren nicht!«

»Ag ... Ag ... Ag ...«, rief da ein Fräulein in Weiß, mit einem silbernen Lachen.

»Also wir existieren nicht, Tor«, antwortete mir verächtlich das phosphoreszierende Atom, »ihr, die Menschen, seid es, die nicht existieren! Ihr seid nichts als unsere Wohnung, ihr dient nur zu unserer Nahrung, zu unserem Leben ... sonst gar nichts!«

»Ihr! ... Ihr habt kein Leben«, entgegnete ich. »Was könntet ihr denn wohl besitzen?«

»O Menschheit, Menschheit! Du wirst immerzu einfältig sein«, rief das phosphoreszierende Atom aus, »du siehst, daß wir uns bewegen und wie die Menschen verliebt sind, bist Zeuge unserer Empfindung und unseres Wollens ... und leugnest uns das Leben!«

»Wollen?« fuhr ich dazwischen. »Begreifst du nicht, Kerl, daß ein unerbittlicher Determinismus auf all deine

Handlungen drückt ... daß ich dich zwingen kann, zu heiraten und dich scheiden zu lassen, wenn mir die Lust dazu kommt?«

»O! ... O! ...«, sagte ein Sauerstoffatom, »das ist zu arg ...«

»S ... S ...«, flüsterte das Schwefelatom mit dem Finger auf den Lippen und setzte hinzu: »Laßt das kluge Atom reden.«

»Was du von der Scheidung sagst«, erwiderte der Leuchtwurm, »beweist nur, daß wir weiter vorgeschritten sind als ihr. Welches Atom mit nur zwei Atomen gesunden Verstandes könnte eine Frau für sein ganzes Leben ertragen?«

»Das würde ganz gut gesagt sein«, sprach ich darauf, »wenn ihr nach eigenem Ermessen euch trenntet ... aber ihr Unglücklichen habt keinen Willen wie die Menschen.«

»Bah!« warf er ein, »ihr glaubt euch frei, weil ihr den Mechanismus des Atomgetriebes in eurem Gehirn nicht verstehen könnt; aber wenn unsere Handlungen voll Schicksal sind, dann sind die euren so auf gleiche Weise. Wir sind die Faktoren eures Seins, und aus Fatalismen bei Atomen kann freier Menschenwille nicht zuwege kommen.«

»Und die Seele?« sagte ich in Erinnerung daran, daß ich, in Psychologie, Logik und Ethik, allerhand Rüstzeug gewonnen hatte, um ihre Existenz zu beweisen.

»Die Seele! ... Pst! ... Bin ich in eines Menschen Gehirn, dann findest du dort Intelligenz; fehlt dieser Schaffer ... dann siehst du die Dummheit.«

»Aber wer bist du denn, daß du dich so wichtig machst?«

»Ich bin ein Phosphoratom. Schau her.«

Und das Atom bog sich zusammen, nahm die Füße auf den Kopf, wandelte sich in einen hellen strahlenden Ring und hob sich in die Luft; dann sank es wieder herab und sagte:

»Hier! Das ist eine Idee.«

Ich war verblüfft.

Das Phosphoratom machte sich meine Bestürzung zunutze und führte andere etwas possenhafte Phantasien auf.

Es bildete ein Kreuz und sagte:

»Da hast du eine geometrische Idee.«

Darauf krümmte es sich bis in die Gestalt eines spitzen Winkels und murmelte:

»Das ist ein Gedanke von Haß.«

Dann spreizte es die Beine, schlug die Arme auseinander und sagte: »Das ist ein Liebesgedanke.«

Ich war, wie ich schon sagte, verblüfft. Die Atome tanzten um mich herum, kreischten und riefen alle im Chor:

»Wir sind die einige Materie, das Untrennbare, das Unteilbare!«

Als ich das hörte, zitterte ich auf meinem Sitz und rief aus:

»Falsch! ... Falsch! ... Ihr seid aus Teilen gebildet.«

Da zerknallten sie alle, Männer und Frauen, Hunde, Mücken und Eidechsen ... eine zarte Masse von aschgrauer Farbe schwebte im Raum ... Ich lächelte für mich, mit heiterem, triumphierendem Lächeln ... Ich sah die einheitliche Materie, mein Ur-X, die ewige, allewig teilbare Materie ...

Aber zum Teufel, meine Pfeife war ausgegangen.

ARNO HOLZ

Ich liege noch im Bett und habe eben Kaffee getrunken.
Das Feuer im Ofen knattert schon,
durchs Fenster,
das ganze Stübchen füllend,
Schneelicht.

Ich lese.

Huysmans. Là Bas.

. . . Alors,
en sa blanche splendeur,
l'âme du Moyen Age rayonna dans cette salle . . .

Plötzlich,
irgendwo tiefer im Hause,
ein Kanarienvogel.

Die schönsten Läufe!

Ich lasse das Buch sinken.

Die Augen schliessen sich mir,
ich liege wieder da, den Kopf in die Kissen — —

Künstler – Intellektuelle

Rainer Maria Rilke

Wladimir, der Wolkenmaler

Sie sind wieder mal ganz herunter, Überflüssige, Abtrünnige, Betrogene in jedem Sinne. Jeder fängt bei sich selber an und verachtet so weiter nach oben und nach unten.

Aus diesem Gefühle heraus sagt der Baron: »Man kann nicht mehr in dieses Caféhaus gehen. Keine Zeitungen, keine Bedienung, nichts.«

Die beiden anderen sind ganz seiner Meinung.

So sitzt man weiter um den kleinen Marmortisch herum, der nicht weiß, was diese drei Menschen von ihm wollen. Ruhe wollen sie, einfach Ruhe. Der Dichter drückt das ebenso deutlich wie onomatopoetisch aus. »Quatsch« sagt er nach einer halben Stunde.

Und wieder sind die anderen derselben Ansicht.

Man wartet weiter, weiß Gott auf was.

Dem Maler beginnt ein Bein zu pendeln. Er betrachtet es eine Weile tiefsinnig. Dann begreift er die Bewegung und beginnt, langsam und mit Gefühl:

»Stumpfsinn, Stumpfsinn,
du mein Vergnügen –«

Da ist es aber höchste Zeit aufzubrechen. Einer hinter dem anderen gehen sie und Kragen hoch. Das Wetter ist nämlich auch so. Heulen möchte man.

Was tun? Bleibt nur Eines: zwischen fünf und sechs zu Wladimir Lubowski gehen, auf eine Dämmerung. Natürlich. Vorwärts also: Parkstraße 17. Ateliergebäude.

*

Zu Wladimir Lubowski kommt man nur durch seine Werke. Er raucht nämlich seine Bilder alle. Das ganze Atelier ist voll des phantastischen Qualmes. Du kannst von Glück reden, wenn du durch diese Urnebel auf dem kürzesten Wege zu dem alten abgenutzten Ruhebett gefunden hast, auf welchem Wladimir wohnt – tagaus, tagein.

Auch heute natürlich. Er steht nicht auf und wartet die drei »Betrogenen« ruhig ab. Die setzen sich rings um ihn, ein jeder nach Art und Anlage. Sie haben irgendwo grüne Chartreuse gefunden und Zigaretten. Selbstverständlich machen sie ohneweiters Gebrauch davon, mit der Miene von Menschen, die sich fortwährend aufopfern. Die Zigaretten sind sogar fein: Gott ja – was tut man nicht alles diesem elenden Leben zu Liebe.

Der Dichter lehnt sich zurück: »Oder ist es etwa nicht ein Machwerk, das Leben, etwas für Dilettanten – wie?«

Wladimir Lubowski antwortet nicht.

Die anderen warten gerne. Es ist so seltsam gut in diesem duftenden Dunkel. Man muß nichts tun als stillhalten, dann nimmt es einen hin und beginnt einen zu wiegen –

Aubrey Beardsley, »Die ›irdische Hülle‹ eines Dichters« (1892–93)

»Wie Sie das machen, Lubowski, es riecht gar nicht nach Terpentin bei Ihnen –« meint der Maler obenhin und der Baron ergänzt:

»Im Gegenteil. Haben Sie hier irgendwo Blumen?«

Stille. Wladimir bleibt weit hinter seinen Wolken.

Aber die drei sind geduldig. Sie haben Zeit und Chartreuse.

Sie kennen das: abwarten, es wird schon kommen.

Und dann kommt es:

Rauch, Rauch, Rauch und dann liebe, langsame Worte, welche durch die Welt gehen und die Dinge bewundern von weit. Die Wolken heben sie hoch. Lauter heimliche Himmelfahrten.

Zum Beispiel:

Rauch. »Das macht: Die Menschen schauen immer von Gott fort. Sie suchen ihn im Licht, das immer kälter und schärfer wird, oben.« Rauch. »Und Gott wartet anderswo – wartet – ganz am Grund von Allem. Tief. Wo die Wurzeln sind. Wo es warm ist und dunkel –« Rauch.

Und der Dichter beginnt auf und ab zu gehen, plötzlich.

Die Drei denken an den Gott, der irgendwo hinter den Dingen wohnt – wunderwo. –

Und später:

»Angst – haben –?« Rauch. »Wozu?« Rauch.

»Man ist ja immer über ihm. Wie eine Frucht, unter welche jemand eine schöne Schale hält. Golden – leuchtend im Laube. Und wenn die Frucht reif ist, läßt sie sich los –«

Da hat der Maler den Rauch zerrissen, so mit einer ungestümen Bewegung: »Herrrr Gott –« sagt er und findet auf dem Ruhebett einen kleinen blassen Menschen, der große merkwürdige Augen hat. Augen, mit ewiger Trauer hinter allem Glanz, – so frauenhaft froh. Und ganz kalte Hände.

Und der Maler bleibt unbeholfen davor. Er weiß nicht mehr recht, was er wollte.

Es ist gut, daß der Baron hinzutritt: »Das müssen Sie malen, Lubowski –« *Was* weiß der Baron nicht genau. Immerhin wiederholt er: »Wirklich, Lubowski.« Und das klingt fast ein wenig gönnerhaft, ohne daß er es will.

Wladimir hat indessen einen weiten Weg gemacht: vom Schrecken durch ein dunkles Staunen durch. Endlich kommt er beim Lächeln an und träumt leise: »Oh ja, morgen.« Rauch.

*

Da haben die Drei keinen Raum mehr im Atelier. Einer stößt sich am anderen. Sie gehen alle: »Auf Wiedersehen, Lubowski.«

An der nächsten Ecke schon schütteln sie sich die Hände mit unnötiger Heftigkeit. Sie haben Eile einander loszuwerden.

Sie trennen sich weit.

Ein kleines behagliches Café. Kein Mensch drin und summende Lampen. Da hat der Dichter begonnen Verse zu schreiben auf den Umschlag eines empfangenen Briefes. Und immer schneller wird die Schrift und immer kleiner; denn er fühlt: es kommen viele, viele.

Dann fünf Treppen hoch, im Atelier des Malers ist ein Vorbereiten für morgen. Mit einem Lied hat er den Staub von der Staffelei gepfiffen, den alten Staub. Steht eine neue Leinwand drauf, wie eine Stirne licht. Umkränzen möcht man sie.

Nur der Baron ist noch unterwegs. »Halbelf, Olympiatheater, Seitentür!« hat er einem Kutscher anvertraut und ist ruhig weiter gegangen. Es ist ja noch eine Menge Zeit vorher zum Ausruhen und zum Toilettemachen. Keiner denkt an Wladimir Lubowski.

*

Wladimir hat seine Tür verschlossen und gewartet, bis es ganz dunkel geworden ist. Dann sitzt er, klein, am Rand des Ruhebettes und weint in die weißen eisigen Hände hinein. Es kommt ihm leicht und leise, ohne Anstrengung und ohne Pathos. Es ist das Einzige, das er noch nicht verraten hat, das ihm allein gehört. Sein Einsames.

Thomas Mann

Beim Propheten

Seltsame Orte gibt es, seltsame Gehirne, seltsame Regionen des Geistes, hoch und ärmlich. An den Peripherien der Großstädte, dort, wo die Laternen spärlicher werden und die Gendarmen zu zweien gehen, muß man in den Häusern emporsteigen, bis es nicht weiter geht, bis in schräge Dachkammern, wo junge, bleiche Genies, Verbrecher des Traumes, mit verschränkten Armen vor sich hinbrüten, bis in billig und bedeutungsvoll geschmückte Ateliers, wo einsame, empörte und von innen verzehrte

Künstler, hungrig und stolz, im Zigarettenqualm mit letzten und wüsten Idealen ringen. Hier ist das Ende, das Eis, die Reinheit und das Nichts. Hier gilt kein Vertrag, kein Zugeständnis, keine Nachsicht, kein Maß und kein Wert. Hier ist die Luft so dünn und keusch, daß die Miasmen des Lebens nicht mehr gedeihen. Hier herrscht der Trotz, die äußerste Konsequenz, das verzweifelt thronende Ich, die Freiheit, der Wahnsinn und der Tod ...

Es war Karfreitag, abends um acht. Mehrere von denen, die Daniel geladen hatte, kamen zu gleicher Zeit. Sie hatten Einladungen in Quartformat erhalten, auf denen ein Adler einen nackten Degen in seinen Fängen durch die Lüfte trug und die in eigenartiger Schrift die Aufforderung zeigten, an dem Konvent zur Verlesung von Daniels Proklamationen am Karfreitagabend teilzunehmen, und sie trafen nun zur bestimmten Stunde in der öden und halbdunklen Vorstadtstraße vor dem banalen Mietshause zusammen, in welchem die leibliche Wohnstätte des Propheten gelegen war.

Einige kannten einander und tauschten Grüße. Es waren der polnische Maler und das schmale Mädchen, das mit ihm lebte, der Lyriker, ein langer, schwarzbärtiger Semit, mit seiner schweren, bleichen und in hängende Gewänder gekleideten Gattin, eine Persönlichkeit von zugleich martialischem und kränklichem Aussehen, Spiritist und Rittmeister außer Dienst, und ein junger Philosoph mit dem Äußern eines Känguruhs. Nur der Novellist, ein Herr mit steifem Hut und gepflegtem Schnurrbart, kannte niemanden. Er kam aus einer andern Sphäre, war nur zufällig hierher geraten. Er hatte ein gewisses Verhältnis zum Leben, und ein Buch von ihm wurde in bürgerlichen Kreisen gelesen. Er war entschlossen, sich streng bescheiden, dankbar und im ganzen wie ein Geduldeter zu benehmen. In einem kleinen Abstande folgte er den anderen ins Haus.

Sie stiegen die Treppe empor, eine nach der andern, gestützt auf das gußeiserne Geländer. Sie schwiegen, denn es waren Menschen, die den Wert des Wortes kannten und nicht unnütz zu reden pflegten. Im trüben Licht der kleinen Petroleumlampen, die an den Biegungen der Treppe auf den Fenstergesimsen standen, lasen sie im Vorübergehen die Namen an den Wohnungstüren. Sie stiegen an den Heim- und Sorgenstätten eines Versicherungsbeamten, einer Hebamme, einer Feinwäscherin, eines ›Agenten‹, eines Leichdornoperateurs vorüber, still, ohne Verachtung, aber fremd. Sie stiegen in dem engen Treppenhaus wie in einem halbdunklen Schacht empor, zuversichtlich und ohne Aufenthalt; denn von oben, von dort, wo es nicht weiter ging, winkte ihnen ein Schimmer, ein zarter und flüchtig bewegter Schein aus letzter Höhe.

Endlich standen sie am Ziel, unter dem Dach, im Lichte von sechs Kerzen, die in verschiedenen Leuchtern auf einem mit verblichenen Altardeckchen belegten Tischchen zu Häupten der Treppe brannten. An der Tür, welche bereits den Charakter eines Speichereinganges trug, war ein graues Pappschild befestigt, auf dem in römischen Lettern, mit schwarzer Kreide ausgeführt, der Name »Daniel« zu lesen war. Sie schellten . . .

Ein breitköpfiger, freundlich blickender Knabe in einem neuen blauen Anzug und mit blanken Schaftstiefeln öffnete ihnen, eine Kerze in der Hand, und leuchtete ihnen schräg über den kleinen, dunklen Korridor in einen untapezierten und mansardenartigen Raum, der bis auf einen hölzernen Garderobehalter durchaus leer war.

Wortlos, mit einer Geste, die von einem lallenden Kehllaut begleitet war, forderte der Knabe zum Ablegen auf, und als der Novellist aus allgemeiner Teilnahme eine Frage an ihn richtete, erwies es sich vollends, daß das Kind stumm war. Es führte die Gäste mit seinem Licht über den Korridor zurück zu einer anderen Tür und ließ sie eintreten. Der Novellist folgte als letzter. Er trug Gehrock und Handschuhe, entschlossen, sich wie in der Kirche zu benehmen.

Eine feierlich schwankende und flimmernde Helligkeit, erzeugt von zwanzig oder fünfundzwanzig brennenden Kerzen, herrschte in dem mäßig großen Raum, den sie betraten. Ein junges Mädchen mit weißem Fallkragen und Manschetten über dem schlichten Kleid, Maria Josefa, Daniels Schwester, rein und töricht von Angesicht, stand dicht bei der Tür und reichte allen die Hand. Der Novellist kannte sie. Er war an einem literarischen Teetische mit ihr zusammengetroffen. Sie hatte aufrecht dagesessen, die Tasse in der Hand, und mit klarer und inniger Stimme von ihrem Bruder gesprochen. Sie betete Daniel an.

Der Novellist suchte ihn mit den Augen ...

»Er ist nicht hier«, sagte Maria Josefa. »Er ist abwesend, ich weiß nicht, wo. Aber im Geiste wird er unter uns sein und die Proklamationen Satz für Satz verfolgen, während sie hier verlesen werden.«

»Wer wird sie verlesen?« fragte der Novellist gedämpft und ehrerbietig. Es war ihm ernst. Er war ein wohlmeinender und innerlich bescheidener Mensch, voller Ehrfurcht vor allen Erscheinungen der Welt, bereit, zu lernen und zu würdigen, was zu würdigen war.

»Ein Jünger meines Bruders«, antwortete Maria Josefa,

»den wir aus der Schweiz erwarten. Er ist noch nicht da. Er wird im rechten Augenblick zur Stelle sein.«

Gegenüber der Tür, auf einem Tisch stehend und mit dem oberen Rande an die schräg abfallende Decke gelehnt, zeigte sich im Kerzenschein eine große, in heftigen Strichen ausgeführte Kreidezeichnung, die Napoleon darstellte, wie er in plumper und despotischer Haltung seine mit Kanonenstiefeln bekleideten Füße an einem Kamin wärmte. Zur Rechten des Einganges erhob sich ein altarartiger Schrein, auf welchem zwischen Kerzen, die in silbernen Armleuchtern brannten, eine bemalte Heiligenfigur mit aufwärts gerichteten Augen ihre Hände ausbreitete. Eine Betbank stand davor, und näherte man sich, so gewahrte man eine kleine, aufrecht an einem Fuße des Heiligen lehnende Amateurphotographie, die einen etwa dreißigjährigen jungen Mann mit gewaltig hoher, bleich zurückspringender Stirn und einem bartlosen, knochigen, raubvogelähnlichen Gesicht von konzentrierter Geistigkeit zeigte.

Der Novellist verweilte eine Weile vor Daniels Bildnis; dann wagte er sich behutsam weiter ins Zimmer hinein. Hinter einem großen Rundtisch, in dessen gelbpolierte Platte, von einem Lorbeerkranz umrahmt, derselbe degentragende Adler eingebrannt war, den man auf den Einladungen erblickt hatte, ragte zwischen niedrigen Holzsesseln ein strenger, schmaler und steiler gotischer Stuhl wie ein Thron und Hochsitz empor. Eine lange, schlicht gezimmerte Bank, mit billigem Stoff überdeckt, erstreckte sich vor der geräumigen, von Mauer und Dach gebildeten Nische, in der das niedrige Fenster gelegen war. Es stand offen, vermutlich, weil der untersetzt gebaute Kachelofen sich als überheizt erwiesen hatte, und gewährte den Ausblick auf ein Stück blauer Nacht, in deren Tiefe und Weite die unregelmäßig verteilten Gaslaternen als gelblich glühende Punkte sich in immer größeren Abständen verloren.

Aber dem Fenster gegenüber verengerte sich der Raum zu einem alkovenartigen Gelaß, das heller als der übrige Teil der Mansarde erleuchtet war und halb als Kabinett, halb als Kapelle behandelt erschien. In seiner Tiefe befand sich ein mit dünnem blassen Stoffe bedeckter Diwan. Zur Rechten gewahrte man ein verhängtes Büchergestell, auf dessen Höhe Kerzen in Armleuchtern und antik geformte Öllampen brannten. Zur Linken war ein weiß gedeckter Tisch aufgeschlagen, der ein Kruzifix, einen siebenarmigen Leuchter, einen mit rotem Weine gefüllten Becher und ein Stück Rosinenkuchen auf einem Teller trug. Im Vordergrunde des Alkovens jedoch erhob sich, von einem eisernen Kandelaber noch überragt, auf einem flachen Podium eine vergoldete Gipssäule, deren Kapitäl von einer blutrot-seidenen Altardecke überhangen wurde. Und darauf ruhte ein Stapel beschriebenen Papiers in Folioformat: Daniels Proklamationen. Eine helle, mit kleinen Empirekränzen bedruckte Tapete bedeckte die Mauer und die schrägen Teile der Decke; Totenmasken, Rosenkränze, ein großes rostiges Schwert hingen an den Wänden; und außer dem großen Napoleonbildnis waren in verschiedenartiger Ausführung die Porträte von Luther, Nietzsche, Moltke, Alexander dem Sechsten, Robespierre und Savonarola im Raume verteilt ...

»Dies alles ist erlebt«, sagte Maria Josefa, indem sie die Wirkung der Einrichtung in dem respektvoll verschlossenen Gesicht des Novellisten zu erforschen suchte. Aber unterdessen waren weitere Gäste gekommen, still und feierlich, und man fing an, sich in gemessener Haltung auf Bänken und Stühlen niederzulassen. Es saßen dort jetzt außer den zuerst Gekommenen noch ein phantastischer Zeichner mit greisenhaftem Kindergesicht, eine hinkende Dame, die sich als »Erotikerin« vorstellen zu lassen pflegte, eine unverheiratete junge Mutter von adeliger Herkunft, die von ihrer Familie verstoßen, aber ohne alle geistigen Ansprüche war und einzig und allein auf Grund ihrer Mutterschaft in diesen Kreisen Aufnahme gefunden hatte, eine ältere Schriftstellerin und ein verwachsener Musiker, – im ganzen etwa zwölf Personen. Der Novellist hatte sich in die Fensternische zurückgezogen, und Maria Josefa saß dicht neben der Tür auf einem Stuhl, die Hände auf den Knien nebeneinander gelegt. So warteten sie auf den Jünger aus der Schweiz, der im rechten Augenblick zur Stelle sein würde.

Plötzlich kam noch die reiche Dame an, die aus Liebhaberei solche Veranstaltungen zu besuchen pflegte. Sie war in ihrem seidenen Coupé aus der Stadt, aus ihrem prachtvollen Hause mit den Gobelins und den Türumrahmungen aus Giallo antico hierhergekommen, war alle Treppen heraufgestiegen und kam zur Tür herein, schön, duftend, luxuriös, in einem blauen Tuchkleid mit gelber Stickerei, den Pariser Hut auf dem rotbraunen Haar, und lächelte mit ihren Tizian-Augen. Sie kam aus Neugier, aus Langerweile, aus Lust an Gegensätzen, aus gutem Willen zu allem, was ein bißchen außerordentlich war, aus liebenswürdiger Extravaganz, begrüßte Daniels Schwester und den Novellisten, der in ihrem Hause verkehrte, und setzte sich auf die Bank vor der Fensternische zwischen die Erotikerin und den Philosophen mit dem Äußern eines Känguruhs, als ob das in der Ordnung sei.

»Fast wäre ich zu spät gekommen«, sagte sie leise mit ihrem schönen, beweglichen Mund zu dem Novellisten, der hinter ihr saß. »Ich hatte Leute zum Tee; das hat sich hingezogen . . .«

Der Novellist war ganz ergriffen und dankte Gott, daß er in präsentabler Toilette war. Wie schön sie ist! dachte er. Sie ist wert, die Mutter dieser Tochter zu sein . . .

»Und Fräulein Sonja?« fragte er über ihre Schulter hinweg. »Sie haben Fräulein Sonja nicht mitgebracht?«

Sonja war die Tochter der reichen Dame und in des Novellisten Augen ein unglaubhafter Glücksfall von einem Geschöpf, ein Wunder an allseitiger Ausbildung, ein erreichtes Kulturideal. Er sagte ihren Namen zweimal, weil es ihm einen unbeschreiblichen Genuß bereitete, ihn auszusprechen.

»Sonja ist leidend«, sagte die reiche Dame. »Ja, denken Sie, sie hat einen schlimmen Fuß. Oh, nichts, eine Geschwulst, etwas wie eine kleine Entzündung oder Verfüllung. Es ist geschnitten worden. Vielleicht wäre es nicht nötig gewesen, aber sie wollte es selbst.«

»Sie wollte es selbst!« wiederholte der Novellist mit begeisterter Flüsterstimme. »Daran erkenn' ich sie! Aber wie in aller Welt kann man ihr seine Teilnahme kundgeben?«

»Nun, ich werde sie grüßen«, sagte die reiche Dame. Und da er schwieg: »Genügt Ihnen das nicht?«

»Nein, es genügt mir nicht«, sagte er ganz leise, und da sie seine Bücher schätzte, erwiderte sie lächelnd:

»So schicken Sie ihr ein Blümchen.«

»Danke!« sagte er. »Danke! Das will ich!« Und innerlich dachte er: ›Ein Blümchen? Ein Bukett! Einen ganzen Strauß! Ungefrühstückt fahre ich morgen in einer Droschke zum Blumenhändler –!‹ – Und er fühlte, daß er ein gewisses Verhältnis zum Leben habe.

Da ward draußen ein flüchtiges Geräusch laut, die Tür öffnete und schloß sich kurz und ruckhaft, und vor den Gästen stand im Kerzenschein ein untersetzter und stämmiger junger Mann in dunklem Jackenanzug: Der Jünger aus der Schweiz. Er überflog das Gemach mit einem drohenden Blick, ging mit heftigen Schritten zu der Gipssäule vorm Alkoven, stellte sich hinter sie auf das flache Podium mit einem Nachdruck, als wollte er dort einwurzeln, ergriff den zuoberst liegenden Bogen der Handschrift und begann sofort zu lesen.

Er war etwa achtundzwanzigjährig, kurzhalsig und häßlich. Sein geschorenes Haar wuchs in Form eines spitzen Winkels sonderbar weit in die ohnedies niedrige und gefurchte Stirn hinein. Sein Gesicht, bartlos, mürrisch und plump, zeigte eine Doggennase, grobe Backenknochen, eine eingefallene Wangenpartie und wulstig hervorspringende Lippen, die nur schwer, widerwillig und gleichsam mit einem schlaffen Zorn die Wörter zu bilden schienen. Dies Gesicht war roh und dennoch bleich. Er las mit einer wilden und überlauten Stimme, die aber gleichwohl im Innersten bebte, wankte und von Kurzluftigkeit beeinträchtigt war. Die Hand, in der er den beschriebenen Bogen hielt, war breit und rot, und dennoch zitterte sie. Er stellte ein unheimliches Gemisch von Brutalität und Schwäche dar, und was er las, stimmte auf seltsame Art damit überein.

Es waren Predigten, Gleichnisse, Thesen, Gesetze, Visionen, Prophezeiungen und tagesbefehlartige Aufrufe, die in einem Stilgemisch aus Psalter- und Offenbarungston mit militärisch-strategischen sowie philosophisch-kritischen Fachausdrücken in bunter und unabsehbarer Reihe einander folgten. Ein fieberhaftes und furchtbar gereiztes Ich reckte sich im einsamen Größenwahn empor und bedrohte die Welt mit einem Schwall von gewaltsamen Worten. Christus imperator maximus war sein Name, und er warb todbereite Truppen zur Unterwerfung des Erdballs, erließ Botschaften, stellte seine unerbittlichen Bedingungen, Armut und Keuschheit verlangte er, und wiederholte in grenzenlosem Aufruhr mit einer Art widernatürlicher Wollust immer wieder das Gebot des unbedingten Gehorsams. Buddha, Alexander, Napoleon und Jesus wurden als seine demütigen Vorläufer genannt, nicht wert, dem geistlichen Kaiser die Schuhriemen zu lösen . . .

Der Jünger las eine Stunde; dann trank er zitternd einen Schluck aus dem Becher mit rotem Wein und griff nach neuen Proklamationen. Schweiß perlte auf seiner niedrigen Stirn, seine wulstigen Lippen bebten, und zwischen den Worten stieß er beständig mit einem kurz fauchenden Geräusch die Luft durch die Nase aus, erschöpft und brüllend. Das einsame Ich sang, raste und kommandierte. Es verlor sich in irre Bilder, ging in einem Wirbel von Unlogik unter und tauchte plötzlich an gänzlich unerwarteter Stelle gräßlich wieder empor. Lästerungen und Hosianna – Weihrauch und Qualm von Blut vermischten sich. In donnernden Schlachten ward die Welt erobert und erlöst . . .

Es wäre schwer gewesen, die Wirkung von Daniels Proklamationen auf die Zuhörer festzustellen. Einige blickten, weit zurückgelehnten Hauptes, mit erloschenen

Augen zur Decke empor; andere hielten, tief über ihre Knie gebeugt, das Gesicht in den Händen vergraben. Die Augen der Erotikerin verschleierten sich jedesmal auf seltsame Art, wenn das Wort »Keuschheit« ertönte, und der Philosoph mit dem Äußern eines Känguruhs schrieb dann und wann etwas Ungewisses mit seinem langen und krummen Zeigefinger in die Luft. Der Novellist suchte seit längerer Zeit vergebens nach einer passenden Haltung für seinen schmerzenden Rücken. Um zehn Uhr kam ihm die Vision einer Schinkensemmel, aber er verscheuchte sie mannhaft.

Gegen halb elf Uhr sah man, daß der Jünger das letzte Folioblatt in seiner roten und zitternden Rechten hielt. Er war zu Ende. »Soldaten!« schloß er, am äußersten Rande seiner Kraft, mit versagender Donnerstimme, »ich überliefere euch zur Plünderung – *die Welt!*« Dann trat er vom Podium herunter, sah alle mit einem drohenden Blick an und ging heftig, wie er gekommen war, zur Tür hinaus.

Die Zuhörer verharrten noch eine Minute lang unbeweglich in der Stellung, die sie zuletzt innegehabt hatten. Dann standen sie wie mit einem gemeinsamen Entschlusse auf und gingen unverzüglich, nachdem jeder mit einem leisen Worte Maria Josefa's Hand gedrückt hatte, die wieder mit ihrem weißen Fallkragen, still und rein, dicht an der Tür stand.

Der stumme Knabe war draußen zur Stelle. Er leuchtete den Gästen in den Garderoberaum, war ihnen beim Anlegen der Überkleider behilflich und führte sie durch das enge Stiegenhaus, in welches aus höchster Höhe, aus Daniels Reich, der bewegte Schein der Kerzen fiel, hinunter zur Haustür, die er aufschloß. Einer nach dem andern traten die Gäste auf die öde Vorstadtstraße hinaus.

Das Coupé der reichen Dame hielt vorm Hause; man sah, wie der Kutscher auf dem Bock zwischen den beiden hellstrahlenden Laternen die Hand mit dem Peitschenstiel zum Hute führte. Der Novellist geleitete die reiche Dame zum Schlage.

»Wie befinden Sie sich?« fragte er.

»Ich äußere mich ungern über solche Dinge«, antwortete sie. »Vielleicht ist er wirklich ein Genie oder doch etwas Ähnliches . . .«

»Ja, was ist das Genie?« sagte er nachdenklich. »Bei diesem Daniel sind alle Vorbedingungen vorhanden: die Einsamkeit, die Freiheit, die geistige Leidenschaft, die großartige Optik, der Glaube an sich selbst, sogar die Nähe von Verbrechen und Wahnsinn. Was fehlt? Vielleicht das Menschliche? Ein wenig Gefühl, Sehnsucht, Liebe? Aber das ist eine vollständig improvisierte Hypothese . . .

Grüßen Sie Sonja«, sagte er, als sie ihm vom Sitze aus zum Abschied die Hand reichte, und dabei las er mit Spannung in ihrer Miene, wie sie es aufnehmen werde, daß er einfach von »Sonja«, nicht von »Fräulein Sonja« oder von »Fräulein Tochter« sprach.

Sie schätzte seine Bücher, und so duldete sie es lächelnd.

»Ich werde es ausrichten.«

»Danke!« sagte er, und ein Rausch von Hoffnung verwirrte ihn. »Nun will ich zu Abend essen wie ein Wolf!«

Er hatte ein gewisses Verhältnis zum Leben.

Fjodor Ssologub

Ich bin der Gott geheimer Erde,
Die Welt liegt nur in meinem Traum.

Ich schaff nicht Bildnis noch Gebärde
Auf Erden und im Himmelsraum.

Für keinen wird mein göttlich Wesen
Jemals enthüllet und entfacht.

Will aus den Ketten ich genesen,
Ruf ich die Finsternis und Nacht.

Alexandre Séon, »Klage des Orpheus« (1896)

Aleksandr Blok

Der violette Westen drückt.
Der Druck von einer Hand aus Blei.
Wir fliegen unaufhaltsam vor
Vollstrecken einen strengen Willen.

Wir sind nicht viel. Und alle grau.
Die Funken auf dem Panzerhemd.
Wir wirbeln Staub im Norden auf
Und Himmel lassen wir im Süden.

Der Zukunft richten wir die Throne.
Wer wird den dunklen Thron besteigen?
Die Seele ist uns zwiegeteilt
Ein doppeltes Gesetz um uns.

Und niemand kann das Ende sehn.
Bestürzung folget Heiterkeit.
Die Offenbarung lautet ja:
Ein *Toter* vorn zerhaut die Schlucht.

Oscar A. H. Schmitz

»Die Intellektuellen«

Gelegentlich des Zola-Prozesses wurde in der französischen Presse wieder einmal mit der gewohnten Gehässigkeit von den »Intellektuellen« als den eingefleischtesten »Dreyfusards« gesprochen. In deutschen Blättern wurde dem Erstaunen Ausdruck gegeben, daß »intellektuell« ein Schimpfwort werden könne; bei seiner bloßen Erwähnung ist die französische Kammer in das übliche Gelächter ausgebrochen, zu welchem die seit dem Krieg in Frankreich herrschende Klasse stets bereit ist, wenn es geistige Werte zu verhöhnen oder Schönheit zu besudeln gibt. Es muß indessen zu Gunsten dieser republikanischen Schankwirte und Proxeneten gesagt werden, daß sie mit dem Wort eine Nuance verbinden, die unserem herübergenommenen Ausdruck fremd ist. Sie, die seit einem Menschenalter daran arbeiten, Schutt über die noch als Ruinen schönen Mauern der »grande nation« zu häufen, sie, welche zur Tugend zu klein und zum Laster zu feig, mit ihren feisten Leibern die Wege der Weitausschreitenden verrammeln, sie sind, als übermäßige Bewunderer der Intelligenz, zu Todfeinden der Intellektualität geworden.

Die Auflösung der menschlichen Arbeit in Fachtätigkeiten sowie der Mangel an einer einheitlichen Religion, deren Katholizität jener Zersplitterung entgegenarbeiten könnte, hat eine solche Verflachung des modernen Durchschnittsmenschen gezeitigt, daß die Auserlesenen, welche heute noch das Stigma der Intellektualität in ihren

Mienen tragen, sich über Abgründe hinaus erkennen müssen und in der Gemeinsamkeit ihrer Leiden und Beobachtungen ein Band finden, welches sie gegenüber den »Andern« verknüpft. Dieses Band ihrer sogenannten Intellektualität besteht in der Fähigkeit und dem nimmer ruhenden Trieb, die Erscheinungen außerhalb ihrer praktischen Nützlichkeit zu betrachten, zwecklos zu schauen um des Schauens willen, die Idee hinter dem Geschauten zu fühlen, zu vergleichen, Analogien zu finden und – wie man früher sagte – im Mikrokosmus den Makrokosmus zu erkennen, kurz, philosophisch oder künstlerisch zu denken und zu empfinden. Das Gegenteil dieser Intellektualität oder Geistigkeit ist die Intelligenz oder der gesunde Menschenverstand – le bon sens. Der Intelligente hat die Gabe und den nimmer ruhenden Trieb, die Erscheinungen im Sinne der praktischen Nützlichkeit auszubeuten, zu schauen und das Geschaute zu verwerten, zu kombinieren, die Erscheinungen zweckmäßig zu ordnen, kurz, kaufmännisch oder diplomatisch zu denken und zu empfinden.

Das Verhältnis zwischen Intellektuellen und Intelligenten ist dieses: Erstere erkennen – ihrer Art gemäß, allen Erscheinungen gerecht zu werden – die notwendige Berechtigung jener an, während letztere in diesen Parasiten erblicken, die nicht nur unnützlich, sondern im Sinne des allgemeinen Nutzens schädlich sind.

In Frankreich klammert sich die heutige Gesellschaft – wenn man das so nennen will – an die Intelligenz, als das einzige Ideal, welches sie aus dem Bankerott ihrer Race gerettet hat. Um so deutlicher entwickelt sich der Gegensatz der Intellektuellen, um so geschlossener treten sie als Gemeinschaft hervor, um so symptomatischer werden sie als Faktor im öffentlichen Leben. Daher jenes Gelächter des Hasses, des Hohns und – der Verlegenheit, als man neulich in der Kammer ihrer erwähnte, jenes Gelächter, welches die deutschen Berichterstatter so ausnehmend befremdete.

Man könnte einwenden, daß die Geistigen zu allen Zeiten einen Elitestaat im Staate gebildet hätten, daß schon in den Briefen der Frau v. Sévigné von einer Republik der Gelehrten die Rede ist. Doch man vergesse nicht, daß eine breite Brücke zwischen der Gesellschaft und dieser Republik bestand, eine Brücke, die heute aus folgenden Gründen abgerissen ist: Damals gab es noch eine bevorzugte Gesellschaft, deren Eigentümlichkeiten die jedes wirklichen Adels waren: der Besitz*erwerb* – jene Erbsünde der Gesellschaft – lag in diesen Familien um so viele Generationen zurück, daß seine erniedrigenden Spuren völlig aus den Seelen verwischt waren. Der *Besitz* aber bestand fort und ermöglichte ein müßiges, den Wissenschaften und Künsten geneigtes Leben. Das Racegefühl bestärkte den Charakter, eine transszendentale Religion den Geist, dem Unnützlichen, dem um seiner selbst willen Guten oder Schönen und seinen Vertretern, den Intellektuellen, freundlich zu sein. Diesen Zuständen gegenüber ist heute die Erbsünde des Besitzerwerbs in der herrschenden Klasse noch nicht abgewaschen, da sie nicht vor Generationen, sondern gestern oder heute begangen wurde; ferner ist die moderne Art des Erwerbs eine weit erniedrigendere als jenes einmalige, brutale Besitzergreifen. Die Güter der heute in Frankreich herrschenden Klasse sind durch zahllose Kniebeugen, Schönrednerei, klügliche Berechnungen und kleinliche Kniffe, wenn nicht durch viel Schlimmeres erworben. Wenn die

Grundbedingung einer edlen Race die ist, daß alle Erwerbsrücksichten aus ihren Erwägungen ausgeschlossen sind, daß nichts für Geld getan wird, sondern Alles nur, weil es an sich schön oder gut oder mindestens weil es angenehm ist, so leuchtet es ein, daß der heutigen französischen Gesellschaft, deren Interessen sich fast ausschließlich dem Erwerb zuwenden, kein Racegefühl mehr innewohnt. Die Religion hat man gleichfalls abgeschafft. Auf Grund welcher Eigenschaften könnte man also ein gemeinsames Band mit den Intellektuellen erwarten? Wie sollte diese Gesellschaft etwas anderes als die dem Nutzen dienende Intelligenz verehren?

Es künden sich neue Zeiten an, in welchen die Gesellschaft des Besitzes vielleicht durch die Gesellschaft der Zahl, der Majorität gestürzt werden wird. Das kann den Intellektuellen durchaus gleichgiltig sein. Von keiner anderen Gesellschaft haben sie etwas zu erwarten als von einer aristokratischen, in welcher – mögen auch die *Individuen* oft schwach und beschränkt sein – der Geist und Charakter der *Gattung*, durch eine transszendentale Religion unterstützt, nie die Gewohnheit verliert, nach Anderen als nützlichen Maßstäben zu urteilen. Eine solche Gesellschaft ist heute in Frankreich wenig wahrscheinlich, da der erschöpfte bourbonische Adel selbst mit Hilfe der Kirche kaum restauriert werden könnte. Es bleibt also nur die Hoffnung auf einen Heiland, auf Einen, der höher ist als Race, Besitz und Menge, auf eine große Persönlichkeit, in deren Geist sich ein neues Weltbild spiegelt, und dessen Arm die Kraft hat, es zu verwirklichen.

Man kann die Entwicklung des Gegensatzes zwischen »Intellektuellen« und »Bürgerlichen« in der französischen Literatur dieses Jahrhunderts verfolgen. Klassische Worte hat Alfred de Musset in den ersten 20 Seiten der »Confessions d'un enfant du Siècle« ausgesprochen. Dort vernimmt man zum erstenmal den jähen Aufschrei des geistigen Menschen, der, genährt an der Tradition seines großen Volkes, in die Welt tritt und Krämer findet, wo er Fürsten erwartete, Dirnen, wo er Frauen suchte, den statt der Freude das Geschrei, statt der Liebe ein dürrer sozialer Pflichtbegriff empfängt, welcher, im Begriff zu weinen, nachdem er das erste Weib verführt, von ihr verlacht wird. In den Trägern der Staatsgeschäfte treten ihm vermoderte Stubenbeamte entgegen, dressierte Sklaven und Fronvögte in den Verteidigern des Landes, statt den Herren des Handels, deren Schiffe einst kühn die Meere durchkreuzten, begegnet er klüglich berechnenden Krämern. Mit der Revolution wurde alle menschliche Größe gestürzt, das Zeitalter der Kleinen, der Kleinlichen, der »Vielzuvielen«, das ist angebrochen, das Jahrhundert der Alles überheulenden Maschinen, das Jahrhundert des Alles verpestenden Dampfes.

Milder als Mussets tragischer Schmerz klingt die – man möchte sagen – wohlwollende Verachtung Theophile Gautiers, den die täppische Bosheit des »Philistin« wie ein Circusschauspiel unterhält.

Balzac wünscht sich und seinen Freunden einen solchen Erfolg, daß man es für durchaus in der Ordnung halten würde, wenn sie sich der bürgerlichen Salons als W. C. bedienten.

Baudelaires Hohn ist von trostloser Verbitterung begleitet. Die Vorstellung von dem Märtyrertum des Künstlers bricht hervor. Die »Malédiction« gibt Zeugnis hievon (les fleurs du mal). Zugleich kommt das »épater les bourgeois« auf. Die Intellektuellen schließen sich enger zusammen. In den sorgsam verhängten Räumen des Hôtel de Pimodan sucht man in seltsamen Orgien der Farblosigkeit des Jahrhunderts zu entfliehen, indem man sich mit Hilfe von Haschisch und Opium in ein »paradis artificiel« versetzt. Grünäugige Frauen von kranker Magerkeit werden geladen, und während sie ihre nach östlichen Spezereien duftenden Haare schwingen, träumt man die seltsamen Laster unwiederbringlicher Zeiten und verfaßt flüchtige Poesien aus Düften und Dämpfen.

Nach außen werden Gewohnheiten angenommen, die der Bourgeois anstarrt, la bouche béante. Baudelaire kommt mit grüngefärbten Haaren in eine Gesellschaft und fühlt sich tödlich verletzt, daß man sich nicht gebührend darüber erstaunt und empört. Seine neuen Kleider reibt er, wie Gautier erzählt, mit Glaspapier ab, um ihnen jenen »éclat endimanché« zu nehmen, »si cher au philistin«. In einem Salon stellt ihm ein bildungsstolzer Proletarier seine drei Töchter vor, von welchen eine malt, eine andere dichtet und die dritte musiziert. »Et laquelle destinez-vous à la prostitution?« fragt Baudelaire.

Flaubert ruft entrüstet aus: während sich die Gäste Trimalchios an den Haaren schöner Jünglinge die Hände trocknen durften, würden sich Einige wundern (il y en a), wenn unsereins ein paar solcher feister Krämer in seinen Ställen halten sollte.

Unter Verlaine kommen die Rufe auf: »nous avons du talent«, »nous sommes les intellectuels«, unter welchen die Kaffee- und Bierhäuser des lateinischen Viertels erzittern. Noch heute besteht in der »Source« auf dem Boulevard St. Michel ein Tisch der Intellektuellen, und der berüchtigte Bibi-la-Purée gibt noch immer, wenn er seine Jahresrente von 100 Franken erhoben hat, den »intellektuellen« Copains ein Bankett.

Es herrscht eine vollkommene Absonderung der Intellektuellen von der Gesellschaft, sie haben die Berührungspunkte mit dem Leben verloren, die Margarinepreise interessieren sie nicht. Einige, welche gezwungen sind, ihren Lebensunterhalt in den dumpfen Schreibstuben irgend eines Ministeriums zu ersitzen, tun es unter einem anderen Namen, welchen kaum ihre intimsten Freunde kennen.

Längst fühlt man indes die Unhaltbarkeit dieses literarischen Seins, dessen Brennpunkte die Dienstage darstellen, wo man sich in den dunkelroten Salons des »Mercure« versammelt, um zusammen die literarische Wäsche der letzten Woche zu waschen. Man seufzt nach Taten. Man hat es satt, Sonette und Rondels zu verfassen. Maurice Barrès, der das Evangelium der Intellektuellen, den »Homme libre« geschrieben hat, wirkt schon seit einigen Jahren als Deputierter. Um dieselbe Zeit, als sich d'Annunzio, der die Intellektualität Italiens vertritt, in das Parlament seines Landes wählen ließ und Zola für einen unschuldig Verurteilten den Kampf gegen sein Volk aufnahm, hat Camille Mauclair, ein sehr charakteristischer Vertreter der jungen Generation, öffentlich in einer Art Manifest dem literarischen Dasein abgeschworen und feierlich die Bekehrung zum Leben gelobt. Die Zeit wird lehren, ob er Kleinekinderschulen gründen, für die Verbreitung des Franzosentums ins Ausland sorgen oder ein neues Mittel zur Bekämpfung der Reblaus entdecken wird.

Camille Mauclair

Betrachtungen über die Ziele unserer Zeit

Wir haben uns so viel mit Worten amüsiert, lassen wir sie nun ein wenig ausruhen! Und uns desgleichen! Wir wissen ja, wie das gekommen ist: Es gibt zu viel Formen für das, was heutzutage zu sagen ist. Wir sind nahe daran, von jedem literarischen Werk, abgesehen von einem gewissen Quantum Amusement, eine bestimmte ethische Signatur zu verlangen. Es war also nur wahrscheinlich, daß auf eine vereinzelte Erklärung hin andere Leute gleichfalls in sich gegangen sind und sich die Muße nahmen, mir zu antworten: »Sie fühlen sich in dieser Atmosphäre nicht wohl? Aber wir ja auch. Sie haben genug? Wir desgleichen. Aber – was tun?« Aufrichtig gesagt, ich habe nicht gedacht, daß man so schnell zu dieser Frage kommen werde. Es ist schon ein großes Resultat, daß man sie ernsthaft stellt. Schwer genug ist es, aus diesem Labyrinth zu entkommen. Aber jenes Labyrinth, welches man gar nicht verlassen will, ist das schrecklichste.

Es schien mir, daß ich mit dem Satze: »*Viele können schreiben, aber Wenige können leben*« den Finger auf eine Wunde der Gegenwart lege. Wenigstens, dachte ich, auf meine Gegenwart! Nun habe ich auch andere junge Leute rufen gehört, und es scheint, daß sie sich ebenso wund fühlen und an denselben Standpunkt gelangt sind wie ich. Diese Briefe fragen mich: »Was tun?« Es scheint mir, daß, wenn einer der jungen Leute, die mir schrieben, vor mir säße und der Moment den Reflexionen und Vertraulichkeiten günstig wäre, ich nichts Anderes sagen könnte als etwa dieses:

»Sie fangen an zu verstehen, daß der Symbolismus, der Naturismus und die anderen Praktiken, das, was ich die *Leidenschaften des Kopfes* nenne, zu nichts Rechten führen? Es ist klar, daß ein Mensch, der das Leben der Gegenwart mit gesunden Sinnen betrachtet, und der, zurückgekehrt in sich, keine andere Conclusion findet, als Verse zu schreiben, zumindest ein wenig ... schwächlich ist.«

[...]

Das Wesentliche ist: Seine moralische Persönlichkeit als vorzüglichstes Objekt seiner Sorge zu betrachten. Die Schriftstellerei kommt erst in zweiter Linie. Was die heutige Generation ertötet, ist ihr inniger Rapport mit dem Buche. *Ein Buch ist nur das Zeichen eines Menschen, der sich stetig vervollkommnen will.* Was aber soll man zu einem Menschen sagen, der sich nur damit beschäftigt, seine Bücher zu vervollkommnen? Er hält die Folge für die Ursache und bringt sich selbst diesem Fetischdienst zum Opfer.

Es fehlt den Büchern dieser Autoren an Energie, weil sie nicht genug privaten Charakter besitzen. Der Mangel an Charakter ist das Kennzeichen des Symbolismus gewesen, deshalb sah er so ausgemergelt aus und ging an sich zugrunde. Wir wissen Alle, daß er uns eine gewisse Sensibilität gebracht hat. Aber er blieb unbeeinflußbar vom Leben. Er hat nicht einmal die Lebensstärke einer Schule erreicht, was gewiß kein Zeichen einer dauernden Kraft ist. Er hat gar nicht bestanden, denn keiner seiner Adepten vermochte durch ihn sein Wesen auszudrücken. Und dennoch hat man sich um dieses Nichts geschart, nicht einmal aus Freude an der Vereinigung, sondern aus Schlaffheit, um die Frist zu erstrecken, um sich in der öffentlichen Meinung einen Platz zu erobern. Der Symbolismus, diese stumme Gestalt, hat ihnen hergehalten, um das zu sein, was man juridisch die »verantwortliche Person« einer Gesellschaft nennt. *Hören Sie einen Moment auf, Ihren Styl zu vervollkommnen und beschäftigen Sie sich damit, Ihr Denken von den Clichés der Solidarität zu befreien.* Sie werden noch immer Zeit finden, sich mit dem Worte zu vergnügen. Nicht das Talent ist zur Stunde das Primäre. Alles berstet vor Talent. Nötig ist aber jetzt Charakter. Beginnen Sie damit, freimütig über alle Dinge herauszureden. Das ist die erste der »kleinen Aktionen«. Das ist sehr hart, Sie werden es nicht ohne Mühe tun, aber es muß sein! Übrigens ist es die beste moralische Politik. Sie werden hier geborgen sein. Die Einfachheit wird Sie besser schützen als die kompliziertesten Herumredereien. Man fürchtet jenen, der ruhig sagt, was er denkt.

[...]

Ich bin überzeugt, daß diese intelligente Generation irre gegangen ist eben durch die Exzesse ihrer Intelligenz. Ich war ja auch mit dieser Intelligenz verknüpft, sie hat mich enttäuscht. Ich habe mich vergewaltigt gefühlt durch den Frost, die Kälte dieser Logik, den Kritizismus, die Diplomatie, die Absichtlichkeit dieser Leute. Ah, Alles sagen, Alles wagen, sich freimütig irren, leiden, aber nur nicht mehr diese Überhebung, diese Kälte ertragen. Und, Herrgott, wozu so viel oratorische Vorsicht, so viel Geheimnistuerei, so viel Diplomatie, so viel Spannung? Alle diese Menschen sind mir wie alte Leute vorgekommen oder, besser gesagt, an Stelle von Menschen fand ich Literaten. Aber glauben Sie, daß die Schriftstellerei alle Menschlichkeit ersetzen kann? Mit seinem Herzen leben, sich selbst und dann erst sein Talent vervollkommnen, sich eine *reine* Gemeinschaft schaffen, leiden, das sind jene Grundsätze, welche jeder seit langem befolgen sollte! In wie vielen von diesen brillanten Büchern, diesen ingeniösen modernen Dichtungen finden Sie das, was ich das Herz nenne, jenes dunkle Wort, welches die Frauen so gut verstehen, daß sie daraus das Studium ihres Lebens machen und welches die alten Dichter die »Töne der Seele« nannten? Beinahe nirgends, aber überall bis zum Überdruß diese Spielereien der Talente. Sie haben genug davon? Also beginnen Sie jene Prinzipien von sich zu weisen, welche all das verursacht haben!

Stéphane Mallarmé

Beschränktes Handeln

Mehrmals kam ein Kamerad, der gleiche, dieser andere, mir das Bedürfnis zu handeln anzuvertrauen: worauf ging sein Augenmerk – da die Tatsache, daß an mich er sich wandte, seinerseits vermuten ließ, daß auch er, jung noch, dem schöpferischen Tun sich widmete, das das erhabenste zu sein und mittels Worten zu gelingen scheint; noch einmal: was genau meinte er?

Im Abbruch seßhaften Träumens die Anspannung zu entkrampfen zugunsten eines fußstampfenden Gegenübers mit der Idee, wie einen eine Lust überkommt, oder sich regen: aber die Generation scheint wenig bewegt, abgesehen vom politischen Einerlei, von der Sorge, sich körperlich besonders zu betätigen. Ausgenommen freilich die Monotonie, auf der Landstraße, dem in Gunst stehenden Instrument sich fügend, zwischen den Kniegelenken die Fiktion einer glänzend-kontinuierlichen Schiene aufzuspulen.

Handeln, dieses eben nicht einbezogen, und läßt man es nicht schon mit der Übung des Rauchens beginnen, bedeutete, Besucher, ich verstehe dich, in philosophischer Hinsicht, auf viele eine Bewegung auszuüben, die dir ihrerseits wieder das erregende Gefühl verschafft, daß du ihr Ursprung warst und also existierst: wessen keiner sich von vornherein sicher glaubt. Dies Vorgehen ist auf zweierlei Weise denkbar; entweder vermöge eines Willens, verborgen, der ein Leben lang dauert, bis zum vielfältigen Lichtblitz – Denken dies: andernfalls die in bewußter Voraussicht heutzutage bereitgestellten Sprachrohre, Zeitungen und ihr Wirbelwind, in einer Richtung eine Kraft ermitteln, der von verschiedener Seite wieder entgegengetreten wird, mit der Immunität des nichtigen Resultats.

Ganz nach Belieben und je nach Neigung, Erfülltheit oder Eile.

Dein Tun ist immer mit Papier verhaftet; denn Meditieren, ohne Spur zu hinterlassen, verflüchtigt sich, noch auch wird der Instinkt in der verlorenen Heftigkeit einer Gebärde sich verherrlichen, die du suchtest.

Schreiben –

Das Tintengefäß, Kristall wie ein Bewußtsein, mit, auf dem Grund, seinem Tropfen von Finsternis, dem darauf bezüglichen, daß etwas sei: dann, stell die Lampe beiseite.

Du achtetest, man schreibt nicht licht auf dunkles Feld, das Alphabet der Sterne nur kündet sich so, angedeutet oder unterbrochen; der Mensch verfolgt schwarz auf weiß.

Diese Faltung dunkler Spitze, die das Unendliche birgt, tausendfach verwoben längs des Fadens jeweils oder ungewußten Weiters, ihr Geheimnis, versammelt zerstreute Schnörkel, in denen ein Reichtum schläft, den es zu inventarisieren, Stryge, Knoten, Blattwerk, und darzubieten gilt.

Mit dem Nichts an Geheimnis, unerläßlich, das, auch ausgedrückt, ein wenig bleibt.

Ich weiß nicht, ob der Gast mit Scharfblick die Domäne seiner Anstrengung umschreibt: es wird mir gefallen, sie zu markieren, auch gewisse Bedingungen. Das Recht, etwas Außergewöhnliches oder den gemeinen Machenschaften sich Versagendes zu leisten, muß ein jeder mit der Unterlassung seiner und, man würde sagen, mit seinem Tod als ein solcher bezahlen. Taten, er vollbringt sie im Traum, um niemanden zu stören; aber gleichwohl hängt ihr Programm weiterhin aus für diejenigen, die sich nicht darum sorgen.

Der Schriftsteller muß, im Text, seiner Leiden, Drachen, die er hegte, oder eines Jubels geistiger Marktschreier werden.

Bühne, Lüster, Umwölkung der Stoffe und Verflüssigung von Spiegeln, präsentiert sich in der realen Ordnung, bis in die sprunghaften Wallungen unserer Gaze gewordenen Gestalt um einen Fixpunkt, auf den Fuß gestützt der männlichen Statur, ein Ort, Szene, Erhöhung vor allen des Schauspiels des Selbst; dort ist, in Anbetracht der Vermittlungen des Lichtes, des Fleisches und des Lachens, die umfassende Vollendung des Opfers, das der Inspirator, seine Persönlichkeit betreffend, dabei vollzieht – oder es ist, in einer fremden Wiederauferstehung, geendet mit diesem hier: dessen Wort, zurückgeworfen und vergeblich nunmehr, der Chimäre des Orchesters entströmt.

Ein Saal, feiert er sich, anonym, im Helden.

Alles, wie Ablauf von Festen: ein Volk bezeugt seine Verklärung zur Wahrheit.

Ehre.

Sucht, wo es ist, etwas Gleiches –

Wird man es wiedererkennen in jenen suspekten Immobilien, die, durch eine Überladung an Banalem, sich von der gemeinen Aneinanderreihung abheben, mit dem Anspruch, die Lokalnachrichten eines Stadtbezirks zu synthetisieren; oder aber, wenn dieser oder jener Giebel, dem seherischen französischen Geschmack entsprechend, auf einem Platze sein Phantom isoliert, entbiete ich meinen Gruß. Gleichgültig dem gegenüber, was hie und da, wie längs von Leitungsröhren, vertrieben wird, die Flamme mit den reduzierten Zungen.

So begibt sich das Handeln, das dem vereinbarten Modus gemäß literarische, nicht außerhalb des Theaters; umgrenzt sich in ihm, in der Aufführung – unmittelbare Verflüchtigung des Geschriebenen. Sollte auf der Straße, anderswo, dies enden, fällt die Maske, ich habe nicht mit dem Dichter es zu tun: meineidig dein Vers, nur kümmerlich ist sein Vermögen draußen, du wolltest lieber beisteuern zum Restbestand an Intrigen, in die das Individuum verwickelt wurde. Wozu dir näher erklären, ein Kind würde es wissen, gleich mir, der ich mir nur einen Begriff davon bewahrte durch, unvereinbar, einen Besitz oder einen Mangel an Kindheit, eben dies, daß alles, was gegenwärtig man dem Ideal entgegenbringt, vermittelnd oder seinen Ort beschreibend, ihm widerspricht – fast spekulierend auf dein Schamgefühl und auf dein Schweigen zielend – oder mangelhaft ist, nicht direkt und legitim im gleichen Sinne, wie soeben eine Begeisterung es wollte, und lasterhaft. Da ein Unbehagen niemals hinreicht, werde ich, versicherlich, nicht säumen abzuschweifen und so oft als nötig, um diese wechselseitige Verunreinigung des Werkes und der Mittel zu erhellen:

doch war zunächst einmal nicht eine raumgreifende Ausdrucksweise, gleich spielenden Rauchkringeln einer Zigarre, angebracht, deren schleierhafte Verschwommenheit, immerhin, sich abzeichne auf dem elektrischen und grellen Tag?

Ein Feinfühlender hat, ich hoffe es, Mangel gelitten –

Äußerlich, wie den Schrei der Weite, vernimmt der Reisende die Not des Pfeifsignals. »Außer Zweifel« erklärt er sich: »Man durchquert einen Tunnel – *die Epoche* – diesen, lang den letzten, unter der Stadt hindurchkriechend auf den allmächtigen Bahnhof des jungfräulich-zentralen Palastes zu, der die Krönung ist.« Das Unterirdische, o Ungeduldiger, wird die Dauer deiner inneren Sammlung sein, um das Gebäude hohen Glases vorzubereiten, reingewischt in einem Flug der Gerechtigkeit.

Der Selbstmord oder Sich-Enthalten, nichts tun, weshalb? – Einziges Mal auf der Welt, weil wegen eines Geschehens immer, das ich erklären werde, es keine Gegenwart gibt, nein – eine Gegenwart existiert nicht . . . Mangel, den sich die Menge erklärt, – mangels allem. Schlecht informiert, wer sich sein eigener Zeitgenosse rufen würde, desertierend, usurpierend, mit gleicher Schamlosigkeit, wenn Vergangenheit aufhörte und eine Zukunft aussteht oder die beiden sich unschlüssig wieder vermischen, um die Spanne zu verhüllen. Ausgenommen die Leitartikel unserer Zeitungen, damit beauftragt, einen Glauben an das tägliche Nichts unters Volk zu bringen, und ohne Sachverstand, ob die Geißel ihre Periode nach einem Jahrhundert-Bruchstück, beträchtlich oder nicht, bemißt.

Bewahre dich also, und sei da.

Die Dichtung, Weihe; ein Versuchen, in keuschen Krisen isoliert, während der anderen gärenden Trächtigkeit.

Veröffentliche.

Das Buch, in dem der Geist befriedigt lebt, falls man es mißverstehen sollte: ein durch die Reinheit eines Ausgelassenseins dazu verpflichtetes, das Augenblicksschwangere aufzurütteln. Entpersönlicht fordert das Buch, soweit man als Autor sich von ihm trennt, nicht die Näherung eines Lesers. So, wisse, unter dem menschlichen Beiwerk, hat es statt ganz alleine: gemacht, seiend. Der begrabene Sinn regt sich und verfügt im Chor über die Blätter.

Fern die Anmaßung, den Augenblick, selbst in seinen Feierlichkeiten, mit Bann zu belegen: man stellt fest, daß ein Zufall dabei einigen Träumen die Materialien einer Gegenüberstellung verweigert; oder eine besondere Haltung fördert.

Du, Freund, den es nicht um Jahre zu betrügen gilt, nur weil sie einhergehen neben der allgemeinen tauben Mühsal, die Sache ist befremdlich: ich bitte dich, ohne Urteil, mangels plötzlicher Beweggründe, meinen Hinweis als eine, ich habe nichts dagegen, seltene Narrheit zu betrachten. Dennoch wird sie schon gemäßigt durch diese Weisheit oder Zurechnungsfähigkeit, wenn es nicht mehr sein sollte – betreffs eines uns umgebenden, zumindest unfertigen Zustands gewisse äußerste Folgerungen der Kunst zu wagen, die diamantenhaft, in dieser Zeit auf immer, aufstrahlen können in der Integrität des Buches –, sie durchzuspielen, jedoch, und über eine triumphale

Umkehrung, mit der stillschweigenden Einschärfung, daß nichts, in der unwissenden Flanke der Stunde pochend, auf den Seiten gezeigt, klar, evident, dieselbe bereit findet; obwohl vielleicht noch eine andere ist, wo dies erleuchten solle.

Fritz Brupbacher

Die Psychologie des Dekadenten

Niemand wie der Dekadente versteht es, das Menschlichste, den Menschen zu verteidigen, für ihn zu kämpfen. Sein ganzes Elend, seine Unfreiheit nachzuempfinden. Und nun ein Häklein. Die reproduzierten Gefühlszustände haben bei ihm nur eine geringe Intensität. Er flammt auf beim Anblick, er bleibt kühl bei der Erinnerung des Anblicks. Sein Gedächtnis, die Kontinuität der sozialen Vorstellungen ist oft unterbrochen. Sein Mitleid ist ein Augenblicksmitleid. Organisierte, lange vorbereitete Hülfe liegt ihm fern. Er ist der Mensch des impulsiven sozialen Racheaktes. Momentan wird ihm fremdes Leiden zu eigenem Erleiden, dessen er bald überdrüssig wird, dessen Fesseln er zu brechen versucht. Plötzlich mit einem – fruchtlosen Ruck. Noch eines veranlagt ihn besonders zum Mitfühlen. Seine eigene Isoliertheit, das Gefühl ein anderer als die Mehrheit, ein Geächteter, ein Paria zu sein. Er fühlt sich solidarisch mit allen Parias.

[. . .] Hat er überhaupt ein *Gewissen*? Und was für ein sensibles! Bis zu Angstdelirien gesteigert hat er es, hat es ihn, bis zur Zwangsangst. Es kann sein Sport werden, Gewissen zu haben. Er hat es aber auch ganz naiv, ungekünstelt, da er doch zugefügten Schmerz bitterer – als Psycholog – nachzuempfinden im Stande ist als der Nichtpsycholog. Er empfindet nicht nur den empfundenen Schmerz mit, sondern auch den Schmerz über den Affekt, die Motive des Täters. Noch eines. Er handelte, als er verletzte, impulsiv. Nicht lange vorbereitet, auf die Folgen eingearbeitet, war seine verletzende Handlung. Sie kam – und nach der Tat – was nun. Was sie für Folgen hätte, konnte sich aus der Kontinuität – Diskontinuität – seines Denkens nicht ergeben – er ist der impulsive »Verbrecher«. Er hat aber nicht nur das mitleidende, auch das fürchtende Gewissen. Er ist ein Raskolnikow. Er setzt den scharfdenkenden Verfolger voraus, den Psychologen, der ihn entdeckt aus der Unsicherheit in der Bewegung, dem Gang, dem was hinter dem Auge steckt. Er bezieht so das Harmloseste, deutet das »an und für sich« als auf ihn gehend. Er weiß eben, er ist ein Isolierter, ein Ungeschützter. Und wie Wahnsinn bricht nach einer »Tat« das Gefühl der Isoliertheit über ihn herein, der Unsicherheit. Und bei der kleinsten Verletzung, dem unschuldigsten Verbrechen. Aus diesen Gewissensdelirien heraus wachsen dann die Satanskinder, der Drang nach Übertreibung, Berauschung. Das »Los vom Ich«, der Drang zum dionysischen Taumel, zum dionysischen Sozialismus. An sich denken in der Intensität wie es der Dekadente muß, tut weh, ist eine Qual, vor der man sich flüchtet. Die stete Abhebung des Ich verlangt nach dem Kontrast.

Wenn es Wünscher nach Freiheit gibt, so sind es die Deka-

George Frederick Watts, »Die Hoffnung« (1885)

denten. Sie sind inadäquat in ihrem ganzen Wesen zum Empfinden, Fühlen, Wollen, Denken der Umgebung. Sie haben nicht das Gesicht der Erde, sind nicht von der notwendigen Klugheit, sind keine Tauben und Schlangen; in ihnen ist ein der Umgebung entgegengesetzter Weltbegriff. Sogar ihr Gedächtnis ist ein anderes als das der Mitmenschen. Wo sie sich aussprechen, handeln, tun sie es in anderer Art als die »Andern«. Die Anderen schütteln drob den Kopf, finden – und nicht nur theoretisch – diese Menschen gehören nicht in unsere Dschungeln, die haben ein anderes Gesetz und einen andern Gott. Und mit ihrem Gesetz, mit ihrem Gott richten sie die Dekadenten, verlangen, daß sie sich in die Fesseln der Gesetze, der Konvenienz, der Übereinkunft der Anderen fügen.

Und das beengt die Dekadenten und reizt ihren Durst nach Freiheit, der auch noch deshalb so groß ist, weil sie nie das Gefühl der Selbstbestimmung haben, da *es* doch in ihnen denkt, fühlt, weil ein Diskontinuierliches, ein Nichtvorausbestimmbares in ihnen will. Sie tragen an der Last des Schicksals schwer. Äußeres »muß«, Inneres »muß«. Intensive Lust alle und jede Fessel zu sprengen, wie Konowalow, wie Tschelkasch einfach aller Welt, alles Schutzes los zu werden, treibt sie. Niemand, wie der Dekadente war jemals so sehr Anarchist, Edelanarchist. Weg mit Staat, Kirche, Knigge, Moral – jeder Ordnung, jedes Ordnenden und Unterordnenden. Der Dekadente ist der ins Westeuropäische übersetzte Nihilist des Pissarew. Die dekadente Richtung ist der westeuropäische Nihilismus, der Abträger aller Werte. Freiheit setzt Ziellosigkeit des Wesens, Unsystematisiertheit voraus und so ist der Dekadente der Wille zur Freiheit und zur Unordnung.

Paul Verlaine

Nevermore

Komm, armes Herz, mein Freund in Lust und Leiden,
bau deinen Siegesbogen, wie er war!
streu ranzigen Weihrauch auf den Trugaltar!
den Abgrund laß mit Blumen sich bekleiden!
Komm, armes Herz, mein Freund in Lust und Leiden.

Verjüngter Kantor, singe fromme Lieder!
verstimmte Orgel, stimme Hymnen an!
schmink deine Runzeln, alter Sakristan,
mit Decken schmücke, graue Wand, dich wieder!
Verjüngter Kantor, singe fromme Lieder.

Und läutet, all ihr Schellen, Glöckchen, Glocken,
das Unerhoffte ist mir nun geglückt:
in meine Arme hielt ich es gedrückt,
das Glück, das jeden Menschen flieht erschrocken.
Nun läutet, all ihr Schellen, Glöckchen, Glocken!

Das Glück ist Nachts zur Seite mir gegangen;
doch – das Verhängnis übte seine Macht,
der Wurm nagt in der Frucht, ich bin erwacht,
und an der Liebe nagt Gewissensbangen.
Das Glück ist Nachts zur Seite mir gegangen.

Mécislas Golberg

Morituri

In unseren Tagen, da das siegreiche Gold sich lobpreist und seine Profiteure sich die Lippen lecken, erfreut angesichts ihrer Leistungen, glücklich, die Welt mit ihren Plattheiten überzogen zu haben, froh ihrer schändlichen Tat – schleppen die Menschen sich mühsam durchs Leben, matt von all den erduldeten Entehrungen, tausend Todesqualen leidend, heruntergekommen und als Ausschußware des Jahrhunderts verramscht. Sanfte, empfindsame Frauenherzen werden von diesen grimmigen Kämpfern auf immer gebrochen und sterben an verbitternder Wehmut, die jene Zerschreier der Menschlichkeit in ihnen ausgelöst haben. Zarte Wesen, jeder Rücksichtslosigkeit unfähig, für ein sanftes, mitfühlsames Jahrhundert bestimmt, vergessen schon das Weinen und Klagen. Herzen von Giganten, Herzen voller Kraft und ungeduldigem Verlangen nach großen Aufgaben werden blutleer und leblos, erschöpft durch die überhöhten Forderungen dieser winzigen Mücken, die aufgrund ihrer Zahl und ihrer Feigheit die Löwen, die Könige der Wälder, in die Flucht schlagen können.

[. . .]

Sie liegt weit zurück, die Zeit, da man noch Denken um des Denkens, Kunst um der Kunst, Schaffen um des Schaffens willen betrieb, denn jede Spontaneität wird zu Verzweiflung und Ekel.

Das spontane, lebendige Denken ist aus den menschlichen Gesellschaften verjagt; es bleibt hienieden also nur noch das ans Gold gekoppelte und in seinen Dienst gestellte Denken. Was jenen Rest betrifft, den das Gold nicht angerührt hat, der weder zu verkaufen noch zu kaufen war und der den Menschengeist übersteigt, so heißt er Dreck und Verzweiflung, Wahnsinn und Tod, aber niemals Denken!

Und da das Gold den Menschen nicht liebt, haßt ihn das heutige Denken, und da das Gold von der Lüge lebt, stößt das Denken die Wahrheit zurück, und da das Gold Blut liebt, übernimmt es das Denken, ihm Opfer zu liefern!

So sind auch sie niederträchtig geworden, die Töchter des Denkens: Philosophie, Ästhetik, Wissenschaft. Die Händler wachen im Ausguck der triumphierenden Dummheit, um Lügen an den Mann zu bringen und den Menschen im Sinne der Gemeinheit und der Häßlichkeit zu erziehen. Um diese neuen Priester herum kriechen unterwürfige Diener, betraut mit Hausarbeiten verschiedenster Art, etikettiert je nach geleistetem Opfer und zu zahlendem Preis: Philosophen, Gelehrte und Künstler kitzeln die Rückenwirbel gar zu leidenschaftsarmer Gebieter, bringen ihre Herrschaft zum Lachen, wenn sie sich kringeln will, bringen sie zum Weinen, sobald ihre Augen der Feuchtigung bedürfen, erwecken falsche Begierden bei Männern und Frauen, beweisen, daß Tag Nacht oder daß die Finsternis licht sei, beschimpfen, wenn die Sache, der sie dienen, es erfordert, den Pöbel oder aber schmeicheln ihm, kastrieren ihn und blasen ihm gleichzeitig Kantharidenpulver aus Worten ein, reizen ihn zur Wut oder beruhigen ihn!

Nirgends erhebt sich die Stimme des Stolzes! nirgends schwebt der Adler des Menschentums! nirgends brüllt der Tiger, dem die Einsamkeit den Hunger nicht stillen konnte und der sich nun, die Ketten der Verzweiflung sprengend, der erduldeten Entehrungen vergessend, auf die friedlichen Hütten stürzt, deren Bewohner ihn hassen, ihn fürchten und ihn schmähen!

Das Denken ist gemein geworden, zum Pharmazeutikon, eingetragen ins Arzneibuch der Menschenvergifter; und seine ganze Rolle beschränkt sich darauf, den Zwekken des Alkovens, des Eßtisches und der Ladentheke dienlich zu sein! Die einen haben alles gekauft, die anderen haben alles veräußert. Was die Lebenden betrifft: sollen sie sich doch von Staub ernähren und den Drehreigen der Schafe tanzen!

Aber hütet Euch, schamlose Händler! hütet Euch, Frevler! Das Denken ist zählebig, und wenn es sein muß, geschieht das Wunder der vagabundierenden Propheten des Denkens, die von den Vögeln des Himmels ernährt werden! Seht Euch vor, daß nicht die Lyra an der Place Maubert ertönt und daß nicht das Denken die Elendsquartiere erleuchtet!

Dann werdet Ihr zusammenbrechen, und Eure Diener werden die ersten sein, die Euch mit Knüppeln davonjagen.

Ihr hofftet also, Vorzinsen aufs Leben zu erhalten? Ihr dachtet, man könne Verzweiflung und Agonie profitabel anlegen?

So wißt, daß die von Euch begangenen Entehrungen genau gezählt werden! daß ein Tag kommt, da jener Sang losbricht, bei dessen Ton Ihr schaudern werdet vor Schrecken! daß nahe ist die Stunde des leidenden und freien Denkens!

Herrscht weiter! lügt! Speit aufs Papier Eure Lästerungen gegen den Menschen, o Ihr Schildposten der Banknoten! Freut Euch Eurer Unsinnsreden und Eurer Lästerungen. Lambroso, Garofalo, Tarde, Leroy-Beaulieu, Bérenger, Rebell, Maurras, Muhlfeld, Bourget, Barrès, Huysmans, Mazet, Strindberg, d'Annunzio und der ganze restliche Zwergenhaufen, Eure Brüder oder Eure Lakaien, mit denen sich zu belasten mein Gedächtnis aus Schamgründen ablehnt! Je mehr Ihr das Leben deformiert, desto schöner wird das Morgenrot sein, denn das Denken wird neu erstehen aus alldem, was Ihr niedergeworfen glaubt.

Der Agonie sei Preis und Gruß!

James Ensor, »Die furchtbaren Musikanten« (1891)

Miguel de Unamuno

Auch eine Erzählung

Miguel, den Helden meiner Erzählung, hatte man gleichfalls um eine solche gebeten. Helden? Gewiß, Helden! Und warum? wird der Leser fragen. Nun, erstens, weil fast alle Hauptpersonen der Erzählungen und Gedichte Helden sein müssen, und das laut Definition. Laut Definition? Gewiß! Wir wollen einmal sehen, ob das nicht so ist!

F. Was ist ein Held?

A. Jemand, der Gelegenheit gibt, über ihn ein episches Gedicht, ein Epikon, ein Epigramm, eine Erzählung, ein Feuilleton oder doch wenigstens einen Satz zu schreiben.

Achilles ist ein Held, weil Homer, oder wer sonst die Ilias schrieb, ihn dazu machte. Wir also – die Schriftsteller – oh edles Priesteramt! – sind die, die für unseren Gebrauch und zu unserer Genugtuung die Helden schaffen, und ohne Literatur gäbe es kein Heldentum. Die Sache mit den unbekannten Helden ist eine Erfindung zum Trost für die Einfältigen. Held sein heißt besungen werden!

Und zweitens war der Miguel meiner Erzählung ein Held, weil sie ihn um eine solche Erzählung gebeten hatten. Wer um eine Erzählung gebeten wird, ist schon wegen der Tatsache, daß er darum gebeten wird, ein Held, und der, der ihn darum bittet, ist ein zweiter. Alle beide sind Helden! Folglich war mein Miguel, den Emilio um eine Erzählung bat, ein Held, und Emilio, der Miguel um die Erzählung bat, war ein zweiter Held. Und so schreitet denn, was ich schreibe, munter fort. Das heißt:

Mit Scherz und Narrenpossen rückten beide vor.

Und mein Held, die Augen starr auf die weißen oder gelben Blätter gerichtet, den Kopf in die Handflächen vergraben und die Ellenbogen auf den Schreibtisch gestützt – auf Grund dieser Beschreibung, glaube ich, wird ihn der Leser viel besser sehen, als wenn diese illustriert erschiene – sagte sich: ›Schön, aber worüber schreibe ich jetzt die Erzählung, um die man mich bittet? Das ist nichts für den, eine Erzählung zu schreiben, der, wie ich, kein berufsmäßiger Erzähler ist! Denn es gibt erstens den Romanschreiber, der ein, zwei, drei oder mehr Romane im Jahr schreibt, und ferner den Menschen, der sie schreibt, wenn die Ereignisse an ihn herankommen. Und ich bin kein Erzähler! ...‹

Nein, der Miguel meiner Erzählung war kein Erzähler. Wenn er schon einmal Erzählungen schrieb, so schöpfte er sie aus dem, was, ob es nun gesehen oder gehört war, seine Phantasie oder sein Innerstes bewegt hatte. Und dies, Erzählungen aus dem Innersten zu schöpfen, die innersten, geistigen Gewitterstürme, die geistigsten Schmerzen in Literatur zu verwandeln, oh, was dies anbetrifft! ... Was dies anbetrifft: schon sämtliche lyrischen Dichter aller Zeiten und aller Länder haben so viel gesagt, daß uns nur herzlich wenig zu sagen übrigbleibt.

Und außerdem hatten die Erzählungen meines Helden für den Durchschnitt der Leser von Erzählungen – die in der Leserklasse eine besondere Gruppe bilden – den sehr großen Nachteil, daß es in ihnen keine Idee gab, nichts von dem, was man eine Idee nennt. Ich maß den Perlen mehr Bedeutung bei als dem Faden, an dem sie aneinander gereiht sind, und für den Leser, der Erzählungen liebt, ist die Aufreihung das Wichtigste, die »hilacion«, aber mit h geschrieben, weil es von »hilo« (Faden) kommt, und nicht »ilacion«, ohne h, wie wir uns darauf versteiften, das Wort zu schreiben, – wir mehr oder minder großen Lateiner, die wir uns die geistreiche Auslegung geleistet haben, zu glauben und zu lehren, das Wort stamme von infero, fers, intuli, illatum ab. (Vergessen Sie nicht, daß ich Universitätsprofessor bin, und daß von dem Ertrag dieser Tätigkeit meine Söhne mittagessen, wenn sie auch schon manchmal von einer mißglückten Erzählung ihr Frühstück bestreiten.)

Ich bin schon bei der Hälfte des zweiten Bogens!

Für den Helden meiner Erzählung ist die Erzählung nur ein Vorwand für mehr oder weniger geistreiche Bemerkungen, Geistesblitze, Paradoxa usw. Und das ist, offengestanden, eine Entwertung der Erzählung, die in sich selbst einen substantiellen – sagt man nicht so? – Wert trägt. Miguel glaubte nicht, die Hauptsache an der Erzählung sei, daß sie interessant wäre, und daß sich der Leser bei der Lektüre jeden Augenblick fragte: ›Und was kommt jetzt?‹ oder ›Und wie wird das enden?‹ Ich wußte außerdem, daß es Leser gibt, die nach der Lektüre der ersten Seiten solcher überaus interessanten Romane im Schlußkapitel nachsehen, wie die Geschichte ausgeht, und nicht weiterlesen.

Aus diesem Grunde glaubte ich, daß ein guter Roman kein Ende haben dürfte, wie das Leben gewöhnlich auch keins hat. Oder daß er zwei Schlüsse oder mehr haben müßte, die in zwei oder mehr Spalten nebeneinander zum Abdruck gelangen, und daß sich der Leser dann den heraussucht, der ihm am meisten zusagt. Was überaus willkürlich ist. Und dieser, mein Miguel, war einer der eigenwilligsten Menschen, die man sich denken kann.

In einer guten Erzählung sind die Situationen und Übergänge das Wichtigste. Besonders die letzteren. Die Übergänge, oh! Darüber sagt der berühmte Melodramatiker D'Ennery: »In einem Drama (und wer Drama sagt, der sagt Erzählung) sind die Situationen das Wichtigste. Erfinden Sie eine pathetische und rührselige Situation, dann ist es gleichgültig, was die Personen sagen, denn wenn das Publikum weint, dann hört es nicht zu.« Welch eine tiefsinnige Betrachtung ist das: Wenn das Publikum weint, dann hört es nicht! Ein Souffleur des großen Schauspielers Antonio Vico erzählte, daß, als dieser in »La muerte civil« zwischen zwei Stühlen zu sterben hatte, die Damen ihn durch das Glas ansahen, um mit diesem ihre Tränen zu verdecken, und daß die Herren so taten, als müßten sie sich schnauben, um sich die Augen abzuwischen, während der große Vico mit einem Todesröcheln und Worten des Todeskampfes zu dem Souffleur gewandt Bemerkungen über den Billettverkauf machte. Wie mußte dieser Mann es verstanden haben, zum Weinen zu bringen!

Ja, wer es in einem Drama oder in einer Erzählung recht versteht, die Menschen zum Weinen oder zum Lachen zu bringen, der kann in dem Drama oder in der Erzählung sagen, was er Lust hat. Wenn das Publikum weint oder lacht, gibt es nicht acht. Und der Held meiner Erzählung hatte die verderbliche und anmaßende Manie, das Publikum – sein Publikum natürlich! – zu nötigen, auf das, was er schrieb, acht zu geben. Hat man einen so anspruchsvollen Menschen schon gesehen?

Der Leser möge mir gestatten, daß ich einen Augenblick den Faden der Erzählung unterbreche und somit gegen das Gebot der Objektivität des Erzählers verstoße (siehe Correspondance, Flaubert, in einem der fünf Bände Œuvres complètes, Paris, Louis Conard, libraire-éditeur, MDCCCCX), um gegen den lächerlichen Anspruch des Helden meiner Erzählung zu protestieren. Wußte er vielleicht nicht, daß die meisten Menschen lesen, um nicht acht zu geben? Ein jeder hat an seinen eigenen Sorgen und Grübeleien genug, er braucht nicht noch auf andere zu warten! Wenn ich morgens beim Frühstück die Zeitung lese, so geschieht dies, um mich zu zerstreuen, um die Langeweile zu vertreiben. Man kennt den Aphorismus jenes Weisen aus Granada: »Die Zeit totzuschlagen, das ist die Frage!« und ein anderer Weiser, diesmal einer aus Bilbao, und das bin ich, fügt hinzu: »Aber ohne ernstliche Kompromisse!« Es gibt nichts, das weniger kompromittierend ist, als die Zeit mit Lektüre einer Zeitung totzuschlagen. Und wenn ich einen Roman oder eine Novelle in die Hand nehme, so will ich durch ihre Spiegelung meinen tiefen Gram und Kummer nicht neu erregen, sondern ihn zerstreuen. Und darum gebe ich nicht acht auf das, was ich lese, und lese sogar, um nicht acht zu geben ...

Aber der Held meiner Erzählung war ein anmaßender Mensch, der schrieb, damit man acht gäbe, und das konnte natürlich nicht sein, und als er weiter nichts als Paradoxa schrieb, kam nichts dabei heraus.

Was ist denn das eigentlich mit den Paradoxen? Ach, ich weiß es nicht und jene, die von den Paradoxen mit einer gewissen Verachtung sprechen, die mehr oder weniger geheuchelt ist, wissen es auch nicht. Aber wir verstehn uns, und das ist genug. Denn der Witz des Paradoxons wie der des Humors liegt darin, daß kaum jemand von ihm spricht und doch jedermann Bescheid weiß. Die Zeit totzuschlagen, das ist die Frage, ja, aber ohne ernstliche Kompromisse, und welch ernstliches Kompromiß geht man damit ein, wenn man eine Sache als Paradoxon brandmarkt, ohne zu wissen, was das ist, oder es als einen Spaß hinstellt und damit entwertet.

Ich, der ich der Held meiner Erzählung, Universitätsprofessor und Dozent der griechischen Sprache bin, weiß, was Paradoxon etymologisch heißen soll: die Präposition para gibt die seitliche Richtung, etwas was schief geht, an, und doxa bedeutet Meinung. Ich weiß wohl, daß zwischen Paradoxie und Häresie kaum ein Unterschied besteht, aber . . .

Aber was hat denn das alles mit der Erzählung zu tun? Kehren wir doch zu ihr zurück!

Lassen wir unseren Helden – am Anfang war er mein, jetzt ist er schon dein, lieber Leser, dein und mein, das heißt unser – mit dem Ellenbogen auf dem Tisch gestützt, die Augen starr aufs Papier geheftet usw. – siehe die vorhergegangene Beschreibung! – und zu sich sprechend: ›Schön, aber worüber soll ich jetzt schreiben?‹

Sich zum Schreiben hinzusetzen, nicht, weil man einen Stoff gefunden hat, sondern in der Absicht, ihn zu finden, ist eine der greulichsten Torheiten, denen die schriftstellernden Heldenerzeuger ausgesetzt sind (und deshalb sind sie selbst Helden). Denn welches ist die größte Heldentat, wenn nicht die, Helden zu schaffen, sie zu besingen: Und macht nicht der Held seinen Schöpfer, eine Ansicht, die ich mit großem Geschick, so glänzend und tief in meinem »Leben des Don Quichotte und Sancho, nach Miguel de Cervantes Saavedra erklärt und kommentiert«, Madrid, Buchhandlung von Fernando Fe 1905 – dies nebenbei zur Reklame – vertrete, wo ich behaupte, daß Don Quichotte den Cervantes machte und nicht umgekehrt. Wer hat mich nun gemacht? Zweifellos der Held meiner Erzählung. Ja, ich bin nichts weiter als ein Hirngespinst des Helden meiner Erzählung.

Noch weiter? Von mir aus, lieber Leser, solange du willst! Aber ich fürchte, daß dies eine Erzählung ohne Ende wird. Und so ist das Leben ... Obwohl, ... nein! nein! die des Lebens geht zu Ende!

Das wäre nun eine gute Gelegenheit, unter diesem Vorwand von der Kürze des Lebens und der Vergänglichkeit des Glücks zu reden, wodurch diese Erzählung einen gewissen moralischen Charakter erhalten würde, der sie über das Niveau der übrigen vulgären Erzählungen erhebt, die nur dem Vergnügen dienen. Denn die Kunst soll doch erbauen. Darum zum Schluß die *Moral von der Geschicht*: »Alles in dieser miserablen Welt hat ein Ende: Sogar die Novellen und die Geduld der Leser. Also darf ich damit keinen Mißbrauch treiben!«

Anhang

Zu dieser Ausgabe

Die Texte folgen den im Verzeichnis der Autoren, Texte, Druckvorlagen nachgewiesenen Quellen. Die Orthographie wurde bei Wahrung des Lautstandes und sprachlicher Eigenheiten behutsam dem heutigen Gebrauch angeglichen. Bei Texten aus dem Umkreis Stefan Georges blieb die originale Schreibung gewahrt. In die Interpunktion wurde nicht eingegriffen. Hervorhebungen durch Sperrung sind kursiv wiedergegeben. Offensichtliche Druckfehler wurden stillschweigend verbessert. – Die Herausgeber danken Constanze Baethge für ihre produktive Mitarbeit.

Verzeichnis der Autoren, Texte, Druckvorlagen

PETER ALTENBERG
(d. i. Richard Engländer, 1859 Wien – 1919 Wien)
Revolutionär. Studien-Reihe (1896) 309

P. A.: Wie ich es sehe. 12.–15., verm. Aufl. Berlin: S. Fischer, 1919. S. 98–107.

HERMANN BAHR (1863 Linz – 1934 München)
Satanismus (1892) 176

Freie Bühne 3 (1892) H. 4. S. 383–388. [Auszug.] – Mit Genehmigung des H. Bauer-Verlags, Wien.

ANATOLE BAJU (1861–1903)
An die Leser des »Décadent littéraire et artistique« (1886) . . 169

Le Décadent littéraire et artistique 1 (1886) Nr. 1. 10. 4. 1886. S. 1 (u. d. T.: »Aux lecteurs«; Übers.: Ulrich Bossier).

KONSTANTIN DMITRIJEWITSCH BALMONT
(1867 Gumnischtschi/Wladimir – 1942 Paris)
Unterwasser-Sonett (1894) 319

Russische Lyrik im 20. Jahrhundert. Vom Symbolismus bis zur Gegenwart. Ausgew. und übertr. von Kay Borowsky. Einf. von Rolf-Dieter Kluge. Tübingen: Heliopolis, 1991. S. 45. – © 1991 Heliopolis-Verlag Ewald Katzmann, Tübingen.

PÍO BAROJA (1872 San Sebastián – 1956 Madrid)
Das Leben der Atome (1900) 329

Erzähler der Welt. Novellen und Romane aus Spanien. 20. Jahrhundert. Hrsg. und eingel. von Karl August Horst. Freiburg (Br.) [u. a.]: Herder, 1971. S. 238–242. (Übers.: Anton Büchner.) – © Verlag Herder GmbH & Co. KG, Freiburg i. Br.

AUBREY BEARDSLEY (1872 Brighton – 1898 Mentone)

Die Lyrik des Auslandes in neuerer Zeit. Hrsg. von Hans Bethge. Leipzig: Hesse, [o. J.]. S. 92–95. (Übers.: Rudolf Alexander Schröder.) – Mit Genehmigung des Insel Verlags, Frankfurt a. M.

ANDREJ BELYJ
(d. i. Boris Nikolajewitsch Bugajew, 1880 Moskau – 1934 Moskau)

Russische Lyrik im 20. Jahrhundert. Vom Symbolismus bis zur Gegenwart. Ausgew. und übertr. von Kay Borowsky. Einf. von Rolf-Dieter Kluge. Tübingen: Heliopolis, 1991. S. 56 f. – © 1991 Heliopolis-Verlag Ewald Katzmann, Tübingen.

ALEKSANDR ALEKSANDROWITSCH BLOK
(1880 St. Petersburg – 1921 Petrograd)

A. B.: Ausgewählte Werke. Hrsg. von Fritz Mierau. 3 Bde. München: Hanser, 1978. (1) Bd. 1. 171 f. (Übers.: Elke Erb.) (2) Bd. 1. S. 76 (Übers.: Sarah Kirsch.) – © der deutschsprachigen Ausgabe 1978, Verlag Volk und Welt, Berlin.

LÉON BLOY (1846 Périgueux – 1917 Bourg-la-Reine)

Das Buch der Niedertracht. Hrsg. von Klaus G. Renner. München: Renner, 1986. S. 158–162. (Übers.: keine Angabe.) – © 1986 Verlag Klaus G. Renner, München.

EBERHARD VON BODENHAUSEN
(1868 Wiesbaden – 1918 Meineweh/Weißenfels)

Pan 5 (1899/1900) S. 240. [Auszug.]

PAUL BOURGET (1852 Amiens – 1935 Paris)
Theorie der Dekadenz (1883) 170

P. B.: Psychologische Abhandlungen über zeitgenössische Schriftsteller. Übers. von A. Köhler. Minden: Bruns, 1903. S. 21–26. [Auszug.]

VALERI JAKOWLEWITSCH BRJUSSOW
(1873 Moskau – 1924 Moskau)
Im Spiegel. Aus dem Archiv eines Psychiaters (1903) 202

V. B.: Nur der Morgen der Liebe ist schön. Erzählungen und zwei Dramen. Dt. von Margit Bräuer. Berlin: Rütten & Loening, 1987. S. 20–33. – © 1987 Rütten & Loening, Berlin.

MAX BROD (1884 Prag – 1968 Tel Aviv)
Wenn man des Nachts sein Spiegelbild anspricht (1907) . . . 218

Jugend 12 (1907) Nr. 46. S. 1030–36. – © Ilse Ester Hoffe, Tel Aviv.

FRITZ BRUPBACHER (1874 Zürich – 1944 Zürich)
Die Psychologie des Dekadenten (1904) 373

F. B.: Die Psychologie des Dekadenten. Zürich-Rüschlikon: Churow, 1904. S. 24, 26–29.

SOPHUS CLAUSSEN
(1865 Helletofte/Langeland – 1931 Gentofte/Kopenhagen)
Anadyomene (1890) 93

Jahrhundertende – Jahrhundertwende. Tl. 1. Hrsg. von Helmut Kreuzer. Wiesbaden: Athenaion, 1976. (Neues Handbuch der Literaturwissenschaft. 18.) S. 146. (Übers.: keine Angabe.)

GABRIELE D'ANNUNZIO (1863 Pescara – 1938 Gardone)
(1) Ein Traum (1891) 34
(2) Der Tod des Herzogs von Osena (1902) 279

(1) Stefan George: Werke. Ausgabe in zwei Bänden. Hrsg. von Robert Boehringer. Bd. 2. Stuttgart: Klett-Cotta, [4]1984. S. 441. (Übers.:

Stefan George.) – © 1984 J. G. Cotta'sche Buchhandlung Nachfolger GmbH, Stuttgart.
(2) G. D'A.: Die Novellen der Pescara. Einzig berechtigte Übertragung. Berlin: S. Fischer, 1903. S. 145–166. (Übers.: M. Gagliardi.)

RICHARD DEHMEL
(1863 Wendisch-Hermsdorf / Spreewald – 1920 Blankenese/Hamburg)

Gebet im Flugschiff 318

R. D.: Gesammelte Werke in drei Bänden. Berlin: S. Fischer, 1913. Bd. 1. S. 89.

ERNEST CHRISTOPHER DOWSON
(1867 Lee/Kent – 1900 London)

An einen in Bedlam (1896) 238

Stefan George: Werke. Ausgabe in zwei Bänden. Hrsg. von Robert Boehringer. Bd. 2. Stuttgart: Klett-Cotta, ^{4}1984. S. 364. (Übers.: Stefan George.) – © 1984 J. G. Cotta'sche Buchhandlung Nachfolger GmbH, Stuttgart.

JUDITH GAUTIER (1845 Paris – 1917 Paris)

Der Geburtstag der Prinzessin (1893) 130

Der rastlose Fluß. Englische und französische Geschichten des Fin de siècle. Hrsg. von Wolfgang Pehnt. Stuttgart: Goverts, 1969. S. 19–29. (Übers.: Antje Pehnt.)

STEFAN GEORGE
(1868 Büdesheim/Bingen – 1933 Minusio/Locarno)

(1) *Mein garten bedarf nicht luft und nicht wärme* (1892) 150
(2) Nietzsche (1907) 183
(3) Merksprüche (1894) 184

(1) S. G.: Sämtliche Werke in 18 Bänden. Hrsg. von der Stefan George-Stiftung, Stuttgart. Bd. 2: Hymnen. Pilgerfahrten. Algabal. Bearb. von Ute Oelmann. Stuttgart: Klett-Cotta, 1987. S. 63.
(2) S. G.: Sämtliche Werke in 18 Bänden. Hrsg. von der Stefan George-Stiftung, Stuttgart. Bd. 6/7: Der Siebente Ring. Bearb. von Ute Oelmann. Stuttgart: Klett-Cotta, 1986. S. 12 f.

(3) Einleitungen und Merksprüche der Blätter für die Kunst. Stuttgart: Klett-Cotta, 1964. S. 10 f.
Mit Genehmigung der J. G. Cotta'sche Buchhandlung Nachfolger GmbH, Stuttgart.

MÉCISLAS GOLBERG (1868 Plock/Polen – 1907 Fontainebleau)

Morituri (1895) 378

Sur le Trimard 1 (1895) Nr. 3 (Okt./Nov.). S. 3–7. (Übers.: Ulrich Bossier.) [Auszug.]

KNUT HAMSUN

(d. i. Knut Pedersen, 1859 Lom/Oppland – 1952 Nørholm/Grimstad)

Der Ring (1897) 30

Jugend 2 (1897) Nr. 40. S. 672. (Übers.: keine Angabe.) – Mit Genehmigung der Verlagsgruppe List-Südwest-Ludwig-Berg, München.

MARIE HERZFELD

(1855 Güns/Ungarn – 1940 Mining/Oberösterreich)

Fin-de-siècle (1893) 175

Die Wiener Moderne. Literatur, Kunst und Musik zwischen 1890 und 1910. Hrsg. von Gotthart Wunberg unter Mitarb. von Johannes J. Braakenburg. Stuttgart: Reclam, 1981 [u. ö.]. S. 260 f.

PETER HILLE

(1854 Erwitzen/Westfalen – 1904 Großlichterfelde/Berlin)

Herodias (1892) 111

Moderner Musen-Almanach auf das Jahr 1893. Hrsg. von Otto Julius Bierbaum. München: Albert, [1892]. S. 264–268.

SINAIDA NIKOLAJEWNA HIPPIUS

(auch: Gippius, 1869 Beljow/Tula – 1945 Paris)

Lied (1893) 308

Russische Lyrik. Gedichte aus drei Jahrhunderten. Ausgew. und eingel. von Efim Etkind. München/Zürich: Piper, 1981. S. 214 f. (Übers.: Alexander Eliasberg.) – © 1907 R. Piper & Co. Verlag, München.

HUGO VON HOFMANNSTHAL (1874 Wien – 1929 Rodaun/Wien)

Prosagedichte

H. v. H.: Erzählungen. Erfundene Gespräche und Briefe. Reisen. Gesammelte Werke in zehn Einzelbänden. Hrsg. von Bernd Schoeller in Beratung mit Rudolf Hirsch. Frankfurt a. M.: S. Fischer, 1979. S. 443–446. – © 1979 Fischer Taschenbuch Verlag GmbH, Frankfurt a. M.

ARNO HOLZ (1863 Rastenburg/Ostpreußen – 1929 Berlin)

A. H.: Phantasus. [Verkleinerter] Faks.-Druck der Erstfassung. Hrsg. von Gerhard Schulz. Stuttgart: Reclam, 1968. S. 8. – Mit Genehmigung von Manfred Asseyer, Berlin.

JORIS-KARL HUYSMANS (1848 Paris – 1907 Paris)

J.-K. H.: Tief unten. Übers. und hrsg. von Ulrich Bossier. Stuttgart: Reclam. [In Vorbereitung. – Auszug. Überschrift von den Hrsg.]

FRANCIS JAMMES
(1868 Tournay/Hautes Pyrénées – 1938 Hasparren/Bas Pyrénées)

Die Insel 3 (1902) Nr. 4. S. 140 f. (Übers.: keine Angabe.)

JUAN RAMÓN JIMÉNEZ
(1881 Moguer/Huelva – 1958 San Juan/Puerto Rico)

Spanische Gedichte aus acht Jahrhunderten. Zweisprachen-Ausgabe. Eingel., hrsg. und übertr. von Rudolf Grossmann. Bremen: Schünemann, 1960. S. 277. – Mit Genehmigung der Carl Ed. Schünemann KG, Bremen.

Pan 2 (1896) H. 2. S. 167. (Übers.: Gustav Morgenstern.)

Wiener Rundschau 1 (1897) S. 405–409. (Übers.: Alfred Neumann.)

Französische Gespenstergeschichten. Hrsg. von Hans Rauschning. Frankfurt a. M.: Fischer, 1964. S. 65–71. (Übers.: M. Carroux.)

Spanische Lyrik des 20. Jahrhunderts. Span./Dt. Ausgew., komm. und hrsg. von Gustav Siebenmann und José Manuel López. Stuttgart: Reclam, 1985. S. 95. (Übers.: Gustav Siebenmann.)

(1) Die Lyrik des Auslandes in neuerer Zeit. Hrsg. von Hans Bethge. Leipzig: Hesse, [o. J.]. S. 31 f. (Übers.: K. L. Ammer.)
(2) Jugend 5 (1900) Nr. 34. S. 570. (Übers.: Friedrich von Oppeln-Bronikowski: »nach dem Manuskript«.)

Stéphane Mallarmé
(1842 Paris – 1897 Valvins/Seine-et-Marne)

(1) Wiener Rundschau 5 (1901) S. 190–193. (Übers.: keine Angabe.)
(2) S. M.: Sämtliche Dichtungen. Frz. und dt. Mit einer Auswahl poetologischer Schriften. Übers. der Dichtungen von Carl Fischer. Übers. der Schriften von Rolf Stabel. Nachw. von Johannes Hauck. München: Hanser, 1992. S. 107. – © 1992 Carl Hanser Verlag, München/Wien.
(3) Französische Poetiken. Tl. II: Texte zur Dichtungstheorie von Victor Hugo bis Paul Valéry. Hrsg. von Frank-Rutger Hausmann, Elisabeth Gräfin Mandelsloh und Hans Staub. Stuttgart: Reclam, 1978. S. 221–226. (Übers.: Rolf Stabel.)

Heinrich Mann
(1871 Lübeck – 1950 Santa Monica/Kalifornien)

H. M.: Novellen. Hamburg: Claassen, 1973. S. 596–605. – © 1978 Aufbau Verlag, Berlin/Weimar.

Thomas Mann (1875 Lübeck – 1955 Zürich)

T. M.: Gesammelte Werke in dreizehn Bänden. Bd. 8: Erzählungen. Frankfurt a. M.: S. Fischer, 1960. S. 362–370. – © 1960, 1974 S. Fischer Verlag GmbH, Frankfurt a. M.

Camille Mauclair
(d. i. Camille Faust, 1872 Paris – 1945 Paris)

Wiener Rundschau 2 (1898) S. 121–128. (Übers.: St. G.) [Auszug.]

Alexandra Papadopoúlou
(1867 Konstantinopel – 1906 Thessaloniki)

Griechische Erzählungen des 20. Jahrhunderts. Hrsg. und mit einem Nachw. vers. von Danae Coulmas. Frankfurt a. M. / Leipzig 1992. S. 25–28. (Übers.: Andrea Schellinger.) – © 1992 Insel Verlag, Frankfurt a. M. / Leipzig.

Luigi Pirandello (1867 Agrigent – 1936 Rom)

Jugend 9 (1904) Nr. 9. S. 164 f. (Übers.: keine Angabe.)

Stanislaw Przybyszewski
(1868 Lojewo/Kruszwica – 1927 Jaronty)

Jahrhundertwende. Die Literatur des Jungen Polen 1890–1918. Dichtungen. Szenen. Manifeste. Fragmente. Aus dem Poln. Hrsg. und mit einer Einl. vers. von Maria Podraza-Kwiatkowska. Leipzig/Weimar: Kiepenheuer, 1979. S. 43–48. (Übers.: Marga Erb.) – © 1979 Gustav Kiepenheuer Verlag GmbH, Leipzig.

Rachilde
(d. i. Marguerite Eymery, Mme Alfred Valette, 1860 Cros/Périgueux – 1953 Paris)

Die Gespensterfalle. Seltsame Geschichten von Rachilde. Minden: Bruns, 1911. S. 178–188. (Übers.: Paul Zifferer.)

Henri de Régnier (1863 Honfleur – 1936 Paris)

Stefan George: Werke. Ausgabe in zwei Bänden. Hrsg. von Robert Boehringer. Bd. 2. Stuttgart: Klett-Cotta, ^{4}1984. S. 430 f. (Übers.: Stefan George.) – © 1984 J. G. Cotta'sche Buchhandlung Nachfolger GmbH, Stuttgart.

FRANZISKA ZU REVENTLOW (1871 Husum – 1918 Locarno)

Viragines oder Hetären? (1899) 119

Zürcher Diskußionen 2 (1899) Nr. 22. S. 1–8. [Auszug.]

RAINER MARIA RILKE (1875 Prag – 1926 Val-Mont/Montreux)

(1) Damen-Bildnis aus den Achtziger-Jahren (1907) 81
(2) Wladimir, der Wolkenmaler (1899) 337

R. M. R.: Sämtliche Werke. Hrsg. vom Rilke-Archiv in Verb. mit Ruth Sieber-Rilke. Bes. durch Ernst Zinn. (1) Bd. 1. Frankfurt a. M.: Insel, 1955. S. 623 f. (2) Ebd. Bd. 4. Frankfurt a. M.: Insel, 1961. S. 587–591. – © 1955, 1961 Insel Verlag, Frankfurt a. M.

GEORGES RODENBACH (1855 Tournai – 1898 Paris)

Der Spiegelfreund 230

G. R.: Im Zwielicht. Nachgelassene Novellen. Eingel. und übers. von Friedrich von Oppeln-Bronikowski. Autorisierte Ausgabe. Weimar: Kiepenheuer, 1917. S. 41–49. – © 1917 Gustav Kiepenheuer Verlag GmbH, Weimar.

WACLAW ROLICZ-LIEDER (1866 Warschau – 1912 Warschau)

Erinnerung an Paul Verlaine I (1897) 156

Stefan George: Werke. Ausgabe in zwei Bänden. Hrsg. von Robert Boehringer. Bd. 2. Stuttgart: Klett-Cotta, ^{4}1984. S. 450. (Übers.: Stefan George.) – © 1984 J. G. Cotta'sche Buchhandlung Nachfolger GmbH, Stuttgart.

PAUL SCHEERBART (1863 Danzig – 1915 Berlin)

Der galante Räuber oder die angenehme Manier. Ein Garten-Scherzo (1899) 271

Die Insel 1 (1899) Nr. 1. S. 37–41.

OSCAR A. H. SCHMITZ
(1873 Homburg v. d. H. – 1931 Frankfurt a. M.)

»Die Intellektuellen« (1898) 356

Wiener Rundschau 2 (1898) S. 390–393.

ARTHUR SCHNITZLER (1862 Wien – 1931 Wien)

A. S.: Die Erzählenden Schriften. Bd. 1. Frankfurt a. M.: S. Fischer, 1961. S. 985–991. – © 1961 S. Fischer Verlag GmbH, Frankfurt a. M.

MARCEL SCHWOB (1867 Chaville – 1905 Paris)

M. S.: Gabe an die Unterwelt. Zweiundzwanzig Lebensläufe. Mit einem Nachw. von Jakob Hegner. Frankfurt a. M.: Fischer, 1960. S. 89–94. (Übers.: Jakob Hegner.)

HJALMAR SÖDERBERG (1869 Stockholm – 1941 Kopenhagen)

H. S.: Erzählungen. Übers. aus dem Schwed. und Nachw. von Helen Oplatka. Zürich: Manesse, 1976. S. 5–7. – © 1976 Manesse Verlag, Zürich.

FJODOR SSOLOGUB
(d. i. Fjodor Kusmitsch Teternikow, 1863 St. Petersburg – 1927 Leningrad)

(1) F. S.: Meisternovellen. Aus dem Russ. übertr. von Alexander Eliasberg. Nachw. von Friedrich Schwarz. Zürich: Manesse, 1960. S. 7 bis 23.– © 1960 Manesse Verlag, Zürich.
(2) Die Lyrik des Auslandes in neuerer Zeit. Hrsg. von Hans Bethge. Leipzig: Hesse, [o. J.]. S. 337. (Übers.: Hans von Guenther.)

AUGUST STRINDBERG (1849 Stockholm – 1912 Stockholm)

A. S.: Werke. Bd. 5: Kleine Prosa. Ins Deutsche übertr. von Tabitha von Bonin. München: Langen Müller, [1957]. S. 19–21. – Mit Genehmigung des Langen Müller Verlags, in der F. A. Herbig Verlagsbuchhandlung, München.

MIGUEL DE UNAMUNO (1864 Bilbao – 1936 Salamanca)

M. d. U.: Der Spiegel des Todes. Novellen. München: Meyer & Jessen, 1925. S. 231–238. (Übers.: Oswald Jahns.)

ÉMILE VERHAEREN (1855 Saint-Amend/Gent – 1917 Rouen)

Stefan Zweig: Rhythmen. Nachdichtungen ausgewählter Lyrik von Émile Verhaeren, Charles Baudelaire und Paul Verlaine. Hrsg. und mit einer Nachbem. vers. von Knut Beck. Frankfurt a. M.: S. Fischer, 1983. S. 40. (Gesammelte Werke in Einzelbänden.) (Übers.: Stefan Zweig.) – © 1983 S. Fischer Verlag GmbH, Frankfurt a. M.

PAUL VERLAINE (1844 Metz – 1896 Paris)

Pan 5 (1899/1900) Nr. 1. S. 52. (Übers.: Karl Klammer.)

ALBERT VERWEY (1865 Amsterdam – 1937 Noordwijk aan Zee)

Stefan George: Werke. Ausgabe in zwei Bänden. Hrsg. von Robert Boehringer. Bd. 2. Stuttgart: Klett-Cotta, [4]1984. S. 379 f. (Übers.: Stefan George.) – © 1984 J. G. Cotta'sche Buchhandlung Nachfolger GmbH, Stuttgart.

HEINRICH VOGELER
(1872 Bremen – 1942 Kornejewka/Kasachstan)

H. V.: Dir. Gedichte. Mit einem Nachw. von Heinrich Wiegand Petzet. Frankfurt a. M.: Insel, 1987. [o. S.] – Mit Genehmigung des Verlags Atelier im Bauernhaus, Fischerhude.

ROBERT WALSER (1878 Biel/Bern – 1956 Herisau/Appenzell)

R. W.: Das Gesamtwerk in 12 Bänden. Hrsg. von Jochen Greven. Bd. 1. Frankfurt a. M.: Suhrkamp, 1978. S. 111–118. – Mit Genehmigung der Carl Seelig-Stiftung, Zürich.

OSCAR WILDE (1854 Dublin – 1900 Paris)

(1) O. W.: Sämtliche Werke in zehn Bänden. Hrsg. von Norbert Kohl. Bd. 5: Gedichte. Übers. von Gisela Etzel [u. a.]. Frankfurt a. M.: Insel, 1982. S. 91 f. – © 1982 Insel Verlag, Frankfurt a. M.
(2) O. W.: Herberge der Träume. Ges. und hrsg. von Guillot de Saix. München: Winkler, 1955. S. 64–70. (Übers.: Wolfhart Klee.) – Mit Genehmigung von Artemis & Winkler, München.
(3) Wiener Rundschau 1 (1897) S. 335 f. (Übers.: keine Angabe. [Auch u. d. T. »Kunst« als »Vorrede« zu »Das Bildnis des Dorian Gray«].)

KAZIMIERA ZAWISTOWSKA
(1870 Rasztowcy na Podulu – 1902 Krakau)

Jahrhundertwende. Die Literatur des Jungen Polen 1890–1910. Dichtungen. Szenen. Manifeste. Fragmente. Aus dem Poln. Hrsg. und mit einer Einl. vers. von Maria Podraza-Kwiatkowska. Leipzig/Weimar: Kiepenheuer, 1979. S. 80. (Übers.: Ulrich Mayer.) – © 1979 Gustav Kiepenheuer Verlag GmbH, Leipzig.

Verzeichnis der Abbildungen

Die Zahlen verweisen auf die Seiten der vorliegenden Ausgabe.

Den Schmuckleisten S. 1, 5–14 (Ver Sacrum 1, 1898, H. 7, S. 9) und S. 15, 81, 130, 157, 202, 249, 308, 337 (Ver Sacrum 1, 1898, H. 1, S. 26) liegen Zeichnungen von Koloman Moser zugrunde.

Literaturhinweise

Anthologien und Sammelwerke

Die Berliner Moderne 1885–1914. Hrsg. von Jürgen Schutte und Peter Sprengel. Stuttgart 1987.

Einakter und kleine Dramen des Jugendstils. Hrsg. von Michael Winkler. Stuttgart 1974.

Gedichte und Prosa des Impressionismus. Hrsg. von Hartmut Marhold. Stuttgart 1991.

Jahrhundertwende. Die Literatur des Jungen Polen 1890–1918. Leipzig/Weimar 1979.

Jahrhundertwende. Manifeste und Dokumente zur deutschen Literatur 1890–1910. Hrsg. von Ernst Ruprecht und Dieter Bänsch. Stuttgart 1981.

Jenseits der Träume. Seltsame Geschichten vom Anfang des Jahrhunderts. Hrsg. von Robert N. Bloch. Frankfurt a. M. 1990.

Jenseits des Meirur. Erzählungen des russischen Symbolismus. Aus dem Russ. Hrsg. und mit einem Nachw. vers. von Christa Ebert. Leipzig ^{3}1992.

Das Junge Wien. Österreichische Literatur- und Kunstkritik 1887 bis 1902. Hrsg. von Gotthart Wunberg. 2 Bde. Tübingen 1976.

Lesebuch der Jahrhundertwende. Hrsg. von Karl Schöffling. Frankfurt a. M. 1987.

Die literarische Moderne. Dokumente zum Selbstverständnis der Literatur um die Jahrhundertwende. Hrsg. von Gotthart Wunberg. Frankfurt a. M. 1971.

Lyrik des Jugendstils. Eine Anthologie. Mit einem Nachw. hrsg. von Jost Hermand. Stuttgart 1964 [u. ö.].

Die Münchner Moderne. Die literarische Szene in der ›Kunststadt‹ um die Jahrhundertwende. Hrsg. von Walter Schmitz. Stuttgart 1990.

Phantastische Erzählungen der Jahrhundertwende. Hrsg. von Michael Winkler. Stuttgart 1982.

Prosa des Jugendstils. Hrsg. von Jürg Mathes. Stuttgart 1982.

Der rastlose Fluß. Englische und französische Geschichten des Fin de Siècle. Hrsg. von Wolfgang Pehnt. Stuttgart 1969.

Das Spiegelkabinett. Englische und französische Erzählungen des Fin de Siècle. Hrsg. von Wolfgang Pehnt. Stuttgart 1966.

Theorie des literarischen Jugendstils. Hrsg. von Jürg Mathes. Stuttgart 1984.
Um die Jahrhundertwende. Künstlergeschichten. Berlin 1959.
Die Wiener Moderne. Literatur, Kunst und Musik zwischen 1890 und 1910. Hrsg. von Gotthart Wunberg unter Mitarb. von Johannes J. Braakenburg. Stuttgart 1981.

Forschungsliteratur

Allgemeines

Aspekte der Literatur des fin-de-siècle in der Romania. Hrsg. von Angelika Corbineau-Hoffmann und Albert Gier. Tübingen 1983.
Dekadenz in Deutschland. Beiträge zur Erforschung der Romanliteratur um die Jahrhundertwende. Hrsg. von Dieter Kafitz. Frankfurt a. M. / Bern / New York 1987.
Deutsche Literatur der Jahrhundertwende. Hrsg. von Viktor Žmegač. Hanstein 1981.
Europa um 1900. Hrsg. von Fritz Klein und Karl Otmar von Aretin. Berlin 1989.
Fin de siècle. Zur Literatur und Kunst der Jahrhundertwende. Hrsg. von Roger Bauer [u. a.]. Frankfurt a. M. 1977.
Fischer, Jens Malte: Fin de siècle. Kommentar zu einer Epoche. München 1978.
Fuchs, Stefan F. J.: Dekadenz. Versuche zur ästhetischen Negativität im industriellen Zeitalter an Hand von Texten aus dem französischen und englischen Fin de siècle. Heidelberg 1992.
Gräff, Thomas: Gedichte der Jahrhundertwende (1890–1910). München 1991.
Hamann, Richard / Hermand, Jost: Impressionismus. Epochen deutscher Kultur von 1870 bis zur Gegenwart. Bd. 3. München 1972.
– Stilkunst um 1900. München 1973.
Hinterhäuser, Hans: Fin de Siècle. Gestalten und Mythen. München 1977.
Hönninghausen, Lothar: Präraphaeliten und Fin de siècle. Symbolistische Tendenzen in der englischen Spätromantik. München 1971.
Jahrhundertwende. Der Aufbruch in die Moderne 1880–1930. Hrsg. von August Nitschke, Gerhard A. Ritter und Detlev J. Peukert. 2 Bde. Reinbek bei Hamburg 1990.

Jost, Dominik: Literarischer Jugendstil. Stuttgart 1980.
Lukács, Georg: Deutsche Literatur im Zeitalter des Imperialismus. Eine Übersicht ihrer Hauptströmungen. Berlin 1945 [u. ö.].
Mennemeier, Franz Norbert: Literatur der Jahrhundertwende II. Europäisch-deutsche Literaturtendenzen 1870–1910. Bern / Frankfurt a. M. / New York / Paris 1988.
Middell, Eike: Literatur zweier Kaiserreiche. Deutsche und österreichische Literatur der Jahrhundertwende. Berlin 1993.
Naturalismus/Ästhetizismus. Hrsg. von Christa und Peter Bürger und Jochen Schulte-Sasse. Frankfurt a. M. 1979.
Neues Handbuch der Literaturwissenschaft. Hrsg. von Klaus von See. Bd. 18: Jahrhundertwende. Von Helmut Kreuzer. Bd. 19: Jahrhundertende – Jahrhundertwende. Von Hans Hinterhäuser. Wiesbaden 1976.
Die ›Nineties‹. Das englische Fin de siècle zwischen Dekadenz und Sozialkritik. Hrsg. von Manfred Pfister und Bernd Schulte-Middelich. München 1983.
Positionen der literarischen Intelligenz zwischen bürgerlicher Reaktion und Imperialismus. Hrsg. von Gert Mattenklott und Klaus Scherpe. Kronberg (Ts.) 1973.
Praz, Mario: Liebe, Tod und Teufel. Die schwarze Romantik. München 1981.
Rasch, Wolfdietrich: Die literarische Décadence um 1900. München 1986.
Rieckmann, Jens: Aufbruch in die Moderne. Die Anfänge des jungen Wien. Österreichische Literatur und Kritik im Fin de siècle. Frankfurt a. M. 1985.
Wuthenow, Ralph-Rainer: Muse, Maske, Meduse. Europäischer Ästhetizismus. Frankfurt a. M. 1978.
Žmegač, Viktor: Kunst und Gesellschaft im Ästhetizismus des 19. Jahrhunderts. In: Propyläen Geschichte der Literatur. Bd. 5: Das bürgerliche Zeitalter. 1830–1914. Berlin 1984. S. 11–44.

Einzelaspekte

Androgyn. Sehnsucht nach Vollkommenheit. Ausstellungskatalog. Bearb. von Ursula Prinz. Berlin 1986.
Berlin um 1900. Ausstellungskatalog. Hrsg. von der Berlinischen Galerie in Verb. mit der Akademie der Künste und der Berliner Festspiele GmbH. Berlin 1984.

Dandy – Snob – Flaneur. Dekadenz und Exzentrik. Hrsg. von Gerd Stein. Frankfurt a. M. 1985.

Ebert, Christa: Erzähler des russischen Symbolismus. Berlin 1988.

Fähnders, Walter: Anarchismus und Literatur. Ein vergessenes Kapitel deutscher Literaturgeschichte 1890–1910. Stuttgart 1987.

Femme fatale – Vamp – Blaustrumpf. Sexualität und Herrschaft. Hrsg. von Gerd Stein. Frankfurt a. M. 1984.

Gnüg, Hiltrud: Kult der Kälte. Der klassische Dandy im Spiegel der Weltliteratur. Stuttgart 1988.

Hajek, Edelgard: Literarischer Jugendstil. Vergleichende Studien zur Dichtung und Malerei um 1900. Düsseldorf 1971.

Hermand, Jost: Der Schein des schönen Lebens. Studien zur Jahrhundertwende. Frankfurt a. M. 1972.

Hilmes, Carola: Die Femme fatale. Ein Weiblichkeitstypus in der nachromantischen Literatur. Stuttgart 1990.

Horstmann, Ulrich: Ästhetizismus und Dekadenz. Zum Paradigmenkonflikt in der englischen Literaturtheorie des späten 19. Jahrhunderts. München 1983.

Koppen, Erwin: Dekadenter Wagnerismus. Studien zur europäischen Literatur des Fin de siècle. Berlin / New York 1973.

Lilith, Lulu, Mona Lisa ... Frauenbilder um die Jahrhundertwende. Hrsg. von Irmgard Roebling. Pfaffenweiler 1988.

Mattenklott, Gert: Bilderdienst. Ästhetische Opposition bei Beardsley und George. München 1970.

Meyer-Minnemann, Klaus: Der spanischamerikanische Roman des Fin de siècle. Tübingen 1978.

Müller, Karl Johann: Das Dekadenzproblem in der österreichischen Literatur um die Jahrhundertwende. Stuttgart 1977.

Schorske, Carl E.: Wien. Geist und Gesellschaft des Fin de siècle. Frankfurt a. M. 1982.

Szondi, Peter: Das lyrische Drama des Fin de siècle. Hrsg. von Henriette Beese. Frankfurt a. M. 1975.

Theisen, Joseph: Die Dichtung des französischen Symbolismus. Darmstadt 1974.

Thomalla, Ariane: Die ›femme fragile‹. Ein literarischer Frauentypus der Jahrhundertwende. Düsseldorf 1972.

Ückermann, Gerd: Renaissancismus und Fin de siècle. Die italienische Renaissance in der deutschen Dramatik der letzten Jahrhundertwende. Berlin 1985.

Werner, Wilfried: Gegenwelt Arbeit. Studien zur Rolle erwerbsbezogener Tätigkeit in Erzählwerken der Jahrhundertwende. Frankfurt a. M. / Bern / New York 1986.
Wien um 1900. Aufbruch in die Moderne. Hrsg. von Peter Berner [u. a.]. München 1986.

Nachwort

Manche freilich müssen drunten sterben,
Wo die schweren Ruder der Schiffe streifen,
Andre wohnen bei dem Steuer droben,
Kennen Vogelflug und die Länder der Sterne.
(Hugo von Hofmannsthal, 1895)

»Wir sind umgeben von einer Welt absterbender Ideale«, schreibt 1893 die österreichische Essayistin Marie Herzfeld, und es bleibe nur »das Gefühl des *Fertigseins*, des Zu-Ende-Gehens – Fin-de-siècle-Stimmung«.[1] Diese am Ausgang des 19. Jahrhunderts so weit verbreitete Endzeitstimmung – »Ich wollte, es wäre fin du globe«, läßt Oscar Wilde einmal seinen Dorian Gray sagen – erklärt sich nicht allein mit dem kalendarischen Hinweis auf den bevorstehenden Jahrhundertwechsel. Immerhin machte der Terminus *Fin de siècle* schon 1888, seit der erfolgreichen Pariser Premiere eines Boulevardstückes dieses Titels (von Jouvenot/Micard) Karriere und traf offenbar auch im deutschen Sprachgebrauch den Nerv der Zeit. Jedenfalls spottete bereits 1891 der Sprachkritiker Fritz Mauthner über die Konjunktur dieses Begriffes, aber auch über die allerorten beschworene Epochenmüdigkeit selbst. Ihm war gerade an einer Überwindung der »Übergangsepoche« gelegen, um »das letzte Jahrzehnt in ruhiger Arbeit mit der Ausstattung des zwanzigsten Jahrhunderts ausfüllen« zu können.[2] In diesem Sinne wird kurz vor dem Jahrhundertwechsel, 1898, in der Zeitschrift *Jugend*, geradezu verzweifelt ein »Anti-Fin de siècle« herbeibeschworen: »Nein! nieder mit Allen, die das Wort Jahrhundertende zum Schwindel mißbrauchen! Wir haben die Erhaltung der Energie über die Sylvesternacht 1899 hinaus ver-

1 Marie Herzfeld, »Fin-de-siècle«, in dieser Ausg. S. 175 f.
2 Fritz Mauthner, »Fin de siècle und kein Ende«, in: *Das Magazin für Litteratur* 60 (1891) Nr. 1, S. 13–15, hier: S. 15.

dammt nötig [. . .]. Wir lassen uns unsere Zeit nicht verekeln.«[3]

Solchem Optimismus zum Trotz bleibt *Fin de siècle* mehr als ein Jahrzehnt lang »Merkwort der Epoche« (Hofmannsthal). Dabei kommen die entscheidenden Anstöße zu dieser gesamteuropäischen Bewegung aus Frankreich. Noch bevor die Konjunktur von Begriff und Lebensgefühl des Fin de siècle wirklich einsetzt, bereitet die *Décadence* das Terrain. Paul Verlaines *Poètes maudits* präsentieren 1884 öffentlichkeitswirksam die verkannten »poètes absolus« Rimbaud und Mallarmé, und im gleichen Jahr preist Joris-Karl Huysmans in seinem Roman *À rebours* (*Gegen den Strich*), dem Kultbuch der ganzen Epoche, die delikat-raffinierten Dichter von Baudelaire über Verlaine bis zu Mallarmé als Repräsentanten der »Dekadenz einer Literatur«,[4] deren Ausnahmestellung gerade aus dieser Qualität des ›Dekadenten‹ erwächst. Als im folgenden Jahr die *Déliquescences* (etwa ›Auflösungs-‹ oder ›Zerfallgedichte‹) von Adoré Floupette mit dem Untertitel »Poèmes décadents« erscheinen, hat diese – noch vorrangig literarische – Bewegung ihren ersten Namen gefunden. Die seit 1886 erscheinende Zeitschrift *Le Décadent* von Anatole Baju konfirmiert diese Entwicklung.[5]

Unter solchen Voraussetzungen kann sich dann seit Mitte der 80er Jahre der Begriff des Fin de siècle weit über die Bereiche von Kunst und Literatur hinaus als Signatur der ganzen Epoche durchsetzen. Zwar ist der »Naturalismus nicht tot«, wie der Zola-Epigone Paul Alexis auf die berühmte *Figaro*-Umfrage des Jahres 1891 telegrafiert,[6] und ohne die Folie des Naturalismus auf der einen und eine aus-

3 O. [d. i. Fritz von Ostini], »Anti-Fin de siècle«, in: *Jugend* 3 (1898) Nr. 1, S. 2.
4 Joris-Karl Huysmans, *Gegen den Strich*, Kap. XIV.
5 Vgl. Bajus Adresse »An die Leser des ›Décadent littéraire et artistique‹«, in dieser Ausg. S. 169 f.
6 Zit. nach: Jules Huret, *Enquête sur l'évolution littéraire*, Paris 1891, S. 188.

gesprochene Fin-de-siècle-Kritik auf der anderen Seite ist *Fin de siècle* gar nicht denkbar. So resümierte die Münchner *Jugend* in ihrem Neujahrsheft 1900 über die vergangene Periode: »Sie hat die glorreichen Siege der Wissenschaft und Technik vollbracht; sie war Goethe, Darwin und Bismarck. Dampf, Elektrizität, Entwicklungstheorie und Erhaltung der Kraft und die Friedenskonferenz.«[7] Aber gerade einem solchen Erbe stand ein nicht geringer Teil der Intellektuellen, zumal der Künstler und Literaten, äußerst reserviert bis ablehnend gegenüber – sie waren skeptisch und zukunftsungewiß, mit der eigenen Herkunftsklasse, dem Bürgertum bzw. der Aristokratie, unzufrieden, und sie verspürten ein grundsätzliches Unbehagen an der herrschenden Kultur. Robert Musil hat im *Mann ohne Eigenschaften* sein bekanntes, ganz subtiles Epochenresümee gezogen. Mit Blick auf das »magische Datum der Jahrhundertwende« heißt es über die zweite Hälfte des 19. Jahrhunderts: »Es war klug im Technischen, Kaufmännischen und in der Forschung gewesen, aber außerhalb dieser Brennpunkte seiner Energie war es still und verlogen wie ein Sumpf. Es hatte gemalt wie die Alten, gedichtet wie Goethe und Schiller und seine Häuser im Stil der Gotik und Renaissance gebaut. Die Forderung des Idealen waltete in der Art eines Polizeipräsidiums über allen Äußerungen des Lebens.«[8]

Wie kaum ein anderer hat der junge Hofmannsthal Fin-de-siècle-Dispositionen und -Stimmungen und auch das Leiden daran ausgelotet (und ausgekostet). Man habe manchmal die Empfindung, schreibt er 1893 im ersten Essay über den italienischen Décadent D'Annunzio, als hätten die Väter und Großväter »uns, den Spätgeborenen, nur zwei Dinge hinterlassen: hübsche Möbel und überfeine Nerven«. Und es heißt weiter: »Wir haben nichts als ein sentimentales Gedächtnis,

7 Johannes Schlaf, »Sylvester 1900«, in: *Jugend* 5 (1900) Nr. 1, S. 8.
8 Robert Musil, *Der Mann ohne Eigenschaften. Roman*, Berlin 1975, Bd. 1, S. 67.

einen gelähmten Willen und die unheimliche Gabe der Selbstverdopplung. Wir schauen unserem Leben zu; wir leeren den Pokal vorzeitig und bleiben doch unendlich durstig: denn, wie neulich Bourget so schön und traurig gesagt hat, der Becher, den uns das Leben hinhält, hat einen Sprung, und während uns der volle Trank vielleicht berauscht hätte, muß ewig fehlen, was während des Trinkens unten rieselnd verlorengeht; so empfinden wir im Besitz den Verlust, im Erleben das stete Versäumen.«[9]

Dampf, Elektrizität und Polizeipräsidium konnten solchen Identitätskonflikten sicherlich nicht beikommen, und gerade die intellektuell-künstlerisch hoch sensibilisierte Generation der »Spätgeborenen« hat sich der bürgerlichen Gesellschaft, so, wie sie sich im 19. Jahrhundert definitiv etablierte, verweigert. Nach dem erwähnten, unüberhörbar sozialkritischen Protest des europäischen Naturalismus der 80er Jahre setzte das Fin de siècle – in Fortsetzung der literarisch-künstlerischen Autonomisierungstendenzen im Jahrhundert von ›Arbeit und Fortschritt‹ – allerdings nicht mehr auf eine offensive, produktiv und positiv ausformulierte Kritik der Verhältnisse. Eine gesellschaftliche Teleologie war ihm abhanden gekommen. Allenfalls ein grandioser Kunst-Kult, die Erschaffung von künstlichen und künstlerischen Paradiesen, die Inszenierung des Lebens als Kunstwerk erschienen noch als gangbare Wege; ganz demonstrativ ja im Ästhetizismus und im Dandytum – und dies mit allen ideologischen Implikationen, die einer solch ›ästhetischen Opposition‹ eignen, wenn man sich nur die Elite-Konzeption und das Gefolgschafts-Gebot im George-Kreis vergegenwärtigt.

Nun befähigte eine derartige ästhetische Opposition das Fin de siècle durchaus zu einer weitreichenden, wenn auch nicht auf soziale Veränderungen gerichteten Gesellschafts-

9 Hugo von Hofmannsthal, »Gabriele d'Annunzio«, in: H. v. H., *Reden und Aufsätze I. 1891–1913*, hrsg. von Bernd Schoeller, Frankfurt a. M. 1979, S. 174–184, hier: S. 174 f.

kritik. Der Materialismus der Bourgeoisie, ihre unglaubliche Geschmacklosigkeit zumal in den Dingen der Kunst und der Kultur, der rundherum als vulgär angesehene ›Demokratismus‹ der Massen, kurz, die Kosten der Arbeitsgesellschaft, der Verwissenschaftlichung des Lebens und des Fortschritts insgesamt waren um 1900 völlig geläufige Kritikpunkte. Sie signalisierten letzten Endes nichts anderes als eine tiefe Krise im bürgerlichen (Selbst-)Bewußtsein, die sich hier im übrigen bei Teilen einer wohlsituierten, hochgebildeten, nicht selten das Adelsprädikat führenden Intelligenz äußerte. Aber anders als bei der naturalistischen Revolte konnte sie der gesellschaftlichen Opposition, der proletarisch-sozialistischen Bewegung und deren Postulat eines politischen Engagements keinerlei Sympathie abgewinnen – mit dem sozialen wurde jedes Engagement verworfen, mit Ausnahme desjenigen für die Kunst. Seine Zeitschrift wolle »der kunst besonders der dichtung und dem schrifttum dienen, alles staatliche und gesellschaftliche ausscheidend«, schreibt Stefan George 1892 programmatisch im ersten Heft seiner *Blätter für die Kunst*, und er verwahrt sich gegen »weltverbesserungen und allgemeine beglückungsträume in denen man gegenwärtig bei uns den keim zu allem neuen sieht«.

Es ist kein Zufall, daß jenseits der großen Blöcke von Bourgeoisie und Proletariat und einer entsprechenden bürgerlich-affirmativen bzw. proletarisch-oppositionellen Orientierung nun die großen Ich-Entwürfe florieren: Nach Marx und Darwin leuchteten jetzt im Wilhelminischen Deutschland, aber bald auch in Frankreich und Italien, Max Stirners *Einziger* und Friedrich Nietzsches *Zarathustra* am ideologischen Firmament. Das neue Zauberwort hieß *Ich* – mit *Le culte du moi* überschrieb der französische Décadence-Autor Maurice Barrès seine Romantrilogie des sogenannten Egotismus (1888/91). Diese Selbstbesinnung auf das Ich, die sich vehement gegen das kollektivistische *Wir* der sozialen Bewegung richtete, ließ die Fin-de-siècle-Künstler empfänglich werden für den Versuch eigenständiger ›dritter Wege‹, für eine gänzliche Autonomie vermeintlich jenseits der Gesellschaft, für souveräne Zirkelbildungen, für einen Ausstieg aus den herrschenden Normen, aus der etablierten Moral, dem gesellschaftlichen Konsens überhaupt. Der geschichtlich zum letzten Mal um 1900 seine Extravaganz ausstellende Dandy als eine ›nach oben‹ deklassierte, der Bohemien mit seinem *épater le bourgeois* als eine ›nach unten‹ deklassierte Figur sind historische Zeugen derartiger Individualitäts-Entwürfe. Ähnliches gilt für die Selbst-Nobilitierung des Künstlers zum Dichter-Seher und seinen Rückzug ins Inkommensurable oder in Sprechweisen, die sich nur noch an die Adepten richten und auch nur für sie noch verständlich sind, wie es von Mallarmé bis George geübt wird. Daß Stefan George seine Zeitschrift anfangs nur einem kleinen Kreis auserwählter Leser und Eingeweihter zugänglich machte und sie nicht der bürgerlich-kapitalistischen Zirkulationssphäre des Handels ausliefern wollte, verwundert nicht bei einer derart konsequent inszenierten Abgeschieden-, aber auch Abgeschlossenheit des Künstlers und seiner Kunst von der Gesellschaft. In solchem Zusammenhang versteht Mallarmé seine Kunst bezeichnenderweise als einen »Streik gegenüber der Gesellschaft«.[10]

Aber damit ging auch eine Verunsicherung einher, die keinen der Lebens- und vor allem Erkenntnisbereiche aussparte. Die mit der Philosophie Ernst Machs verbundene Kritik der Wahrnehmungstheorien, die für die Weltsicht und Gestaltungsweise des Impressionismus von Bedeutung wurde, die Anfänge der Psychoanalyse Sigmund Freuds, die ja eine Kritik auch der bisherigen Erklärungsmodelle für Geschlecht und Charakter bedeuteten, schließlich eine grundsätzliche Unschärfe und Selektivität aller Wahrnehmungen, wie sie Henri Bergson mit *Materie und Gedächtnis* (1896) postulierte, führten zur Atomisierung, zur Unübersichtlichkeit der

10 Huret (Anm. 6) S. 62.

Verhältnisse, bei denen allenfalls ein fundamentales Feindbild noch Zusammenhalt zu gewähren schien. Was Hofmannsthal mit »Selbstverdopplung« andeutete, mit einem Verlust auch von Totalität der Existenz, hatte Jahre zuvor schon Nietzsche als Kennzeichen der Décadence gebrandmarkt. Er stellte fest, »daß das Leben nicht mehr im Ganzen wohnt. Das Wort wird souverän und springt aus dem Satz heraus, der Satz greift über und verdunkelt den Sinn der Seite, die Seite gewinnt Leben auf Unkosten des Ganzen – das Ganze ist kein Ganzes mehr. [. . .] Das Ganze lebt überhaupt nicht mehr: es ist zusammengesetzt, gerechnet, künstlich, ein Artefakt.«[11]

Dieser Verlust von Totalität und vormaliger Einheit (wie diese auch immer ausgesehen haben mag), den Nietzsche, hier Paul Bourgets *Essays zur zeitgenössischen Psychologie*[12] paraphrasierend, nicht ohne eine Nuance von Einvernehmen konstatiert, ist es, welcher der Décadence und dem Fin de siècle insgesamt so zu schaffen macht. Hermetik der (Nicht-)Kommunikation, elitäres Selbstbewußtsein, Ich-Kult, individualistische, künstlerisch inspirierte Entwürfe eines eigenen Weges jenseits der Gesellschaft, Autonomisierungstendenzen in der Kunst – all dies bildet ein Ensemble von Dispositionen, die kaum einen gesellschaftlichen Bereich unberührt lassen. »Alles Gewöhnliche, Häufige, Alltägliche ist ihnen verhaßt. Sie suchen die seltsame Ausnahme mit Fleiß«, schreibt der Kritiker Hermann Bahr, der ungemein sensibel die Bewußtseinslage dieser Künstler-Generation verfolgt und als Opinion leader auch mitgeprägt hat, über die Décadents.[13] Und in der Tat sparen sie in ihren ästhetischen

11 Friedrich Nietzsche, *Werke in drei Bänden*, hrsg. von Karl Schlechta, München ³1966, Bd. 2, S. 917.

12 Vgl. Bourgets Ausführungen über die Décadence, in dieser Ausg. S. 170–174.

13 Hermann Bahr, »Die Décadence«, in: *Die Wiener Moderne. Literatur, Kunst und Musik zwischen 1890 und 1910*, hrsg. von Gotthart Wunberg unter Mitarb. von Johannes J. Braakenburg, Stuttgart 1981, S. 225–232, hier: S. 232.

Gegenwelten keinen Bereich aus, der nicht dem Bürger ins Gesicht schlagen würde. Das Provokationspotential reicht von Androgynität und Blasphemie bis zu Satanismus und Zerstörungsorgien, von Allmachtsphantasien und pompöser Gewaltverherrlichung bis zum Kult der Nervosität, des Nevrosen und zur Nervenkunst, von der Gedankenblässe und -schwäche bis zur Modekrankheit Schwindsucht, von der Zerbrechlichkeit der Femme fragile bis zur männervernichtenden Femme fatale, von Salome bis Lilith, von Todesmythen, toten Städten und der Faszination des Sterbens bis zur Feier der Renaissance mit ihren starken Condottieri, den großen Individuen und genialen Künstlern und zur unerfüllten Hoffnung auf Wiederkehr einer klassisch-heidnischen Antike samt ihrer noch nicht durch das Christentum verdorbenen freien und entgrenzten Moral. Das schloß irrationalistische Bestrebungen des Spiritistischen, Mystischen und Esoterischen ebenso ein wie die Affinität zur Asozialität, die sich in der Faszination des Bösen, in der Gestaltung von Verbrecher-Figuren und in anderen Rückgriffen auf Traditionen der ›schwarzen Romantik‹ niederschlägt. Als Destruktionspotential der bürgerlichen Welt gegenüber schien zuweilen selbst der Anarchismus in seiner bakunistisch-zerstörerischen Variante willkommen.

Das alles waren und sind in der Kunst nicht unbedingt neue Sujets, neu aber war ein bestimmter Umgang mit ihnen. Die Autonomisierungstendenzen des Jahrhunderts bis zum unweigerlichen Bruch zuspitzend, gewann unterderhand der Jahrhundertende-Künstler jedem Thema, jedem Motiv ein Höchstmaß an Künstlichkeit, an extrem Artifiziellem ab, das als Alternative zum schlechten Leben (einschließlich der Miserabilität der Verhältnisse) gesetzt wurde; jedwede ›Natur‹ wurde ins Künstliche, in ›Kunst‹ überführt, nur darin schien noch ›Leben‹ in nun ganz anderer Qualität möglich. Dabei wird Perfektion erst dann erzielt, wenn die Kunst natürlicher als die Natur erscheint. Joris-Karl Huysmans gibt in seinem bereits erwähnten Roman *Gegen den Strich*, den schon die Zeitgenossen als ›Bibel der Décadence‹ lasen, das nicht mehr zu überbietende Beispiel von den künstlichen Blumen, welche die natürlichen an ›Natürlichkeit‹ übertreffen und insofern den Kunstblumen, die die natürlichen nur nachahmen, unendlich überlegen sind: weiter läßt sich die Artifizialität schlechterdings nicht treiben.

Das Insistieren auf Eigenständigkeit und Mächtigkeit dieser mit äußerstem Kalkül konstruierten Kunstwelten kennzeichnet die Epochenwahrnehmung im ausgehenden Jahrhundert. Sie scheint eine letzte Möglichkeit der individuellen Selbstbehauptung gegenüber der bürgerlichen Welt überhaupt zu gewährleisten – ganz so, wie schon Charles Baudelaire Jahre zuvor im Dandyismus den »letzten Ausbruch von Heroismus in den Niedergangsepochen«[14] gesehen hatte. »Stürze ein, Gesellschaft, stirb, alte Welt!«,[15] kann vor solchem Hintergrund – ganz im Sinne der eingangs zitierten Fin-du-globe-Stimmung – der Herzog Des Esseintes, Protagonist in Huysmans' Roman, ausrufen.

Aber Fin de siècle meint nicht nur Jahrhundert*ende*, wie die schon den Zeitgenossen geläufige, bis heute allerdings nicht eingebürgerte deutsche Übersetzung lautet, sondern auch Jahrhundert*wende*. Und insoweit sich die Fin-de-siècle-Kultur nicht selbst durch ihre Banalisierung (wie in der Lyrik eines Felix Dörmann) ad absurdum führte und ihre Effekte und Inszenierungen selbst aufbrauchte, barg der zwar lähmende, aber doch auch rekapitulierende Blick auf das vergangene Säkulum die Chancen eines Neubeginns. Zumindest muß man sich vergegenwärtigen, daß das Fin de siècle als ganzes Bündel von Dispositionen und auch ›Stilen‹ zwar einheitlich grundiert war, aber in den Ausformungen

14 Charles Baudelaire, »Der Dandy«, in: *Der Dandy*, hrsg. von Hans Joachim Schickendanz, Dortmund 1980, S. 105–108, hier: S. 108.

15 Joris-Karl Huysmans, *Gegen den Strich*, übers. von Hans Jacob, Zürich 1981, S. 367.

durchaus heterogen und widersprüchlich sein konnte. So kollidiert das Idealbild vom androgynen Menschen, der den Geschlechterkampf überwindet, sicher mit chauvinistischen Projektionen, die die Femme fragile zugrunde gehen lassen, oder mit einem gern goutierten Masochismus, wie er die Femme-fatale-Projektionen und Männerblicke charakterisiert. Vergleichbares gilt für den Satanismus-Komplex, der sich spiegelbildlich – oder dialektisch – zur Konversion prominenter Autoren, von Peter Altenberg bis Huysmans und Wilde, verhält. Damit hängt auch insgesamt das unübersichtliche Erscheinungsbild der Jahrhundertwende-Kunst und ihres ›Stilpluralismus‹ zusammen, der zu den gängigen, dabei gar nicht immer erhellenden Bezeichnungen wie Ästhetizismus, L'art pour l'art, Décadence, Symbolismus, Impressionismus, Neuromantik, schließlich Jugendstil geführt hat. Bezeichnungen, die allenfalls ein zeitliches Nebeneinander von den 80er Jahren des 19. bis zum Beginn des 20. Jahrhunderts signalisieren, keinesfalls aber eine diachronische Abfolge für die Kunstentwicklung zwischen Naturalismus und Expressionismus bezeichnen sollten. Ihr gemeinsamer Fluchtpunkt ist dabei die alles andere als liberale, (stil)pluralistische Ablehnung des Naturalismus. Wie sich diese Strömungen und Ismen überschneiden, zeigt gerade das Beispiel der Naturalismus-Kritik: Auf Zolas Roman *La Terre* antworten einige jüngere Autoren 1887 mit dem anti-naturalistischen »Manifeste des Cinq« – freilich, und insofern ist das bezeichnend für die komplexe Situation, indem sie Zola ein »sensorium morbide« vorwerfen.[16] Und bestens informiert und hochaktuell prägt Hermann Bahr ebenfalls im Jahre 1887 die Formel von der »Überwindung des Naturalismus«, die 1891 auch den Titel seiner einflußreichen Aufsatzsammlung abgab – also zu Zeiten, da ein Hauptwerk des deutschsprachigen Naturalis-

16 *Le Figaro*, 18. August 1887.

mus wie Gerhart Hauptmanns *Die Weber* noch gar nicht geschrieben war.

Gewiß ist dem Gesamtkomplex Fin de siècle etwas ungemein Statisches eigen, das in der starren Absolutheit des Kunstanspruches zumal des Ästhetizismus einen Endpunkt erreicht, von dem aus nur qualitative Neuentwicklungen und keine organischen Weiterführungen in der Kunst möglich waren. (Vieles spricht dafür, die Entstehung der ›historischen Avantgarde‹ zu Beginn unseres Jahrhunderts als Gegenbewegung und Überwindung der ästhetizistischen Autonomsetzung der Jahrhundertwende-Kunst zu interpretieren.[17]) Insgesamt aber – und das könnte die dialektische Einheit dieser historischen Periode überhaupt ausmachen – meint *Fin de siècle* die Eroberung neuer Ufer, wenn sie nur jenseits des herrschenden Systems liegen. Insofern markiert gerade der Terminus *Jahrhundertwende* das Moment der Bewegung, des Suchenden, des Grenzüberschreitenden. Um mit Musil fortzufahren: »Aus dem ölglatten Geist der zwei letzten Jahrzehnte des neunzehnten Jahrhunderts hatte sich plötzlich in ganz Europa ein beflügelndes Fieber erhoben. Niemand wußte genau, was im Werden war; niemand vermochte zu sagen, ob es eine neue Kunst, ein neuer Mensch, eine neue Moral oder vielleicht eine Umschichtung der Gesellschaft sein solle. [...] Es entwickelten sich Begabungen, die früher erstickt worden waren oder am öffentlichen Leben gar nicht teilgenommen hatten. Sie waren so verschieden wie nur möglich, und die Gegensätze ihrer Ziele waren unübertrefflich. Es wurde der Übermensch geliebt, und es wurde der Untermensch geliebt; es wurden die Gesundheit und die Sonne angebetet, und es wurde die Zärtlichkeit brustkranker Mädchen angebetet; man begeisterte sich für das Heldenglaubensbekenntnis und für das soziale Allemannsglaubensbekenntnis; man war gläubig und skeptisch,

17 Vgl. Peter Bürger, *Theorie der Avantgarde*, Frankfurt a. M. 1974.

naturalistisch und preziös, robust und morbid; man träumte von alten Schloßalleen, herbstlichen Gärten, gläsernen Weihern, Edelsteinen, Haschisch, Krankheit, Dämonien, aber auch von Prärien, gewaltigen Horizonten, von Schmiede- und Walzwerken, nackten Kämpfern, Aufständen und Arbeitssklaven, menschlichen Urpaaren und Zertrümmerung der Gesellschaft. Dies waren freilich Widersprüche und höchst verschiedene Schlachtrufe, aber sie hatten einen gemeinsamen Atem.«[18]

Dieser »gemeinsame Atem« wird, was das Fin de siècle im engeren künstlerischen Sinne angeht, zumeist in bestimmten Figuren, Mythen, Themen und einer spezifischen Atmosphäre erblickt, im Ambiente jener zitierten Seelen- und Gefühlslage »von ein paar tausend Menschen, in den großen europäischen Städten verstreut«,[19] wie Hofmannsthal schreibt. Doch das Fin de siècle als Großstadtphänomen kann die Charakteristika der Metropolen, die schon von Baudelaires Flaneur-Figur als den ihnen wesenseigen gesuchten Massen, ebensowenig missen, wie es die Abneigung ihnen gegenüber zu leugnen vermag. Im Sinne von Nietzsches bekanntem Diktum, daß er ein Décadent und zugleich dessen Gegensatz sei, weist Fin de siècle auch immer über sich hinaus und markiert damit Bereiche, die es selbst so beharrlich negiert. Doch die radikale In-Frage-Stellung (und ›Umwertung‹) jener Werte, die der Siegeszug des Bürgertums durch das 19. Jahrhundert etabliert zu haben schien, rückt so exponierte und hermetisch-ästhetizistische Positionen etwa eines Mallarmé nicht zufällig in die Nähe von Positionen, die auf andere Weise exponierter sind, wie jener des Anarchismus. Dem Mallarméschen »Streik gegenüber der Gesellschaft« entspringt zwar kein sozialrevolutionäres Konzept außerhalb von Kunst, es bestehen aber Korrespondenzen. Und aus einer solchen Perspektive können manche Fin-de-siècle-Texte auch

18 Musil (Anm. 9) S. 68.
19 Hofmannsthal (Anm. 9) S. 175.

›gegen den Strich‹ gelesen (oder gebürstet) werden, und insofern bedeutet Fin de siècle immer auch Epochenkritik – nur so wird verständlich, weshalb der *Dorian Gray* und *Der Sozialismus und die Seele des Menschen* von demselben Autor und mit einheitlichem Impetus geschrieben werden konnten. Eine Gesamtschau des Fin de siècle hätte allerdings Adornos strengen Hinweis zu berücksichtigen: »Das Cliché des Dekadenten ist komplementär zu dem des Bürgers.«[20] Dessen Abneigungen in ästhetischer, aber auch in philosophisch-ideologischer Hinsicht könnten also komplementär die Zuneigungen der Fin-de-siècle-Ästheten entsprechen; die antibürgerliche Volte einer Hinwendung zum Bereich der ›Asozialität‹, den schon die zeitgenössischen Beobachter so benannten[21] und der ja topisch in der Jahrhundertwende-Kunst begegnet, ist Ausfluß solcher Dispositionen. Die spätere Bindung gerade von Décadence-Künstlern an den Katholizismus (Huysmans), an militanten Nationalismus (Barrès) oder Faschismus (D'Annunzio) zeigt aber auch die immanente Brüchigkeit der anti-bürgerlichen Grundstimmung, die in eine vermeintliche oder tatsächliche, jedenfalls neue ›Totalität‹ durchaus einmünden kann.

Wie zuvor die Romantik und wenig später die Avantgarde war das Fin de siècle eine dezidiert gesamteuropäische Bewegung. Dabei stellt Frankreich, genauer Paris, den Ausgangs- und Brennpunkt dar: zum einen wegen der Vorbereitung des Fin de siècle durch die säkulare Bewegung von Décadence und L'art pour l'art über den Parnasse bis zum Symbolismus, zum anderen aber aufgrund einer offenbar unvergleichlichen Atmosphäre, die der »Hauptstadt des 19. Jahrhunderts« (Walter Benjamin) zugeschrieben werden konnte. Hof-

20 Theodor W. Adorno, »Zu einem Porträt Thomas Manns«, in: T. W. A., *Noten zur Literatur III*, Frankfurt a. M. 1965, S. 19–29, hier: S. 28.

21 Vgl. Julius Bab, *Die Berliner Boheme*, Berlin 1904, der mit diesem Terminus operiert, ihn mit ›Anti-Sozialität‹ konfrontiert und auch Berührungen mit dem Anarchismus aufzeigt.

mannsthal sprach von den großen europäischen Städten, in denen die »Spätgeborenen« zerstreut waren – in Wien, in München, in Berlin, mit Blicken auf das England Oscar Wildes und Aubrey Beardsleys, auf D'Annunzios Italien und auch auf Petersburg. Trotz dieser gesamteuropäischen Konstellation laufen die Verbindungslinien jedoch in Paris zusammen. Nicht nur wegen der großen Bezugspersonen wie Baudelaire oder Verlaine und der Initiatoren wie Huysmans oder Bourget, die im übrigen schon früh eigene Wege gehen: Huysmans konvertiert bereits 1892 zur katholischen Kirche, Bourget findet sich immer erfolgreicher in der Rolle des mondänen Literaten mit konservativer Grundauffassung. Es ist vor allem die Vielzahl von Gruppen, Zirkeln und Zeitschriften in Paris, die das Fin de siècle repräsentieren, und nicht zuletzt die Zentralfigur Stéphane Mallarmé, in dessen Dienstags-Salon die Auserwählten, darunter Stefan George, geladen wurden.

Mit einer gewissen zeitlichen Verzögerung greift diese Bewegung wie in konzentrischen Ringen auf Europa über: zunächst auf Skandinavien, wobei Henrik Ibsen und August Strindberg in Frankreich durchaus (wenn auch nicht nur) als Fin-de-siècle-Erscheinungen wahrgenommen werden. Dann auf die slawischen Literaturen und auf Spanien bis nach Lateinamerika, wobei mit zunehmender Entfernung auch der Kernbereich des Fin de siècle an Wirkungsmächtigkeit verliert, während die Zeitverschiebungen größer werden. So weist der russische Symbolismus zwar durchaus Gemeinsamkeiten mit dem Fin de siècle auf, doch schon die Terminologie macht ein Amalgam unterschiedlicher Tendenzen deutlich. Und in Spanien arbeiten die sogenannte 98er Bewegung und der Modernismo einerseits das L'art-pour-l'art-Erbe bis hin zum Fin de siècle auf, aber sie haben doch ihren eigenen Ausgangspunkt und stehen auch schon im Zeichen von Wende und Neubeginn.

Und selbst im eigentlichen Zentrum zeigt das Fin de siècle

unterschiedliche Ausprägungen. In Frankreich wie in England kann der Ästhetizismus vor dem Hintergrund einer fest eingerichteten und ihrer Position gewissen, ganz selbstsicheren bürgerlichen Gesellschaft und bürgerlichen Klasse gedacht werden, einer Bourgeoisie, die in relevanten Teilen dieser Selbstgewißheit mit einem quasi-aristokratischen »demonstrativen Müßiggang« (Thorstein Veblen) Ausdruck verleiht. Anders in den deutschsprachigen Metropolen. In Berlin oder München dominieren offenbar, will man den entsprechenden Erzählungen von Heinrich und Thomas Mann, nämlich dem Roman *Im Schlaraffenland* (1900) und der Satire *Beim Propheten* (1907)[22], folgen, eher epigonale Fin-de-siècle-Figuren. In Wien schließlich, dessen herausragender Beitrag zur Jahrhundertwende-Kultur seit längerem auch im nichtdeutschen Sprachraum gewürdigt wird, scheint aufgrund besonderer geschichtlicher und kultureller Umstände der Fin-de-siècle-Komplex ganz außergewöhnlich situiert zu sein: »Der Ästhetizismus«, bemerkt Carl E. Schorske in seinem Wien-Buch, »der anderswo in Europa die Form des Protestes gegen die bürgerliche Zivilisation annahm, [war] in Österreich deren Ausdruck.«[23] Und es dürfte diese eigentümliche Konstellation ›Wien um 1900‹ gewesen sein, die Karl Kraus in der *Demolierten Literatur* schreiben läßt: »diese *Nachempfinder* treten dann und wann aus dem Schneckengehäuse ihres *angeblichen* Ichs heraus, nur um dessen coquette Windungen andächtig zu betrachten.«[24] Solch artifizielle Selbstbespiegelung ist zwar auch den anderen Fin-de-siècle-Literaturen nicht ganz fremd, hat aber dort mit anderen gesellschaftlichen Ausgangssituationen und mit größeren Widerständen zu rechnen – mit Fin-de-siècle-Kritikern vom Schlage eines Max Nordau oder eines Léon

22 Vgl. den Abdruck in dieser Ausg., S. 342–354.
23 Carl E. Schorske, *Wien. Geist und Gesellschaft einer Epoche*, Frankfurt a. M. 1982, S. 283.
24 Karl Kraus, *Die demolierte Literatur*, Wien 1897, S. 18.

Daudet, die mit ihren Polemiken[25] – Stichwort ›Entartung‹ – nicht zuletzt bezeugen, daß das Fin de siècle wunde Punkte der bürgerlichen Gesellschaft, in welchen Verschränkungen auch immer, auf empfindliche Weise getroffen hatte. Jedenfalls deutet darauf die Heftigkeit der bürgerlichen Fin-de-siècle-Kritik.

So bildet das Fin de siècle den Höhepunkt der das Jahrhundert literarisch prägenden Tendenz zur Kunstautonomie, es zieht ein Resümee des *Nicht mehr*, um letzten Endes seine nicht inaktuelle Überzeugung vom ›Ende der Geschichte‹ zu begründen, es entfesselt die Artifizialität der Kunst und das Elitebewußtsein der Künstler zu kaum mehr zu überbietenden Höhepunkten; Perspektiven und Zukunftsdimensionen kann es freilich allein als Negativität und durch Absenz andeuten, und insofern ist im Zusammenhang mit der Frage der »Epochenwende« und der ästhetischen Moderne zu Recht von »den leeren Erwartungen des *Fin de Siècle*«[26] gesprochen worden: Diese letzte ›Passage‹ des 19. Jahrhunderts stellt in vielerlei Hinsicht die Sackgasse der bis zu ihrem extremen Punkt getriebenen Möglichkeiten einer bürgerlich-antibürgerlichen Kunst dar, und in diesem Sinne ist sie auch Voraussetzung für die Aufbruchsbewegungen und die Avantgarde des beginnenden Jahrhunderts.

Die hier vorgelegte Anthologie versucht, im Gegensatz zu anderen Sammelbänden zum Thema, dem kosmopolitisch-gesamteuropäischen Charakter des Fin de siècle Rechnung zu tragen und versammelt Texte aus mehr als einem Dutzend europäischer Länder und Sprachen: Aus Belgien Maurice Maeterlinck, Georges Rodenbach und Émile Verhaeren; aus

25 Max Nordaus zweibändiges Werk *Entartung* von 1893 wird schon 1894 unter dem Titel *Dégénérescence* ins Französische übersetzt; Léon Daudet veröffentlichte 1895 die Fin-de-siècle-Satire *Les Kamtchatka.*

26 Hans Robert Jauß, *Studien zum Epochenwandel der ästhetischen Moderne*, Frankfurt a. M. 1989, S. 244.

Dänemark Sophus Claussen; aus Deutschland Eberhard von Bodenhausen, Richard Dehmel, Stefan George, Peter Hille, Arno Holz, Heinrich und Thomas Mann, Franziska zu Reventlow, Paul Scheerbart, Oscar A. H. Schmitz und Heinrich Vogeler; aus England Aubrey Beardsley, Ernest Dowson, William Morris und Oscar Wilde; aus Frankreich Anatole Baju, Léon Bloy, Paul Bourget, Judith Gautier, den aus Polen gebürtigen Mécislas Golberg, Joris-Karl Huysmans, Francis Jammes, Maurice Leblanc, Jean Lorrain, Stéphane Mallarmé, Camille Mauclair, den aus Litauen stammenden Oscar Milosz, Octave Mirbeau, Robert de Montesquiou, den in Athen geborenen Jean Moréas, Rachilde, Henri de Regnier und Paul Verlaine; aus Griechenland Alexandra Papadopoúlou; aus Holland Albert Verwey; aus Italien Gabriele D'Annunzio und Luigi Pirandello; aus Norwegen Knut Hamsun; aus Österreich-Ungarn Peter Altenberg, Hermann Bahr, Hugo von Hofmannsthal, Marie Herzfeld, Arthur Schnitzler sowie die aus Prag gebürtigen Max Brod und Rainer Maria Rilke; aus (dem staatlich gar nicht existenten) Polen Stanislaw Przybyszewski, Waclaw Rolicz-Lieder und Kazimiera Zawistowska; aus Rußland Konstantin Balmont, Andrej Belyj, Aleksandr Blok, Valeri Brjussow, Sinaida Hippius und Fjodor Ssologub; aus Schweden Vilhelm Krag, Hjalmar Söderberg und August Strindberg; aus der Schweiz Fritz Brupbacher und Robert Walser; aus Spanien Pío Baroja, Juan Ramón Jiménez, Manuel Machado und Miguel de Unamuno.

Subjektive Vorlieben der Herausgeber eingerechnet, belegt doch das Autoren- und Länderspektrum Weite und Vielfalt des Fin de siècle. Die Dominanz des Französischen, nicht zuletzt auch seine Attraktivität für Autoren nichtfranzösischer Herkunft, zeigt sich hierin ebenso wie die oben angedeuteten Ausprägungen und Entwicklungen des Fin de siècle in den kleineren Nationalliteraturen – sei es in den skandinavischen Literaturen (die in Sachen Drama in Europa zeitweilig ja tonangebend waren), in Belgien oder Holland. Ein genaueres Studium der Autorenbiographien, der biographisch-nationalen Verwicklungen, des Schicksals einzelner Werke und sogar seiner Übersetzungen würde die gesamteuropäische Vernetzung noch einmal verdeutlichen. So beispielsweise bei den Lebensläufen der drei aus Polen stammenden Autoren: des nach Frankreich und in die französische Sprache überwechselnden, im Umkreis des Anarchismus anzusiedelnden Mécislas Golberg; des durch die von Stefan George angefertigten Übersetzungen in Deutschland eher als anderswo bekannten Waclaw Rolicz-Lieder und des lange Jahre in Deutschland lebenden und in deutscher Sprache schreibenden Stanislaw Przybyszewski, der nicht nur seine literarische Karriere in Berlin begann, sondern mittlerweile auch als einer der wichtigsten Autoren der deutschsprachigen Décadence Anerkennung findet. Im übrigen zeigt ein Blick in die einschlägigen Literaturzeitschriften der Jahrhundertwende, mit welch imponierender Offenheit man vor dem Ersten Weltkrieg die fremdsprachige Literatur und Kultur rezipiert hat, sei es durch Übersetzungen und Anthologien, sei es durch Buchbesprechungen, durch Literaturberichte aus den europäischen Metropolen oder eine entsprechende Essayistik. Das gilt, mutatis mutandis, auch für die sozialistische Publizistik. Sicher war die künstlerische Welt des Fin de siècle unendlich weit entfernt von Arbeiterbewegung und Proletariat; aber gerade als Ausdruck innerbürgerlicher Krisenerscheinungen und zugleich als Zeichen spätbürgerlichen ›Verfalls‹ wurden in der deutschen Sozialdemokratie die neuesten Produktionen etwa D'Annunzios, Hofmannsthals oder Przybyszewskis durchaus wahrgenommen.[27]

27 Zur sozialistischen Décadence-Kritik und zum Verhältnis zwischen Anarchismus und Décadence vgl. Walter Fähnders, *Anarchismus und Literatur. Ein vergessenes Kapitel deutscher Literaturgeschichte zwischen 1890 und 1910*, Stuttgart 1987, S. 124–170.

Darüber hinaus werden auch Autoren und Autorinnen vorgestellt, die heutzutage nicht unbedingt mehr bekannt sind, die vielleicht auch nicht alle zur Crème der Fin-de-siècle-Literatur gehören. Aber abgesehen davon, daß die Wertungen der Literaturwissenschaft nicht immer schon etwas über die ›Lesbarkeit‹ des jeweils Gewerteten aussagen und daß schließlich der literaturwissenschaftliche Kanon selbst historischen Veränderungen unterliegt (so läßt sich momentan in Frankreich eine lebhafte Octave-Mirbeau-Renaissance beobachten, in Deutschland wird in den letzten Jahren das Werk Paul Scheerbarts zunehmend beachtet), sollte doch nicht auf Texte verzichtet werden, die zumal in der vorgenommenen motivischen Anordnung die Lektüre oder Re-Lektüre lohnen könnten. Das gilt beispielsweise für Hjalmar Söderbergs subtile »Tuschzeichnung« oder für das kleine Kabinettstückchen »Emancipation« von Alexandra Papadopoúlou, die um die Jahrhundertwende im Organ der griechischen Frauenbewegung, der Athener *Zeitung der Damen* (*Efimerída ton kirión*) publizierte und als einzige Frau in der ersten griechischen Erzählanthologie *Griechische Erzählungen* (*Ellenikà Diijímata*, 1896) Aufnahme fand; das mag man auf den frühen Max Brod ebenso beziehen wie auf die Lyrik von Aubrey Beardsley, der sich ja nicht nur als ungemein produktiver Zeichner und Illustrator des Fin de siècle hervorgetan hat, auf Rachilde und ihren berühmten Salon oder auf Peter Hille und Paul Scheerbart, die sicher die markantesten Bohemiens der Jahrhundertwende waren und ganz eigene Schreibweisen der Emphase und zum Teil auch des Grotesken erprobt haben. Selbstverständlich meint das alles nicht den Verzicht auf die Olympier des Fin de siècle, auf Huysmans und Mallarmé, Hofmannsthal und George, auf D'Annunzio, Brjussow und Wilde. Gerade bei solch prominenten Autoren ging es freilich auch darum, ihr Œuvre auf weniger bekannte Texte hin zu durchmustern. Die gelegentliche Aufnahme von Autoren, die zwar nicht im Zentrum der

Jahrhundertwende standen, sowie von Zeitgenossen, die aus einer anderen als der Fin-de-siècle-Optik geschrieben, die aber zu unwechselbaren Themen der Zeit Stellung bezogen haben, soll helfen, das Gesamtpanorama, den Musilschen »gemeinsamen Atem«, in extenso vorzustellen. Das gilt auch für die Essays; ihre Einbeziehung (leider aus Umfangsgründen des öfteren gekürzt) in die Auswahl von Erzählungen und Gedichten schien geboten, um dem Jahrhundertwende-Diskurs, der sich nicht auf die schöne Literatur oder gar eine einzelne Gattung beschränkte, zumindest ansatzweise gerecht zu werden. Ob dieser Diskurs tatsächlich in einem von allen Wirklichkeiten abgehobenen und bloß spielerisch-luftigen Raum des pluralen »anything goes« stattgefunden hat, wie manche Interpreten es uns weismachen wollen, ließe sich anhand der hier nachgedruckten Texte überprüfen. Welche Differenzen oder Übereinstimmungen, Analogien oder Ähnlichkeiten *unser* bevorstehendes Fin de siècle – ein Millenarium sogar – mit dem vergangenen aufweist, mag die Lektüre erweisen.

Blumen auf den Weg gestreut

Gedichte

Herausgegeben von Heinke Wunderlich
Mit 16 Farbabbildungen

Adieu, Alltag!

Feriengeschichten

Herausgegeben von Silvia Friedrich-Rust
und Michael Müller

Die Wundertüte

Alte und neue Gedichte für Kinder

Herausgegeben von Heinz-Jürgen Kliewer
Mit Illustrationen

Der Zauberkasten

Alte und neue Geschichten für Kinder

Herausgegeben von Heinz-Jürgen Kliewer
und Ursula Kliewer

Das Nonsens-Buch

Herausgegeben von Peter Köhler
Mit 48 Abbildungen

Poetische Scherzartikel

Herausgegeben von Peter Köhler

Arthur Conan Doyle: Die Abenteuer des Sherlock Holmes

Aus dem Englischen neu übersetzt,
mit einem Nachwort von Klaus Degering
Mit 11 Abbildungen

Philipp Reclam jun.
Stuttgart